Niklas
Natt och Dag

十八世纪
斯德哥尔摩
上流社会的
末日交响

〔瑞典〕

尼可拉斯·纳欧达格

著

石春让 译

江苏凤凰文艺出版社
JIANGSU PHOENIX LITERATURE AND
ART PUBLISHING

CONTENT
目 录

第一部分
因德贝托大厦的幽灵
001~115

第二部分
鲜血与红酒
117~187

第三部分
飞蛾与火焰酒
189~291

第四部分
狼中翘楚
293-425

因德贝托大厦的幽灵

· 1793 年秋 ·

　　大祸已至，流言四起，荒谬的谣传一个甚于一个。真相似乎不可寻觅，甚至亲历者的描述亦莫衷一是。我却发现，不同信息间确有些许关联。暴行之残暴至极，实在超出我的想象。

——卡尔·古斯塔夫·利奥波德，1793

迈克尔·卡德尔漂浮在冰冷的海水中，他的右手还算完好无损，紧紧抓住约翰·耶尔姆的制服领子。耶尔姆躺在他的身旁，一动不动，嘴唇上沾着红色泡沫。血水和微咸的海水浸透了耶尔姆的制服，制服很湿滑。一个海浪涌来，把制服从卡德尔手中硬生生地掰开。卡德尔很想大声尖叫，但他喉咙里仅仅能发出呜咽声。耶尔姆正在迅速沉入海水中。卡德尔把头部没入水中，片刻，他就沉入海水深处。他开始焦躁不安，在感官所及的范围内，他觉得自己看到了某些东西。那是成千上万的水手，他们的肢体残缺不全，正慢慢地坠入地狱之门。死亡天使头戴着死人头骨制作的王冠，在水手的肢体间徐缓穿梭，她们的双翼一张一合。在海流的漩涡之中，卡德尔的下颌不断地一开一合，发出无声的嘲笑。

1

"迈克尔！守门人迈克尔！快醒醒！"

一阵激烈的晃动唤醒了沉睡中的卡德尔，他感到左臂传来一阵剧痛。左臂已不属于自己了。那是一个用木头雕刻的手臂，早已替换了他被截去的肢体。木雕手臂是用山毛榉木制成的，用一根皮带和残肢的肘部相连。现在，木头深深地嵌进肉中。他早该想到，在打盹休息之前，应该要把木头松一松。

卡德尔懒洋洋地睁开眼睛，看到桌子上污迹斑斑。他试着抬起头时，脸颊戳到了桌面。他站起来的时候，又不小心扯掉了头上的假发。他用假发擦了擦额头，然后一边咒骂着，一边把假发塞进了自己的外套里。他的帽子滚落到地上，帽顶凹了进去。他把帽顶拉回原状，然后戴到头上。他的记忆渐渐苏醒。此时，他在汉堡酒窖中，肯定喝得烂醉如泥，毫无意识。他一回头，瞥见其他人也是同样状态。他们是酒馆里少数几个经常醉酒的客人，老板觉得他们很有钱，所以不会把他们扔进排水沟里。他们喝醉后，东倒西歪，躺在长凳上或趴在桌子上，到了清晨，他们会蹒跚地走回家去，等待他们的往往是家人的指责。但是，卡德尔却不一样。他是一个残疾老兵，独居独处，有着充分的自由时间。

"迈克尔，你必须赶紧过来！拉德尔湖里发现了一具尸体！"

叫醒他的是两个流浪儿童。他觉得这两个流浪儿童的面孔很熟悉，但是却怎么也想不起他们的名字。他俩身后，站着身形健壮的拉姆，他是酒馆老板寡妇弗莱曼夫人的管家。这个拉姆摇摇晃晃，面色通红，站在两个流浪儿童和一堆还没刷洗的玻璃杯中间。玻璃杯作为酒馆的荣耀，被悉心地锁在蓝色橱柜里面。

这个酒馆名叫汉堡酒窖，被判处死刑的犯人在通往监狱外绞刑架的路上，会在这儿停下来稍做休息。他们在这里享用最后一杯酒，然后杯子就被人小心翼翼地收回，刻上名字和日期，放入橱柜中，成为收藏行列中的一员。押解犯人的警卫也会在这里喝上一杯，付多少钱则完全取决于犯人所犯罪行的严重程度。据说在这里喝酒能带来好运。卡德尔对此一直很难理解。

卡德尔揉了揉眼睛，发觉昨夜在酒馆里喝醉了酒，现在仍未清醒。他一开口，便发出了一种嘶哑绵厚的声音。

"这究竟是怎么一回事？"

年龄大点的流浪儿童是个女孩儿，她回答了他的问话。男孩儿是个"兔唇"，从模样上看，和女孩儿应该是两姐弟。男孩子闻到卡德尔的鼻孔里发出的气味,皱了皱鼻子,然后藏到了姐姐身后。

"水里有具尸体,就在湖边。"

女孩儿的语气明显既害怕又兴奋。卡德尔感觉额头上的青筋快要爆出来了。他感到心脏怦怦地跳动,简直要吞没他脑海中一切微弱的念头。

"这种事来找我干吗?"

"求求你了,迈克尔,我们找不到其他人了,只知道你在这里。"

他有气无力地搓揉太阳穴,来缓解宿醉的头痛。

* * *

南岛上空,天色仍未放亮。卡德尔步履蹒跚地走出汉堡酒窖,他走下了汉堡酒窖的楼梯,跟着孩子们走到大街上。大街上,空空荡荡。他心不在焉地听着孩子们边走边讲故事,故事里说的是一只渴极了的母牛在水边暴跳了起来,而后惊恐地朝丹托的方向跑去了。

"母牛扭头用鼻子蹭自己的身体,它的四条腿不停地跳跃,整个身子不停挪动,一会儿就转了个圈儿。"

离湖面愈来愈近,他们脚下的路上石子越来越少,泥浆越来越多了。拉德尔湖也是卡德尔看护的职责范围,他很久都没来过拉德尔湖岸边了,这里看起来似乎一切都毫无变化。长期以来,清理湖岸、兴建防洪堤码头的计划一直没有任何进展,对一个濒临毁灭的城市和国家来说,这一点不足为奇。湖水沿岸的好房子早就改建成了工厂。工厂把垃圾直接倾倒进湖水里,而垃圾场里,垃圾早就堆不下了,四处溢出,却乏人问津。卡德尔在烂泥里艰难地行走,仿佛要犁出一道沟,他不得不摆动着那条健全的手臂,来保持身体平衡。这样的时刻，卡德尔竟然爆出了一句俏皮话。

"你们说的母牛一定是被它的表哥吓了一大跳，它的表哥正在发情期，刚好路过这里。然后，屠夫把牛的杂碎扔进了这湖里。你们把我叫起来，不为别的，为的是这腐臭的牛肉或者猪肉吧。"

"我们真的在水里看到了一张脸，一张人的脸。"

波浪拍打着湖岸，搅动起淡黄色的泡沫。一团黑色的腐化物漂浮在几米开外，也看不清是什么东西。卡德尔的第一反应是，这绝不可能是人类。它太小了。

"我说过了吧，这是屠夫扔下来的残渣，牲畜骨架什么的。"

女孩儿坚持她没有看错，男孩儿也点头表示同意。卡德尔只得无奈地哼哼两声。

"我喝醉了，你俩听到了吗？醉得死死的，透透的，醉得舒舒服服的。你俩不会忘记这件事的，你俩会一直记得，你俩把守门人骗到拉德尔湖，让他泡进水里浑身湿透，还有，他在上岸之后，非常生气，狠狠地揍了你俩一顿。"

他只有一只手能发挥作用，但他还是成功地脱下了外套。脱外套时他忘记了羊毛假发，羊毛假发从外套里子里掉了出来，落到了烂泥地里。不管了，这玩意儿也值不了几块钱，样式也早已过时了。他还戴着这个假发，仅仅是因为这样他的外貌会显得体面些，让更多的人给他这位老兵匀一两杯酒。卡德尔看了看天空，遥远的天际，一串星星闪烁在阿斯塔湾的上空。他闭上眼睛，把美景封印在心里，然后迈出右腿，向湖水中走去。

湖边浅水处的稀泥无法承载他的重量。他向前走，湖水淹没到膝盖处，他感到湖水涌进了靴子。他每走一步，都需要把腿从淤泥中艰难地拨出来，然后又再次陷入淤泥里，但他还是继续向前迈进。他用半是匍匐半是狗刨式的方式让自己划向更远处。他的指尖所及，全是浑浊的水，水里充斥着淤积物，这些淤积物都是南岛的居民觉得毫无价值的东西。

宿醉影响了他的判断力。当他的脚再也踩不到湖底的时候，他感到一阵恐慌。湖水比他预计的还要深，他觉得自己似乎回到了三年前的斯文斯克松德，波浪涌动，令他感到恐惧害怕，瑞典前线的情境又一幕幕在他的脑海中回放。

一阵用力蹬腿之后，他靠近水里的尸体，一把抓住尸体。他的第一个念头是"我早猜对了"。这不可能是人类。这是被丢弃的动物残骸，是屠夫的孩子扔到这儿的。由于尸体分解后产生的气体扩散到内脏，这残骸逐渐变成了一个浮标。这团残骸翻转过来，露出了它的脸。

这张脸一点儿也没腐烂，甚至空洞的眼窝还直勾勾地盯着他。嘴唇撕裂开了，已经看不到牙齿。唯独头发还遗留着光泽，尽管在夜色和湖泊的颜色映衬下，头发的颜色显得暗淡，但仍旧可以看出，这是一团浅淡的金色头发。卡德尔猛地吸了口气，有湖水灌入他的口中，差点让他窒息。

咳嗽平息下来以后，他一动不动地漂浮在尸体旁边，仔细研究它被破坏的样貌。湖岸边，孩子们都不敢出声。他们就这么静静地等着卡德尔回来。卡德尔拽着尸体，在水里转身，然后赤脚蹬水，向岸边游动，游回到岸上。

当卡德尔靠近泥泞的堤岸时，水太浅了，已经无法再承受他们的重量，他的救援行动也因此变得更加费力。卡德尔转了个身，用两条腿把他的战利品拽了上来。孩子们没有上前帮忙，反而捏着鼻子，畏缩退后了。卡德尔清了清嗓子，把吸到喉咙深处的肮脏湖水吐到泥地里。

"赶快跑步去闸口，告诉他们尸体的事情。"

两个孩子并没有马上应允，他们明显想瞥一眼卡德尔捕获的东西，却又不敢离得太近。卡德尔抓起一把烂泥，朝他们扔去，他们这才逃开。

　　"再去夜间值班室那儿，给我拿一件蓝色外套，小兔崽子！"

　　当孩子们远去的脚步声彻底听不见时，卡德尔才俯身呕吐起来。寂静降临，此时此刻卡德尔独自一人，他感到一阵冷气袭来，将肺里所有的空气都挤压出去了，让他无法深呼吸。他感到心跳加速，血液在喉咙的筋脉中跳动，他感觉非常恐惧，几乎要瘫痪在地。他很清楚接下来会发生什么。他感觉这条手臂早已不属于他了。四围被黑暗笼罩，他把周身的各部分器官在头脑中过了一遍，觉察手臂又回到了原位。只是这归位伴着灼烧之痛，仿佛时空不在、宇宙无存，此刻，混沌中除了铁齿钢牙啮肉噬骨之痛，别无他物。

　　恐慌之中，他撤掉了皮带，木头做的假肢也随之掉落进泥地里。他用右手拽住断肢的残部，按摩着伤痕累累的肉体，来强迫自己接受这样一个事实，那就是，他的手臂其实早已不复存在，并且这残臂的伤口也在很久之前就愈合了。

　　这样拽了不到一分钟，他又能呼吸了，一开始只是浅浅地喘着，而后则是绵长平静地吸气。恐慌减弱了，世界又恢复到了熟悉的轮廓。他在战场上失去了一条手臂和一位朋友，从战场归来的三年里，突袭的恐惧感一直困扰着他。但是那已经是很久以前的事了。他自以为找到了遏制住噩梦的方式，烈酒和酒吧斗殴多多少少能起点作用。卡德尔环顾四周，想寻找什么东西能够宽慰自己，但是，目之所及，却只有他和这具尸体。最后，他只能牢牢握住假肢，摇摇晃晃往前走。

2

塞西尔·温格面前的桌子上有一张纸，纸上画着整整齐齐的网格。塞西尔·温格把怀表摆放在面前，先把链子解了下来，然后又把滋滋滴蜡的蜡烛推得更近些。他把螺丝刀、镊子和钳子排成一排，又把手伸到蜡烛的火焰前，面色平静如常。

他开始小心翼翼地修理怀表。他打开怀表，松了松那些能将表针固定到位的螺栓，把它们从钟面提了起来，然后把每一个螺栓放进纸面上的网格中。接着，他抬起了钟面，里面那些装置由于没有了遮挡物，现在都暴露了出来。他慢慢地把一个个零部件拆下，一个齿轮，又一个齿轮，然后把每一个零部件放入其纸上画好的方框里面。解除了束缚之后，本来扁平的细弹簧伸展成为长长的螺旋的形状。螺旋下面是齿轮链，而后是主轴。工具仅仅比缝纫针大一点儿，这些工具能够慢慢地将微小的螺丝钉从它们的螺孔中起出来。

没了怀表，温格只能循着教堂的钟声来追索时间的流逝。他快要踏上美多兰岛的时候，赫德维格·埃莱诺拉教堂的钟声响了。教堂的卡特琳娜塔楼坐落在山巅，暗哑的回声随着海水，传向远方。时间匆匆，过得真快呀。

等完全拆卸了怀表的每一个零部件，他又按照相反的顺序，一步步地将它重新安装到原位。随着每一个零件都归位，怀表渐渐回复成原来的模样。他细瘦的手指会抽筋，为了让肌肉和肌腱复原，他需要反复地暂停工作。他的手掌握在一起，然后又张开，两手来回搓揉，而后放在膝盖上，伸展开来，活动关节。不适的坐姿开始对他的身体造成影响，他越来越频繁地感到臀部疼痛，这种疼痛逐渐扩散到下脊椎，这迫使他在椅子上不断地变换姿势。

他的双手一复原，他就立刻把小钥匙插进锁孔，然后转动，感受着里面的弹簧带来的阻力。他只要一放手，就会听到那个熟悉的滴答声：世界就应该按照这样的方式运行，理性而易懂，每个零件都该有它自己的位置，每一条轨道都能精确定位。从夏天开始，他就在心里默念这些话，现在已默念了数百次了。

怀表很快就修好了，温格的幸福感和舒适感也随之消失。对温格来说，世界在中止了几秒之后，再一次恢复了它原本的样子。他的思绪开始游荡。表盘上刻有制造商名字——"贝林，斯德哥尔摩"，这也是一个刻度标识，每当秒针的指针走到刻度标识的时候，他就把一根手指摁在自己的手腕上，数着自己的心跳。一分钟心跳一百四十下。正当他把工具放好，预备再一次重复完整的流程时，门外飘来一阵食物的香味，女仆敲了敲门，请他去吃饭。

* * *

一套蓝纹的碗碟摆放在他们面前，他的房东是个绳索匠人，名叫奥洛夫·罗泽柳斯。房东先是俯首祷告，然后才伸手揭开碗碟上面的盖子。盖子烫到了他的手，他咽下一句脏话，同时迅速把手伸回来，来回地晃，以便疼痛尽快缓解。

烛光摇曳。塞西尔·温格坐在房东的左边，随意看了看桌子上的饭菜，女仆迅速递给他一块餐巾。红萝卜和肉汤的香味让房东的眉头舒展了一点。他已七十岁了，岁月已漂白了他的头发和胡须，现如今坐在椅子上，身躯也显偏偻。人们都说，罗泽柳斯是个正派的人。多年来，他在海德维格·埃莱奥诺拉开办救济院，慷慨散出去的钱财，足以买下斯宾斯伯爵坐落于美多兰市郊的避暑别院。罗泽柳斯的邻居埃克曼是财政部的高级官员，他们曾在北部工厂一起投资，结果投资失败，这让他的晚年黯然失色。温格能觉察到罗泽柳斯的忧伤，他认为自己做了十年的善事，但是没有得到公正的回报，也没有得到应有的补偿，现如今，痛苦就像个钟罩一样笼罩着这处房产。

作为一个房客，温格不能为他提供帮助，但能感觉到自己的存在恰恰使罗泽柳斯在这一不幸时段备受煎熬。每吃一口食物，罗泽柳斯就发出一声叹息，这天晚上，他显得比往常更加悲伤。等他清了清喉咙打破沉默的时候，碗底已经只剩下几勺饭菜了。

"给年轻人提些建议是很难的，因为收到的回应常会让你觉得自取其辱。但是，塞西尔，我真的希望你一切都好。请安心听我说完。"

在说出那些必须得说的话之前，罗泽柳斯深吸了一口气。

"你做的事情太不近人情了。一个丈夫应该和他的妻子在一起。你难道没宣誓过，说不论好坏都要与她一起吗？快回到她的身边去吧。"

温格血气上涌，满脸通红。反应的速度之快让他自己都吃了一惊。一个理智的男人模糊了自己的判断，而让愤怒占了上风，这是极为不合适的。他深吸一口气，感受到了自己的心跳，他凝神定气，努力掌控自己的情绪。他一言不发。温格住在罗泽柳斯家已有一段时间了，温格知道，罗泽柳斯虽然年近高龄，但他那超乎同辈人的智慧迄今为止丝毫不减。他甚至可以听见房东脑海里的想法。俩人之间的情绪愈发紧张。紧张的情绪在长久的沉默中悄然退去。罗泽柳斯轻叹一声，身子后靠，伸出手掌，做出了和解的姿势。

"我和你曾多次一起进餐。你是一个博学又机敏的人。我知道，你既不是恶棍也不是流氓。恰恰相反，你心地善良。但是，塞西尔，你被那些时髦的观念迷惑了。你以为万事万物都能被心灵意志的力量所解决，特别是你自己的事情。你弄错了。感情不能这样被束缚住。为了你俩都好，快回到你妻子身边去吧，如果你做过什么对不起她的事，就好好请求她的原谅。"

"我所做的事情就是为了她好。我是认认真真考虑过的。"

"塞西尔，无论你想实现什么，最终都会事与愿违的。"

温格无法控制自己颤抖的手，为了隐藏自己的焦躁，他放下了汤匙。让他沮丧的是，他发觉自己的声音嘶哑，小得就像耳语。

"会成功的。"

温格的回复，即便自己听来，都像是一个顽固的孩子在编造一个毫无说服力的借口。而当罗泽柳斯回复他的时候，声音则变得比以往温和了。

"塞西尔，我今天看到她了。我看到你的妻子了。就在凯兹湾的鱼贩子那儿，她怀孕了，肚子已经大了，明显无法掩饰下去了。"

温格坐直身体，第一次直勾勾地盯着罗泽柳斯的脸庞。

"她一个人吗？"

罗泽柳斯点了点头，伸出手，想拍拍温格的手臂，但是温格迅速地躲开了。温格这个下意识的反应，让罗泽柳斯感觉有点儿吃惊。

温格闭上眼，想重新控制自己，有那么一瞬间，他觉得自己回到了内心的图书馆，那里一排排的书整齐有序地摆放着，寂静无声。然后他挑选了奥维德的一本书，随意地读了几个字。

一切都在变化，但是没有什么真正地消亡。在那里，他找到了他正寻求的慰藉。

当他再次睁开眼睛的时候，没有流露出任何情绪。他努力地控制着颤抖的手，小心地把汤勺放回合适的位置，然后推开椅子，站了起来。

"谢谢您的菜汤，也谢谢您的关心，但是今后，我想在我的房间用餐。"

温格走出房间的时候，背后传来了罗泽柳斯的声音。

"如果你心里想着一件事，而事实则是另外一回事，一定是你的想法出了错。你受过那么良好的教育，怎么会不明白这个道理？"

温格并没有做出回应，而是快速走开，假装什么都没有听见。

* * *

塞西尔·温格摇摇晃晃，踉踉跄跄地来到走廊，然后上楼梯回自己的房间。初夏时节，他就向制绳人租了这个地方。他觉得自己快要喘不过气了，只能强迫自己停下来，在门框边上站稳。

窗外的花园，宁静安详。太阳已经下山。在通往大海的斜坡上，有一个果园，果园里果树杂乱生长。温格看到，在果园的后面，岛屿上船坞的灯光已亮起来了，在那里，船员正忙碌着，想赶在黑夜降临之前把工作做完。再远处，则是卡特琳娜教堂的塔楼。夜风正徐徐拂来。

这城市吐纳着日夜，每一天，一吸拽回海上的清晨，一呼又把夜晚带回到岸边，借助的是能推动每个风向标的力量。近旁，老磨坊发出嘶哑的声音，抗议那根绑缚住它的绳索。远处的腹地，另一处磨坊同声附和。

温格看到，窗玻璃上呈现出自己的影子。他还不到三十岁，满头黑发，用缎带扎在一起，甩在颈后，黑发与他惨白的面庞形成鲜明的对比。脖子上紧紧地包裹着白围巾。他已经看不到地平线的尽头，也看不见远处的天空了。天空的深处，已经隐约能看到新星的踪迹。这就是世界：暗无边际，光亮熹微。他的眼角捕捉到一颗流星迅速划过窗沿，光芒在天空拖出一条线。

* * *

他看到花园的椴树下亮起了提灯，他今天并没有约定哪个访客呀。随后，他听见有人呼唤着他的名字。他裹上外套往椴树那里走去，走近的时候，看到有两个人正在等着他。罗泽柳斯的女仆打着灯，她旁边有个人，那人身形矮小，弯着腰，垂着手，喘着气，一丝唾沫挂在嘴边。当他走到他们跟前时，女仆就把提灯交到他手上。

"这人说要找你，我可不想让他这个样子跨过我家的门槛。"

她抬起脚后跟，怒气冲冲地径直走回主屋，边走边摇头，以表明她觉得这个世界很荒谬。眼前是个男孩，他很年轻，浑身上下有点儿脏兮兮的，但是尘土之下嗓音轻柔，脸颊光润。

"你是……"

"你是温格吗？因德贝托来的人？"

"准确地说来，警察局登记的地名归属地是因德贝托大厦，说真的，我叫塞西尔·温格。"

男孩一头金发，但头发也是脏兮兮的。他抬眼看着温格，不能确认温格是不是他要找的人，所以先不说明来这里的原因。

"卡索山的人说，谁能最快到你这儿，谁就能得到奖赏。"

"是吗？"

男孩咬着一缕从帽子里奔拉下来的头发。

"我跑得比别人都快。现在身上都快抽筋了，嘴里也流血了，可能还需要穿着这身汗水湿透了的衣服睡在外面。我遭受了这么大的罪，总该得到一些补偿吧。"

男孩屏住呼吸，好像他的胆量已经锁住了他的喉咙。温格严厉地看了他一眼。

"你已经说了，还有其他人为这事儿跑腿，我只要再等一会儿，我们就可以开始竞价做买卖了。"

温格听见男孩咬牙切齿的声音，他还低声咒骂自己说错话了。温格还是打开钱夹，拿出一个硬币，捏在拇指和食指之间，这是他准备给男孩的酬金。

"今晚你交好运了。我有很多优点，但是耐心可算不上是我的一个优点。"

男孩讪讪地笑了。他缺了两颗门牙，留出一个缺口，舌头从缺口伸出来舔了舔从鼻子里流出的鼻涕。

"先生，警察局局长在找您。他希望您马上到阿克塞斯密斯路。"

温格自顾自地点了点头，然后伸出握着硬币的手。男孩上前一步，一把抓住他的奖赏，匆忙转身，飞速奔跑，他跳下矮墙，落到地面的时候差点失去平衡。温格大声对他喊：

"拿这钱去填饱肚子，别喝酒。"

男孩顿了一下，算是回应，他背对着温格脱下裤子，露出苍白的屁股，扭了两下，然后他转过头，在自己脸颊两侧各狠狠地捆拍了一下，大声喊道：

"以后有这种肥差，再给我几个，我想赚大钱。"

男孩像打了胜仗凯旋一般，笑着穿过草地，很快消失在夜色里。温格留在原地，陷入了沉思。

＊＊＊

几个月前，警察局局长约翰·古斯塔夫·诺林就从政府那里得到许诺，自己将获得一套政府提供的住房，但是，这个许诺却一直没有兑现，因此，他和家人仍旧住在与股票交易所隔着三个街区的公寓楼里。当温格气喘吁吁费劲爬上三楼的时候，天色已经很晚了。站在门外，他能够听出，房间里已经有人比他来得早，那人不仅惊扰了局长，也惊扰了局长的家人。屋子里，一位妇人正抚慰焦躁的孩子。诺林在前厅等他，没戴假发，外套和制服裤子之间能明显看到睡衣的一角。

"塞西尔，十分感谢你能够在这么短的时间内赶来。"

温格点了点头，按照诺林的示意，坐在了瓷砖壁炉边专门为他的到来准备好的椅子上。

"卡特琳娜已经煮上咖啡了，一会儿就好。"

局长坐在温格对面，有点拘束不安。他清了清嗓子，好像这样能帮助他解释把温格请来的原因。

"塞西尔，我们发现了一具尸体，就在南岛的拉德尔湖里。两个孩子找了醉醺醺的守门人将它拖回岸上。情况十分……和我说这件事的人已经当了十年的警察了，其间他见惯了人们之间如何伤害彼此。但是，当他给我陈述尸体状况的时候，只能站在门阶上，弯着腰喘着气才没把晚餐都吐出来。"

"但是如果知道他的德行，那也可能是因为他喝多了。"

俩人都没有笑。温格揉了揉自己疲惫的眼睛。

"约翰·古斯塔夫，我们说好了的，上回我帮你的案子是我最后一件案子。我已经为警察局提供多年的协助了，你应该知道，现在我需要管管我自己的事了。"

016

"没有人会比我更感激你所做的一切，塞西尔。每一次，我都坚信你会超越预期完成任务。看看去年冬天以来警察局的案件记录，警察局里每个人都知道，你为我提供了多大的帮助。但是，塞西尔，我没说错的话，这难道不也是我对你的帮助吗？"

诺林的目光越过杯子的边缘，试图捕捉到温格的眼神，但是他很失望。这位警察局局长轻叹一声，放下了手中的咖啡。

"我们曾经年轻过，塞西尔。我们刚从法律学校毕业时，曾希望名震法庭。你过去一直是一位理想主义者，始终强烈地捍卫着自己的信念。无论代价有多大，你都准备好去偿还。当我已然被这个世界磨平棱角，你身上仍丝毫未变。我的妥协能力使我成为警察局局长。但这一次，我们似乎扮演了对立的角色。现在我要问你：究竟有多少次，我们面对着眼前值得被纠正，而我们也有力量纠正的重大错误？你很少全心投入那些你觉得值得关注的事情，你不太会去管那些不识字的贪污犯，也不太会去管那些杀了妻子甚至懒得从斧子上抹去血迹的罪犯，不去管那些各式各样的暴力犯，也不去管那些被精神力和副作用诱惑而勃然大怒痉挛发作的暴徒。但是这件事不一样，这是一件我和你都没有见识过的东西。如果我有其他可以全权信任的人，我绝对会毫不犹豫去找他。但是除你之外，别无他人，我们绝不能让一个披着人皮的恶魔逍遥法外。尸体已经被送到玛丽亚教堂的墓地了。就帮我这个忙吧，此后我再不会因为任务的事情劳烦你了。"

温格抬起双眼，这一次，轮到我们的局长不敢去直视他的目光了。

3

卡德尔从米勒山上走下来，向排水沟里吐了口唾沫，唾沫里带着棕色的烟渍。他换上了一件借来的衬衫，干净得好像要去赴一个朋友的约会一样。他走在通向格尤德底湾的斜坡上，斜坡两旁的建筑刚刚被精心粉刷过。到了这里，他就能够模模糊糊地辨认出这座岛上的城市，城市仿佛一座暗黑的庞然大物在水里耸立着，在星星点点的灯光下若隐若现。

卡德尔还没走出这片街区，就看到了一个人。这人脸上有天花留下的疤痕，脖子上戴着一条链子，链子上则缀着画有警察标志的银盾。这人正在向普尔海姆船闸方向走。

"打扰一下，你大概正巧知道拉德尔湖上尸体的事情？我的名字叫卡德尔，我是一个多小时前把它打捞起来的那个人。"

"我听说过那个事，你是那个守门人，对不对？那具尸体现在在玛丽亚教堂的停尸房里。这真是个该死的差事，我从没见过比这个更糟糕的事了。你瞧瞧，我本来以为你的活儿早都应该结束了，但是现在你知道，我还得赶回到因德贝托大厦，在黎明前完成我的报告。"

跟警察道别后，卡德尔穿过玛丽亚教区，向坡下走去，街道被露水浸湿，泥泞湿滑。在山脚下，他迎面看见的是教堂的一段墙。玛丽亚教堂残破不堪，正如卡德尔是个残疾人一样。在卡德尔出生那年，一个面包师小屋里的一星火光点燃了一场大火，烧毁了二十个街区。提契诺塔楼的石膏穹窿尖顶被烧毁了。三十年过去了，尖顶仍然没有修复好。

卡德尔穿过教堂大门，向教堂后院的墓地走去。墓地似乎在静静地观察着他。一个幽灵般的声音破坏了这片静谧。在黯淡的光线中，卡德尔慢慢清楚了这是什么，这声音一定是某个人发出来的。一开始，卡德尔觉得这声音听着像是地下传来的犬吠，但他很快注意到一个人影。墓地的后面是教堂的马厩和掘墓人的住所，那里，一个孤单的身影正在咳嗽，双手捧着手帕，捂在嘴上。

卡德尔忽然不知道下一步该做什么。这个陌生的人影咳完后，向地上吐了口痰，转身走进身后的屋子。屋子的窗户开着，有光从窗子倾泻出来，亮得让卡德尔感到有点晃眼。他发现自己处在光线中，很容易被人发现。于是，他发出嘶哑的低语，打破沉默，但是，他每说出一个字，声音就变得更大一些。

"你是发现死者的那个人，卡德尔，对吗？"

卡德尔点了点头。

"办事的官员好像还没有搞清楚，但是卡德尔不是你的全名吧。"

卡德尔从头上摘下湿透了的帽子，生硬地微微鞠躬。

"但愿他没搞清楚吧。让·迈克尔·卡德尔是我的全名。我出生后，我父亲看我第一眼时，他就信心满满，觉得我一定有着某种不凡命运。但如您所见，他矢志未达，愿望落空。我也被唤作迈克尔。"

"谦逊也是一种美德。你的父亲未能见识到你现在这个样子，我真觉得这是他的损失。"

模糊的影子走到光亮处。

"我的名字叫作塞西尔·温格。"

卡德尔细细地打量着这人，意识到他远比声音里表现出的年轻得多。虽然他的穿着有点老套，但是他衣着搭配还是很得当的：外套是黑色的，衣领很高，腰部紧束，尾部的菱格纹镶嵌着马毛。腰间露出一件马甲，上面有精致的绣花。黑色天鹅绒的长裤，膝盖上裹着束扣。白色围巾在他的脖子上缠绕数圈。他的头发很长，乌黑发亮，用红色的带子扎绑着，垂在颈部。他的肤色很白，甚至有些耀眼。

温格体型纤长，甚至瘦得有点儿不大自然。他和卡德尔并没有什么不同——这样的男人在斯德哥尔摩的大街上比比皆是，饥荒和战争剥夺了他的青春，年纪不大，却已面衰气竭。卡德尔的肩是他的两倍宽，战士般宽阔的胸膛把外套撑开，臂膀似木桩，右拳如火腿一般大。他长着一双招风耳，因为招了太多的殴打，边缘上留下了多个疤痕和肿块。

温格也在打量卡德尔，从头到脚指头打量，好像在仔细侦查，甚至连他那长满麻子的脸都不放过。卡德尔不禁下意识地清了清喉咙，他故意地把身体往右转了转，试图隐藏他残疾的手臂。被温格这样静默地打量着，让卡德尔极为不安，于是，他打破沉默。

"我刚才在山上碰到个小警察，你是不是也是从因德贝托大厦那边过来的，你是从警察局过来的吧？"

"算是，也不算是。或许，你可以把我当成是警察局的特别顾问，是局长找我来的。你呢，让·迈克尔？你大半夜来玛丽亚教堂停尸房做什么呢？大家都觉得你该做的事情都已经做完了。"

卡德尔意识到他对这个问题并无合理的解释，于是假装吐了口带着烟末的痰，以给自己争取一些思考的时间。

"我的钱包丢了。可能是我把尸体拉上岸的时候丢掉的吧。

我承认里面也没有多少钱，但是还是值得走些夜路到这里一趟的。"

温格迟疑了一会儿，说道："说到我，我是来这里验尸的。埋葬之前，要将尸体好好清洗一番，我就是来对掘墓人说这事的。那么，跟我来吧，让·迈克尔，我们一道去看看，看看能否找到钱包。"

* * *

他们上前敲打隔墙旁边屋子的门，掘墓人打开门。他又老又矮，驼背弯腰，支着一双罗圈腿，肩膀佝偻耸起，言语中带着德国口音。

"是温格先生吗？"

"是的。"

"我的名字叫作迪特尔·施瓦尔贝，你是为了尸体来的吗？剩下的时间都任由你安排了，牧师会在晨祷之前为他祷告。"

"十分感谢你能为我们带路。"

"稍等片刻。"

施瓦尔贝用一根长长的火柴点燃了两盏提灯，而后在空中摇晃几下，来熄灭火柴的火焰。旁边的桌子上，一只喂养得很好的猫一边舔爪子，一边给自己洗脸。施瓦尔贝给卡德尔递过一只提灯，随后就关上门，迈着蹒跚的步伐，走到他俩前面带路。院子的另一边是一处低矮的石头建筑。

施瓦尔贝在开门前，抬手放到嘴边，大声叫嚷了一声。

"这主要是赶耗子。"他解释道，"我想用这种方式吓吓耗子。"

屋子里的每一个角落都堆满了杂物。有长钉短锹，制作棺材的材料，新的旧的都有，还有因冬天的霜冻破碎了的墓碑碎片。那具尸体被包裹着，放置在一张低矮的长凳上。房间冰冷，死亡的气息清晰可辨，迎面扑来。

掘墓人递过来一个钩子，示意卡德尔把提灯挂在上面。然后，他低下头，双手紧握，似在祷告。而后，他来回移动着双脚，明显显得局促不安。温格把目光转向他："你还有别的什么事情吗？我们还有很多事要做，时间极为宝贵。"

施瓦尔贝眼光发直，盯着地面。

"我做掘墓这工作很久了，这个教区没有人比我做得时间长，我见识过各种各样的事情。尸体或许不能发出自己的声音，但是他们有着其他的表达方式。此刻，躺在这儿的这个人就很愤怒。我从来没有感受过如他这样的愤怒。他的愤怒，就好像可以把我们周遭的石墙里的泥膏都击成碎屑一般。"

如此迷信的话语让卡德尔感到周身不适。他原打算在胸前画个十字，但是温格向他投去怀疑的目光，卡德尔也只得停住了。

"死人之所以是死人，就是因为他没有生命了，至于意识离开身体之后的去向，我也说不上来，但是让我们祈祷，那会是一个比他丧生之前更好的地方。而残留下来的，既感受不到雨水，也感受不到阳光，现如今我们无须做什么去打扰他了。"

施瓦尔贝眉头紧锁，明显对此不以为然。他皱起眉头，几乎把浓密的眉毛都揉到一块，根本没有离开的意思。

"他不应该连个名字都没有，就被埋进坟墓。葬下一具无名的尸体，就是播种一粒仇恨的种子，在你觅得他真正的姓名之前，你难道不该给他取个名字吗？"

温格思忖着怎样回复掘墓人的提议，而卡德尔却认为，给个答案或许是最快摆脱掘墓人的方式。

温格顺势说道："或许我们给他取个名字，还能算是积点阴德吧，让·迈克尔，你有什么建议吗？"

卡德尔犹豫着，没预料到会被问这个问题。施瓦尔贝清了清嗓子，神秘兮兮地说："按照惯例，未受洗礼的人都用国王的名字命名，是这样的吧？"

卡德尔打了个寒战，然后，他就好像吃到坏东西一样，一字一字地吐出了一个名字。

"古斯塔夫，如何？这个可怜的人恐怕已经受够了罪孽了吧？"

施瓦尔贝眯起了眼睛。

"卡尔家族的一个名字，是吧？那个家族有十二个名字供我们选呢。如果我没记错的话，这个名字在你们语言里的意思是'男人'，这个名字在这种情况下倒也合适。"

温格转向卡德尔。

"那就叫卡尔？"

死亡在此刻似乎唤起了卡德尔某些久远的记忆。"好吧，就叫他卡尔吧。卡尔·约翰。"

施瓦尔贝朝着俩人笑了笑，露出一排棕色核仁般的牙齿。

"太好了。祝你们晚安，温格先生，这位是……抱歉能问一下他的名号吗？"

"卡德尔。"

施瓦尔贝准备离开，但是跨过门槛时，他又停顿了一下，转身回来说："晚安，卡尔·约翰先生。"

* * *

提灯发出微弱的光，灯光下，只剩下温格和卡德尔两个人。温格掀开裹尸布的一角，一条残腿露了出来，大腿高位截肢，只剩下两个手掌的长度，残腿上还套着假肢。怔了一会儿，他回头对卡德尔说："你靠近些，看看这些都是什么。"

卡德尔见到眼前的这条腿，境况比先前印象中的全尸还要糟糕，这个无名死者的假肢绝对不会让人马上想到这是什么样的人。

"他的腿难道是被活生生地锯掉了？看着确实是这样的。"

温格一言不发，若有所思，他点点头。这种沉默使卡德尔觉得自己很愚蠢，又莫名感到恼火。这个晚上恐怕就要这样无休无止地探究尸体了。温格的视线并没有离开卡德尔的脸，他指了指卡德尔的左臂。

"我注意到，你失去了一条手臂。"

卡德尔一直以为自己极为擅长隐瞒自己的残疾。他曾经花费了很长时间，练习如何隐瞒自己的残疾。从远处看的话，浅色山毛榉木制假肢的颜色与皮肤的颜色极为接近，所以他早已学会如何掩饰假肢，他时常把假肢藏在臀部后面。除非他必须要挥挥手，很少有人能意识到他的左臂装着假肢，特别是在晚上，能识别他装着假肢的人就更少了。而此时，温格竟然注意到他装着假肢，他不得不低头承认。

"我深表歉意。"

卡德尔鼻子哼了一声，以示不屑。

"我是来找我丢掉的钱包的，不是为了怜悯。"

"我刚才能感觉到，你对已故国王古斯塔夫的名字很厌恶，我冒昧地请问一下，你是在战争时期失去了左臂吗？"

温格一边说，一边继续检查尸体，卡德尔点了点头。

"我提到这个，是因为你对于截肢的洞见远胜于我。所以你能不能帮我个忙，再帮我验一次尸？"

尽管尸体已用水和肥皂洗过，但尸体上仍旧残留着一层污泥。这一次，卡德尔仔仔细细地研究了截肢的部位。答案不证自明，呼之欲出，他忽然意识到，他以前见过这样的部位。

"这不是新做的木头假肢，因为伤口已经完全愈合了。"

温格点头默许。

"是的，我们发现这样的尸体时，都会以为这些伤口要不就是死因，要不就是凶手想要抹去的证据。但是这些都不对。如果我们发现的四肢都是这种类似的情况，我一点儿都不会觉得惊讶。"

在温格的指挥下，他们转到长凳另一边，掀起裹尸布的另一侧，角对角向上折起来。尸体散发出酸腐味，且混杂着泥土气息的恶臭，温格拿出手帕捂住鼻子，卡德尔则只是拂起袖子挡了挡。

卡尔·约翰失去了两条手臂和两条腿，能看出是被人拿刀子或者锯子，硬生生从身体上切割下来的。他的脸上也没了眼睛，眼珠已被人从眼眶中掏走。肋骨突出，腹部因内藏气体而膨胀，肚脐眼也因此被挤得向外翻转，但与此同时，骨盆的骨头在皮肤下却能清晰可见。他的胸腔瘦薄，看得出他还年轻，还没长成成年男性的宽度。他的脸颊深陷。卡尔·约翰只有头发还完好无损，这表明，他死前是一个年轻小伙子。死者浅金色的头发已经被谦恭的郊区居民好好地梳洗过了。

温格把提灯从钩子上提起来，凑近尸体观看。他围着尸体来回绕了几圈。

"战场上，你一定见过许多水中的浮尸吧？"

卡德尔点了点头。他现在仍然很憎恨看见水中浮尸的情景，这会儿，他对温格对一具死尸如此客观、冷静的检查，也有些憎恨。他很紧张，有一搭没一搭地说起话来。

"在芬兰湾下落不明的那些战友，许多人秋天又回来找我们了。我们在斯维德贝格堡垒的城墙下见到过一些人，在炮台的下面，也见到过一些人。我们在战场上时，有些人刚刚逃过了热病，就被派去把尸体从海里搬运出来。鳕鱼和螃蟹把能啃的都啃了。

开始搬运尸体的时候是最糟糕的时刻。打嗝声和呻吟声不断地从搬运尸体的人嘴里发出来。无数的尸体被鳗鱼包围着，鳗鱼们吃得肥肥壮壮，懒得腾出空间，好像我们打扰了它们的盛宴一样。"

"相比之下，这位卡尔·约翰看着怎么样呢？"

"完全没有任何的可比性。通常在有小规模会战的日子，我们会尽可能快地去打捞死去战友的尸体。这些尸体惨白、水肿、略微干瘪，他们浮在水中的情景和我在这里看到的无异。如果我没算错的话，卡尔·约翰没在水里泡多久。我想时间一定只有几个小时。他一定是在入夜后才被投入湖里的。"

"你的手臂截肢后花了多少时间痊愈呢？"温格沉思了一会儿，突然问道。

卡德尔注视着温格。隔了好一会儿，他做出决定。

"我们来仔细地检查一下，这么做，我们或多或少能得出共同的结论。"

温格帮卡德尔把袖子一点一点地卷上去，露出左臂，直到看到连着木头假肢和肘部的皮带，才停下来。卡德尔松了松皮带把手，把假肢拉了出来，放到灯光下。

"你之前亲眼见过人的肢体被切割下来吗？"

"见过，但是没见过从活人身上切下来的情景。我之前去过解剖讲堂，在那里看过一次公开的解剖演示，当时，几个外科医生解剖了一个女人的尸体。"

"我自己的截肢手术，大概也能当个典型案例写进教科书，我的手术是一名海员操着匕首，用笨拙的方式完成的。那时，我被带到他跟前的时候，他已经砍掉很多条手臂了，砍掉手臂是为了防止坏疽。病人被皮带和铁链捆绑得紧紧的，这样，病人就不会因为疼痛而扑腾挣扎，那样会影响手术顺利进行。肉是用刀子切掉的，骨头则用锯子锯断。幸运的话，病人能够喝上大量的酒，受酒精麻醉，不会感到那么疼痛。但是，我的截肢手术是在匆匆忙忙之中完成的，手术全程，我都是十分清醒的。大的血管必须得迅速压制住。如果手术钳子不小心轻微滑动一下，血柱就会像喷泉一样，喷射到老远。病人片刻之间就会丧失所有的力量，脸色瞬间变得惨白。如果手术进展顺利的话，割掉之后，皮肤还能剩一大块盖住残肢的部分，这样也方便用针线缝合。你看看这里，你能够查探到疤痕的迹象，还能看到针脚的走向。如果残肢逃过腐烂的命运，你要做的事情，就是等着它重新再长好。"

他对温格笑了笑，一本正经地看着他，温格则全神贯注地听着。

"你比其他人更了解疗愈的每一个步骤。你能不能尝试一下，帮我确定一下卡尔·约翰被截肢的时间？"

"那你把提灯递给我。"

这会儿轮到卡德尔绕着死人来回转圈了。他弯下腰，仔仔细细查看尸体的每个角落，仔仔细细研究每一个残肢。因为他只能用那只健全的手提着提灯，所以几乎没有办法捂住自己的鼻子。他只能屏住鼻息，用嘴一点一点地小口呼出短促的气息。

"就目前我所了解到的来说，这个男人是在不同时间段被切除四肢的，每次截肢后伤口都好好地处理过。通过伤势来判断，对他的折磨应该是从去年夏天就开始了，直到几周之前。死神找上他，也只是昨天或者几天前的事。"

听着温格对这个尸体的推测，卡德尔只觉得脖子后面的汗毛都立了起来。温格沉思着，他用小拇指甲敲了敲自己的门牙，补了一句："我觉得这一切都是死者自愿的。"

温格把折起的裹尸布重新展开，他停下来，用手指仔细地揉搓布料。

"十分感谢你的帮助，让·迈克尔。不巧的是，你太过高估卡尔·约翰作为一个扒手的能力了。你的钱包仍旧老老实实地待在你外套里原来的位置。你的衣服鼓得那么明显，清晰地证明了这一点。如果这还不足以证明，那我还想说的是，当你握着提灯弯腰的时候，钱包已经暴露无遗了。你很清楚，你的钱包就在自己身上，对吗？我确信的是，尽管你昨晚喝得烂醉如泥，但是酒精并没有如你所想那样在你体内停留那么久。"

卡德尔感觉有些害怕，心里咒骂这个背叛了他的钱包。他有些愤怒，现在体内的酒精还让他觉得有些醉意，让他反胃作呕。温格对死人的冷漠态度，让卡德尔感到烦乱不堪。相较而言，卡德尔觉得自己对死人的态度够冷漠的了，毕竟他诅咒过最厉害的敌人死亡，见识过更多的死人。他朝身后吐了口水，好像要吓走魔鬼凶神似的。

"塞西尔·温格，你是个冷静的人。难怪你能在死人面前如此轻松自如。我也来说说我的观察：你吃得不够多。如果我是你的话，我会花更多时间坐在餐桌边上，少花时间待在茅厕里。"

对于卡德尔的冒犯，温格听而不闻。

"今晚你来这里是为了别的事情吧。至于究竟为的什么事，我们可以不讨论。但是你能继续把刚刚开始做的事情做下去吗？你也想看到这个人昭雪冤屈吧？我能代表警方当局提供特定的资源。如果你能协助我的话，我会十分感激你，并且还会给你一定的报偿。"

温格睁大眼睛看着卡德尔。他们俩人心灵之间竟点燃了火花，这是以前从未有过的。这使得卡德尔既恐惧又困惑，他觉得自己全身发软，呆呆地站着。温格继续说：

"你不需要马上回应我。我现在要启程去因德贝托大厦听晨报。我已经知道我会听到什么了。教区值勤的那个小警察会做汇报。地方检察官现如今忙着各种事务，件件都比这个简单，件件都比这个更容易立功，但是，现在这个案子的责任就落到他的肩上了。他充其量也是催催玛丽亚教区的那个小警察到邻里间四处打听，看是否有什么能让案子水落石出的流言。我对他们做事的进展并不抱什么希望。这具被截去四肢的尸体将始终无名无姓。他的埋葬费要靠市政经费支付，他会被埋在这块墓地北边的坑洼里，也就是我们现在站的这块墓地的北边。不会有人来给他送葬。警察局局长让我做我所能做到的。但是在我看来，我担心仅仅埋葬了尸体，这件事根本不可能结束。"

听了这些话，心慌意乱的卡德尔稍微有些平静，但还是有些紧张慌乱。他的心情很矛盾，他转身，准备离开。身后传来温格嘶哑的声音。

"如果你打算帮助我的话，让·迈克尔·卡德尔，再来找我吧，我租住在斯宾斯庄园，庄园主是罗泽柳斯。"

4

跟往常一样，黎明的到来把喧闹和浮躁又带到了栖息在卡索山巅的因德贝托大厦。温格揉了揉眼睛，试图要忘记自己缺少睡眠的事实，期待着这里随便哪个房间的某处还能给他剩下点咖啡，哪怕是一个咖啡壶中随便那么几滴也好。

楼梯井里，挤满了进进出出的人们，还有一些人则是单纯地在这儿等着有没有更好的位置。警察局的工作人员仍旧在猜测着警察局未来的变局，以及如何与新的领导者艰难磨合。还没有人能够成功把这个屋子与它的建造目的合理地联系起来。

温格搬到因德贝托大厦租住还不到一年，就有个卑劣的流言传开了，说花园街发生巨大变化的唯一原因，是要挽救这个城市的颜面。还说因德贝托大厦以前的主人找机会接近已故国王古斯塔夫的灵床，从那里带回了一份几乎合法了的国王谕签，应允他以 25,000 达勒①买一栋废弃良久、破旧老朽的房子。那里夏日酷暑难耐，冬日严寒冰冷。

那房子结构极为不对称，朝着小山，倾斜着，一侧是教堂，

---

① 瑞典现在的货币英文名是 krona，一般翻译成"克朗"。1624 年，古斯塔夫二世执政时期改革瑞典货币为铜币，替代传统上使用的其他货币形式。1873 年后，瑞典的钱币称谓被正式命名为"克朗"。daler 传统上是瑞典货币的一种俗称，常被音译为"泰勒"或"达勒"。这个故事发生在瑞典古斯塔夫二世时期，大约是 17 世纪 50 年代，daler 是当时流行的货币称谓，因此，本书将其译为"达勒"。

另一侧则是一块空地，空地上是最近被毁坏的大网球场。

＊　＊　＊

晨光熹微中，熟悉的脸庞和陌生的面孔混在一起，人影憧憧。温格极不情愿地看着两个警察，一个是提尔斯拉，另一个是尼斯泰特，这两个警察粗暴半拖半拉着一个男人，这人双眼淤青、嘴唇开裂，他刚刚被起诉，他随便什么罪名都供认不讳。此时，秘书布洛姆的目光扫视人群，他的目光与温格短暂交会时，向他翻了翻白眼。这样的暴力执法早在二十年前就被视为违法，但是提尔斯拉和尼斯泰特仍然按当年的方式办理。

一些知道温格名字和长相的人，见到他就把头一低，往前走去，不打一声招呼。温格能够感受到，自己与这些人擦肩而过时，他们留在他背后的眼神。爬楼梯的时候，他注意到，还没有人把前任局长的盾形徽章从墙上移走：这一迹象表明，自从国王古斯塔夫追随父亲逝去之后，这里就一直缺乏管理。

＊　＊　＊

安卡斯特鲁在化装舞会上的开枪事件已经过去两年多了，但是在警察局，仿佛开枪的回声依然在飘荡。王子只有十三岁，远未到有能力行使权力的年纪，而君王却突然死去，其实在此之前，权利的争斗已然爆发了。前任警察局局长尼尔斯·亨里克·亚斯强·利金斯帕尔，是国王古斯塔夫的宠臣，他从无到有，平地而起修建了警察局，随后他主掌和领导警察局近乎三十年，他是一位善于抓住时机，敢于公开展露自己的野心，是个非常强势的人。在他的斡旋下，卡尔公爵被任命为王子的监护者，充当傀儡摄政王，这样便可对付国王优柔寡断的兄弟。

031

然而，对权力的渴望却成了利金斯帕尔毁灭的祸根。鲁特霍姆男爵获得了利金斯帕尔为自己精心挑选的位置，而当男爵以公爵的名义统治这个国家的时候，利金斯帕尔却被打发到瑞典的波美拉尼亚去了。在那年年初，鲁特霍姆把警察局局长的位置授予皇家律师——约翰·古斯塔夫·诺林。据说，后来男爵有充分的理由对自己的委派感到后悔。正如那些能够看清事实真相的人一样，温格也知道其中原因：诺林是一位正直的人。

* * *

爬至三楼，他看见走廊上有一排椅子。温格把双手抱在胸前，不时拍打着肩膀，他这样做是期望血液能回流到自己快冻僵的指尖。潮湿寒冷的空气撩拨着喉咙，他小口地呼吸着，以便压制住咳嗽。楼道的窗户透着寒风，他站在窗户前，又等了一刻钟，诺林房间的门才打开。有人领他走进去。

诺林的办公室与这栋大楼里其他房间一样，也是一片混乱。温格勉强能看出房间里有一张典雅的桌子，但是上面堆满了报纸。诺林靠窗而立。他并不比温格年长多少，但是多少个不眠之夜让不到三十岁的他苍老了许多。诺林正挠着脖颈，他的制服领子那里，皮肤上有泛红的划痕，显然那是指甲反复掐挠之后留下的。一只浑身斑点的猫卧在窗台上，看着诺林，发出咕噜咕噜的声音。

"这栋大楼里，大脑健全、思维理性的居民已为数不多了，它是其中之一。"

诺林说完，轻轻挥手，把猫赶到地板上，随后，他交叉着手臂，靠着窗台，看着温格。

"好吧，你的调查还顺利吧？"

"我调查时，发觉办事的官员很鲁莽，我能觉察出他一定天天喝酒。但是，他的反应倒是十分正常的。这是一宗极为不寻常的案件。"

"塞西尔，我让你来主掌这件事，除了你的能力之外，还有一个原因。你不是这个警局的正式成员，你可以在暗处行事。鲁特霍姆男爵监视着我，他已发现，我除了在做警察该做的事情之外，我还做了好几件事情，这些事惹恼了男爵。男爵除了关心保障城市大众安危的事情之外，更想让我帮他掌控民众，监管民众。你过来，看看这个。"

诺林举起一叠纸张，上面的封蜡显然才刚刚被破开。

"这是一封信，署名古斯塔夫·阿道夫·鲁特霍姆，信上说，坊间一直谣传，他想毒害王太子，他质询为什么在谣言的调查方面至今毫无进展。他还说，谣言还声称，他之所以对权力非常渴望，是想证明他并非才能欠佳，也并非经常做出荒谬的事情。男爵觉得，自己已经等待很长时间了，但是现在还没有得到他想要的结果。现在，他要我向他说明，我对此事都做过些什么。"

"那你回信告诉他了吗？"

"实际上我什么还都没做，所以我最好还是不回信吧。这人简直有点发疯了。鲁特霍姆简直就是一个专制独裁者，除了专制独裁，一无是处。亲人和朋友都不能让他感到治安的稳定，哪怕一点点的安全感，他都没有。他正打算让预言家阿维德森以他的名义和死人对话。他心里装满了虚荣、暴怒、愤恨，他越来越像是古斯塔夫国王本人。他越来越恐惧革命和叛变，害怕革命和叛变就像瘟疫一样，依序传给每一位靠近王位的人。国王陛下要求我的前任雇佣一些探子，搜集民众之间的谣言和阴谋，向他报告。问题并不是人民生活不开心，问题是，利金斯帕尔的探子们被要求到错误的地方寻找人们对王室的不满。要是古斯塔夫国王做了噩梦，梦见法国大革命传到了北方，他就会在权力范围之内，想尽办法去咖啡馆里偷听共和主义者的谈话，他的杀手们正潜藏在王宫周围，监视来来往往的人们。他非常惧怕那些与他根本见不上面的平民，但是，他相信那些近在眼前的贵族根本不会对他造成伤害。"

诺林用手指向温格示意桌子上的材料。"即便我尽力去忽略利金斯帕尔的流言，我仍然要接收他们的报告，这些报告一个比一个荒谬：你听这个，有个叫古德曼的抱怨说，有个叫尼尔森的一天晚上醉酒后在斯特兰奈斯大唱《马赛曲》。再听这个，有个骑兵军官，因为带了一个领结，就被人举报，说他曾经赞扬臭名昭著的阴谋家朱林，对他有同情心。再听这个，库尔曼和雅格伦穿着长裤上教堂，完全是为了取悦韦纳和福克。还有这个，有个叫卡伦的人正在被一个叫托里勒的人藏匿在枕头底下写作。你看看，这都是些什么乱七八糟、无中生有的事。我被这些事情搅扰得分了心，就没办法办真正重要的事了。但是那个老朽的暴君，觉得诸如此类的事情才是最重要的事，代表着最高利益。我相信，你已经听过这里的人们给他取的别名了吧。'屁股'，是从他中间名一个音节截取的谐音。"

温格看了看那一叠信件，拿起一封，冷漠地看了一眼，又放回到原位。诺林抓起假发，扔到那叠信件上，然后，抓挠自己的头发。

"我知道，鲁特霍姆正在通过这些造谣小人，找人来取代我的职位。"

"你知道是谁吗？"

"我听说，他已给马格努斯·乌尔霍姆传话了，你想必十分了解他了。"

"你知道你还能干多久吗？"

"不知道。但是，一旦男爵决定要做什么事，他就会很快去办的。有些事乌尔霍姆不会让你留在这儿处理的。所以，这件事十分紧急啊，塞西尔。"

温格用手按摩着自己浮肿的眼睛。他感到很困倦，他觉得灯的模糊光点在眼前跳来跳去。

"我会是最后一个能够提醒你什么是紧急事务的人。"

* * *

诺林邀请温格坐在椅子上。他把窗户开了一条缝隙，招呼走廊外的仆人奉上咖啡，最近处的仆人马上接受了这个命令。而诺林则面对温格坐下，重重地叹了口气。

"好吧，让我们回到那具湖里打捞出来的尸体那里。有没有可能找到凶手呢？"

"我有理由确信，在我们找到尸体之前的几小时，尸体才刚刚被扔进湖里。我打算调查一下，看看有什么人在天黑之前曾到湖边转悠过，这样或许能发现些什么。"

"这样的话，在我看来几乎是毫无希望了，是吧？"

"还有一件事。这具尸体是全裸着的，但是身上包裹上了一种我从未见过的黑色布料。用这样的织物以及这样的方式来包裹尸体，并把它丢弃到水里，也太奢侈了。想必有这方面的能人，会知道得更多。"

诺林思忖着，显得有点失神，自顾自地点了点头。

"记住，一定要小心行事。这绝不仅仅是因为鲁特霍姆。抱怨和不满在这儿发酵和腐烂。今年早些时候，有一群暴徒，在城堡大门口哮吼，嚷嚷着要血债血偿，就是因为一个贵族用细剑刺伤了一个平民。任何和暴力相关的事情都要极为小心地处理。就当帮我这个忙了。"

一名女仆敲了门，然后奉上咖啡壶和锡质杯子。诺林为温格倒好了咖啡，温格端起咖啡，嘴唇贴上杯沿啜了一口，感觉这仿佛是续命饮品。猫跳上来，满足地蜷缩在诺林的大腿上，诺林看了一眼温格，向他表示关切。"很抱歉，但我还是要说，塞西尔，你的身体状况看起来很糟。我知道，我对此或多或少是要承担责任的。都是这该死的案件造成的。"

5

　　酒馆名叫"酒回断肠"。墙上附着一层厚厚的烟灰，但是，任何人只要稍微认真观察，都能辨认出墙上有幅壁画。这是死亡之舞。农夫们、市民们、贵族们、牧师们，手拉着手，围着骷髅，骷髅如焦油一般黑，正拉着小提琴。这幅画使很多客人感到局促不安、备受约束，夜深人静时，酒客屈指可数，客人愈是醉酒，眼中的壁画愈是显得暗淡无光。任凭人们如何劝说，酒馆老板盖达都拒绝刷白墙壁。这幅壁画由霍夫布罗亲自绘成。老板咆哮道，这是绝世佳作呀。

　　卡德尔对这幅壁画厌恶至极，尤其在与酒馆老板盖达谈好正式在这里工作之后，他更加厌恶这幅壁画。这意味着他必须时刻保持绝对清醒。卡德尔甘愿在这里做杂工，就是想每周多挣几个小钱，他的工作就是把闹事者赶走，如果他成功地赶走某个闹事者，他还会获得额外的佣金。守门人的薪水根本无法让他维持生计，因此，卡德尔很乐意到这儿来挣外快。卡德尔的住所在沙滩上，他时常倚门而立，眺望大海。卡德尔脑海中无数次浮现出骷髅尸体，它空洞的眼窝正注视着他。卡德尔不寒而栗，吸了一大口烟。

　　潜意识告诉卡德尔，今晚不会有什么好事发生，他对今晚平安无事也不抱任何希望。夜幕降临，躁动不安的气氛开始慢慢发酵。酒鬼们正为啤酒和烈酒哪个更美妙争论不休。人群之中，你推我搡，很快就引发了言语冲撞。卡德尔不得不一次又一次从椅子上站起来，走上前去阻止事态扩大。

他努力和那些酒鬼讲道理，酒鬼们要么根本不听，要么醉得听不懂。如果他们继续打闹，卡德尔就不得不抓住他们的脖子，将他们拎起来，使他们脚跟离地，然后把他们拖到门口，扔到大街上。

突然，一群水手涌进门来。他们一进门，立即伸出手臂，挽在一起，组成一道人墙。一会儿，人墙从最弱的水手那里断开，他们才松开手臂。他们的表演引得人们哄堂大笑。水手们唱着粗俗的歌曲，个个唱得撕心裂肺。水手们胡乱吹嘘，胡言乱语。卡德尔听得出，水手们在吹嘘自己如何征服处女，他确信今晚应该不会有好的收场了。

年轻人们烂醉如泥，狂妄自大，他们混在一起，称兄道弟，喊着互相支撑，互为依靠。卡德尔十分了解他们。曾经，他和这些年轻人们一样。如今，他同情他们，也厌恶他们。卡德尔倚在门边，盯着他们，眼神犀利，就如同一头狼盯着一群兔子一样，他知道摆平他们是迟早的事情。

* * *

没过多久，冲突就发生了。一个矮个子男人，挺着大大的啤酒肚，被自己的鞋带绊倒，把酒泼到了一个水手的背上。紧接着，水手们把这个罪人一把抓起，提到桌子上，他们紧紧地围住他，使劲掀着桌子，使桌面不平衡，又逼着这个可怜的家伙跳舞。桌子被人们折腾得咯吱咯吱响。其中一个水手拔出了他的刀，试图切掉这个男人的脚趾头。

此时，酒馆老板盖达正在酒馆的另一头，卡德尔和他四目相对。盖达并不在乎客人们是否皮开肉绽、头破血流，他在乎的是，一旦损坏了家具，那是要花钱的。卡德尔想都没想，立马系紧绑住左臂假肢的那根皮带。

战争早就教会了卡德尔，战场打仗没有任何荣耀。但是，还是要遵循一种规矩，尽管这种规矩就一般而言毫无意义。卡德尔循规蹈矩。他伸出一只手，扣在那个水手的肩膀上，摆出一副高冷的姿态。这是无声的示意——水手们应该停止喧闹。卡德尔听到有人叫嚷着"你去死吧"。还有人朝他吐口水。气氛立马紧张起来，卡德尔感受到自己的心脏怦怦怦，像鼓槌一样在敲打，响彻耳边。但是，他仍然克制着自己。为了取得最终的胜利，他必须降低姿态。

听到第一声巨响时，水手们谁也不知道究竟发生了什么。卡德尔的左手从腰间抬起，手掌张开，坚如磐石，看上去好像去抚摸离他最近那个人的脸蛋一样。突然间，牙齿在空中飞过，血水四溅，如同小型血色瀑布。卡德尔使出浑身解数，打了一拳又一拳。有的水手手臂折断，有的鼻梁开裂，有的肋骨移位，有的眼球飞出。每击打一拳，卡德尔都感到，手臂残肢根部的疼痛在加剧，但是，疼痛只能让卡德尔的怒火越烧越旺。

水手们一个接一个狼奔豕突，抱头逃窜。最后一个水手只能嘤嘤啼哭，四肢匍匐爬行，卡德尔一脚把他踹到了门外。当卡德尔回过身的时候，却看到那个受害者仍站在桌子上拍手叫好、咧嘴大笑。

矮个子男人对他感激不尽，坚持要用一壶莱茵红酒一杯接一杯地敬献他的救命恩人。卡德尔认为，这一晚的争执已经够多了，他希望在酒馆打烊前保证酒馆的安宁。地板上鲜血横流，直直流向了他，一声警告传来，直击所有人的耳朵。卡德尔酒酣耳热，没有理睬盖达多次给他的眼神示意。他喝得时间很久了，也喝得太多了。打斗是为数不多能让他重燃激情的举动。卡德尔曾经积极地寻找这种感觉，每次胜利后，他都能体会到那种掌控自己生活的感觉，尽管这种感觉转瞬即逝。时光飞逝，这种感觉越来越微弱了。他的手臂疼痛加剧。他觉得自己老了，不适合再过这样的生活了。美酒可消愁。矮个子男人自我介绍，说自己名叫艾萨克·莱因霍尔德·布洛姆。

"我是个诗人，乐意为您效劳。"那人清了清嗓子，说道。

卡德尔睁大双眼，感到惊讶。

"啊，豪杰英雄！你的胜利使我们战栗，敌人落荒逃匿。你脚踩兄弟同袍的尸体，脚下大地染一片殷红！"

"你就是靠写诗维持生计吗？"

布洛姆噘起嘴唇，用烛火点燃他的陶土烟斗。

"世人眼中的诗人都是如此，每个人都是评论家。但是很不巧，我并不是一个全职诗人。白天，我待在城堡旁边的因德贝托大厦。我在警察局工作。事实上，我是一个秘书。从1月份开始，我就在那儿工作了。"

直到现在，卡德尔才想起，塞西尔·温格和他的临别赠言。

"您不会正巧认识一位叫温格的人吧，全名是塞西尔·温格？"

布洛姆盯着卡德尔，两眼放光，随即吐出一缕香烟。

"只要你见过这个人，你就不会忘记他。"

"他是谁？你能和我谈谈他的事吗？"

"年初，诺林受命担任警察局局长，就在那时，温格开始在因德贝托大厦周围游荡。他们之间或多或少存在某些协议。在合理的范围内，温格可以全权处理一些他感兴趣的事情。他只对某一类案件感兴趣，对于其他案件，他看都不看一眼。"

卡德尔点了点头，若有所思。布洛姆深吸了一口烟，肺部发出了咕噜咕噜的声音。他继续说道：

"更巧的是，温格和我同时在乌普萨拉学过法律。虽然说，我比温格年长几岁，但我从未在相同的场合碰见过他。他总是埋头研究卢梭。温格是继鲁德贝克后少见的天才。他记忆力惊人，能一字不落地复述出他所读过的任何内容，就好像书本放在他眼前一样。凡事有利必有弊。有些人读了太多书，脑子里就产生了很多奇怪的想法。温格在他刚开始工作的那些年，坚持连续质问被告，因此遭人们嫌弃，因为连续质问被告通常是人们尽量避免的事情。温格受理的案子都使人越发头疼，无法结案。尽管没有一个头脑正常的人能够质疑，温格质问的人是否真的有罪，但他仍然无法赢得同侪的尊敬和欣赏。大多数同侪，接受任命到了下级法院，都希望能够尽快伸张正义，在某种程度上，他们只在乎自己的这些事，但是他们很难阻止温格这位逻辑辩论大师。既然无法阻止温格，这些同侪们就选择讽刺和嘲笑温格，最后却发现这也无济于事，这对温格来说就像水过鸭背，事情过后不会留下一点痕迹。自打温格和诺林合力办事以来，过去一年传出了好多逸闻轶事，传说他如何在警局里取得怎样的成就。其他人会犯错，会心不在焉，即便他们心无旁骛，也会懈怠懒惰，而温格，从来不会如此。"

布洛姆挥了挥烟斗杆，想要强调他所说的话。他停下来准备再吸一口烟，却发现烟斗已经熄灭了。他微微耸了耸肩，把烟斗放了下来。

"如果我必须得说些不那么恭维温格的话，我必须得说这个男人从未有过魅力。"

"这点倒是很清楚。"

"去年，我在剧院看戏时，见过一次温格的妻子，我听到她的名字，并意识到她的丈夫是谁时，我还以为自己听错了。卡德尔，多么迷人的女子啊。美若天仙，这是毋庸置疑的，除此之外，温柔体贴、智慧热情，无论如何，这些词语我都不会用于形容她的丈夫。她的追求者想必从城东排到了城西，可她为什么偏偏选中了温格，我怎么想都想不明白。命运无常，世事难料，温格最后竟然选择离开了她，而不是如大家所期待的那样，与他的妻子相伴一生，直到白头……"

布洛姆突然沉默不语，他的心情变得沉重，就好像他的烟斗燃尽了一般。现在，充斥在布洛姆和卡德尔耳朵里的只有酒馆里的喧闹声。角落里，有一个男人，身穿补丁大衣，面前的桌子上摆着乞讨碗，他打开了一个简陋的木质八孔直笛，吹奏起了三拍子丧歌。

"卡德尔，我们接着说吧。一开始我就该说这个的，但是我喝晕了。塞西尔·温格快死了，他得了肺结核。他的身体显示，他从来都不是个健壮的男人，他经不起疾病的折磨。温格脸色惨白，身体无力，但旁人却看不出来，他掩饰得非常好，他从来不在公共场合咳嗽，他实在忍不住咳嗽的时候就咳到手帕里，手帕是暗色的，旁人也看不出上面的血迹。传言说温格离开他的妻子，是为了不让妻子看到他的衰弱。泽拉菲姆医院里德高望重的医生也早已给他断好了死期，绝不超过一个月。现在，他只是活一天算一天。卡索山的人一如既往崇敬温格，但是他的同侪已经称他为'因德贝托的幽灵'了。"

* * *

随后，布洛姆醉意渐长，摇摇晃晃，走入斯德哥尔摩的长夜。倒置的橡木桶充作了桌子，客人来了一波又一波，油脂蜡烛换了一根又一根，突然，酒馆老板把手搭在了卡德尔的肩膀上。

"我雇你来是为了维持这里的秩序，而不是让你在这儿上演浴血战斗。你吓走了我的客人，迈克尔。我没办法再留你在这儿干下去了。"

* * *

午夜刚过，迈克尔·卡德尔呼吸短促、心跳加速，从梦中惊醒。手臂剧痛无比，卡德尔还无法接受自己已经成了一个断臂人。这是两天里他第二次出现这种感觉，信仰和斗志都无法使他平静。

6

显而易见，在温格病入膏肓，错过最佳治疗时间之前，没人发现他是得了"肺结核"。只有当所有希望都变成绝望，死神悄然来临，死亡不可避免的时候，才确诊他是得了肺结核。

去年夏天，温格最初只是轻微地咳嗽，持续了好几周。小时候，他也经常这么咳嗽，但从来没有人在意。渐渐地，温格开始在夜间发热，一阵又一阵地出汗，汗水浸湿了他的床单和毯子，将他从梦中惊醒。到了夏天，塞西尔·温格不得不用手帕来掩饰自己的咳嗽，以免引起别人的注意，6月，他的绣花棉布手帕上已经布满红色的斑点。他经常会突然喘不上气，也经常感到肋骨持续疼痛。温格的胸口好像被重物压着，这个重物覆压的范围逐渐扩展到他的肺部，使他的呼吸越发艰难。

医生们摸了摸温格颈部肿大的淋巴结，确诊为淋巴结核。他们开了一种合剂药物，这种药物中混合有榆木、茜草、生姜、甘草蕨和八角茴香的味道，着实让他感到难以下咽。温格一天要服用半瓶这种药物。可他的病情毫无起色，医生擦拭着眼镜镜片，忧心忡忡，随后建议采用放血治法，将他体内的有害液体排出去。医生用钾碱液在温格左胸烙了一个洞，开口比温格小指头的指甲还小。并将一粒豌豆塞进洞里，防止洞口愈合。

几天之后，脓汁从伤口处流了出来，医生向温格保证这是个吉兆。可事实并非如此。灼伤的口子让他夜不能寐，备受折磨。

他时而浑身冰冷，像冻僵了一般，时而高烧不退，浑身冒汗。他的妻子一直侍候在他的身旁，用一块布轻敷他的额头，拿一条毛巾擦干他枯槁的身躯，有时还唱一首歌舒缓他的情绪，每当这样的时刻，他都十分感动，仿佛偷得几分仁慈的时光，可以任思绪游荡。

冬去春来，治疗方案换了一个又一个。温格在满是醋和白垩的瓮缸里浸泡过，也喝过未经过滤的牛奶，呼吸过空气瓶。每天清晨，温格都尽力醒来，身心疲惫不堪，皮肤又冷又湿，没有什么能温暖他。他的血管脉络分明清晰，肿胀得很大，呈现出青蓝色，他的眼睛充血，且边缘泛黑，持续的疼痛扩散到了他的臀部。温格一旦开始咳嗽，就没有什么办法能让他停下来，咳到最厉害的时候，竟可以咳出体内坏死的组织。他的唾沫散发出腥臭味。温格流血时，血液会迅速凝结成浅蓝色的硬壳，这明确表明感染已经弥漫开来。他无法履行一个丈夫对一个妻子的责任，也无法忍受在自己不停地咳嗽以及浑身夜汗时与妻子同床共枕，他被疼痛折磨得心力交瘁，总感觉自己的肋骨要炸开了。

* * *

温格放弃医疗专家的全部治疗建议已有一月之久。每次试图减轻他痛苦的治疗建议最终只会恶化他的病情。如今温格能做的只有自律，再自律，这样才能忽略喉咙里的瘙痒。后来，他发现转移注意力是克制咳嗽最为有效的方式。精神专注能放空思想，放松身体。

夜晚，温格独在罗泽柳斯庄园的房间，就一缕烛光而坐，拆卸他的怀表。他拆解开每一个零件，分类成排。然后又把所有零件重新组装到一起。齿轮一个紧挨着一个，重新归位，安装在承轴上，彼此咬合。微小的螺丝钩入槽中，锁紧拧好。一堆独立的看起来毫无价值的零件就这样组合在一起，上好发条，一个可以重新运转的怀表就组装成功了。

温格用理性指引他的人生，也用理性指引他的死亡。他告诉自己，所有人都会死，所有人都正在死去，这样做确实能缓解病痛。而当夜汗来袭时，温格思绪纷繁，他不受普适原理的折磨，却深受死神一步步逼近的困扰，也深受肺结核所有治疗细节的困扰。比如，他时常会想到，感染扩散到关节和骨骼的情况是否时有发生？他是否会在睡梦中或者在痉挛发作时悄无声息地死去？还有什么样的痛苦在等候着他？当一切变得茫然无助，温格就告诉自己，最后一次见妻子时，他身体的绝大部分就已经死亡了。但这也无法带来多大的安慰，因为能让他继续生活的那一部分自己是最能感知到痛苦的那一部分自己。

* * *

夜色降临，温格正要整装外出。屋子里的镜子很窄，他只能站得远一点儿，才能勉强看见半个身体。温格身上穿的衣服是他仅有的衣服。他为女仆制定了时间表，定期清洗他的衬衫和长裤。剩下的衣物可以简单洗刷几下。衣服的面料开始磨损，外套和马甲都已不是流行款式了，不过这些都还可以穿。温格选择留下来的衣物是他在下级法院工作时经常穿戴的衣物，这些衣物展现的不是虚荣，而是得体，意在向观察者传达一种态度：他不但对最重要的事情很关注，还对其他任何事情也很关注。

温格系好领带，穿上外套，拿起角落里的手杖，之前，他仅仅将这根手杖用作装饰，现如今，他却要常常依靠它走路。温格走下台阶，慢慢地，轻轻地，他不想碰见大厦里的任何人。

温格沿着斜坡，走向大海的方向，他用手帕捂住嘴，挡住潮湿的空气。他沿着船坞向前走，不久，便遇到一个可以撑船载他到城里的人，路费也只花了几个硬币。温格感受到远处的水流低沉而喧嚣的声音，可靠近后才发现水流平静而安谧，只有桨架的吱嘎吱嘎声和船桨击水的啪叭啪叭响声。

他们穿过船坞的桥洞，划桨人照常回首一瞥，然后，在停泊于码头外的船只迷宫中快速划出一条水路。船上的锚索，如同男人的大腿，粗壮有力，在船舷上缠绕着。除了浓厚的沥青味道，还有微弱的烈酒、肉桂、咖啡以及烟草的味道。

半个小时后，他们终于到了。温格握住划桨人一只强有力的手，借力登上了瑞福纽街区的台阶。从那儿去巴格街很近。

* * *

小巷热闹如常。这里的妓院鳞次栉比，温柔乡里的客人们各式各样，要么是正在享乐的路上，要么是在享乐完事后回家的路上。赞美维纳斯的欢快歌声在楼宇间回荡，夹杂着各种吹嘘大话，有的赞美已获取的功绩，有的赞美即将获取的功绩。还有一些人则小心翼翼。许多已婚男子选择用手帕捂住鼻子，就像温格一样。

温格找到右边的入口，走了进去。那个女人，继承了已故阿尔斯特伦船长的这桩生意，她的脸很神秘，仿佛远古时期的人脸，除了敷衍地点头之外，不会露出其他任何打招呼的表情。

"她现在有空吗？"

老鸨摇了摇头。温格放下手杖，重重地坐到了椅子上。

"我等着她。如果方便的话，请给我准备一个干净的房间，换上新床单，谢谢。"

那个女人瞥了温格一眼，眼神闪过一道匪夷所思的光芒，然

047

后离开了。其他人来来往往，进进出出，没有人关注温格坐在那儿东张西望。大概一小时之后，女人回来了，招呼温格上楼。温格不须任何指引便找到了那个女人的房间，敲门而入。

这个女人，人称"芬兰之花"，她两腿交叉，尽显诱惑，坐于床沿，等待温格。找上她并不是件容易的事。温格想找一位和他年纪相仿的女人，而三十多岁的女人在这个工作领域最为常见。地下世界居民的生活节奏似乎是其他居民的两倍，而她并未受这里环境的任何影响，身材容貌并未发生多大变化。四目相对的时候，她立马认出了温格。她的肢体动作瞬间改变。她肩膀下沉，本来微弓的后背也放松了，这样，才更好地展示出了她的魅力。

"原来是你啊，老鸨本该和我说清楚的。"

女人的东部口音甚是悦耳。每一个元音都发得极好，宛如鸟儿在歌唱。温格点头回应，环顾房间，确认是按照他的指示布置的。他递给女人一个早已准备好的布质小钱包，里面的钱数是之前彼此都知道的。女人向温格示意将布质小钱包放在梳妆台上就行。

"您会像往常一样过夜吗？"

"是的，乔安娜。我希望钱够用了。"

她笑了。

"即便钱不够，我也准备给您打个折。您毕竟是对我最好的客人。给得多还要得少。和我之前服侍的人完全两样。或者，这次您想来点其他的？"

温格摇了摇头。

"不了，和往常一样吧。"

温格脱下外套，挂在衣架上，解开领带。他从马甲口袋里拿出一个小瓶子，小心翼翼地递给了乔安娜。乔安娜拔出塞子，在喉咙和胸口处滴了几滴。温格叠好衬衫和裤子，挂在椅背上，同时，乔安娜也脱掉了她的衣服，而后两人一起爬上床。

* * *

温格背对着乔安娜，乔安娜则用温格示意的方式环抱住温格。她的手能摸到温格的每根肋骨，而温格的每次呼吸是如此的轻浅，轻浅得几乎无法察觉。乔安娜长得很像温格的妻子，她们的头发一样长，眼睛的颜色也一样。现在，她们的味道一样，手臂的温度也是一模一样。

乔安娜吹灭了床边的蜡烛，感觉到温格跳动的脉搏，十分微弱，他的呼吸也十分缓慢，好像已经进入了沉睡。有好几次，他在半梦半醒中变得焦躁不安，乔安娜都用他曾示意过的方式轻抚他的额头，哼几句他教过的曲子。

* * *

温格醒来已是黎明，如往常一样，他不知道该称之为祝福，还是诅咒，在无意识和有意识之间的短暂时刻，潜在的理性使他重温过去。他从床上爬起，穿上衣服。乔安娜仍躺在床上，直到温格转动钥匙要开门，她才睁开眼睛。

"今晚是最后一次。"

她伸展着腰身，想擦去眼睛中的睡意。

"您是对我们的安排厌烦了吗？"

"不，一点儿也不。我已经没钱了。"

乔安娜耸了耸肩，强颜欢笑。温格把外套拉链拉过肩头，胳膊肘处的面料已经变薄了，薄到能透出里子。不过没关系，温格相信他现有的衣物能让自己熬过生命最后的时光。

7

午后，阴雨绵绵，卡德尔走过纽桥，已然筋疲力尽。这时，他听到赫德维格·埃莱诺拉教堂和雅各布教堂的钟声响了两声。他向船坞的建筑和守卫入港口的八面堡垒后方望去，岛民们的桅杆在迷雾中渐行渐远。海军军舰的三舌军旗虽被雨水打湿，但仍在风中飘扬。凯兹湾在卡德尔的脚下翻滚。因为新鲜的淡水不断流入凯兹湾，这里的海水含盐量远比拉德尔湖要少一些。凯兹湾沿岸，公厕粪便堆积，聚集在深深的沼泽中，沼泽的北面，里尔河水源源不断倾泻注入，沼泽变得越来越大。尽管沼泽里的水呈黄褐色，但仍有许多洗衣妇在码头浣洗。她们将衣物浸于泥水之中，一会儿把衣服在水中甩几下，一会儿用棒槌捶打衣物。在洗衣妇的旁边，就是鱼市。

有个乞丐伸出畸形的手，向卡德尔乞讨，他不得不侧身而过。

卡德尔慢悠悠地沿着桥另一边的棚屋向前走。这些棚屋看似快要倒塌，却一间连着一间，挨挨挤挤。

住在这些棚屋里的人们非常担心即将到来的冬季：一旦冬天降临，棚屋的各个角落都会吹进寒风，住在这里的人们就会因寒冷而颤抖哆嗦。棚屋紧挨着坟场，那里层层叠叠地堆放着冻僵的死尸。直到来年春天，地面解冻，这种情景才会变化。

卡德尔沿着街道继续走，一路走到特拉诺瓦的船坞，那里的岸边堆满了泥土，这些泥土是准备建成干坞和工场的。而后他转身离开海湾，走向高地。这里，住户越来越稀少。这里是城市的边缘，咸涩的海风能够更好地驱散城市飘散的臭味。卡德尔不用沿街走很久，就可以一眼瞥到斯宾斯庄园，这是一个半圆形建筑群，四周皆是菩提树。在庄园的庭院里，卡德尔遇到了一个老女仆，她手里拎着一个铜罐子。卡德尔向她道明了来意。

"温格先生的房间在新建的石头房屋的二楼，您可以先在楼下的厨房里稍等片刻，那里炉子已经生上火了，您可以先烤烤火。"

女仆走上楼梯，向温格先生通报来访者到了。门厅处有一口井，门厅背后有石炉，里面正烤着面包。佣人们和仆人们忙前忙后，无论卡德尔站在哪儿，都觉得自己好像挡了谁的路。没过多久，一大杯加了香料的热啤酒就递到他手里了。他看着刚出炉的小圆面包，摇了摇头，实在是没有手可以接面包了。这时，通报的女仆回来了，向卡德尔招了招手，示意他上楼。女仆无须多加说明温格房间的位置。人们在门口都可以听到温格撕心裂肺的咳嗽声。

* * *

塞西尔·温格的房间不怎么样。租赁协议中附带的家具沿着墙摆放。几乎看不到温格的私人物件。书本堆积成山，旁边还有一个衣箱。一张简单的桌子靠窗而放，能够捕捉到太阳的光线，散落在桌面上的，看着像是从手表上拆解下来的部分零件。房间里的瓷砖炉子并未生火，因此，唯一的热源就是从地板的缝隙里传出的楼下壁炉的热气。

与卡德尔生活方式不同的人，估计会很容易把空气中的气味误以为是铁锈味儿。只有卡德尔了解，这是血腥味。他看见了床下的容器，容器边缘有一圈血迹，想必容器刚刚才被放在那里。卡德尔略微有些尴尬，赶紧把视线从那儿移开。

温格正坐在床边，脸色惨白，一动不动，强忍着咳嗽。卡德尔正思忖着从昨天开始就在准备的话，没想到，温格先开了口。

"你已经和了解我病情的人谈过了吧。尽管你那时候不了解状况，但你现在一定很后悔，对我说过的最后那句话。"

卡德尔长叹一声，点了点头。

"那不重要，让·迈克尔。重要的是，你现在在这儿。不过，我能问问是什么改变了你的主意？"

"你提到了钱，上帝知道我多需要钱。"

"如果我没有察觉到你对这个案子感兴趣，是因为有更深刻的理由，我是不会尽力帮助你的。你奋不顾身跳入拉德尔湖，用手臂将卡尔·约翰拖出湖面，可你一个子儿也没有收到啊。"

"战争期间……我有一位朋友，我们俩从不分开，他救我绝对有上百次了，当然我也救他救了上百次。灾祸降临，我们都被打入水中。一根木桩击中了他的头部，我尽力把他的脸举过水面。就在那天的前一个晚上，我梦到了他，当然，他也经常梦到我，所以当我醉醺醺地赶到拉德尔湖的时候，就好像我又投入了和当年一样的水域。但是这一次，水里没有波浪，我也不会再松开拉他的手，我紧紧抓住他，带着他努力游到岸上。从那之后，我就一直保持清醒，但是当时的感觉却无法褪去。"

"让·迈克尔，感谢你对我的信任。我这样问，不仅仅是出于好奇。经济补偿的提议仍然有效，我现在就可以付给你钱，而且，我知道你并不是只对出价高的人忠诚。不过，你现在的处境如何？你是一个守门人，但你似乎很少当班。"

卡德尔想起了同他站岗的那些同事，不寒而栗，他们有着各种各样的缺点，平常最喜欢的就是接受贿赂。

"我只是个名义上的守门人。我把自己的岗位给了一个乞丐，他在服侍王室时落下了残疾，之后变成乞丐。在那些从战场上回来的人中，我认为自己是个幸运者。其他人只能当乞丐，要么在街上乞讨，要么在烟草店当奴隶。我呢，经过合理协商，我得到了守门人的职位，但是，如果我总是想着去抓那些无家可归者和妓女，然后把他们送到劳改院，那么，魔鬼就会来收我。其实，那些无家可归者和妓女跟我一样，都无法选择自己的命运。"

＊　＊　＊

天色将晚。温格用火柴点燃桌上的蜡烛。火焰摇摇摆摆，火影绕着他们，翩翩起舞。温格回到床上，盘腿而坐。

"有几件事，我想让你知道。第一，我是经由警察局局长诺林同意才开始办这个案子的，在他掌权期间，我们可以搜寻杀害卡尔·约翰的凶手。诺林的任期已经接近尾声，他觉得他的继任者可能是马格努斯·乌尔霍姆。几年前，乌尔霍姆受命监督教堂给海军将士遗孀们发放养老金的案件。随后的审计发现，一大笔钱不翼而飞，自然而然，乌尔霍姆成了嫌疑人。当时，我在下级法院工作，参与了控告他的案子。我从不相信他无罪，更没想到他后来逃到了挪威，这个案子就此搁置。鲁特霍姆男爵现在选择宽恕乌尔霍姆，他知道如何利用一个只关心如何发财的人。乌尔霍姆不会忘记那些跟自己有过节的人。一旦他意识到我和诺林达成的协议，由我来调查此案，他就会从中作梗，同时竭尽所能对抗我们。"

温格站了起来，双手在背后紧扣，来来回回踱步。

"第二，摆在我们面前的罪行极不同寻常。这不是一件普通的犯罪事件。想想看，让一个被关押如此之久的人轻易越狱，逃避侦查，背后得有多大的资源？再想想看，这又预示着多大的意志力和决断力？谁知道如果我们把石头推翻会有什么后果？你所挣得的每一分钱，都可能给自己带来一个强大的敌人。我提到这个，是因为你要承担的风险比我要承担的风险多得多。"

温格转过身去，看着窗外。零星小雨已经慢慢变成了鹅毛大雪。

"我活不过这个冬天。很快，我将不再理会这些是非因果。之后无论发生什么，你都要独自面对。"

卡德尔低下头。他认识温格时间不长，但他现在想知道，如果治愈了约翰·耶尔姆造成的伤疤，会不会在原处又增加新的伤口。尽管如此，他也不难做出决定。卡德尔用力拍打桌面，力道很重，把从手表上拆卸下来的微小零件震得七零八落。

"那就让我们充分利用我们所有的时间吧，这样你还有机会，完美应对这场狗屎风暴。"

卡德尔看到窗玻璃上温格那扭曲的身影，恍惚觉得自己看到了幽灵的笑容。

8

弗莱格酒窖坐落在海湾岸边。这里渐渐热闹了起来。有两位流浪音乐家，一人腿上放着手风琴，另一人肩上扛着小提琴，都想在今晚登台，为观众表演，争执之后，他们化解了最初的冲突，决定合作演出。人群蜂拥而至，来看他们演出，很快，长长的队伍就排到了酒窖的楼梯口。屋外，空气阴冷刺骨。夜晚的雾气从海平面升起来，向城市蔓延。温格和卡德尔在这里吃晚饭，他们的饭桌靠近火炉，刚好可以避开吹进屋内的冷风。

卡德尔食欲旺盛，温格则毫无食欲。厨房送来了一道又一道的美味佳肴：梭子鱼丸、砂锅酥椒胡萝卜、猪肉香肠、水煮鳕鱼、油炸鲱鱼、炖红萝卜、奶酪酥脆面包，还有橘片燕麦粥、甜面包干。卡德尔狼吞虎咽，好像这是他这辈子的最后一餐。温格任由他自顾自地解渴解饿，自己只是用叉子挑了少量食物，不久，便放下餐具，开始喝咖啡。卡德尔吃完之后，闻到了现磨的咖啡香味，皱了皱鼻子，他不喜欢这样的美味饮品。

"我向来理解不了大家为何会喜欢咖啡。"

"如果你习惯了这个味道，便会爱上这个味道，它能让你的头脑马上清醒。让·迈克尔，你介意和我说说你是怎么失去你的手臂的吗？"

"我尽量避免和人说起这个，但是我很愿意给你说道说道。最好每个人都能够了解古斯塔夫国王发动的对俄战争是什么样的，这样以后就可以避免发生类似的战役。我既不英勇，也不重要。在这场战役中，我微不足道，无法控制自己的命运，注定要死，却因为命运的捉弄，活了下来。我失去了自己的手臂，但我却捡了一条命。"

作为军士，卡德尔等级卑微，但他认为此次战争发生得太过仓促。五年以来，他一直在陆军炮兵部队服役。1788 年仲夏前后，卡德尔和数千名战士一起，跟随海军斯德哥尔摩舰队跨过大海，到达芬兰湾。在汉戈岛，他们加入了战列舰队，战列舰队从卡尔斯克鲁纳出发，由国王的兄弟查尔斯公爵指挥。卡德尔被编排在法瑟兰德舰，这艘战舰由查普曼设计，内置六十门火炮，五年前在卡尔斯克鲁纳完工。

"这样说来，我们有相同的服役经历，我也曾在法瑟兰德舰服役。我认为这是个好兆头。可事实证明，我错了。"

* * *

7 月 14 日清晨，雾气蒙蒙，舰队前锋部队发来信息，说已经发现敌军，这时，卡德尔正站在法瑟兰德舰的甲板上。半小时后，卡德尔亲眼看到桅杆穿越迷雾，向东方移动，他第一次感受到了内心的恐惧。两军势均力敌：俄国派出了十七艘战舰，瑞典派出了大约二十艘战舰。

"天哪，温格，那是我参加的第一场战役，像地狱一般惨烈。在海上，时间过得极其缓慢，令人痛苦不堪。双方海军一发现彼此，军队部署立马就开始了。万事俱备，只待东风，待两军的距离足够近时，士兵们站好队形，拿好武器，摆好炮筒，形成攻防线，准备迎敌。一声令下，所有士兵开始射击、再射击、连续射击。我们可以透过炮眼看到敌人重新装上子弹和火药。战斗缓和时，你能瞥见海浪染上了一片血红，尸体残骸在海面上随波漂浮；战斗激烈时，你能看到敌人摆放了一排炮筒，上好弹药，准备血洗我们的甲板。对敌人来说，我们每一个人都是攻击的目标。这种情况太糟糕了。炮弹无情地飞来，没能炸开，又弹回船体，震动了整艘战船。炸裂的木头插入血肉骨头里，就好像正在搅拌黄油一样。士兵们在他们的岗位上吃喝拉撒，排泄的屎尿与他们脚下的血水混在一起。你知道吗，在死亡面前，就连汗水的味道也与以往不同。那汗水味道夹杂着硝烟的味道，最终混合成魔鬼香味。如果我们有足够的弹药，那么胜利将会是我们的。

"上千条鲜活的生命在霍格兰终结，俄国死亡人数是瑞典的两倍。黑暗降临，两军归于沉寂，拂晓时分，瑞典战舰向赫尔辛基撤退，撤退的原因是舰队弹尽粮绝，无法继续打仗。俄方选择不去追击。一艘战舰在交战中被击沉，另外一艘战舰则是战利品，被带回瑞典，这艘战舰名为'弗拉迪斯拉夫'战舰，可容纳七十四名炮手。

"如果我们知道会发生这样的状况，当初我们就应该当场击沉它。'弗拉迪斯拉夫'战舰几乎使我们败于这场战争。战舰上的人患有斑疹伤寒症，我们把他们带到了斯维伯格堡。战舰返至卡尔斯克鲁纳时，我已经在那儿度过了整个冬天。为了打开港口，我们不得不用斧头和长矛劈开浮冰，战舰被带回瑞典，战舰上的热病也被带到了瑞典。那年冬天，斯维伯格堡变成了地狱之城。到处都是患病之人和垂死之人。我们像苍蝇一样，随时都有可能死去。在医务室的床铺上，人能堆叠得高至五尺，最底下的那个人必然是死了。那些无法忍受病痛折磨的人已经开始产生幻觉，他们睁大眼睛，眼里布满血丝，注视着人类看不见的东西，高声嘶叫。我看到，人们惊慌失措，纷纷跳下病床，赤身裸体地跑进暴风雪中。我是个幸运儿，免受了痛苦的折磨，但到了夏天，芬兰湾又卷入了战争。在斯文斯克松德，我们惨遭大屠杀，在维堡，我们完全没有机会反败为胜。在战场上，我毫发无损，也逃过了热病、碎片和子弹的伤害。然而，1790 年 5 月，我们从阿布找来援军，我受命协助那些新兵。我转移到了英格堡护卫舰上。温格，我从一开始就讨厌这艘战舰，这艘战舰也是查普曼设计建造的，但是查普曼从未有过出海经历，也没有在海上航行过一天。他是一位数学家，设计的战舰从来都不是为人着想的。这艘英格堡战舰长一百二十尺，配备有十二门炮，其中有两门炮可装十二磅弹药。可是这艘战舰有了裂痕，会漏水。附着在船体的霉斑有人的手掌那么厚，要用刀子才能刮下来。不久之后，我们就加入了主力军。

"第二次开战，瑞典战舰位于斯文斯克松德，像是要被屠杀的绵羊，任人摆布，瑞典战舰元气大伤，被俄国人穷追猛打。瑞典战舰与海军舰队分隔开来，得不到任何援助，只能困守在斯维伯格堡。等待瑞典战舰的只剩下死亡。我们已无法躲避，无处逃匿，战斗似乎是唯一的选择。国王也希望我们去战斗。

"大概早晨七点左右，他们向我们逼近。他们整整航行了四个小时才到达我们的视野之内，如果没有接下来发生的那些事情，那四个小时会是我生命中最糟糕、最难熬的时刻。

"我们分成三百个小分队，我们确信必死无疑。许多士兵已经准备好逃离军队。从维堡的战斗开始，数千名战士已经血肉模糊，生命消失在浪花里。那天早上，在斯文斯克松德，很多人都说他们能听见溺死同伴的声音，那声音飘在风中，寻求陪伴。俄国人到来时，他们直击我们的右翼，我们誓死顽抗，战斗持续了数小时。

"正午时分，天气大变，西南方向起了风，起初风声呜咽，转而开始怒吼。随之而来的是乌云密布，暴风大雨，海浪翻涌，波峰裹挟着状如鸟羽的白色巨浪。瑞典战舰定锚绑缚在一起，连续炮击的威力比俄方更大，俄国人发现自己的火力攻击尽是徒劳无功，因为大海波涛汹涌，俄国战舰只能任凭大海摆布。瑞典的一个小分队离开战舰，打算从背后袭击俄国舰队的侧翼。俄国士兵看到瑞典小分队，顿时大为恐慌，马上决定撤退。俄国舰队的左翼看到撤退的士兵，以为是总命令，随即跟着撤退。而俄国舰队中间的战舰仍孤军奋战。夜幕降临，它们被击成碎片，落在斯文斯克松德的海水里。一艘接着一艘，战舰全部沉入大海，只留下死者和伤者随着血红的海浪漂浮，翻滚。最后，那些还在战斗的战舰，了解了情况，准备转向逃走的时候，一切都太晚了。风暴卷走了他们，一个接着一个，都消失在芬兰湾的暗礁里。

"我的情况怎样？下午，俄国炮弹击中了'英格堡'。炮弹炸碎了我旁边炮架上的十二磅大炮，穿过船身，飞到了另外一边。几十名炮手立即被炸成碎片。那些没在炮弹射程的人被滚来的炮筒碾成肉浆。我们的敌人在开火之前把炮弹烧得火热通红，所以炮弹在打过来时能够点燃它触碰到的任何可燃物。我们的枪毫无抵挡之力，所以我跑到甲板上，那里一片混乱。能让我们活下来的唯一可能就是拯救护卫舰，我们原计划把护卫舰的船锚拉开，开动它向岸边行驶。但是现在护卫舰正在下沉。我们正想方设法拔起船锚时，我们的火药库又爆炸了。整个起锚机被击中，快速漂向很远的地方，那个时刻，没被敌军炮弹炸毁的士兵，全都被炸飞到战舰栏杆之外。我刚好落在一块完好的甲板碎片上。爆炸的气浪向我袭来，锚链呈弓形向我飞来，窸窣作响，刚好落在了我的左臂上。它把我铐在了甲板上。

"我的朋友落水了，但我被卡在高处，无法施救。稍晚的时候，一艘要回去与主力军会合的救生艇发现了我。他们用绳索帮我止血，然后割掉了我肘部以下的手臂。所以对于我迈克尔·卡德尔而言，战争已经结束了。我在洛维萨的帐篷营地养伤。之后，医院把我运回了斯德哥尔摩，正如你现在看到的这样，我在这儿已经生活了三年。"

卡德尔用木头假肢敲了敲桌面。

"你知道这场战争本来就师出无名，而胜利也没有为我们赢得什么。但是温格，有一件事十分特别，它一直伴随着我。1790年初夏，我认识了一位名叫西伦的年轻军官。他告诉了我一件奇怪的事，那件事就发生在那年早些时候，当时俄国和瑞典刚在弗雷德里克斯港口之外打了一场小规模战争。国王古斯塔夫和他的随从正在返回'安菲翁'战舰的路上，有个叫维京的船长通报了自己的姓名，并且报告说他没能成功控制住附近的俄国造船厂。好像是在强调自己的落败，他向国王展示自己损毁的手，并用手指向他的大副，让国王和他的随从看，那大副四肢张开，躺在船舶的甲板上，小肠露在肚子外面。国王指着还在抽搐的尸体，和其他军官开玩笑说，这个男人的尸体让他想到了他自己创作的歌剧中那个人体模型，古斯塔夫·瓦萨，说完，国王和他的随从哄堂大笑，并为这句俏皮话鼓掌。这就是我们为之战斗的人，这就是我们用生命换来的感谢。"

温格消化着卡德尔的话，喝完了剩下的咖啡。卡德尔用袖子擦了擦眉毛。

"所以，现在我们要做些什么呢？"

"我给你起一个名字，让·迈克尔，如果幸运之神站在我们这边的话，拥有这个名字的人，会带领我们去我们想去的地方。卡尔·约翰裹着上等的棉织布入殓，我会带着这个问题四处打探一下。你知道我的住处。如果有什么需要向我汇报，就上那儿找我。"

9

在温格和警察局的安排下，卡德尔见到了玛丽亚教区的区署行政长官，这位区署行政长官刚刚吃完早餐。他出现在门前台阶时，有些站不稳。他打着饱嗝，嗝气的气味闻着像是酒馆里地板的气味。他的身型敦实高大，鼻子是鹰钩鼻，看起来好像骨折了很多次。皮肤下面，鼓鼓的血管清晰可见，血管里的血液好像一堆水蛭在打滚。

"我是亨里克·斯德布，很愿意为您效劳。他们都叫我斯德比。"

这个男人压低声音，打了个饱嗝，然后耸了耸肩，表示歉意。

"鄙人名叫迈克尔·卡德尔，非常感谢您抽出时间来见我。"

"哦，你说笑了。进来吧，快进来。别耽误了办正经事，但是看在上帝的分上，让我们先进屋小酌一番吧。玛丽亚教区的大街小巷和卡塔琳娜教区的大街小巷里的酒馆，我都喝遍了，街上那些酒馆里没什么我想要喝的，因为在那些酒馆里，即便是在我清醒的时候，都会看到最让我恐惧的敌人。"

* * *

他们足足喝了一桶酒，花了半个小时时间，卡德尔感到沉闷无聊，他猜想这桶酒一定是由几个酒桶底部的残余液体混合而成的，一点都不值钱，酒里茴芹的味道，早把酒的原味淹没了。然后，他们又走向了卡塔琳娜大街。斯德比滔滔不绝，说起了他受托治理这个街区的事情。

"那些没被拖到拉德尔湖的东西沿着小山滑下，滑进格尤德底湾。新生儿都朝同一个方向走去，但都止步于坟场。我的上帝啊，卡德尔，玛丽亚教区可能没什么好吹嘘炫耀的。少女们从戴上婚戒开始，就不断地生孩子，直到她们变成干瘪丑陋的老太婆，走路颤颤巍巍，她们照样忙着生孩子。在过去的十多年，她们分娩了一次又一次，生了这么多孩子。这些孩子中，只有很少人足够幸运，能像你和我一样长成大人模样。热病夺去了他们的生命，如果他们能够活下来，也该有二十多岁了。"

斯德比戴着帽子和假发，已是汗水涔涔，他坐在一个木箱上，把两顶头饰放在大腿上，然后挠起了自己的头皮，头皮屑飞散，他感觉很舒服。

"卖淫是奇耻大辱。女孩们在出卖自己之前并不知道如何靠自己讨生计。她们提着水果篮，挨家挨户去敲门，使尽浑身解数勾引心存敬畏的男人犯罪。这种事磨耗着男人们的精力，你知道的，他们染上梅毒是迟早的事，如果他们再拿着微薄的收入去换酒，根本就剩不下钱去治病。几年之后，正常人都不会搭理他们了。噢，不，像我们这些既聪明又好色的人，必须在玫瑰凋谢之前赶快行动。"

斯德比朝卡德尔眨了眨眼。

"但是想必你已经知道了，你毕竟是个守门人，看那儿，那儿都是你的同僚。"

卡德尔只需要看看前面两个身影的轮廓，就可以认出他们是谁，那是费舍尔和提斯特，和卡德尔一样，他们也是守门人。他们沿街而行，沿途偶尔停下来，推开商铺的大门，希望能够抓到正在犯事儿的年轻人。

卡德尔的情况是这样的，他只做了几个小时的守门人，而后他就回到了指挥官那里，将自己的辞职报告交给了指挥官。他到了斯卡教区的女子监狱，但那里的情境令他作呕：女犯们枯瘦如柴，要被迫完成分配的工作，她们饥肠辘辘，慢慢地煎熬生命，等待死亡。男性守门人看守着女犯们，女犯们显得脆弱无助。卡德尔想，不论这些可怜的人死后去了什么样的地狱，对这些高墙内的女犯们而言，她们的处境都应该得到改善。他甚至想对指挥官大声说出自己的感触。但是他权衡再三，改变了主意，他强忍着，没说一句话。后来，指挥官耸耸肩。卡德尔朝砂石地上啐吐了一口，转身离去。

　　指挥官非常清楚，把卡德尔从抚恤人员名单上除名，很可能会忤逆推荐他的人，这会给自己招来很大风险，还不如把他留在抚恤人员名单上，这样做也非常容易。后来，卡德尔仍然可以领取薪水，他要做的就是穿着当局发放给他的守门人制服，无论如何，这毕竟比穿自己的衣服更好。制服包括外套、靴子和皮带。跟这套制服匹配的还有棍子和绳子，这是他们执法的工具。卡德尔把发给他的棍子和绳子扔进了海里。斯塔比还在喋喋不休地讲述他的工作业绩。这时，卡德尔领着他拐进了一个角落，这样，可以避开与费舍尔和提斯特碰面。

　　"卡德尔，还有拉德尔湖。那是多么可怕的景象啊。据我所知，你还跳了进去。你见识过我们这儿刮大风的情景吗？没有吧？大风从海岸那儿刮过来，像发狂了一般，吹得风车疯狂地转动，吹得风车上的木头都冒烟了……不过，我可告诉你，狂风吹到拉德尔湖时，会掀起巨大的波浪。湖底的垃圾会搅动着，飞出湖面。人们都会赶紧从米勒山上飞驰而下，逃向别处。有的去了丹托，有的去了温特关卡。卡德尔，你对我们的南岛究竟了解多少？"

"或多或少了解一点吧。但是我知道的事情大多是从酒吧听来的。"

"唉，那些都不靠谱。我来给你好好讲讲吧。这地方是一伙窃贼的老窝。为了不被饿死，孩子们从在摇篮里就开始学习偷盗，从此开启走向镣铐和监狱的人生路。

"有的人更糟糕，他们会走向绞刑架。有天晚上，在一家酒馆里，一个男人大声朗读了一封写给《斯德哥尔摩邮报》的信件，信中一个正直的朋友在抱怨万桥之城的夜间女郎，以及那些妓女是如何为了区区几先令就出卖自己的。我们都为价格虚高而狂笑不止。在洛克关卡的另一侧，无论是男人、女人或是小孩，你只需花费不到一先令，都可以让他们为你服务。"

* * *

他们一起绕着拉德尔湖的街道招揽生意，从一个街区游荡到另一个街区。这些白石头房子里是一个个工厂，有的是住家户，每个住家户都是几代人挤在一个屋子里。在这个地方，到处都是木头建造的房子，尽管存在极大的火灾隐患，当局却无法将其拆毁。街上的鹅卵石被靴跟踩踏，又被马车轮碾压，碎块随地翻滚，街道乱七八糟。

他们在玛丽亚教堂的水井边停下，喝了点水。卡德尔做了个鬼脸，斯德比会意地窃笑起来。

"海风因你而来，吹起海水，越过洛克关卡，洒到地面，渗透到我们的井里。这就是现在我们尝到的井水的味道。好多酿酒人都曾经历过这样的事，他们用这种井水酿出一批酒，还没有品尝，酒就变质了。"

斯德比带着卡德尔走过每一栋建筑，给卡德尔讲每栋建筑物里发生的八卦新闻，他敲开每户人家的窗户或大门，让卡德尔向住户提出疑问。得到的答案往往含糊不清。没钱没势的人已经对当局感到非常恐惧，因为当局总会无所顾忌地把没有工作许可证的人们，强拽到工厂，强迫他们劳作。他们的答案都是不清楚或不知道，他们给出的答案都是程式化的，这些答案是他们从小就学会的。他们遵循惯例回答问题：非礼勿听，非礼勿视，非礼勿言。几小时之后，卡德尔开始疑虑重重，因为就是最简单的问题，他都得不到任何想要的答复。对此，斯德比总是耸耸肩，很是无奈。

"好吧，那你本来期待得到些什么信息呢？我们往山下走，先找些东西吃吧。"

工人们正从磅秤上卸铁钉，时而发出一阵阵哗啦哗啦的巨大响声。在俄罗斯庭院，那些俄罗斯人正在用俄语讨价还价，他们的说话声让人感到他们是用奇怪的话语制造嘈杂的喧闹。海兹曼山上的贝利肯酒馆，离洛克关卡不远，那里有红萝卜和鲱鱼，还可以随意配上一杯啤酒或者一杯白兰地。酒馆里熙熙攘攘，坐满了人，他们挤在长桌边的长凳上，摩肩接踵。卡德尔能够听得出，客人们不约而同地发出抱怨声。不同的诅咒声中，都夹杂着查尔斯公爵和鲁特霍姆男爵的名字，客人们窃窃私语，悲叹着经济状况的惨淡和治理国家的无能，迫切希望这一切能有所改变。

"迈克尔·卡德尔，如果您允许的话，我能不能问，您来这儿主要是想做什么呢？在这个城市，难道没有什么事情比自己的事更值得关注吗？我听说过塞西尔·温格，甚至还见过他，很容易能看出来，他好像哪里都不太对劲。那人就好像是从坟墓里逃出来的活死尸一样。他都那样了，还能活着，实在是违背常理呀。他应该足够理智，可以和自己的命运握手言和。但是你呢，卡德尔？你有血有肉，是一个真正的男人，你有着大好的未来，可你为什么要浪费时间做一些像这种几乎不可能有结果的事情呢？"

卡德尔知道如何控制自己的情绪。他对这样的人已经习以为常了。他的愤怒已经积聚了好几年，就是为了有朝一日能够应对这样的情况。如果他已经喝醉了，他就会怒不可遏，直接一拳捶在斯德比的鹰钩鼻上。可是他必须忍住怒火。他深深地吸了一口气，目光移向外面广场上拥挤的人群。

"斯德比，如果调查有任何结果，对我们都会有帮助的。你必须相信我对你的承诺，我不会让那么多慷慨捐助的富人等候很长时间。你还记得那晚发生的事吗？"

斯德比考虑着这个问题，他喝了些啤酒，咯咯地笑了起来。

"卡德尔，那真的是一个怪异的晚上啊。那天晚上，我半夜醒来，想去撒尿，最近，我晚间撒尿这种事似乎越来越频繁，我看到便壶已经快满了，于是我就走到了院子里。这确实花费了一点时间，但我站在那儿方便时，我的眼睛渐渐适应了黑暗，我觉得我站的地方好像有点奇怪，墙壁好像在移动。我摸索着走到墙壁旁边，你懂得，我还无法展现自己的男子气概，我感觉在我前面有一些东西，它们有棱有角，硬邦邦的。我想不到该做些什么好，就回去拿了灯笼，而当我回来后，我看到了，是一顶轿子，卡德尔，那顶轿子的外部已经沾满了垃圾，上面还有小窗户和窗帘，其中一个把手坏了。你应该知道，这些日子以来，我很少接待乘轿子而来的访客，尽管我不太在意每年会有多少访客。"

斯德比停顿了一会儿，以为自己很机智，便开怀大笑。

"无论如何，那轿子里面是空的，破旧不堪，被遗弃到这儿。周围没有一个人。我早上醒来时，那顶轿子已经不在那儿了。这也正好，否则它会成为周围所有小孩的游乐场，然后等到某一天，有一个穷人，决定修饰这顶轿子，然后在轿子里长久居住。我猜想，可能是轿子的主人那天晚上遇到了一些困难，于是把破败的轿子藏在安静的地方，然后换乘了别的交通工具，这样，仆人们在天亮前可以带着绳子或者其他工具把它再抬回去。"

"轿子看起来长什么样呢？"

"轿子是绿色的，镶了金色装饰。看起来很富贵，但已经明显不新了，当然，这个很正常。这年头，已经不像几年前，轿子在街头随处可见。"

"在你住的那个地方，还有没有其他人注意到些别的事情呢？"

"我喜欢独处，所以我很少和别人一起住。为了满足自己的好奇心，我曾向周围的邻居稍微打听了一下，但是似乎没有人知道这个事情。"

"那我们来说说别的事情，除了教区行政长官的身份之外，你还做什么？"

"好吧，我的朋友，宿醉不是你喝完白兰地这种烈酒之后的唯一后果。我的工作呢，是买卖果浆。人们酿酒之后，总会留下一些残渣，大多是浆果和果皮。果浆仍然含有一些营养成分，可以用作动物饲料。我从啤酒厂搜集果浆，有时候也去大户人家搜集，然后卖给农场和马厩。可能有人曾经拿一勺果浆招待你，但我绝不会诚心实意地推荐你吃果浆，但是猪啊，牛啊，还有鹅都爱吃果浆，似乎怎么吃都吃不够。"

"我懂了。说到我，我实际上是一个老炮兵，炮弹和爆炸带走了我拥有的一切。如果你站在三十六磅重的大炮旁边，它爆炸时，那感觉就好像一个拳头直接打到了脸上，如果你鼻子里有鼻涕，那鼻涕会直接飞向空中。但是，斯德比，你毕竟是个聪明人，你的大脑仍旧那么清晰，你有没有考虑过帮我推断推断？你能够想到什么交通工具，能够运送一具尸体，穿过城镇而不被发现吗？"

斯德比皱起了眉头，紧咬着下唇。

"嗯，我想，你可能需要一辆大篷马车才能办得到。"

卡德尔抬起头，表示部分同意。

"用大篷马车运送尸体想必不容易，马蹄踩在鹅卵石上，嘎达嘎达作响，还有马车轮子，也是吱扭吱扭作响，这些都是噪音，还有，关卡官员也很勤奋负责哟，只要马车在城市范围内行驶，他们随时都会突击检查马车里面的货物。"

"卡德尔，你想要一种既不发出声音又稳妥可靠的工具吗？我实在想象不出来那会是什么工具。"

"你刚才说，你在你家院子发现的是什么来着？就是恰好在离拉德尔湖不远的地方发现的那个东西？"

"一顶轿子吗？你不会是说尸体就放在一顶轿子里被抬了出去吧？"

"你这个笨蛋，不是'一'顶轿子，而是'那'顶轿子。你拖着我绕着南岛走了半圈，一点有用的信息也没得到，我简直不敢奢望，我想得到的信息，竟然几小时前我站在你家门口时就能得到。唯一能让我感到安慰的是，我相信这趟闲逛对你来说更无聊吧。有人把尸体装进麻袋，把麻袋藏在轿子里，拉好轿帘，把轿子丢弃在某个地方，然后把轿子里的尸体抬出来，扔到拉德尔湖中，随后，抬轿人又尽快赶回来，抬走轿子。我们说话这会儿，可能那轿子就藏在某个工厂里。斯德比，现在你得和我一起干事了。如果你想保住你在这个破地方的职位，哪怕有一点点希望，你就直接跑回家，挨家挨户去找住在这一教区的每一个人，然后当面问个清楚，不但要问年龄最大的女仆，还要问年龄最小的婴儿。如果有人曾见过这顶轿子，能够说出更多的细节，或者愿意找回它，你就在街灯亮起来之前，赶紧跑回来告诉我。"

* * *

过了洛克关卡，在回家的路上，卡德尔一直自言自语，他声音低沉，但却兴奋不已。

"好吧，卡尔·约翰，我现在可是牢牢地拽住你了，你可动不了了。现在我要做的，就是找到那顶镶金边的绿色轿子，还有一个刚刚修过的把手。"

他抬头瞥了一眼玛丽亚教堂的塔楼，那塔楼上半截倒塌了，卡德尔接着说道：

"嗯，闻起来，轿子里还应有一股尿骚味。"

10

温格一整天都在追查与棉织布有关的线索。这件事已经花了一段时间了。商人们倒是不亦乐乎，唠唠叨叨地和他说了他们自己货物的事情。温格获得了一条最好的线索，这条线索将他引向了一位英国商人。那人可能已经离开斯德哥尔摩了，而船停在哪里，没人能说清楚。温格要想知道答案，只有一个办法，就是自己查看登记簿。

海关大楼的底层，堆放着各式各样的货物，也充斥着各种语言。官员们匆匆忙忙，一会走到这儿，一会走到那儿，他们背后跟着拿着铅笔和分类账本的小职员。商人、船主还有船长正在就纳税义务进行协商，质疑天平刻度的精确性和操作员的诚信度。那些没能让别人听懂自己话的人，只能提高音量，将原话又重复了一遍。温格花了几个小时，才逮着机会给一名海关官员塞了点钱，这才看到已经到达港口的船只名单。有问题的船是一艘名为"索菲"的船，始发港是南安普敦。这艘船已经有了指定的停靠点，在俄尔普斯区旁边，靠近卡索山。这艘船在出发地的状态被标记为"等待风向离开"。

天色将晚，温格离开海关大楼，沿着码头匆匆走过通往水域的楼梯。码头附近还留着米迦勒节秋季市场的痕迹，地上散落着垃圾。他焦急地看着海面，但是似乎没有船只准备出海。天色已晚，这时，风几乎都无法吹动挂在桅杆上的三角形信号旗。

由于海边潮湿，加上本身劳累，温格感觉喉咙发痒，想要咳嗽。突然一阵抽搐，让他感觉好像领带上的别针嵌入了肋骨之间。他只得无奈地放慢脚步。他有些站立不稳，不得不把身体的重量移向银色的木手杖，木手杖被压弯了，这提醒了他，这根手杖是拿来装饰形象的，而不是拿来支撑身体的。

当温格在一艘船的船尾看到"索菲"这个名字时，他感觉如释重负，松了口气。这是一艘双桅纵帆船，前桅比主桅短，船被右舷系在码头上。周围一点动静都没有。晚上，浪子们都在咖啡馆和酒窖逍遥自在，装货工和码头工人也都已经回家了，水手们消失在斯塔丹岛的大街小巷，去寻找一晌贪欢或者悠长陪伴。温格走过跳板，看见只有一个人在甲板上。他凝神一望，那人正把铅块放进一个坚固的铁盒子里。

"约瑟夫·撒切尔？"

那人用法语回应。他体格健壮，穿一件加固了的水手的外套，戴三角帽，着一双结实的靴子，胡子修长，垂到穿着马甲的胸前。

"我的名字叫撒切尔，这名字和我的货物一样，都不适合在瑞典做生意。我猜你不会说我们那儿的语言吧？"

温格精通法语，德语流畅，因为工作需要也了解一些希腊语，阅读拉丁语毫无障碍，但是他确实对于英语还有待提升。撒切尔点了点头，并不感到惊奇。

"我的瑞典语也不怎么样，所以，我们说法语吧，你找我有什么事呢？"

"我的名字叫塞西尔·温格，我听说你是棉织布方面的专家。"

撒切尔坐在他那个小箱子上面，示意温格坐在甲板舱口。温格递过黑色的布料，撒切尔默不作声地研究了起来。

"我只凭手就摸出了这块布的七八成信息，但是如果要说得更为确切一点，我还需要去拿下提灯来好好看看。但是首先，你能不能和我说说为什么打探这块布的信息呢？"

"我们发现这块布裹在一具男性尸体上，尸体被肢解，四肢全无，丢弃在水里，我想要好好弄清楚，这个人生前发生了什么。"

撒切尔盯着温格看了好一会儿，然后转身走进小屋，从里面拿回一个明亮的提灯。温格安静地等待着。撒切尔又检视了一番棉织布料的接缝和布角。最后，撒切尔拿起一根普通的木质烟管，在提灯里接了火点燃，然后，他开口说话。

"告诉我，温格，'此人为彼人之狼'这句话对于你而言有什么意义吗？"

"普劳图斯在布匿战争的时候用拉丁语写下的这句话，'一个人对于另外一个人就好像一只狼一样'。"

"原谅我是个没有受过古典教育的普通商人。我是从伏尔泰那儿知道的这句话，但是当我用心去理解这句话的意思时，我并不吃惊，很早以前，就有人使用这句谚语了。所以你是怎么理解这句话的呢？我们俩是不是对方的豺狼，在选择攻击的时刻之前，始终关注着彼此最微弱的一处缺陷呢？"

"我们有法律和规则来限制人们这样的冲动。"

撒切尔吐出一个大烟圈，发出一阵大笑。

"如果这么说的话，这个制度体系运行得可真不怎么样呀。温格先生，我自己就是一个很好的例证了。温格先生，你们国家已经破产了，如果消息传得更快一点的话，我或许能够及时意识到这一切，然后扭转我的厄运。这里没人想要我的货物。为了避免把卖不了的货物带回家，我不得不亏本处理我的货物。再加上海关官员那贪婪的手掌，你知道，在那里我也是花了好些个达勒来对付他们，然后，我还要应对竞争者，他们很机智，经营有方，另外，我还要偿还欠别人的债。温格先生，我已经破产了。在你向我问话之前，你碰巧看到我在做些什么吗？"

"是的，我看到你在把货物装到你的保险箱里。"

"那你能猜到我为什么要这样做吗？"

温格点了点头，避开对方的眼神，没有直视对方。他想知道死神是否有一种气味或者一类特点，让他如此轻易地就能感知到它的存在，以及他的这种敏感，是否是他所做的工作以及他自己的健康状况导致的。

"你准备把这些抛到船外。因为通常一个人的文件比他的生命还要宝贵。我猜想你正准备把箱子抱在怀里，然后一起越过栏杆。我相信，额外的重量会让那一刻来得快一点，从而让你少受点折磨。"

撒切尔面向水面，吹出了一个漂亮的烟圈，任由烟圈消散在风中。

"我以个人名义为我的货物负责，我所有的东西都被抵押了。有个好心的绅士在我这投钱，希望能有所回报，但是，将来他会把我撕成碎片。我一回家，我所有的东西都会耗尽，用来还债。就算我不离开斯德哥尔摩，我的下场也是一样，但是我可以省去疲惫的旅行和更多的麻烦。我的旅程会缩短到二十英尺，终点就是在'索菲'船体下面的泥沼里。有这些文件在手，我的后代为我还债的风险也能减轻许多。"

撒切尔一口一口地抽着烟，吐着烟圈。烟圈打着涡旋，在空气中飘散。透过烟圈，撒切尔平静地盯着温格，眼神里露出一丝卑鄙和狡黠。

"我为什么要帮你？我凭什么做这样的事情？在我生命的最后时刻，我已经证明了，我是两头狼中更好的那个，我为什么还要再一次徒劳地在自己前进的路上设置阻碍？只要我能占上风，这就不会是我最后的时刻。那么温格先生，你是怎样的一头狼呢？一头狡黠的狼？还是一位老练的猎手？"

"恐怕我并不是一头狼，我所做的事情，并不是为了满足我自己的什么嗜血欲望。虽然如此，不论你是否帮助我，我都会竭尽我所能获得成功的。"

撒切尔突然间颤抖起来，揉着自己的胳膊，烟管仍旧叼在嘴边。那样的心境下，他已经做出一个重大的决定，他似乎已经踏上了通往另外一个世界的路。

"你脸色惨白，身体消瘦，这极不寻常呀，温格先生，是什么在折磨着你？"

"是我的肺，我有肺结核。在是否能够活得更长久这件事情上，相较于你，我完全没有任何优势。"

撒切尔大声狂笑，雷鸣般的欢快笑声越过栏杆，传到海上。

"你为什么不马上说出这个事实呢？如果我们这些垂死的人不团结在一起，这个世界又会成什么样呢？我能够为你做些事，因为你让我看的布料确实隐藏了一些你希望知道的秘密。"

他示意温格靠近一点，然后把棉织布放到灯光下。

"看这里。棉线在这儿缝了两层。这些缝线已经很清楚地告诉我一些事情了，特别是它已经沿着一边被撕开了：有人已经把这个布料由里向外翻转过了。你看。"

撒切尔找到缝线被拆掉了的小洞口，把粗糙的手伸进小洞口，探到布袋的底部，抓住底部的那块黑色布料，向外一拽，布袋的里子就翻转过来了。

"瞧！这种事你可不是每天都能见到。"

那块黑色布料的边缘印着金色的宽边，拉德尔湖的水并没有把宽边上的图案冲洗掉。宽边的图案是人物画，画面上四人一组，相互交媾，四人的脸上都洋溢着狂喜和销魂之情。这样的四人像图案一幅接着一幅重复下去，直到布料的边缘尽头。

"我是这方面的专家，我能说的是，不管是纺织工艺还是绘画水准都是上乘的，尽管我必须承认的是，我希望艺术家的表达能够更为自由一点，他完全不需要把真实的模特画得那样真实。然而现在，两者的效果也没有什么区别。我自己在这个领域的功绩已经画上句号了，我希望我的孩子们能够做得比我好，尽管我怀疑孩子们并不能比我做得好。他们跟我一样，幼稚单纯，但我把他们养育成了善良的好人，期待他们能够如同曾经的我一样，成为别人手到擒来的猎物。"

撒切尔开始从烟管里挖烟灰，然后灭了火，扔出了船外。他拖着沉重的身体站了起来，打开箱子的盖子，里面除了一堆文件之外，还留下一些空间。

"那么，温格先生，如果你不介意的话，在我启程之前，我还有东西要打包。现在，我帮你找到了猎物留下的气味，你要做的事情就是循着气味进入森林去找你锁定的目标了。我能看出你表情的变化，你欺骗不了我。你确定无疑就是一只狼。这种事我见得多了，即便我现在没说对，你也迟早会变成一只狼。没人可以在不接受条件的情况下跟着狼群跑。你的眼睛里，有着捕食者的獠牙和冷光。你拒绝承认你的嗜血欲望，但是你阻止不了它像是恶臭一样从你周身泛起。迟早有一天，你的牙齿会沾满鲜血，你会知道我现在的话有多么正确了。你的咬痕会很深。或许你会是那只更为狡黠的狼，温格先生，说了这么多，我该和你道一声晚安了。"

11

卡德尔从睡梦中惊醒，一身冷汗。褥子的稻草杵到他的后背，虱子让他浑身奇痒难耐。在墙壁木板的另外一头，一个孩子在大声啼哭。很快地，迷宫一样房间的纵深处，传来另一个孩子的大声啼哭声。昨夜的酒还没醒，那会儿卡德尔正庆祝着自己成功地推演出了斯德比轿子这条线索。他昨晚睡着时，连马裤都没有脱下，他解开马裤上的腰带往便壶里撒尿时，差点一头栽倒。他打开窗户，在便壶上熟练地轻拍了几下，就把便壶里的东西倒进了窗户下面的院子里。窗外的云层低垂，斯德哥尔摩大教堂的塔楼在云层里模糊晦涩，如鬼如魅。卡德尔的头痛愈演愈烈，他斜着眼睛看了看教堂的钟面，早上九点刚过。他觉得自己需要再来一杯酒。

这间屋子卡德尔租有半年多了，屋子外面几个悄声说话的妇女在煮着粥，他并不知道她们的姓名，但还是向她们道了声早安，讨了几口水桶盛着的井水喝，然后，他走下台阶，去往固兹巷。他朝着南广场走，在那儿他可以赊账喝上一杯。跟往常一样，他走过夫莱兹粪便堆放点时，尽力屏住呼吸，城里粪便如山一般都堆积在这儿，紧挨着粪便堆放点的是港口谷仓。这地方建起了一座桥，取名红关桥，红关桥建好后，只有那些小型船只才能开往上游。海边新建的吊桥，被唤作蓝关桥，建好已有几周时间了，但人们仍然怀疑它的牢固性。比起普尔海姆区的巨型桥梁，蓝关桥看起来单薄又脆弱。如今许多人还是在红关桥下等待，而不愿冒险去往蓝关桥。卡德尔却不担心，这是因为他胆子比较大，还是因为他不惜命，卡德尔自己也不知道。

看起来有什么事要发生。一大群人熙熙攘攘地聚集在了广场上，涌向梅森关口。卡德尔别无选择，被带进了人群中。看着汉堡酒窖外蜂拥而至的人群，能猜得出今天应该是行刑日。无所事事的人们已经聚集在那儿，睁大眼睛，等着那个死囚的到来，那个死囚不久将被马车运到这儿，在汉堡酒窖喝一杯行前酒。

卡德尔在隔壁的酒馆快速喝了一杯，就紧跟着人潮沿着哥特巷向普斯马斯特大街走去，那儿的建筑就比较稀少了。斯康斯关卡的壁灯光线暗淡，在道路两旁隐隐显现，绕过斯康斯关卡山脊，道路通往哈马比山。在山脊顶端，三腿的绞架映衬着风雨欲来的天空：三根直立的石柱由横梁连接，形成一个可以夺人性命的三角形。一群暴徒，有四十人，围在绞刑台四周，他们的手臂被木杆绑着，连在一起，他们的外围，一群看守组成活人围墙，看管着他们。法警爬上山脊顶端，准备宣读判决书。卡德尔注意到今天要用的不是套索。这不是要绞死一个小偷，而是要绞死一名残杀女人的杀人犯。这样看来，今天注定有人要遭殃了。

* * *

运送死囚的马车还未出现。街上一群小混混和自作聪明的人爆发出了嘈杂声，宣告马车的到来。马车过来了，小混混和自作聪明的人追着马车跑，朝着马车上的死囚扔东西，他们从地上捡着什么，就朝他扔什么，垃圾、碎屑，什么都有。死囚看上去年轻，绝对不超过二十岁，他是因为掐死了未婚妻被逮捕，他掐死未婚妻的原因是一只偷来的母鸡——他想要立马吃了充饥，而他的未婚妻却想要留着下蛋。

当这个死囚被推进行刑场时，他开始浑身颤抖，吓得尿了出来，尿水顺着左腿的短裤流下来。人群中洋溢着兴奋感。两个女人面露谄媚的笑容，尖叫着，夸赞囚犯具有男子气概。卡德尔根据外表判断她们是妓女。在她们后面，一个因为梅毒鼻子上烂出坑的男的，笑得鼻涕飞颤。法警撤离刑场，面容肃穆，让人们感到法律的庄严和威力。死囚犯接过银瓶，喝了断头酒，小心地迈步向前，生怕鞋子沾到地上的烂泥滩。

刽子手休息的房门打开了，人群中一片安静。刽子手现身了。他的名字是马滕·霍斯，他很享受自己的职业，尽管这个职业恶名在外，但也混合着一些人奇怪的敬佩之情。他的头巾搭在脖子上，与他的工作显得极为相称。他的前辈们都习惯用头巾遮住脸，他反而毫不羞赧。他满脸横肉，纹路清晰，但表情平淡无奇，毫无特色，一双黑色眼睛，毫无光芒。他自己就是一个囚犯，他因为用一个大啤酒杯打碎酒伴的下颌骨被判了刑。那时候刽子手的位置刚好有空缺，他接受了刽子手这个职位，作为回报，他被判缓刑。他挥动斧头或者刀剑砍向死囚犯，每砍一次，离自己命运的终点就靠近了一点；每一次执行判决任务，他的手就好像颤抖得更明显了一点，他的状态好像醉得很厉害。

有流言说霍斯曾经尝试自杀过三次，但是每次当他准备跳进阿斯塔湾的深水里时就又丧失了勇气，最终只能决定，每次有了罢工的念头时，就喝得烂醉如泥。这也没能让他黯然失色：他的醉意使得这场行刑表演更具消遣意味了。

护卫收队靠边，霍斯登场，场下荡漾起一片欢腾。刽子手迈开步子，脚步踉跄，他准备在观众面前夸张地鞠个躬，但是他身子向后一倒，差点往后头倒下去。观众的热情鼓舞着他。人们把他称作"大师"霍斯，实际上如此这般的称呼就是承认了他的无能。

在助手的帮助下，霍斯抓住斧头的直刃，挥向了空中。他假装要即刻处决罪犯，朝着罪犯跑去，但是他在泥地里滑了一下。人群里欢呼雀跃，鼓掌声噼里啪啦。

大木桩子抬出来了。这仅仅只是一块木头，表面上都是斧头刻痕和血液污迹。死囚犯被押解过来，跪下，他的头被按在大木桩子上。一个助手把脚踩到死囚犯的肩胛骨之间的部位，另一个助手用一条皮带缠在死囚犯右手绑的大木桩子上。按照惯例，必须一斧头下去解决问题，确保死囚犯在去到另外一个世界之前少受点苦。一切准备工作就绪，刽子手就位，他举起斧头，四周一下子静寂了。突然，人群中后排的某个跳梁小丑，大声叫嚷着一个性器官的名字，人群立刻爆发出短促的嘘声。"啊呀！"只听一声大吼，霍斯挥斧砍下，但是，斧头在离死囚犯颤抖的手臂只有一英尺的地方突然停住了。

霍斯炫技成功，显得十分骄傲。他用头巾擦了擦额头，仿佛那里冒出了汗水，他双手相扣，勾在后脖颈上拉了拉筋，就好像要扛起什么重物似的。看客们发出啧啧赞叹声，这让他对自己表演的噱头很自豪，他一连表演了三次。而此时，罪犯已经开始哭泣。虽然他这会没有被人束缚控制，但他也不打算调整移动身体的位置，他呜咽着，看客们全都能明白，那是他身体受到折磨而发出的啜泣声。

尽管酒醉恍惚，但霍斯经验丰富，知道他现在必须结束他的工作，否则就要面对死囚犯的愤怒。死囚犯的啜泣声渐渐变成咆哮，兴奋的看客们渐渐安静下来。这气氛是他们所预期的了。

助手们再一次就位，双手控制住了囚犯。霍斯向手掌里吐了口唾沫，握起拳头，他提起斧子，重重地砍到囚犯的手腕上。伴随着男人痛苦的尖叫，一个助手捡起了泥地里的断手，然后将其扔到了人群当中。人群中有很多窃贼，他们很迷信，认为罪犯被砍下来的指头和手能给他们带来好运。如果窃贼得到这样的指头或手，就能保护他们偷东西可以免受法律的制裁。特别是大拇指最灵验。罪犯被砍下来的手将被街上的小混混切开来贩卖。这会儿，他们已经互相推搡，疯狂地争抢起来。

霍斯摇摇晃晃地走过来，向死囚犯鞠了一躬，表明他要执行死刑。年轻人大声号叫起来，声嘶力竭。这已经不再是人类发出的叫声了，而是从另外一个世界传来的响声，就好像地狱幕帘之后发出的回声一样。

霍斯大师数次挥动斧头，直到斧头砍到第十五下，才把囚犯的头从身体上砍下来。不好判断霍斯是在笑还是在哭，他粗野地挥舞着斧头，一边挥舞斧头，一边用最大的力气喊叫："罪恶必受惩，世人须警醒；罪恶必受惩，世人须警醒！"

鉴赏家们一致认为，这是霍斯大师迄今为止最失败的一次行刑。他们认为，出于对这个职业的尊敬，他可以喝得不那么醉；但是，在下一个更有水平的刽子手诞生之前，霍斯看样子是避免不了要重复这样的表演了。霍斯自己也瘫倒在大木桩子上。

* * *

迈克尔·卡德尔转身，准备离开。他刚一抬头，看到塞西尔·温格，一个身材瘦削、暗淡的身影站在路边的小山坡上。真是不期而遇呀，卡德尔略有迟疑，他没有走上前去。他悄悄地站着观察了一会儿。温格脸色惨白，没有表露任何情感，丝毫没有迹象显示这个人在见识了刚刚那副场景之后受到了影响。当卡德尔走近时，他才注意到，温格消瘦的手指正紧紧地握住手杖，手指关节都发白了，整个手臂都在震颤。

温格陷入了沉思，仍旧面朝着绞刑架。当卡德尔走得非常近时，温格才回过神来，向他打了个招呼。天空下起了小雨，雨点落在了行刑场地上。

"下午好，让·迈克尔。我有段时间没见过真实场面的死刑了。我来这儿是想看看，我以前调查的谋杀案得到了正义的伸张。如果我们俩的案子也能够获得成功的话，我们就等待着那些凶手们也有同样的下场。"

"然后呢？"

"想要通过残杀市民来遏制谋杀案的发生，我看不出这其中有多少王权的逻辑性，这样的行刑方式不是原罪，简直是兽性。但是我最反对这种行为：法律没有试图去理解那些罪犯。如果我们没有试图理解今天所犯的罪行，又怎能期望防止明日的罪行呢？让·迈克尔，答案是当权者从来没想过这个问题。他们认为自己的任务是裁决和惩罚。我审判过的很多人在这座小山上结束了自己的生命。我唯一的安慰是，他们中的许多人被带走前都备受质疑，我拼尽全力证明被告有罪，而且让每一个人都有机会为自己辩护。"

"不论你多努力尝试理解他们，这个暴徒永远都不会有机会知道缘由了。缺乏了对斧头和绳索的恐惧，斯德哥尔摩一夜之间就会毁于一旦。"

温格没有回答，卡德尔接着又说：

"我和斯德比的会面可能会给我们带来些线索，离解开谜题更近了点。要是我有更多好消息，我会接着和你说的，目前我能说的是，我在追踪一顶绿轿子，卡尔·约翰死前可能就乘坐过这顶轿子。"

死囚留下的红色血渍以及绞刑架都留在了身后，他俩转身离开。他们向斯康斯关卡方向走。走到山脚时，温格打破了沉默。

"让·迈克尔，你和我说过古斯塔夫国王和战争的事情。在错误的前提下发生了这样一件事，导致这么多人丧命，这么多人身受残疾，你的情绪是可以理解的。因此我希望你知道我的一些事情，这些事情很少有人知道，但是这些事真实存在。你打听过我，我也知道流言怎样说的，说是我为了我妻子的幸福而离开了她。"

卡德尔有点不舒服，不习惯听温格的这些秘密。他低头看着自己的靴子，靴子所踩过的地方很快变成了烂泥滩。

"随着我咳嗽越来越严重，我病入膏肓，暴瘦、虚弱，我在她眼中逐渐黯淡了。我什么都没办法给她，也没办法履行作为一个丈夫的职责。"

温格沙哑的声音单调乏味，听不出任何情绪，就好像在读《圣经》中的一个章节一样。但是卡德尔能感觉到，他是在极力地控制着自己，尽力用平缓的语气说话，就像是暴风骤雨要来之前的那个临界点。

"当然，我知道正在发生什么。从事法律事务这么久，自然而然你就能洞察很多。小细节暗示出了所有的谎言。在这些事情上面，我的直觉再敏锐不过了。我在家里发现了以前没见过的物件。她出去和朋友会面，之后我就会发现那些朋友她之前从来没有见过。最明显的证据是，她看上去如此开心。她双颊粉嫩，明眸有光，而之前她眼里透露的信息是她就要死了。"

温格看了一眼卡德尔。他脸色平静，面容僵硬，就好像一个瘫痪者的面容。

"几个月以来，我第一次感到她就像是我当初爱上的那个女人一样。"

温格停顿了一下，在思绪中徘徊，然后继续说：

"最终，在我最虚弱的时候，我将他们抓了个现行。我竭尽我所能来避免这件事情发生，但是我身体虚弱，又不想关注这事。我的咳嗽声和他们的做爱声互为掩护。他，是一位带着勋带和佩剑的官员，有着漆黑的胡须和美好的未来。我无法责备她。那天晚上，我就决定启程去往罗泽柳斯那儿，从那之后，我就再也没有见过她。"

卡德尔张嘴要说些安慰的话，但是温格制止了，他把视线转向哈马比湖，此时，哈马比湖面上波光粼粼，随风荡漾。

"你不需要对我说什么。正如我们初次会面的时候你自己所说的一样，我不是在寻求怜悯。我告诉你这些秘密，不是为了寻求一段友谊，而是让我们彼此在面对前路、面对困难时，知晓彼此的强弱，从中获益。现在没有什么比这个更加重要了。我不渴求任何安慰的话语，也不要你成为我的朋友，让·迈克尔。我们剩下的时间不多了。太多的烦恼只会让人感到悲伤。"

他们在关卡告别，温格招手叫了一辆马车离开。

"明早九点，到斯茂尔交易所来见我。你打听到的轿子的线索，对案件调查很有帮助。我对卡尔·约翰的墓志铭怀有美好希望。"

12

　　几个小时后，卡德尔已经把刑场的恐怖抛在脑后了。卡德尔想着，乘轿出行已经不流行了。对此他心情复杂。如果能够找到斯德比所说的绿色轿子在哪里，那么这件事也就简单多了，但是轿夫这个行当没有靠谱的组织，因此找起来也是复杂的。没有个协会来监督轿夫们，而他小时候随处可见的老式轿子已经化作一缕青烟，消失在新造的花砖炉子里了，或者被街角的人拿去招揽顾客。

　　问了一圈之后，卡德尔来到卡特琳娜教区的恰尔德大草坪地附近的一个马厩。但是那里也没人能够提供更多的消息。一位蓄着胡子戴着马鬃假发的老板，吐着鼻烟圈，打了个喷嚏，咒骂现在这个时代毁了他的生计。几十年前，没有一位绅士会拒绝他，他和另一健壮汉子，组成一对儿，抬着绅士在城里穿梭。18 世纪70 年代末，他自己运营着二十多顶轿子。现在轿子数量已经减少到了三分之一，而价格也直线下跌。这位曾经身着笔挺制服的轿夫，如今只能屈就在马厩里当装饰物了。那轿子的颜色呢？老人苦涩地摇摇头，他的轿子是黑白色，如今已经不怎么为人所知了。卡德尔一无所获，离开了恰尔德大草坪。

　　夕阳西下，人们开始爬上楼梯或拿着长长的火把点亮街灯。四处都是燃油的臭味，虽然辛勤的守城人没能确保每个街区的街道灯光都是合适的，但是卡德尔还是从万桥之城走向了更远的地方。

暮色四合，卡德尔往城里另一头走，那是北部关卡周围美多兰的一处荒凉之地。里尔湖，臭气熏天，在屋子之间流过，画出一条棕色的曲线。卡德尔沿着里尔湖往北走，他的左侧是陡峭的布伦克山脊，右侧是博格海岸。里尔湖的水臭气熏天，但还是比不上拉德尔湖的臭味。看来大水强流还是更能够承受住持续倒入的排泄物和家庭垃圾。

　　过了博格海岸，石头房子变少了，木头房子多了起来，石板路的尽头是黏土道。卡德尔要找的房子靠近索维尔，据说是一位木匠的住所，而这人仍旧从事维修轿子和制造新轿子的工作。庭院里的房间一片漆黑。令卡德尔吃惊的是，现在已是10月，夜晚寒意袭人，但是人们仍在室外活动。有个男人坐在前门下的台阶上。在屋子的阴影里，不远处站着一个大块头，但是让人看不出他是靠着哪只脚站立着。

　　坐着的人挥了挥手，向卡德尔打招呼。他的肩膀和卡德尔一样宽，但是他的身体却更健壮，圆圆的肚子撑爆了外套的扣子。他看上去一身蛮力却又怠惰懒散。他的头浑圆像球，脖子像公牛般健壮，很粗壮，显衬着他的头就像被直接安在肩膀上一样。他张了张厚唇大嘴，眯着眼睛注视着卡德尔，眼睛游移不定。他正嚼着烟草，时不时地从嘴里精准地吐口唾沫。卡德尔微微鞠了个躬回应。

　　"我叫迈克尔·卡德尔。抱歉这么晚来打扰你们，我正在寻找一位名字叫作弗里斯的木匠。"

　　"那么你已经找到了，我就是弗里斯。请坐，我给你拿点烟草。"

　　卡德尔仍旧站着，自己从那人递过来的烟草袋里拿了一团烟草。屋子阴影里的人走了过来，卡德尔这才发现，大块头是一个年轻人，尽管他身形好似一个巨人，但走路摇摇摆摆。在他的身边，卡德尔和木匠显得很矮小。卡德尔还发现，这个年轻人一定是一个低能儿。他嘴巴大张，一长串口水流到下巴。他眼睛如母牛，目光温顺又空洞。他脖子上面绑着一根皮带，皮带的另外一头把他拴在了木栏杆上。

"那么，弗里斯先生，傍晚你就这样弯着腰，待在家里，感觉怎么样呢？"

"这夜晚的空气就是灵魂的一剂良药，你不觉得吗？你又过得如何？是什么让你不辞辛苦，走过博格海岸，在这样的夜晚找到我，彼得·弗里斯木匠大师？"

木匠的嘴角露出了嘲讽的笑容，烟草汁顺着嘴角流了出来。

"我正在找一顶绿色的轿子，把手开裂了。凯兹湾的一名街头顽童告诉我，不到四天前，他看到沿着这条路线，有轿子去往你的作坊。"

弗里斯皱起了眉头，面露忧虑之情。

"天啊，尊敬的先生，我什么也想不起来了。我难受的是，你大老远跑过来，只吃上了一点点烟草。或许那顶轿子是去往附近其他商人的路上呢？"

卡德尔若有所思，点了点头。

"事实上，你在这里并没有任何竞争者。我也知道彼得·德弗里斯木匠大师可能让人难以理解，因为他来自鹿特丹，说着蹩脚的瑞典语，这不禁让人怀疑他这样的能力，究竟能不能找到客户。"

那人哈哈大笑，然后起身，挺直腰背，拍了拍屁股上的土。

"我懂了，那好吧。至少约翰·库灵是个汉子，因为他被抓到时，没有说谎，而是用足够的气概承认了。"

卡德尔歪着头看向旁边的年轻人，那人仍然沉浸在自己的世界里面。

"他是谁呢？"

"那是我的兄弟，曼斯。你也看到了，他有点低智。你看，卡德尔，我们的父亲和母亲并不像你一样来自大城市。他们来自一个小乡村，很难找到合适的结婚对象。我父亲到了结婚年龄时，迫于无奈，只能娶自己的妹妹为妻。这种违背上帝条律的行为是需要付出代价的，代价就是生出了曼斯。曼斯是接生婆接生过的最大的婴儿，生他的时候，我的母亲因为难产去世了。他不是个伟大的思想者，但是如果你需要找一个抬轿子抬上几个小时都毫无怨言的人，那么曼斯会是最佳的人选。"

"我猜，抬轿时，你和曼斯搭伴儿，你抬前面的轿杠。"

"你可真是个精明的家伙啊，卡德尔。是的，如果我和曼斯把角色对调一下，曼斯很可能会在可怜的乘客还没反应过来之前，就已经直接把他送到地狱里去了。这会儿我们在这儿等差事呢。木匠让我们明天再来，但是轿子是我们唯一的生计，我们不会在没人看管的情况下随随便便就走了的。更不用说我们最大的恩主无意中透露我们最近的表现不尽如人意。所以，这个时候如果有人问起绿色轿子的下落，事情会很不好收场，也就是说，如果事态不能立即被控制住的话，事情会很不妙。所以，这就是为什么你、我还有曼斯会在这里相遇。"

约翰解开了原本绑住曼斯的皮带。而后，曼斯在院子里迈开大步，走起来，他的头左右摇摆，一会儿，他就感觉暖和了，僵硬的肌肉放松下来，鼻涕很快从鼻孔里流了出来。他冲着卡德尔一个坏笑，之后他举起两个拳头，每一个拳头都硕大如桶。扛轿多年，他的肩膀和大腿也粗壮浑圆。

"你本不应当到处查探的，卡德尔，在这儿你只有死路一条，我的朋友。现在就和我过上一招，我们也好看看你有多大本事。"

卡德尔转到左边，这样约翰和曼斯都能在他的视线之内。那个壮硕的年轻人对情绪的变化很敏感，他开始上蹿下跳，发出急切的噪音。几个假招式来回交锋之后，卡德尔挥出了第一拳。左手狠狠地打到了约翰·库灵的肋骨上，他痛得弯下腰去。约翰恢复过来，摸了摸自己的肋骨，低头看了手上的血迹，先是露出惊讶表情，旋即哈哈大笑。

"妈的，卡德尔！这一拳头来得也太到位了吧。打得我胸部瘪得就像烧水壶底。真是铁拳啊！"

"我得告诉你，那只是'木'拳而已。"

"卡德尔，你出阴招。正合我意！但是我们不能这样，对吗？战斗必须得公平。曼斯！"

约翰的这个兄弟一直在等着他的指令，曼斯的突袭粗糙又直接，没有章法，让卡德尔措手不及。曼斯一下子扑向卡德尔，把他抱在怀里，卡德尔根本就没有时间逃脱，并且曼斯整个人的重量都压在他身上，卡德尔重重地摔倒在地。曼斯跨坐在卡德尔胸膛上，拳头像雨点般落下。卡德尔感觉自己鼻子断了、眉毛开裂，并且血水涌入眼睛。约翰迅速出现在他左侧，卡德尔感觉到有手指抓住了固定他木头手臂的带子。带子松开了，木臂离位，此时的卡德尔毫无反击之力。无声重击一下接着一下，他所知道的唯一的声音是曼斯的拳头打在自己脸上的声音，而后他听到了喃喃私语，看到约翰贴着他兄弟的耳朵说话。拳头止住了。

"好吧，我亲爱的曼斯，让我们扶着卡德尔站起来，看看他在没有秘密武器的情况下，他能有多厉害。"

卡德尔用手在脸上抹了抹，眨了眨眼，想看得清楚一些。约翰一边嘲弄地对着他笑，一边把木头假肢扔过他的肩膀，木头假肢落在了墙角。他的兄弟曼斯把自己手指关节放在嘴里，伸出舌头舔了个干净，开始兴奋地发出驴一样的嘶鸣声。卡德尔耳朵里嗡嗡作响，感觉世界开始旋转了起来。星星在他头顶上闪闪发光。一个个星座摇曳飞转。卡德尔嘴里全是碎牙，他开始怀疑他舌头感知到的是否是幻觉。

在他的心灵之眼里，他看见血从约翰·耶尔姆的嘴里冒出来，听见塞西尔·温格嘶哑的声音以及远处俄国炮火的声音，他还看见在地窖黯淡的光线下，卡尔·约翰腐烂的嘴唇之上露出无牙的微笑，他不禁打了个寒战。他开始踉跄地走向两个摇晃的身影，好像死掉的左臂又现回原形，新鲜又雀跃，充满了痛苦和仇恨。

"朝我来啊，你们这群该死的杂种。"

13

古斯塔夫·阿道夫·松德贝里的公司已经从克拉拉教区的凯普顿街搬到了艾瑞茫格广场，但是仍然享有"斯茂尔交易所"的名号，因为咖啡馆已然变成了码头附近市民的向往的聚集地。很多人会选择来这里喝壶热巧克力咖啡，但是大多数人，比如塞西尔·温格，更喜欢一杯续一杯的苦涩阿拉伯咖啡。特别是自从有传言说当局正考虑完全禁止这类饮料，以控制人们在咖啡馆里肆意传播的流言蜚语，大多数人们常来这里喝苦涩的阿拉伯咖啡。

在这儿，传言就像酒水一样自由地流动着：人们分享着十五岁的古斯塔夫王子如何用奇怪的行为对待侍臣；人们谈论着查尔斯公爵如何为一位侍女形神消瘦，而这位鲁登施沃尔德小姐则将一片芳心都许给了叛国者阿姆费尔特；人们还谈论着那位文字抄写员托马斯·图里尔德的八卦，说他正在吕贝克的时候，听到宣告他被放逐的消息，他一下子从桌子上掉下来，他靠巧言令色，讨得鲁特霍姆男爵的欢心，得了美差，这使他获得不朽的名声，而他听到被放逐的消息时，这个美差还没有到期。温格决定再等卡德尔一小时。当他的怀表显示十点半整的时候，他仍旧未等到卡德尔的到来。他只得离开咖啡馆往北走，走到固兹巷，他四处打听着卡德尔的消息。一个正在给骑兵靴子换鞋底的鞋匠和他说道："是那个跛脚的守门人吗？他从寡妇皮尔那儿租了间屋子。"

一群孩子正在楼梯井玩耍。这房子没有砌壁炉，但是有一个炉边床，床上躺着一位皮肤发黄，面容瘦削的姑娘。从上周开始，她就在生病发烧，她告诉温格，她只知道卡德尔昨天早上离开房间，到现在还没回来。温格一无所获，别无选择，只能离开皮尔的房间。他下楼时，那个姑娘的声音传了过来。

"如果寡妇皮尔来收租时，迈克尔还不回来，寡妇就会把他的铺盖扔出去了。"

温格沿街慢慢走向老广场，给自己一些时间思考。没有了卡德尔的帮助，他的选择还是十分受限。走到孩子和仆人们打水的井边时，他停下来休息了许久。他再次站起来，转身向卡索山和因德贝托大厦方向走，途中他停下来休息了一次。

* * *

当温格到达警察局局长诺林的办公室时，已经快傍晚了。透过房门，温格能够觉察到诺林的怒气，他猜想，诺林之所以要他等一会儿，只是因为诺林需要时间让自己有时间凝神聚气，镇定下来。最终，门的另外一边传来了声音，随之助手上前为温格打开了门。

"让他进来吧。"

诺林就坐在杂乱的桌子后面，他的衬衫和上衣领口的扣子解开了，假发扔到了面前的一堆文件上。诺林没有给温格让座，只是挠着头皮，揉着红红的眼圈。

"我们上次在这儿见面后，时间也没过去多久吧。你还记得我说过这个案子的先决条件吗？赛西尔？你还记得吧？我叫嘱你要谨慎。结果呢，你却选择用一块布上的淫秽图案来打断会议室那些人的讨论。你难道没想过，那个三流作家巴法德正坐在板凳上全神贯注地听着，拿着铅笔等着记录吗？"

"我非但看到了他，我还把醉醺醺的他叫醒了，劝他和我一起去因德贝托大厦，我给他许诺，在因德贝托大厦警察局的晨会上，会给他提供一个绝妙的故事，让出版家赫伯格发表在明天的《特别邮报》上。"

诺林双手捂在脸上。

"巴法德正在写长篇，他那长篇简直冗长得像《圣经》章节。你倒好，让他从长篇小说的写作中抽出时间，写这样的短故事。赫伯格也不是什么省油的灯，他正准备不经审查就在他的报纸上发表这篇文章。这篇故事写得越让人愤怒越好，因为这样斯德哥尔摩所有的人都会去阅读。你为什么要这样做呢，塞西尔？"

"我的同伴名叫卡德尔，是一个懒散的守门人，好像失踪了，我的直觉告诉我，这肯定是因为他离真相太近了。那块布是我最后的希望了。它十分昂贵，必定是某个富人的物品。当他们在报纸上读到这件事的时候，那些曾见过这块布上的图案纹路的人一定会懂得这番描述的。而如果有某个大人物想平息此事，他必定会找上你。他们会想取下我的人头，或者也要取下你的人头。而你，约翰·古斯塔夫，则会告诉我，那个急切想找我的人的名字。"

"鲁特霍姆男爵和这里其他造谣者一样，都读《特别邮报》，男爵会把这个作为证据，证明我一直把其他事务都放在他的事务之前。这会是个好借口，他靠这个借口可以除掉我，他等这样的好借口都等了好久了。你这是亲手签署了我的死刑执行令啊，塞西尔。"

"纵观过去这几年，你的这个官位给你的健康带来了影响，我想，无论是谁接任你，虽然截短了你的任期，但确实是在延长你的寿命啊。"

"我最开始向你寻求帮助的时候，或许我该牢牢记住，我加入了一个怎样的阵营。塞西尔·温格，你是一位永远都愿意为了崇高理想而牺牲一切的人。"

温格的眼睛闪烁着光芒。

"是的，是你向我寻求帮助，如果你还记得我是个怎样的人，那么你会把这个案子做得更好。对我而言，因为我对你非常忠诚，才愿意接这个案子。但是，做出这个决定的同时，我把这样的忠诚已经转移到受害者那里了。如今，调查他的案件就是我的责任，而无关你的声誉。就在几天之前的晚上，我站在玛丽亚教堂的停尸房里验尸。你从未见过这样的尸体，请允许我向你描述一下：他的四肢被逐一砍下来，不是同时砍下来的，而是一个接一下砍下来的。每砍下一个肢体，都留有充分的时间让伤口来愈合，这样可以保证他的躯体一直活着，并且能够活到截取下一个肢体的时候。整个截肢过程估计持续几个月，那几个月里，他都被关在某个地方，绑缚在担架之上。他想必也呼喊过，求救过，但是自从他的舌头被割掉之后，他根本喊不出声了。他想必也试过结束自己的性命，但是他为此还失去了自己的牙齿，也失去了自己的眼睛。你能想象出这样的事情吗，约翰·古斯塔夫？一个人孤独无助地躺在那儿，等到某一天感受到锯子切割身体上的一个肢体，再等几天，另一个肢体也被切割掉。我会找到凶手的。我会找到他这么做的原因。而你，如果找到那个我想要的名字，就痛快地告诉我，别抱怨鲁特霍姆和你自己的声誉。你是在直呼死神其名，而我却是赴死神之约，你难道不觉得可耻吗？"

诺林觉得愤怒，他觉得辞职后他会感到很空虚。他思念他的妻子和女儿，他思念她们的气味和她们的笑声。在桌子的另外一头，温格盯着他看，瞳孔在憔悴的脸上逐渐放大。诺林叹了一口气，把手放在面前一张折叠的纸上。说：

"今天早上，我得到一些从巴黎传来的消息。我的线人和我说，法国孀居的王后就要被送上革命法庭了。你和我都知道这事儿会怎么收场。玛丽·安托瓦内特肯定会像她的丈夫一样被送上断头台。他们会把她扔进穷人的坟墓里，而她前面已经站着成千上万的人等着上断头台。这是个黑暗的年代，塞西尔。"

温格轻声说道：

"约翰，不久前的一个晚上，你自己对我说：就是因为这个时代黑暗，我们才下大力气调查此案，如果不是这个原因，我们这样做又是为了什么呢？"

"当然，你是对的，一如往常。不要和塞西尔·温格争辩，他永远是对的。你在下级法院工作的时候，他们就是这样说的，在法学院上学的时候也是一样，人们也是这样说的。一切都会如你所愿。让我自己待一会儿吧，我要写封信给鲁特霍姆，好好向他奉承一番，这样可以争取一些时间，这样当报纸出现在书店里的时候，他就不会那么愤怒。"

温格鞠了个躬。

"谢谢你，约翰·古斯塔夫。"

14

　　警察局的秘书艾萨克·莱因霍尔德·布洛姆，非常憎恨万桥之城斯德哥尔摩有很多管理不称职的关口，这些关口总是让一些没有合法身份的人悄悄进入斯德哥尔摩。他最憎恨的就是圣多兰教区。清晨，下了一场雨，街道到处泥泞不堪。街上到处是流浪儿、流浪汉、乞丐、骨瘦如柴的人，他们在街头游荡着，这儿一堆，那儿一伙，就好似这样可以躲避抓他们的人。尽管他们总是成群结伙，但他们还是被穿着湿漉漉制服的水手和士兵追得四散逃窜。

　　布洛姆真不该步行前往古老的斯宾塞庄园。街上水坑里的积水渗进他的靴子里，他每走一步都发出扑哧扑哧的声音，好像他在靴子里搅动黄油。布洛姆总是寻找理由，诅咒自己的命运。尽管他在警察局工作了七年，但他一年都赚不到一百二十达勒。当他接替了年老的哈尔奎斯特，从公证员晋升为秘书时，他本来期待着有更高的薪水，但结果却是有了成倍的工作量，而薪水却没有增多。

　　布洛姆听见远处传来咳嗽声，这或多或少使他感到有一点儿安慰，因为他知道，还有其他人比他过得更为糟糕。塞西尔·温格本来凭借他的能力可以晋升到更高职位，但是老天却偏偏给他一个孱弱的身子，要是幸运的话，他能挨到新年吧。布洛姆敲了敲温格的房门，咳嗽声停了下来，过了一会儿，温格才开了门，他一如往常，显得镇定自若。然而，温格叠进背心口袋的手帕却暴露了真相，手帕的一角被血浸湿了，殷红一片。他得付出多少努力，才有这样的意志啊，布洛姆对此心里惊叹不已，但是，他立马说明来意。

"诺林差我来送上你要的寄给因德贝托大厦的信件。信里可有着不少抱怨之词呢。"

布洛姆坐在砖炉前，烘烤湿漉漉的靴子，温格接过那扎信件：有三封信，封舌已经被扯破了。布洛姆清了清嗓子接着说：

"很有可能，这些信件是在《特别邮报》出现在书店之后仓促写就的，每个写信人都为的是同一件事，但都给出了不同的理由。这三封信件都给出了让你停止调查的原因。第一封信是一位非常富有的先生写的，他担心棉花的价格会不稳定，因此会给王国的经济造成可怕的影响。第二封信是商务部一位名叫安那科罗那的伯爵写的，他希望警告你，如果继续调查此事，道德败坏会紧随其后，使得普通人意识到他们原本无法想象的事情。最后一封信是吉利斯·托斯写的，这人给出了自己深思熟虑后想到的观点，认为丑闻本质上和革命的本能有关，他讽刺你是雅各宾派。"

温格不停地把一只手的手指放在另一只手的掌心，搓手取暖。

"我认识托斯。你记得他吗？他也在乌普萨拉念过书，那时，我们也在那念书。"

"这名字听起来很陌生啊。"

"他是个纨绔子弟，没什么念书的脑子，但是不管读得怎么样，毕业了，家里的钱就足够帮他买个职位了。我还记得，他那时非常瞧不起我们这些在书桌前苦苦读书的同学。我猜想，在他眼里我们的努力恰恰证明了，我们可以继承的遗产少得可怜。诺林局长是否和你说过，他为何让你大老远送这些信件过来？"

"没有，不过他也没有必要提起。我也不是傻子，温格。当你展示那块布料的时候，我正做着笔记，而且，我也读过《特别邮报》上的那篇文章。除了这些愤怒的绅士已经给出的理由之外，你希望还有其他原因促使他们这么抱怨。我想，应该是和拉德尔湖的尸体有关吧。"

温格紧闭嘴唇，抿成一条线，同时，他闭上眼睛按捏额头。

"是这样的。我必须得承认，我之前期望这些名字能够让整件事更为清晰，但是这些名字我闻所未闻，除了都很富有之外，我猜不出他们还有什么共同之处了。"

布洛姆露出狡猾的微笑。

"但是我知道啊。不过世界上没有免费的午餐，我想要点回报。"

"只要在我能力范围内，我都会满足你，布洛姆。"

"你的病情哪一天突然变得很糟糕，我想让你通知我，并且只通知我一个人，越快越好。警局里的绅士们设了一个赌局，赌你什么时候去世，赌注是我年薪的三倍。"

"如果你提供的信息是有用的，我想不出不让你从我的死亡这件事中获益的理由。我答应你，我一旦高烧异常，我第一时间送急件给你。现在，该你说了吧。"

想到那笔巨款，布洛姆小腹不禁一阵抽搐，这笔巨款可以极大地提高他的生活质量，也可以让他完成他的巨著《宗教是社会福祉的第一要务》，他将不用蜷缩在冰冷的小屋，而是身着光鲜的华服，住在城里阔气的宅院里，在那儿，厨房里盘子堆成小山，里面尽是诸如烟熏鲱鱼、羊肉和蔬菜炖肉的美食。

"太好了！你听说过一个叫作欧墨尼得斯的组织吗？"

"只是听人大概说过。如果我没记错的话，他们是一个秘密组织，专为城里不幸的人们做些善事。他们为资金不足的教区贫民提供资金。"

"这一点说得没错。欧墨尼得斯确实有着乐善好施的名号，并且只有富贵之人才能入会。你知道我闲暇时间喜爱作诗，我之前认识一位叫作克拉斯·冯·德·埃肯的人，他继承了家里的生意，付给我一大笔钱让我吟诵我的诗歌。埃肯就是欧墨尼得斯的一员。后来，他的生意每况愈下，正当他想暂停他的慈善工作来处理自己的事务时，欧墨尼得斯组织里的人联合起来毁了他。如果你是欧墨尼得斯组织中的成员之一，你就应该无条件履行自己的承诺。银行要求他立即偿还贷款，并且突然间无人愿意为他担保。一天晚上，一个乞丐站在我家门口，咆哮着说那些我吟诵诗歌收到的钱币其实是他借来的钱。那个人就是埃肯，而今他一贫如洗。这就是我对欧墨尼得斯产生兴趣的原因。我曾经看过一眼会员注册名单。我的记忆力几乎和你一样好，温格，给你写信的所有人都在这份名单上。"

温格的脚不由自主地在地面上轻轻跺了一下。

"事实可能比你的故事更加耸人听闻。布洛姆，你知道这个名字的起源吗？"

"欧墨尼得斯吗？不，我不清楚。"

"其中有一位导师，他痴迷于希腊经典，他手里总是拿着一根惩罚学生的棍子，用一种精妙的方式让我花费了相当多的时间仔细研读埃斯库罗斯。在我们国家的语言里，欧墨尼得斯这个术语的翻译应当是'仁慈之人'。在希腊经典中，智慧的人们这般称呼复仇女神，可以避免人们对复仇女神产生愤怒的情感。"

布洛姆希望自己可以早点结束这次探访，并且希望自己在此次探访中说过的话被遗忘。但是贪婪的本性使他在这儿多待一会。

布洛姆说："我还知道另外一件事，我知道，欧墨尼得斯组织的人在凯瑟尔庄园举行集会，也就是红棚子附近。"

温格一边在屋子里来回踱步，一边思考着。

"我之前听说过那个庄园，据说那是一处警察局庇护下的私密妓院，那地方只要不产生过多的扰乱，就可以正常经营。我发现，邻居们会觉得这个庄园有些奇怪，因为他们从告示上得知这是一家慈善机构。"

"哦，温格，更奇怪的还在后面呢。我敢确信的是，这个组织不仅在凯瑟尔庄园有自己的房间，他们还拥有整栋楼。"

温格陷入沉思中。他转向窗外，看着美多兰关卡，耳边回响着迈克尔·卡德尔的最后一句话。夜幕降临，海湾吹来的风减弱了，风车也噤声了，等待轻柔的夜风吹起。

"你知道得好多啊，布洛姆。你知不知道，凯瑟尔庄园有没有自己的轿子，如果真的有的话，轿子的颜色是不是绿色的？"

15

晚上，塞西尔·温格心神不宁，不安的思绪使他无法入睡。月光洒落在桌上，塞西尔·温格的怀表也放在桌上，怀表的指针清晰显现。表盘及微小的部件好似昆虫，随着怀表指针的一次次跳动，在火焰中翩翩起舞。艾萨克·布洛姆离开他这里已经很久了。塞西尔·温格从早上开始便剧烈地咳嗽，使他痛苦不堪，但是，艾萨克·布洛姆的到访却把他剧烈的咳嗽压了下去。床的角落静静放着夜壶，里面不是空的，而是有一些带有红色的液体。温格感到喉咙不适，隐隐发痒。

今晚，温格觉得用表匠的工具干活一点儿也没意思。如果表匠足够聪明，能将每个部件准确放置在它所属的位置，那么一小部分金属零件就可以组装成一个有着某种独立生命的个体，这样的想法平常总是可以让他的思想归于平静。但是，他却发现自己仍想着迈克尔·卡德尔选择的道路，那时他俩在斯康斯关卡道别分手。现在他只能自己工作，迎接未知的命运。

凭借对卡德尔生活仅有的一点了解，温格想到，此人喜好暴力，就如同磁铁喜好铁屑，但卡德尔同样也展示出在应对此类情况时无人能及的能力。如果说他的失踪与他调查的轿子事件无关，温格觉得不太可能。温格一生都信奉奥卡姆剃刀定律，这个定律告诉他，卡德尔的所作所为几乎与案件事实完全相似。但是，他仍然无法推理出细节。怀表再次修好后，温格测了测脉搏跳动，一分钟一百六十下。温格觉得胸口憋闷，好似火烧。整个人也烦躁得很，没有半点睡意。

在床边的匣子里，放着一个玻璃瓶，里面装着杜姆棕榈果实。它是温格从一个药商那买来的，药商的店铺在阿特勒里广场对面的法尔沃克街，店铺的名字叫贝尔药铺。瓶子里盛着酒精、琥珀酸和鹿角精，还加了几滴麻醉剂。温格很早以前就买了这瓶药剂，但是他还未曾用过。贝尔药店的店员叮嘱过他，切忌服药过量，否则药物就无法应对疼痛了，而且还会造成感官迟钝。但是今夜，他准备冒一次险。

温格一滴一滴数着，把麻醉剂滴进杯子里，随后一饮而尽。很快，一股暖流传遍全身，温格顿觉舒适畅快。在药剂滑入喉咙的一瞬间，刺痒也似乎消失殆尽了。窗外，最后一缕日光恋恋不舍地挂在风车翼梢上，随后消逝不见。温格陷入了沉思。

* * *

太阳落山后，塞西尔·温格又一次把怀表拆成零件，自己便不知道时间了。不知过了多久，他忽然想起自己曾经犯下的过错。卡德尔好像已经消失了。或许他在什么地方遭遇了暴力袭击，丢掉了性命。而温格自己呢，自《特别邮报》上刊登的故事暴露了身份起，他也无法隐匿了。

现在，杀害卡尔·约翰的团伙是否也已想到，该对他采取行动了呢？毕竟还有什么事情能比了结他的性命更容易的呢？温格的身体状况已经不是秘密了。患有肺痨的他，已经比泽拉菲姆医院的著名专家预测的又多活了几周，这时候，他的死亡对谁来说都不是一件奇怪的事。暗夜入潜，睡枕蒙脸，轻易便一命呜呼，绝不会有人质疑他的死因的。

温格感到后脊一阵发凉。他站起身来，想看看窗外，却只看见了自己的影子，他目光迟滞，面色惨白。温格把外套披在肩上，从烛台上拿起蜡烛，小心地护住火焰。到了门厅，他用拇指和食指捏住灯芯，掐灭火焰，静静地站在黑暗中倾听着。房子空无一人。仆人们的住所设在别处，厨房里的炉火已经封住，明天打开炉门，火苗才会再次从煤块上冒出来。温格打开了通向院子的门。空气中有些湿润，田地里升腾的水汽，与海面飘来雾气交混在一起，略微有些刺鼻的味道。过了一会儿，温格的眼睛才慢慢适应了黑暗。

斯宾斯庄园寂静无声，漆黑一片。椴树林矗立在外面。万桥之城那儿也看不到光。午夜已过，大门未锁。另一边，月光倾泻在田野里、果园中。白日，这里的田园风光令人陶醉，晚上，却阴森森得叫人害怕。

世纪初始，一个荷兰商人感染了瘟疫，来到斯德哥尔摩后，病毒扩散到整座城市。人们恐慌至极，斯宾斯庄园也安葬了一些死者的尸体。卡塔琳娜教堂的墓地尸体堆积如山。美多兰庄园这边，人们处理疫病尸体的方式要更妥帖一些。在最后一排房子后面，人们挖了个巨大的深坑来埋葬尸体。温格并非独自一人在这里，他看到一个影子从海边的小路走来，黑色跳动的片影，像来自另外一个世界。影子慢慢地靠近，弯着腰弓着背，谨慎机警。温格躲到墙后面的阴影里，每当云层遮掩月亮，眼前的影子就会消失，而每当月光从云层中露出脸来，那个身影也立马出现，且更逼近自己一点。这个影子不是温格长久以来在心里与之斗争的死神，不是他设想的那个缓慢靠近自己、慢慢蚕食自己的肺病之神，那个死神的每一个动作温格都有所预备。而这个身影预示的死亡，是急促未知，阴险可耻的。这个身影会持刀行凶，棍棒杀人，绳索索命。

现在，温格听到它微弱的脚步声了，嘎吱——嘎吱——他努力屏住呼吸。四周寂静，他能听见自己的心跳声。那影子穿过大门，移动到了院子里的椴树下。温格隐隐感到又要咳嗽了，意识到眼前的局面自己注定要战败。既是如此，温格做了个决定。倒不如主动迎战，留下血迹，这样便能证明这里发生了凶杀案。第二天早上，人们会在椴树下发现他的尸体，届时必然会引起众人的猜疑。

那个影子靠近温格，就只差几步路了。温格快步上前，伸手去抓影子。结果两手空空，什么也没抓到，他这才意识到，自己刚才所做的一切都是枉然。这个身影有神无形，不同于从城里某人雇来的杀手，而是教堂地下墓穴里钻出来的幽灵，专在夜里摄人魂魄，索人性命。温格觉得血液涌上太阳穴，眼前一阵苍白。当这魂灵转身向他走来，温格发现它的脸与人的脸完全不同。接着，温格跌倒在地，前额碰到冰冷的地面，完全失去意识。

* * *

温格醒过来的时候，发现自己躺在床上。拂晓的阳光透过窗户，照进屋里。壁炉里，木柴烧得正旺，不时传来噼噼啪啪的燃烧声。过了好一会儿，温格才缓过神来。麻醉剂的药效已经褪去，头上的肿包一阵阵地隐隐作痛。他想开口说话，但是感到舌头僵硬麻木。

"当时，我抓住了你的左臂，让·迈克尔。但是，你的木质假肢不见踪影，袖子里是空的。"

卡德尔从桌旁搬了张椅子，坐到床边。

"原来是这样。我记得，我感到有人在拽我的外套，但我还没来得及转身，你就倒在地上了，还呜呜咽咽地哭泣。"

"我以为你是一个鬼魂，于是我就去抓那个鬼魂。我多傻呀。我当时只顾防卫，根本没看清你的脸。你经历了什么？你去哪里了？"

迈克尔·卡德尔的两只眼睛布满了瘀伤，肿胀得又青又紫，看着好似戴了面具一般。他的鼻子受伤了，嘴唇开裂。温格还瞥见，他的好几颗牙也被打掉了，一边的颧骨也肿胀着，他的脸整个变了样。卡德尔说话的时候痛得直咧嘴。

"我在一个朋友那儿养伤，他家在凯兹街区的瑞普关卡附近。要不是我昏睡了好几天，我早就给你带信儿了。后来，我一瘸一拐地回到家，发现我房间里挤满了波兰小混混，他们把我的全部家当装到麻袋里，丢在了楼梯口。我没地方可去，连睡觉的地方都没有了，于是，我就决定来你这里。接着就是昨晚那一幕了。"

"那轿子呢？"

"我找到了轿子，也发现了轿夫。起先他们不肯回答我的问题，非得等到我跟他们动武。两人中个头大的那人比较好对付，那人思维迟钝，头脑简单，我轻易就把他吓跑了。他的兄弟则是个难对付的硬骨头，我跟他周旋了好长时间，才脱身。这俩人跟我打斗的时候，企图拽走我的假肢，但是被我发现了。我就将计就计，把假肢当成短棒打他们，直到打成碎片才作罢。那个大块头一条腿被我打折了，只能用另一条腿卖力地跳着，朝着关卡的方向逃走了。我想他们兄弟俩要是再见面，不知还能不能认出彼此。不幸的是，我也遍体鳞伤。很抱歉我当时没能把大块头逮回来。但我还是有点可喜的成果的，我得势用脚踩住另一个家伙的手指时，他吐露了一点消息。说轿子的生意，这两人也入了伙，剩下的份额属于他们的雇主。这两人是给雇主干活跑腿的。此外，轿子是在克拉拉湖附近的小溪边发现的，离瑞德·晒兹街不远。"

“在凯瑟尔庄园那儿。”

“是的，没错。看来你也调查到那儿了。”

“是的，让我睡一会儿吧。等我起床，我们吃点东西。今晚我们就能让杀害卡尔·约翰的凶手接受审判。”

16

　　黄昏来临，白日的喧嚣殆尽，瑞德·晒兹街在暮色中静立。运送谷物的船只停泊在泥泞岸边，唯有一艘船还未卸清货物。两名甲板工人，喝得醉醺醺的，艰难地把桶拖到岸上。其中一名唱着粗俗的艳歌，为自己和同伴加油助兴：

　　"当我在姑娘的羽毛里，唱着美妙啊，幸福啊，我会带着羽毛藏着我的雀，冲向姑娘的窝……"

　　河流缓缓流淌，流过已经废弃的大桥，流向大海。水面上映衬出岸边建筑物的倒影，左边是诺贝尔斯殿堂庄严的外墙，右边是岛上教堂的尖顶。相邻的岛上，华灯初上，灯火点点，隐约看得见岛上的建筑，以及信号旗装饰的穹顶。广场上空无一人，浣衣的渡口也静寂无声。站在克拉拉湖的桥上，能隐约听见有人在说话，还能听见滞留家中的工人走路时木屐的咔嗒声。温格驻足停留，向万桥之城方向张望。

　　"不得不说，这座城市还是很美的。"

　　卡德尔违心地点点头。

　　"这座城市吗？它是臭气熏天的。这里尽是一些将死之人，这些人整天想的是怎样让他人早点儿去死。但是，你说得没错，这样的日落十分美丽，景色真是迷人。水面越广，落日与水域构成的景色就越美。"

　　卡德尔说着，将烟蒂吐向河流，然后转身向右边看。旁边，

106

凯瑟尔庄园阴郁地矗立着，庄园外墙较长的那面对着广场，较短的那面对着湖水。这是一栋带拱形廊道的三层建筑。落日下沉，余晖洒在这栋建筑顶部的三角墙上。二楼亮起了几支烛火。有人正在尖声大笑。天儿有些冷，卡德尔揉搓着空袖里的残臂。

"现在怎么办？"

"除非你带了爪钩或者攻城坦克，否则我们只有一件事可做。去敲门吧。"

* * *

开门的男人让卡德尔倒吸一口冷气，卡德尔不由得后退了一步。灯光昏暗，这人皮肤黝黑，身着浅色装束，开门的那一刹那好像看不到他的头。卡德尔曾多次见过古斯塔夫国王的黑人侍卫巴丁。据说这个巴丁是国王的私生子，他经常在柯赛德码头周边地带跑来跑去。但是，卡德尔还从未近距离看到过巴丁。温格用手碰了碰帽子，表示问候。

"晚上好，我来拜访女主人。"

这个黑皮肤侍从脸上露出灿烂微笑，算是给温格的回复，接着，他敞开门，挥动手臂示意他们进去。侍从摇动一个小银铃，示意他们上楼，楼梯朝右盘旋着向上延伸。随后，侍从关上背后的橡木门，回到壁灯下，继续坐在凳子上坚守岗位。上了二楼，温格和卡德尔看到房间门已经敞开了。一个年轻的女孩站在那儿，衣着单薄透明。她头发上绑着一条丝带，此外，并未特意施抹粉黛，只是朱唇涂了些胭脂，嘴角点了一颗美人痣。显然她早已习惯了迎来送往，她行了屈膝礼，对着温格礼貌地微笑着。

"先生，请进。想必您是第一次来这儿。请允许我为您脱下外套，褪去这俗世的忧愁烦恼。我的名字叫娜娜，是您卑微的仆人。"

大厅的墙纸上绘有紫色和黑色的花卉图案。地板上铺着土耳其产的红色地毯。天花板上悬挂着枝形吊灯，上面点着十几根蜡烛。沿墙摆放的桌子上，也置放着枝形大烛台。温格在女孩手心放了一枚硬币。对于这份赏赐，女孩并未发出声响，只是做了"O"字口型，对这份报酬的分量表示吃惊。

"我是温格，我来见你家女主人。"

"当然，先生。新客人来，我们都要这样互相认识，渐渐熟悉的。亲昵的交谈往往能开启一段愉快的关系，我们女主人经常这样说。为了更好地满足您的需求，她必须多了解一下您。您不必觉得难为情，我们就是为您提供服务的。您且在这儿等等，一会儿我带您去客厅。"

温格点点头。女孩把目光转向卡德尔，对他点了点头，卡德尔仍然站在门边。

"您似乎对您的仆人管束得很严格，对吗，温格先生？我们很多客人也有那样的喜好，这点我们也考虑到了。简单地和女主人说说您的要求，我们会为您安排妥帖一切！"

"就算是鞭打你们的仆人都行？"

"顾客就是上帝，先生。不过，若是太过火了，会影响我们往后的生意。但是，如果你们愿意补偿我们的损失，那做什么都是可以的。"

"我明白了。"

楼内传来清脆的摇铃声。

"好了，先生，请跟我走。您要不要让您的仆人在此等候？"

"我更喜欢让他在我一臂之内，以防我想打他，而他不在身边。"

温格和卡德尔跟着女孩，在大宅子里穿行。从窗户向外看，城市壮观的景致尽收眼底。他们随后被带进一间空屋子里。房间里，一张沙发和一把扶手椅相向放置。女孩请温格落座，温格按女孩的授意坐了下来。接着，女孩把红酒倒进细长的玻璃杯里，微笑着递给了他。

"萨克斯夫人马上就来，先生。我想说，期待与您下次见面，希望您不会觉得我有失礼之处。"

说完，女孩转身离开。温格放下酒杯，快速走到房间的另一边，那里是一个拱形门，门上垂着帘子。他仔细审视，发现帘子的一角装饰着交媾人形的花纹图饰。

"让·迈克尔。我想我们马上听到的，要比想象中的更加糟糕。看在卡尔·约翰的分上，你一定要尽你的最大可能控制住自己，这至关重要。这位萨克斯夫人是我们了解整件事情的唯一机会。你理解我的意思吗？"

卡德尔张了张嘴，欲言又止，只是默默地点了点头，然后站在了墙边。他完好无损的右手，在外套的口袋里攥成拳头，左臂残肢上空荡荡的衣袖也被打成了一个拳头大小的结。

* * *

随后，一位女士掀帘而入，看不出她有多大年龄。从相貌上看，不好说她看着更年轻还是更年老。她的长袍华丽尊贵，缀满深红色的刺绣花纹。她的脸上涂了厚重的粉底，很好地遮盖了斑点和皱纹，但遮不住大大的眼袋。女士笑容冰冷，嘴角露出深深的褶子。她的脖子上有道疤痕，像是被什么勒过留下的。很快，她热情的表情僵化扭曲。

"你们不是我期待的客人。娜娜想必是喝醉了。我和你们没什么可谈的，什么都无可奉告。你们要是聪明的话，现在就该走了。"

温格举起一只手，示意他有话要说：

"夫人，你搞错了。我是塞西尔·温格。我来自因德贝托大厦。我知道，你可以公开经营生意，想必是有强大的保护者，是与警察局有来往吧。然而，这种私下维系的盈利体系始终有个弊端。因为很多人不知道你们之间的协议，这些人就极有可能来找碴砸场子。对于这种情况，你的护主也无能为力。这样的事防不胜防啊。这样的人，我现在就可以安排二十个，半小时之内就到。"

妇人面不改色，低声呵斥。

"你知道你在跟谁打交道吗？"

"我知道，这是欧墨尼得斯勋爵的庄园。"

"既然你知道，那我只能说你在虚张声势了。即便你所说的属实，他们之后也会报仇的。你会付出惨痛的代价。"

"我即将死于肺病。但是现任的警察局局长，马上就要失去他的官职了。我们没有什么可失去的了，不信你就试试看。"

萨克斯夫人嗤之以鼻。

"孩子，你果真年少无知。每个人都有着不可失去的东西。你威胁我的小伙俩，正好说明我有你想要的东西，可以换来你的噤声。或许我给你之后，你能赶紧离开我的视线。所以，说吧，你究竟要什么？我珠宝箱里的一捧首饰？还是想到我的窑子里免费寻欢作乐，找寻婚姻中早已失去的温存呢？"

"拉德尔湖中发现了一具尸体，是一个被人砍掉四肢的男人。他是从你们这里抬出去的，被人用轿子运到了湖边，然后弃尸湖里。死者身上裹挟的布料和你身后悬挂的帘幔一模一样。我要知道和这人有关的一切，他这个人，以及他的命运。"

妇人的眼睛略过温格，看向卡德尔，目光停留在卡德尔的残肢上。

"轿子和轿夫也跟着失踪了。前天晚上，轿夫中大块头的那人回来了，满身伤痕，呜咽个不停。夜里，他无法入睡，噩梦缠身。他从未学会说话，但是，当我们给了他一支粉笔、一块石板，他画了一只独臂恶魔。现在看来，这位独臂侠也没有想象中那么可怕嘛。"

萨克斯夫人转向温格。在之前的斗狗比赛中，卡德尔见过这种表情。狗在开始比赛前，会互相预估对方的实力，以及获胜的可能性。常胜赌徒知道，要通过观察狗的眼睛来下赌注。卡德尔自己也下过注，他相信没有人比他更深谙其中的游戏规则。此刻，他嗅到了萨克斯夫人的气场。她是一个可怕的对手。对面的温格呢？面无波澜，只是眼神深不可测，看不出一丝畏惧。在萨克斯夫人出手之前，卡德尔便知道，谁能一击制胜。妇人双臂抱在胸前，阴险地笑起来，嘴里的蛀牙有些发黑。接着，妇人嘲讽道：

"你俩也不瞅瞅自个儿！一个瘦得皮包骨头，另一个衣衫破烂，缺条胳膊。你们竟然敢这样盯着我。像你们这样的人，岂会知道达官贵人们的兴致爱好。贵族们一出生，就享有世代积累的财富，他们长大成人后还要承袭财物、家产、封地和头衔。他们生来就是统治者。承王冠者，必重任在肩。所以，他们需要到这儿来，放松身心。他们享受的服务你们做梦都想不到。贵族们尝遍这座城市的各种新鲜花样之后，就来找我了。我可以给他们提供更好的玩法。只要他们想到的，我们都会满足。特别的晚宴上，我会给他们奉上惊喜，男士们往往很喜欢这些自己意想不到的馈赠。我有一个丑八怪表演团队。有些人生来丑陋，是为了衬托别人的美貌。另外一些，他们低贱渺小，他们的痛苦和不幸，正是为了让我的贵客们观赏取乐的。我这个丑八怪表演团队里，各式各样的丑八怪无所不有，驼背的、侏儒、兔唇、脑瘫、毁容的、还有畸形人。有的丑八怪要求我们付工钱，我们会照付不误，待遇跟我们其他的雇工一样。另外一些丑八怪则是免费提供服务的。"

温格感受到卡德尔的雷霆之怒，像磁铁一般，要把整间房子卷起来。赶在卡德尔上前泄愤之前，温格把胳膊搭在卡德尔肩上。然后点头示意萨克斯夫人说下去。

"丑八怪让我挣得盆满钵满，我甚至没有付过一个先令。现在，没人能比我更感到痛惜啊！"

"我推测一下，欧墨尼得斯既是你的房东又是你的顾客，对吗？"

"是的，在你评判他们之前，你要知道，是这些人把自己的财富分给了我们这个社会上最弱势的成员。你算老儿，岂敢对宫闱里的事情指指点点。毕竟要是没有他们的资助，斯德哥尔摩一半的贫民院都要闭门锁户。"

"这个残肢人是如何来到你这里的？"

"有一天晚上，屋外有人敲门。一个男人送给我一份礼物：就是这个怪物。这人没透露姓名，也没有留下任何理由。只说全当为了他，希望这个家伙能在我们这儿度过余生。有天早晨，这个怪物去世了，关在这个屋子里总共不超过四周时间。

"这丑八怪自己不会吃，所以我们一天喂一次。但他会在无人监管的时候吃自己的排泄物，也许这人早已疯了，不然谁会做这样的事情呢？"

"你们房子外面就有河，为什么丢进拉德尔湖呢？"

"之前，我做生意，需要处理一些敏感垃圾，不想太引人注目，所以选择了拉德尔湖。若丢弃在近处的河水中，垃圾都会漂到码头。穷人在博格这地方下网捕鱼，他们才不会在乎鱼吃了什么，才长得这么肥硕。拉德尔湖不一样，只有傻瓜才会去那里捕鱼。"

温格还没反应过来，卡德尔已经快步冲到前面，用他健全的那只手掐住了妇人的脖子，他的手指尖都碰到妇人的后颈了。

"夫人，你游泳游得怎么样呢？或许我们该看看，你是会撞到码头的地面上呢，还是直接被冲到大海上？我见过太多溺死的人了。听过他们在沉入水底前悲惨的尖叫声。那些之前没干过坏事的人，在这样的时刻，都不停地忏悔认罪。我想听听你会说些什么。"

"我才不怕像你这样的人。如果我真在乎活着的时候我所做的事，我早就在别的地方逍遥快活了，哪会像现在这样，在这个你们称之为污秽之地的城市的一个角落里数铜板。"

她朝着卡德尔的脸，啐了一口。卡德尔大吃一惊，他放开了妇人。趁他擦去眼睛周围的口水时，温格快速走过来，挡在两人中间。妇人再次开口时，因为被掐的缘故，声音有些沙哑。

"现在就带着你的独臂禽兽滚。我看到坟墓已经等你等得不耐烦了。你该庆幸，你碰上的是欧墨尼得斯，和他们对着干你将一无所有。至于送给我麻袋怪物的那个人，我都告诉你了。那人与我素不相识，之后我也没见过他。我遵守了承诺，讲了你们想要听的。现在，请你们也信守你们的诺言，离开这里！"

* * *

温格和卡德尔从大房子出来，走到瑞德·晒兹街的时候，已经夜幕低垂，天很黑，看不到一颗星。他们又走到肯英斯公园，

113

这里灯火通明，好像在庆祝什么。阿森纳的每一扇窗口亮着蜡烛。卡德尔先开口说话。

"等到这一切结束，我会回到这里，杀了那个妇人。"

温格附和了一下，显得心不在焉，好像不愿让卡德尔打断自己的思绪。

"那妇人看出了你对她的杀心，我也瞧出来了，让·迈克尔。如果你以后还能在此处找到她，这说明她乐得求死，而你正好帮了她的忙。"

温格穿过一段鹅卵石铺的小路，他走得踉跄不已。看到一个围栏旁的座位，他坐了下来。他抬起双手，掩住脸面，沉默不语。过了许久，他才接着说道：

"我们怕是走进死胡同了。我需要好好想想。我们掌握的有价值的信息实在太少了。有个线索仿佛就在眼前，差一点就想到了，这种感觉就好像，就好像一只飞蛾，在窗户玻璃上不断地扑打。不论我多努力去想，我都无法看清真相到底是什么。"

该卡德尔回答了。然而，一只无形的手扼住他的喉咙，让他无法喘息。他的心脏仿佛要跳出喉咙。一种莫名的恐惧掌控着他，卡德尔无力战胜。黑暗中，他的左臂似乎又幻化成形，陪伴身旁，给肩膀传送一波紧似一波的疼痛。卡德尔必须得费劲全力，才能让自己说话的声音平稳。

"肯定有人知道得更多，只是我们尚不清楚这些人身在何处。"

说完，卡德尔转过身去，用手捂住自己的脸。这次，温格敏锐的洞察力，并没有察觉卡德尔的异样，因为，他正沉浸在自己的深思当中。

"是的，找不到他们，我们的调查只能无疾而终了。"

“你准备放弃了？我说得对吗？”

温格从马甲里掏出怀表。很难辨出表盘上指针显示的时间，于是他使劲盯着环状表盘内跳动的秒针。接着他把两根手指放在脖颈处，测量脉搏跳动。一分钟后，他数出自己的心跳一分钟一百八十下。然后他转身回复卡德尔的话。

“不放弃，但是时间极为关键。”

第二部分

鲜血与红酒

·1793 年夏·

万事皆可把酒饮，
只需费时想分明。
命运潮悲潮又喜，
喜悲全随酒息平。
欢愉遇酒欢更甚，
愁云遇酒愁为零。

时刻只待人铸造，
忧思不染醉汉脑。
常近知音常伴乐，
无乐无趣拂袖逃。
琼浆本是天上来，
世人常饮乐陶陶。

——安娜·玛利亚·伦格仑，1793

17

我最亲爱的姐姐：

　　我一有机会就想着给你写信，但是却不知道该寄往哪里。哪天我能亲手把信交给你的时候，请你一定原谅信件的长度。

　　虽然如此，美妙的一天又开始了，在这样的日子，削尖我的鹅羽笔，给你写信，是一件令人欢欣的事情。我早早苏醒，跳下床，把夜壶从床下拿出来，再将腰间的睡袍打个结，像往常一样蹲下。肠道排泄是我仅有的乐事，所有的食物消化后聚集到一处，随后一气排出。虽然，我最近的饮食远远称不上理想，但是秽物很硬，而且没有便秘，这让我非常欣慰。宿便排出的同一时间，隔壁院子里的公鸡开始打鸣，仿佛是在为我庆贺，真好。接着我洗漱完毕，换好衣服，心里别提有多高兴。

　　我的好心情很快就会派上用场。我刚晨浴完毕，就听到前门传来咚咚的敲门声，这是我长久以来最担心的事。那人边敲门边喊话："克里斯托弗·布利克斯！快开门，有话和你说！布利克斯，你这个无赖！"我决定不去跟他们对峙，因为我十分确定，门口那些人是某个绅士的爪牙，我最近跟那个绅士借了一大笔钱。所以我当机立断，收拾好东西，装进背包，接着向后一甩，背到肩上，然后走进隔壁的厨房。在炉灶边，我撞见了女仆艾尔莎·约翰娜。我匆忙咬了一口面包，然后打开朝向庭院的窗户。她白了我一眼，皱着眉头。窗户距离地面六尺高，下面就是粪堆。房东让人把拉

119

磨马儿的粪便都堆在这儿。房东是个害了相思病的寡妇，她允许我赊账居住在此。我爬出窗户，用手扒住窗台，尽量身体向下沉，然后闭上眼睛，背诵一首《我们的父亲》，跳了下去。

姐姐，我跳进了粪堆里，没受半点伤，你能想到我当时有多庆幸吧。随后，女仆艾尔莎·约翰娜在窗边喊话道别："布利克斯，债务还清之前，你最好别再出现在这里。寡妇贝克早就盼着你给她暖床呢。真要到了最后关头，你那几根花哨漂亮的头发也救不了你。"我的金色卷发如今快垂到肩头了。我甩了甩头，一边把秽物从皮裤上拍掉，一边和她挥手告别，然后穿过庭院另一边的拱门。艾尔莎的话提醒了我，我很开心，否则我绝对忘得一干二净。我戴上帽子，小心地把每一缕头发塞进帽檐里。你也知道，我一直以这头金发引以为豪，但也是因为它，别人远远地就能认出我来，这一点有时候给我帮了许多倒忙。

啊，斯德哥尔摩！亲爱的姐姐，我多希望你能像我一样，看到这座城市的样子啊，它和我们小时候生活的卡尔斯克鲁纳完全不同。这儿的房子是毛石建造的，整座城市闪耀着金光，特别是在像今天一样的清晨。各个建筑或许各有不同，但是都被刷成一模一样的金黄色。我从一位穿着条纹大衣的学者那儿听说，正是这座城市伟大的建筑师卡尔伯格，颁布了这样的法令，即便是他的门徒科尼格也要小心翼翼地遵从。姐姐，你想想看：一位单身男子，因为自己有思路清晰的头脑而被选中，为了这座城市的美丽鞠躬尽瘁，就如同辛勤耕耘一座花园一样。如果能有这般用心，建设我们那到处是破败木屋的家乡，我们的家乡怎么可能不焕然一新呢？

我一路从南岛的高处往洛克关卡走，一路上，万桥之城的壮丽风景，让我心波荡漾。在这样的城市生活，谁还会觉得前景黯淡，沮丧不快呢？尼古拉岛、弗朗西斯岛、盖特露德岛上的教堂的塔顶，全都闪闪发光。河水也波光粼粼，闪烁发光。柯赛德区的建筑物，与下面咸味海域的涟漪相映成趣，显得格外引人瞩目。在那里，船只静静地搁锚停泊着。岛屿的另外一头是肯英斯宫殿，其雄伟壮观的程度远远超越我语言所能表达的范围。

晚餐前有一小会儿工夫，我取道红色吊桥，经过洛克关卡。我沿着谷仓的左路行走，姐姐你不知道，那儿的粪便堆积如山，这些粪便是要运往农田和硝石酿酒厂的。因为臭气熏天，我不得不用手捏住鼻子。我在拥挤的人群中间穿梭。街卜有衣装齐整的市民，还有衣衫褴褛的乞丐。他们身上都有着精彩的细节，能引起你的注意，好比说大腿上挂着的金表，一顶逼真的假发，一只畸形足，又或者一双畸形的手，让人忍不住想看。没过多久，我就来到了诺贝尔斯庄园前面的广场。我还没来得及四周看看，就听到有人打趣儿的说话声。"这不是布利克斯大人嘛，出门晒太阳啊！怎么还背着包，想必是出门找新住宿的吧！"我转过身来，同时提防着暴民和他们那些武装齐全的爪牙。让我惊喜的是，我的朋友瑞卡德·西尔万正从鹅卵石道路上走过来，他穿着带有衣领的新夹克，长长的裤子，还戴着一顶丑陋的艳红色羊毛假发。

"哦，我的西尔万大人，您最谦卑的仆人在此，"我惊呼道，"您身份尊贵，有没有可能知道一些好房出租的消息，能否租给我一间，哪怕里面只有干草垛都没关系。我现在在一个慷慨的绅士手下干活，这个绅士愿意借给勤劳肯干的年轻人一两个小钱，让他们谋求一个好生活。"

我俩发自内心地开怀大笑，并拥抱彼此。

"不幸的是，克里斯托弗，我也正为找一处落脚地而发愁。至少得找一处和现在完全不一样，不需要夜里让我和无数虱子共眠的地方。但是即便如此，我的兄弟，这并不是世界末日。我口袋里还有几个先令，足够让我们吃一顿，喝点丹齐格酒。"

"赞美上帝，"我说，"我早上一醒来就知道，今天会是幸运的一天！"我们互挽着胳膊，准备回城，去找些好酒好菜。

* * *

到了戈尔登·匹斯酒馆，老板注意到我和西尔万踩脏了门前的台阶，便面色阴沉，怒视着我们。西尔万无可奈何，跟他协商了一会儿，老板才允许我们入座。老板还仔细检查了他口袋里的那几个先令。起先，老板打算没收他的钱包，以此抵销他之前多次吃喝赊下的账。但是，西尔万最终说服了老板，接受分期付款，并且保证，我们只在这里消费，不去别处消费。终于，我们得以坐在桌旁，吃了新鲜炸鲱鱼，喝了啤酒。真是尽兴又畅快呀。

几杯酒下肚，我向西尔万吐露了最近压在我心头的麻烦事儿：我欠乔纳斯·西尔弗的钱太多，还不上了。这要是让他的催债爪牙逮住了，必是一顿毒打。而且以后，我只能在监狱里待着了。那样一来，我的青春和美貌可就白白浪费了。西尔万听完我的话，一阵大笑，搞得我不知所措。

"克里斯托弗·布利克斯，你不会对债务的内在原理一无所知吧？"西尔万把手搭在我的肩膀上，"听着，克里斯托弗，我原谅你初来乍到，单纯无知。现在，让我来教教你，在大城市里该如何生存。"

听他说话的时候，我的眼睛越睁越大。西尔万所解释的方法，简直天衣无缝，不仅能让我在大城市活下去，而且还能找些乐子。亲爱的姐姐，如你所知，对一个一文不名还债务缠身的人而言，被债主告上初级法院是迟早的事情。随后，这个倒霉的家伙就要交出所有财物来抵债了。要是资不抵债，这人就要受牢狱之灾了。若至亲之人再凑不到钱来赎人，那就等着在牢里慢慢等死了。

"这个妙计，"西尔万低声说，"就是不要跟任何一个债主借太多钱。好比你跟乔纳斯·西尔弗借了两个达勒，你自然没办法全部还给他两个达勒，因为钱要花在酒水和听曲儿这些生活必需品上。那么，你就得去找另一个熟人，从这人手中借四个达勒。然后，你约西尔弗见一面，就还钱的事情达成一个协议。这样，你先还他一个达勒，并且保证不久后会还更多。布利克斯，你算算，这么一来，你还剩几个达勒可以好好享受生活？"

"三个达勒！"我惊呼道。

"就是这样，克里斯托弗，然后你就重复这个模式。只要你身边的朋友够慷慨，事情都会变好的，因为新的贷款总能还上部分旧账。"西尔万笑嘻嘻地眨了眨眼睛，然后亲了亲我的脸颊，"这就是大城市里的生存之道，布利克斯兄，为我们今晚可能结识的新朋友干杯！他们必会慷慨解囊，你很快就能从西尔弗爪牙的魔掌解脱了！"

"祝西尔万大人永远健康！"我大声说道。无意间引来了其他客人的不满，他们看向我，皱起了眉头。我一饮而尽，不予理会。

* * *

我们一定在戈尔登·匹斯酒馆待了很久，但是具体有多久，我已经记不清了。我俩跟跟跄跄，相互搀扶着走到街上的时候，已是薄暮黄昏。广场和小巷都罩在了阴影里，但是天上仍有猩红的微光，洒在了屋顶，照亮了我们面前的道路。我们在井水边遇到了一群志同道合的人，于是便加入了他们，并一起去参加卡索山上的舞会。那晚，为了进入舞厅，我们花费了不少口舌，比预计的时间长一点，长到我酒都醒了。

"韶华易逝，只争朝夕！"在我擦干净嘴的时候，西尔万声嘶力竭地叫嚷道。亲爱的姐姐，我进去之后，发现舞场精妙绝伦。这里的天花板和家乡教堂的屋顶一样高。半空设有楼座，社会精英们在那里推杯换盏。精致的水晶杯里盛着勃艮第红酒，社会精英们举杯与楼下的人互相示意问候，开怀畅饮。如果有人起哄骗酒，他们就会把杯中的酒从楼座倒下，这时候我们就用嘴去接这天降的美酿。西尔万没能及时用嘴巴接住流淌下来的红酒雨，假发顿时遭殃。潮湿的羊毛假发开始发出臭味。但是能喝到这样的美酒，这点损失又算得了什么呢？整个派对氛围，因我们的各种搞怪行为而活跃了起来。这个时候，即使没在跳舞，我仍感到天旋地转。我还差点儿掀翻一整张桌子。于是，我便放弃了跳一小段舞的念头。

我坐了一会儿，想必靠着墙睡着了。片刻之后，一位男仆打扮的人摇醒了我，将我赶出门外。

舞会接近尾声时，或者说，快要引起警察不满时，快晚上十点了。欧德广场上，人们闲庭信步，互相交谈。角落的路灯，仅仅只是照亮了灯下的一丁点儿地面。西尔万和其他人去了哪儿，我一无所知。我也没有其他事情可做。伊思钦基酒馆外的椅子上坐着一位绅士，我便去与他做伴，说会儿话。这位先生只谈了谈舞会上的音乐，别的什么都不感兴趣。我不想让自己看着像个乡巴佬，所以我对音乐进行了批判，因为这样，最容易让自己看起来像个专家。令我欣喜的是，我的批评意见似乎引起了他的兴趣。于是我接着说，舞会上演奏的音乐家们有点跟不上节拍。此外，他们的乐感还有待提高。鉴于这位先生似乎想知道管弦乐队中法国号的表现，我便立即揪着这一点，加以嘲讽。即使同许多才华横溢的演奏家同台奏乐，法国号的噪音也无法被别的乐器掩盖。

现在，我的眼睛开始适应了昏暗的光线。我注意到，这位先生坐在一个舒适的箱子上。我环绕四周，周围并无相似的座位。正当我们交谈的时候，我突然意识到，这个箱子有个漏斗状的外形，看着好像里面装着法国号。鉴于我们刚刚谈话的主题，这简直也太巧合了。我刚想到这里，就被人重重地扇了一记耳光，他的手狠狠地扇到我的脸上。

"你这个狗娘养的东西！"这个男的尖声叫道，他从地上跳起来，足足比我高出一埃尔^①。"我会打到让你唱歌，看看你是怎么调准音的！"我飞快逃走。在我看来，我确确实实戳到了他的痛处，但他也十分固执，对我不依不饶。我逃到纽街时，还能听到他在背后追。咔嗒咔嗒的脚步声，时不时伴着几声号叫辱骂，这倒弥补了他在音乐上的欠缺。

我在舞会上光想着与别人眉来眼去了，竟然忘了下半夜还没地方住。我优哉游哉过了洛克关卡，朝着卡特琳娜教区走去，等待朝日升起。吃完身上剩下的面包后，我坐在绿草清香的草地上，靠着墓碑，然后开始给你写信。亲爱的姐姐，墨汁里不小心混进了几粒贴在我鞋后跟的煤末儿，还混进了几滴水。现在太阳升了起来，这真令人振奋——教堂的塔尖已经捕捉到了第一缕光。公鸡的打鸣声气势雄壮，教堂塔尖的十字架在阳光下熠熠生辉。斯德哥尔摩再一次披上了金装，我却为嘴唇裂了口子而苦恼。唉，我真有些羞愧。

---

① 古时的长度单位，相当于45英寸或115厘米。

18

　　亲爱的姐姐，离上回给你写信有些日子了。自从我离开寡妇贝克家以后，夜里居无定所，只能徜徉在任何一个看着顺眼的地方，露天而息，也因此得以享受初夏的绚烂天气。很多时候，如果酒馆老板不太警觉，我还可以躲在酒馆里面，偷偷在那里睡上几小时。要是酒馆老板太过警觉的话，我就得找其他地方睡个觉，打个盹儿，当然，别的地方没得挑，我也就不讲究了。我一般心情愉快地走一小会儿，就能走到某个可以睡觉的地方，谷仓、干草垛、田野和香草丛，任何地方都可以。夜晚，我睡在大自然的怀抱里，以落叶为枕，满天繁星为被，我还能要求什么呢？清晨，教堂清脆洪亮的钟声，唤醒了整座城市。我穿过小桥，回城找食物，去井边喝口水。城里的咖啡馆很多，这封信就是在城中一间咖啡馆里写就的。现在，我拿笔蘸了地上的煤灰时，咖啡和面包也为书信润色。

　　我和好友瑞卡德·西尔万与一帮年轻人混在一起。他们的父亲都在柯赛德码头周边做生意。这些绅士们很有钱，或许是因为他们发现西尔万和我很有趣，总能把他们逗得开心快乐，所以常常为我们慷慨解囊。西尔万和我比赛，看谁能在顶着重物的情况下站得时间最久。而且，我俩比赛，看谁能头顶盛满汤水的陶罐，单脚站立整整一分钟。胜者就会成为冠军，得到"午夜王子"的称号。旁观的绅士们看着我们的表演，笑得眼泪都流出来。我的姐姐，

126

那简直是黄金之夜。欢乐永不止息，酒水绵延无尽。潘趣酒和白兰地肆意流淌。但我最爱的还是一种红酒，姐姐，这酒绵柔红亮，好似阳光自己被诱惑，钻进了玻璃杯子。酒吧不计其数，一个接一个，一排连着一排。屋里的烛光映照到了巷子里，黑夜瞬间变为白昼。我们从一间酒吧出来，再进到另外一间，互相搭着彼此的肩膀，嬉笑闲聊，直到一个个筋疲力尽，才慢慢悠悠地漫游到家。瑞卡德·西尔万，是土生土长的城里人，自然不懂我对幕天席地的热爱之情。他住在纽桥那头的表兄家，夜里就蜷缩在炉灶旁睡觉。

※ ※ ※

当我们在码头旁边的酒窖饮酒解渴时，突然一群暴怒的人闯了进来。有人朝我扔来一个酒杯，杯子擦过我的鬓角，撞在身后的墙壁上。他们是一群外国水手，互相叫嚷着，叽里呱啦，我根本听不懂他们在说什么。我们还没搞清楚发生了什么，打斗就开始了。我躲在桌底做掩护。其中一人被打倒在地时，剩下的人打算逃跑。从我躲藏的地方看过去，摔倒的那人已经受伤了。他的手被红酒瓶的玻璃碴子割破了，鲜血从腕部喷涌而出，如同水管崩裂一般。危险过去之后，我匍匐到他身边，帮他检查伤口。

手腕受伤于我而言，似乎并不是个大难题。我在卡尔斯克鲁纳的那几年，此番情况见了很多，颇为熟悉了。我按照学过的方法，用力压住伤口，然后，从水手袖子上撕一块亚麻布缠在上面，用作绷带。接着，我用他袖子的其他部分再次包扎，并打成结。整个过程，水手都没有注意到我。他弓着背，坐在地板上，痛苦地左右摇晃。用他自己的语言，沮丧地低声咕哝。

"他的朋友说他老婆是个荡妇，并且说得有鼻子有眼的。"一个红鼻子绅士说道。他兴趣盎然，目睹着我包扎的整个过程。"当他鼻青脸肿地回到家时，他老婆肯定没有停下放荡的那档子事儿，所以他才跑到这儿来买醉。"绅士接着说道，被自己的小机灵逗笑了。

"让我们为这个可怜人喝一杯，同时为我们的医生喝彩。向医生致敬！"

于是，我得到了酒馆里客人们的赞许。他们开怀畅饮，并且每个人似乎都想来给我敬酒。受伤的那人自己待着，直到木匠的学徒过去，扶他起来。那人眼神空洞，不发一言。之后，他就踉踉跄跄地走出酒馆，消失在黑夜里。这个小插曲使我想起了我来斯德哥尔摩的最初目的，但是我必须得承认，为我敬酒的每个人，让我很快又有了另外的想法。

众人的盛誉推波助澜，我决定把西尔万传授给我的方法付诸实践。我走到一个绅士身旁，抓起他的烟斗，跟他套近乎，他抽一口，我抽一口。我和西尔万以前曾经去过这个绅士的公司。我开口向他借二十先令，说想靠这个给自己找个好点的住处。但是，我根本没预料到他会做出那样的反应。他的脸色一下子变得煞白，看上去有些尴尬，而后就找了一个理由，离开了我们那张桌子，对我的贷款请求没有留下任何答复。这令我十分困惑，这些绅士们从不在乎手上的现金，而且我要借的也并不能说是多大一笔钱呀。喝的酒太多，我感到天旋地转，也没再多做他想。夜越来越深，桌边的人越来越少。我看到我的朋友们都不在场了，觉得是时候找个地方过夜了。

走到街上，我发现瑞卡德·西尔万正在等我。我刚揽住他的肩膀，他就一把抓住我的衣领，把我推到墙角。我的头撞到了砖墙上。

"布利克斯，你这个大傻子！我听说，你去找沃林借二十先令，好让自己不用露宿街头，这是不是真的？"我无法反驳。西尔万吼叫一声，放开了我。他靠着墙壁蹲下去，双手捂脸。我呆呆地站着，不知道说些什么，直到他再次转向我，看到我一脸困惑的表情。无可奈何，他对着我叹了一口气，然后用胳膊搂住我。

"克里斯托弗，"他说，"当你开口借这么小数额一笔钱，沃林就会意识到，你是赤贫之人了。我极力让他相信，我们俩只是家里人为了缩减开支才暂时在外漂泊，但是迟早有一天我们会继承财产的。你倒好，确定无疑地告诉别人，我们就是两个身无分文的江湖骗子。"

"那我本来应该怎么做？我们已经捉襟见肘了啊！"

西尔万叹了口气，翻了个白眼。

"克里斯托弗，你要做的是，给自己为什么要借一大笔钱想个好点的借口。比如，你要买一顶新的假发，或者为母亲买一条珍珠项链，而你的零用钱已经用来干别的事了。你得这样提出请求，就好像这是最正常，最自然不过的事。那么，你就能从这些绅士口袋里，掏出三五个达勒，这远比你卑微地向他们祈求，借个几个先令更为容易。"

"但是我们的衣服怎么能掩盖真实情况？我们穿得破破烂烂的，要怎么让别人相信我们是富家公子呢？"

"你只消让绅士们相信你的谎言。要撒个好谎，需要两步，首先是说假话，而后是让人乐意听！"听了他的话，我哑口无言，呆呆地站着，惊讶地张大了嘴巴。西尔万没忍住，大笑了起来。

"克里斯托弗·布利克斯，你可真是个该死的笨蛋！但是至少，你还算诚实，这点我们之后再好好补救。以后，无论你打算跟朋友借任何东西，你都得事先和我说一声。"这会儿，西尔万似乎又找回了他乐天的性情，把手伸进马甲，掏出一个胀鼓鼓的钱包来。

"幸好，你在沃林面前露馅儿的时候，我从蒙特尔那儿借来不少钱。我和他说，我需要买一把银顶的手杖，之前我看到，陆军中校也特别想要那把手杖，所以我想抢先买到它。而唯一能指望给我付账的父亲，此时正在芬斯蓬市拜访德格尔。"

"但是，你父亲不是……"我正要说下去。透过酒醉的眩晕，我觉察到西尔万正缓缓摇头，便没再说下去。他不满地看了我一眼，然后抓起我的胳膊。"时候也不早了，我们去井边洗漱一番，然后找间咖啡馆吃些早餐吧。"

19

　　我亲爱的姐姐，今天，突然来了一阵狂风暴雨，天气恶劣，气温骤降。4月初以来，我还未曾感到如此寒冷，这着实令我惊讶。雨水瓢泼，流进了我的小窝，滴答到我的脸颊，我醒了过来。衣服早已湿透，我瑟瑟发抖。为了让自己暖和一点，我跳起来，来回摆动手臂，开始原地踏步。一点碎面包，一条硬奶酪，就是我的早餐了。我等待太阳出来，但是我又想到，这么厚的云层，又怎么会让太阳透出光亮，给大地一点温暖呢。幸运的是，雨渐渐小了，我想着等下去也没什么必要，于是我决定启程去往城里。你想必还记得，天气总能够影响到我的情绪。一阵深思之后，我决定执行我推迟了太久的未来规划。

　　我快步来到一片山水田园。走到了美多兰，那儿有一些透风的房子，有些地方，木板间的缝隙很大，你可以伸进手去，摸到睡在里面的人。街区破落，但是走到阿特勒里广场，便有了些熙熙攘攘的景象。士兵们在做跑步训练，有的士兵听着教务长严厉的命令，做列队行进训练。

　　在鱼市上，我看到浣衣妇人们聚集在凯兹湾码头，她们在那儿用力地搓洗亚麻白衣物，空气潮湿，妇人们尽力把衣服中的水分拍干。眼前的景象让我想到自己，满身都是煤灰和泥土。我本来要去泽拉菲姆医院的，去那还是得收拾得干净整洁一些。这个念头驱使我走向码头，准备和一个妇人闲谈两句，并让她注意到我的衬衫。大多数妇人都忙得不可开交，顾不上我。我凑近时，她们对我大吼大叫，叫我走开。岸边，有一位妇人正照看着一群孩子，最小的一个孩子还在怀里。她敞开怀，边唱歌边喂奶。歌曲的旋律忧伤，她唱的好像是一首摇篮曲，但歌词听着过于严肃了一点：

"所以，我们命运已掷，我们一生如寄。下一声呼吸或许是最后一息，下一处容身处或许是灵柩之地。"

当我驻足倾听时，我注意到其中一位洗衣妇人停下了手头的活计，泪水在她的脸颊流淌。她默默地看着我，向我伸出了手。或许她失去了自己的儿子，再或许我长得像她的儿子。我迅速脱下外套，把衬衫从头顶拽了下来，然后递给她。她把衬衫浸入肥皂水盆里，一阵用力揉搓，而后在码头的边上漂洗。捶干之后，她把衣服递给我。我鞠了个躬，以示感谢。我穿上衬衫，现在，衬衫又焕然一新了。

* * *

栈桥修建了起来，笔直地穿过浅浅的克拉拉湖，栈桥上面钉着厚木板，桥长上千尺，方便城里的居民去往肯英斯岛的时候足履不湿。很长一段时间，我都站在瑞德·晒兹街边的栏杆那儿，踌躇不前。水面上，白色浪峰耸立，浪波涌起，舔舐石墙，濡湿了木栏。一个女人用一根皮带遛着一头全身沾满污泥的猪。她走过我身边的时候，对我笑了笑。"孩子，你可得当心。你可得抓牢绳子，要不然海豹妖①就会咬到你，然后把你拖进海底！"我把

---

① Selkies 是英国奥尼克群岛的方言，意指"海豹"，性情较为温顺，能够由海豹变化成美貌柔软的人类。

一大口唾沫咽进喉咙里，抓住桥两侧的绳子，一步一步向对岸行走。我紧紧握住绳子，手背上的关节看着都成了苍白色。

我终于到了对岸。我发现自己没走几步就到达了目的地。在那里，拱道处有一扇大门，气势恢宏地矗立着。门上有"皇家医院"几个字眼儿，两头狮子共同顶着一枚金色盾徽。旁边，栗树花盛开，甚是美丽。我走了进去。我穿过拱道，马上停下了脚步，敬畏地端详起来。主楼有四层，两栋副楼簇拥着主楼。这是泽拉菲姆外科医院，城里的人都叫它八翼天使。进了前门，是宽敞的入口大厅，我拦住了一个行色匆匆的年轻人。我告诉他我要找马丁教授，年轻人回复道："自公元1788年后，他就已经不在泽拉菲姆了。那年，他逝世了，我们应该对他感恩。"我无言以对。男子同情地看了我一眼。"你是一定要找罗兰·马丁本人呢，还是代替他位置的其他人也行呢？如果是后者，你可以去北边解剖部找黑格斯特罗姆教授。"我不知道怎么办，只能点头同意。"你上一层楼，然后往右走就是了。"

在楼梯的台阶上到一半时，我就闻到一股我非常熟知，而且永不会忘的气味，那是死亡的味道。一扇门半开着，从门缝里，我看到令人毛骨悚然的一幕。桌子上是一具男性的尸体，从头部到躯干都被切开来。直到这时，我才注意到担架床旁站着的男子。

"你是在找我吗？"他边说边继续在尸体胸腔里挖弄着。

"我找黑格斯特罗姆教授。"我说道，我感觉自己的声音微微颤抖，颤抖的原因与其说是见到房间里的尸体，倒不如说是看见了教授。我估计他四十岁上下。他身形健壮，衬衫外面只套了一件马甲，袖子上卷，一条皮质的围裙系在腰间。

"乐意为您效劳。要是这个景象没怎么吓到你的话，就请随意进来吧。"

他放下手术刀，在瓷盆里洗干净手。

"有什么我可以帮到你的呢？"

"我是约翰·克里斯托弗·布利克斯，" 我说道，同时摘下了帽子，"1788 年的时候我在卡尔斯克鲁纳，在霍夫曼医师手下做海军外科医生学徒。"

"伊曼纽尔·霍夫曼？"

"是的，教授。"

"难怪这种场面吓不到你，很多到访者看到这场景，往往都脸色煞白，倚靠着窗户。"黑格斯特罗姆教授说道，"如果战争时期你在卡尔斯克鲁纳当学徒的话，那就该称呼你为教授，而我只能是个学生了，至少在面对死亡以及腐化的情况下，可以这么说。"

黑格斯特罗姆教授邀请我坐下，然后礼貌地问起了我在卡尔斯克鲁纳的经历，他按铃叫了一壶咖啡，几分钟后，一个衣着白褂的女人把咖啡送了进来。我滔滔不绝地讲述着。此前，我还从没有把我在战场上的艰难岁月讲给任何人听，即便是你，我亲爱的姐姐，现在是时候讲出我的故事了。

* * *

1788 年冬天，海军舰队从波罗的海返回，带回来在霍格兰从俄军手里缴获的一艘船。船的名字叫作弗拉迪斯拉夫，是一艘有七十四门炮的战列舰。舰队刚抵达母港，冰雪就降临了。弗拉迪斯拉夫舰上的士兵得了一种从未见过的疾病。染上疾病的人们很快发烧并且感到寒冷。这些人皮肤发黄，手臂和腿上出现了瘀点。有些人疾病扩散到了肺部，一直咳嗽，咳到嘴唇都发蓝了。但是，发热的症状来得快去得也快，只是不到半周时间，病症再次席卷而来。我见过一些强壮的人，病症这样反反复复了近十次，被折磨得如同老年人一般，弯腰驼背，眼神空洞，最后死亡。那是一个艰难的冬天，每块木板都成了某个人的病床。越来越多的人开始生病，不单是船员，也有我们城里的居民。后来，海军医院都人满为患了。我的差事主要是跑跑腿，做点杂务。新年过后，我在霍夫曼医师手下做学徒，一直到他去世。在那之后，我又在医院里待了三年。

医师认为传染病会在春天的时候减弱，要说有什么变化的话，我只能说疫情反倒更糟糕了。成千上万的人死去，国家从其他地方派来了新兵，来接替生病士兵的位置，不料新兵也接连染病。

教授打断了我。

"那霍夫曼医师也是被反复的高烧夺走了生命吗？我只是知道他的名声而已。"

"不是，"我答道，"是俄军发射的三十六磅炮弹夺走了他的性命。"

6月，舰队向东航行，攻打俄国，霍夫曼医师也一同去了。因为缺乏战地医务人员，我也获准跟随前往，登上了勇气号。那是一艘装设有六十四门大炮的军舰，由卡尔斯克鲁纳造船厂的查普曼设计建造。在厄兰岛南面，我们遇上了俄军，双方交火，之后敌军便准备乘风逃跑。我之前从未亲眼见识过海战，于是难忍好奇心的诱惑，爬上了帆缆。我帮助霍夫曼医师在船板上撒下锯末，吸收战士们流在地上的血，防止我们照顾伤员的时候滑倒。我是在意外的瞬间里抓住了机会，活了下来。我爬得极高，在高处观察了勇气号整体，还看到古炮炮弹飞跃水面而来。炮弹落在舷侧，那一声响之后，我看见一具躯体被击中，直接从另一侧飞了出去，甲板上的锯末燃烧起来，浓烟滚滚。

霍夫曼医师就那样离开了我们。我和船员都十分难过。值得庆幸的是双方只交了一次火，战争就结束了。因为没有霍夫曼医师的指导，我根本算不上是一个外科医生，也救不了大家。

战舰回到卡尔斯克鲁纳，我留在那儿，直到战争结束。热病愈发严重。船上开始搭建帐篷，接着，整座城市变成了帐篷之城。帐篷多到能够容纳五千人，感谢上帝，1789 年的秋天极其寒冷，所以我们可以把尸体安置在室外。春天的时候，病例就少了许多，最糟糕的情形看着像是结束了。我留在那儿，想着只要需要，我就一直留下。我们把冬天户外的尸体下葬之后，就挨家挨户把病逝在床上的尸体抬出来，聚在一起。

* * *

我讲完故事的时候，黑格斯特罗姆教授用沉着的眼神观察着我。

"然后你来到斯德哥尔摩。我刚在想，你来找我是希望继续从事医学工作吗？"

"可以这么说。"

黑格斯特罗姆教授叹了一口气。

"我们见过许多像你这样的人，布利克斯，太多了。战争年代需求太大，但凡有一双手的人都愿意当外科医生，总比什么都不做的强。但是今时不同往日。看看我们这儿的医院！我们已经把医药和手术从工匠们手里夺过来，将其变成了一门科学。"

教授说着情绪激动起来，站起来走到了尸体旁边。

"布利克斯，你能说出这块骨头的名字吗？"

我不得不承认说不上来。

"这块儿延伸的动脉，哪里最适合开刀？"

我再次无奈地摇摇头。

"关于热病的起因，伊曼纽尔·霍夫曼医师有没有和你谈论过他的看法？"

听到这个问题，我立马活跃起来，因为我终于能说些什么，证明自己了。

"医师告诉我，是污水池和沼泽地里升腾出来的雾气导致的。"

黑格斯特罗姆教授笑了，但是眼神仍旧悲伤。

"这只是他自己的理解而已。今天，我们对此有了另外的解释。我想你的医师有点守旧，只会用手术刀为不幸的患者切去肢体，除此之外，几乎什么都不会了。"

黑格斯特罗姆教授环顾了下四周，然后从架子上拿起一本厚厚的皮革封面的书，递给了我。

"你能看懂上面的内容吗？"

字母都很熟悉，但是我都无法揣摩出每个单词的意思。我如实告知，听到这个答案，黑格斯特罗姆教授沮丧地沉下肩膀。

"布利克斯，此刻我恐怕帮不到你什么。"说完，他仍然眉头紧锁。之后，他像是突然想起了什么，表情舒展开来。

"你在这儿等一会儿。"说完，他就转身离去，房间里只留下我和那具死尸。

他走后，我顺手拿走了一点东西，姐姐。我承认做完事情的那一刻我就后悔了，但是当我伸进背包想要归还偷走的东西时，我听见黑格斯特罗姆教授在走廊上的脚步声，归还的时机就错过了。他带回一本小册子，上面的文字我完全看不懂。

"有些比你还差的人，在不懂法语的情况下都成了能干的外科医生，"他说，然后把一本小册子放到我的手里，"这份总结是我自己写的，目的是为了帮助我的学生学习，你可以看看。如果你自己下一学年申请来这里学习的话，即便我无法承诺什么，你也会获得资格入学。"

黑格斯特罗姆教授再一次仔细地审视我，目光中透露出自己所有的智慧。他和蔼地说："布利克斯，你外套上有血渍。是你自己的血吗？"我摇了摇头。黑格斯特罗姆教授向前一步，凑近我。"你眼白周围的颜色发黄。布利克斯，你过得怎么样？你是不是经常喝烈酒？"我感觉自己脸红了，这也给了黑格斯特罗姆教授他要的答案吧。"布利克斯，你到这儿来，看看这个。"他从死人身上揭起一块皮肤，露出了一个结块，结块表面凹凸不平，散发着恶臭。"这是这人的肝脏，就是这个结束了他的生命。如果他过去饮酒能有节制，那么他现在应该还活着。这个城市里，还有太多人，他们的器官也已经受损成这样了，这种病会像磁铁一样把人吸进坟墓。希望你能从中学到节制的美德。"

黑格斯特罗姆教授想必看出了我脸上的惊愕，于是同情地看着我。他从马甲的口袋里掏出了一个绣花钱包，一个接一个地往桌上数着硬币，似乎是防止自己改变想法，很快他掏空了自己的钱包。"布利克斯，这些钱你拿着。你一定要照顾好自己，这样我才能有幸明年春天在我的课堂上再见到你。"我没有说话。桌上差不多有二十个达勒！我做白日梦都梦不到拥有这样一笔财富。我把钱币拢起来，放进口袋，一遍又一遍地鞠躬。滚烫的泪水在我的脸颊肆意流淌，一半出自感恩，但更多的是出于羞愧。羞愧从这位好心人这里偷走了东西，我竟以这样罪恶的方式来报答这位待人亲善的绅士。我甚至看到，因为我激动的反应，他的眼睛也饱含泪光。他伸出手来，我感激地握住，并亲吻致谢。

我快走出门口时，他用颤抖的声音问了我最后一个问题。"约翰·克里斯托弗，最后一件事，你多大了？"

"神灵保佑，这个冬天，我就十七岁了。"我用同样颤抖的声音回答。

20

亲爱的姐姐，充满了富足和欢乐的日日夜夜来了！我告别了那些在美多兰时在树下度过的日子，也告别了在卡特琳娜塔下的坟墓堆里度过的夜晚。我用一小部分黑格斯特罗姆教授给的钱，在泰勒巷的波摩娜区租了个房间。这儿的风景美得让我屏息。从阁楼的窗户向外望去，视线所及，铜质屋顶和瓦片向四面延展开来，在太阳光下闪耀着锃亮的金色。在这个金色城市的最顶端，现在我拥有了自己的床。太阳光线能长久地照耀在我的床上，小巷则是笼罩在一片阴影中。夜晚，街灯在深深的夜色中向我闪烁，而当我抬眼凝视繁星，我觉得繁星比之前任何时刻都离我更近。我和西尔万在瓷砖壁炉旁找了一块地方，坐下来。我们一边喝酒，一边讨论我们的新环境，我们还讨论了在我开始在塞拉夫学习之前，我们如何最好地利用这段时间。我们交心对谈，尽情欢笑，拍着彼此的背部，痛饮杯中酒。

我们很快就如何更好地管理好我们的财富达成了一致，我们现在的财富包括我的二十个达勒，以及西尔万从克莱门斯·蒙特尔先生那儿借来的四个达勒。这点钱还不足以让我们永远够花。我们必须让每一个达勒都成倍地赚钱。

"为了赚更多的钱，首先我们必须给人一种与我们自身完全不同的印象：我们是两个富家子弟，被吝啬的父亲虐待，但却能够继承家产。这样的年轻人，换句话说，每一笔花到我们身上的

140

借贷，都会是对未来的明智投资。"说完这些话，西尔万拉着我的胳膊，走向附近一家裁缝店。我们拿出一把钱，然后把剩下的小心翼翼地藏在我睡觉的草垫里。起初，店主对我们粗暴无礼，但是听到我们口袋里硬币的叮当声之后，就开始奉承我们，向我们讨好了。在橱柜里和抽屉里搜索质量上乘的衣服，我们感到有点力不从心，但讨价还价时，我们经验丰富。我永远无法忘记试穿这些衣物时候的喜悦。我们假装是两名年轻的贵族，在镜子面前大摇大摆，彼此拍打对方的肩膀，假装用法语赞美对方。

"太华贵了，布利克斯先生！"

"您也一样，西尔万阁下。"我们选了有着绯红以及绛紫色刺绣的马甲，一件金色袖口的外套，新的衬衫以及软皮制作的马裤，还有长袜和有着华丽搭扣的皮鞋。西尔万找到一顶比他现在的红色假发更好的马毛假发，而我则更喜欢自己原本的长尾棕发，不过现在为此配置一把角质梳子来精心打理，以及丝质缎带来系上我的脖颈。我们就这样并肩站在镜子面前，几乎不敢相信自己的眼睛，在这个瞬间的高涨情绪下，我们彼此拥抱。店主给出了跳楼价，西尔万还在这个骇人的价格上又讨价还价了许久，最后，我们数出钱来，放在桌上，我们离开了。

我们告别了肮脏的破布，告别了面朝星斗的睡眠，也告别了以前经常出入的地方。在那些地方，酒鬼和流氓互吐口水，彼此交换妓女，然后染上一身花柳病，因为芝麻小事就拳脚相向，大打出手。与此相反，我们来到了伊思钦基酒馆，来到城市里最著名的酒窖，还来到宫殿，参加这里举行的舞会。滑稽可笑的是，每一个人似乎都想帮助那些不需要帮助的人，而对那些显而易见、急需帮助之人则尽量避免。我们很快和那些伯爵之子、小资王子，还有工会成员们建立起了亲密的关系，称他们为兄弟，并且费尽心思让自己显得友善、机智和好玩。姐姐，你还记得我是如何向你描述卡索山上的第一场舞会吗？在那儿，我们开心地用嘴去接半空楼座里社会精英们倒下的红酒。说到半空楼座，现如今我们可以来去自如，并且可以像我们的老熟人一样，露出惊恐的表情，感叹那些石头地板上的下等人，竟然愿意为了换取一口红酒，允许别人侮辱自己。我们发誓，绝不再为自己吃的和喝的偿付一分钱，并且要寻求那些乐于招待我们的人，让他们喜欢我们陪伴在他们左右。

我们用这种方式度过了许多夏日夜晚。我们让自己在这些集会的领导成员中发挥关键作用，一旦有人发现我们不在场，就会热切地寻找我们，这个时候我们开始借贷。我们通常都会为借贷写期票借条，签上我们的大名，我和西尔万在同一张桌子上认真地练习过如何签名，我们签名时用的也是我现在正用来写字的这根残破的羽毛笔。没有一个新朋友对我们借钱的请求，表示出哪怕一丁点儿的犹豫。对他们而言，钱没有价值，我们的友谊和社交关系更为重要。晚上，我们就在泰勒巷的床褥上掏翻自己的口袋，看着我们的二十四个达勒尔变成了三十个、四十个，增长了一倍。我们写了债务记录，然后从晚上的利润中拿走一部分来偿还旧账。很快，我们就赢得了更多的信任，只要有人看起来有一点点犹豫不决，我们可以轻而易举地招手唤回一个早期的恩客，为我们担保。用这种方式，床褥上的钱币成倍增加：五十个达勒变成七十个，七十个又变成九十个。

* * *

"亲爱的克里斯托弗·布利克斯，我亲爱的兄弟，我万分敬仰的朋友，"有一天，我们在温暖的阳光下沿着柯赛德码头闲逛，归来的时候,西尔万开口问道,"告诉我,你听说过奥伯尔牌戏吗?"

"当然,"我回复道,"这是一种纸牌游戏,是吗?就像福洛一样?"

"也对,也不对。福洛是由运气来选择胜利者。奥伯尔这个游戏,或者,应该给它起个合适的名字,叫作爱荷伯尔,在这个游戏里,技术决定结果,幸运女神无计可施。"

"瑞卡德,你为什么对游戏这么感兴趣?"回到家,我往床上一躺,如同一只谷仓里的猫沐浴在温暖中。我问他。

然后,他就唠唠叨叨地给我讲,他说,很多绅士都着迷于玩奥伯尔,在警察们都进不去的沙龙里,每晚都有巨额钱财转手。我马上否定了这个要拿我们的钱去冒险的点子,因为我觉得玩这种游戏,赔钱的可能性似乎远大于赢钱的概率。

"且慢,克里斯托弗,你这个结论下得太仓促了!"西尔万抗议道,"这儿有游戏那儿也有游戏。我是在温蒂庭院认识布洛克的,你是上周在歌剧院认识他的吧,我记得。他和我说了,他的朋友卡斯滕·维卡尔主理的一件非常特别的事情。维卡尔四处招揽顾客,基于这三个原则:富裕多金、不善饮酒、天性易受骗。所以牌桌上有五个人,但是四人结伙对抗另外一个顾客,因此,那个顾客必输无疑。他们管这种可怜虫叫倒霉蛋兔子,毕竟其他人对于这个顾客来说都是猎犬。其中一人用手势和暗号无声地和大家沟通。那些沆瀣一气的人和主人分账,而主人则获得双倍的钱。"

"好吧,但是这个和我们又有什么关系呢?"我说道。但我无法否认,这个游戏已唤醒了我的兴趣。

"克里斯托弗,地点和牌桌都是免费的,并且有人已经给我提供了地点。风险极小,布洛克和我保证说,我只要基本了解这

143

个游戏就足够了。如果'兔子'足够肥，一夜之间，我们的财富就能翻倍。克里斯托弗，那可是两百达勒啊！"

就好像我肚子里突然填满了一群蜜蜂一样，我一下子从床上坐了起来，一阵眼花缭乱，头晕目眩。我拿了一瓶酒和两个杯子，给杯子倒满酒。我们碰杯庆贺，一饮而尽。

"敬西尔万和布利克斯！"我惊呼，"祝他们年轻、帅气，并且即将更为富有！"

"敬西尔万和布利克斯！"他回应道，"祝他们收获两百个达勒，祝他们财源滚滚！"

当天，我们就去买了一张牌桌，同时，根据卡尔·古斯塔夫·布洛克匆忙向西尔万描述的规则，我们一遍又一遍地玩着奥伯尔这个游戏，一遍一遍进行演练，直到我们完全熟练。我们穿上我们最好的衣服来到欧德广场，开启夜晚的娱乐生活。游戏看着并不太难。四十张牌中，每个玩家可以获得八张。每个玩家预测自己一个人能够在八轮游戏中获胜几次，然后基于这样的预测来依次下注。最大胆的玩家会选中最终成为王牌的那一套牌。

"这才是真正的生活。"西尔万说着，同时饮尽杯中酒。

21

那是个礼拜四的晚上,我们在头发上扑上粉,给各自换了一条新的领巾,整装待发。我们仔细地审查彼此,把立领和翻领上微小发丝和头皮屑拍打干净,然后掏出藏在床褥里所有的钱币。七点钟,玩家们就蜂拥而至,聚集在卡斯滕·维卡尔早就预留好了的一个房间,那个房间在特拉诺瓦大厦的后面。特拉诺瓦大厦就在福克特帕斯那个分叉路口,曾经是一间寻常酒吧,但现在只对海员和特定受邀的顾客开放。当我们走到泰勒巷的鹅卵石路上时,尼古拉教堂钟楼上的钟声敲响了,六点四十五分。空气氤氲,闷热令人感到压抑。由于西尔万带着钱币,我们的心提到了嗓子眼。要是有暴徒从暗处给我们来一闷棍,也算是能得到一笔可以享用一生的飞来横财了。

我们什么都不用担心。经过艾瑞茫格广场,继续朝宫殿方向走去,一路畅通无阻。到了特拉诺瓦,布洛克出来迎接我们,并把我们介绍给维卡尔。布洛克忍不住地朝着西尔万有意地使眼色,他朝着"兔子"歪了歪脑袋,那人穿着昂贵衣裳,马甲上带着金链子,看着像是德国人。当桌子备好的时候,有人给我们端来酒杯。大家举杯,为彼此的健康干杯后,一个女人向我们行了屈尊礼,带我们进了房间。就在我准备跨过门槛的时候,我感觉有只手拦在胸前,挡住了我,抬头一看,大吃一惊,竟然是卡尔·古斯塔夫·布洛克。他摇了摇头。布洛克凑到我耳边悄声说道:"如果可以的话,只有玩家才能入内。我们不想让猎物受到惊吓。要是猎物发现身后有人看牌，他们会害怕的。"我向西尔万看过去，他向我看了一眼。他已经在房间里了，正准备坐上安排好的椅子。

"不要担心，克里斯托弗。你在赛克褚瑞等着我。游戏一结束我就去那儿找你。" 他给了我几个先令。我什么都做不了，只好耸了耸肩。希望玩家们好运常伴了，我转身离开。

* * *

赛克褚瑞在银行大楼对面，庆祝活动正如火如荼。一个肥胖的男子正在挥舞着他红色琴弓，拉着大提琴，他深红色鼻子与红色琴弓看起来还挺搭配。一个秃顶男子吹奏着长笛，为大提琴伴奏。两种乐器的合奏悦耳动听。我坐在桌子旁，发现我其实并不缺陪伴。光是音乐就已经足够了。我把十二先令推到桌上，要了一杯丹齐格啤酒，然后告诉酒吧女侍者，留意我的杯子，见底了就及时续上。

我觉察到自己处于一种奇怪的情绪中。通常我喝酒的时候，我的喜悦就满溢而出，然后在一阵旋转的舞蹈中变得目眩神迷。这次则全然不同。我想起黑格斯特罗姆教授曾给我看的死人体内的生长物，然后再看了一圈身边饮酒的兄弟姐妹，现在他们看着既不美丽也不有趣了。他们笑着，露出褐色的残牙，斗鸡眼里满是贪婪和纵欲。在墙上烛台后面的镜子里，我看到我自己的面容，依然年轻，还没有完全长开，皮肤白皙，肢体健全。我还没到他们这个岁数，但在那一刻，我突然意识到，我很可能变成他们中的一员。没有咒语能够保护我，使我免除肉体的腐败。我的鼻子也会肿得像一串葡萄，我的肚子也将开始变得圆鼓鼓的，好像肚子里增加了一些致命生长物，而这些生长物又是由烈酒培育出来的。

146

我发誓这不会是我的命运。我会从两百个达勒中，拿出属于我的那部分，然后挪作他用。这笔钱应该足够偿还黑格斯特罗姆教授给予我的东西，足够让我有一个安身之所，在那里我能住到春天甚至住更长时间，足够我找一位家庭教师，教授我法语，这样我就可以深入探究医学教科书的奥秘，或许在我和同学们努力徜徉在林奈、舍勒、安科瑞遗留下来的知识海洋中的时候，还足够支付我和同学们的餐饮费用。我将奉献我的一生来帮助所有的人，无论高低贵贱，我不会向清贫与被遗弃之人索要报酬。当战争迫近我们的海岸时，我将和我的兄弟们齐心协力，把疫病和死亡拒之于国门之外。不会再有孤儿在雪地里随便挖个坑来埋葬自己的同伴。当我年长一点，我就会娶妻生子。我会是一名好父亲，既不粗暴也不冷漠，不酗酒也不威胁，从不用手打孩子，也从不用鞭子抽孩子。我的孩子们会无忧无虑地长大。

* * *

　　当一群跳着排舞的人侧身倒在了我桌子上的时候，我从自己的白日梦里醒了过来。我在这儿坐着的时间一定比我想象的还要长久，因为很多顾客已经离开了。我向一名表链上挂着警徽的人打听时间，他含糊地告诉我已经午夜了。但我仍然没有看见西尔万的踪影。或许他已经回到了泰勒巷，他或许想着我早就玩累了然后回家了。但是在泰勒巷的家里，我依旧没有看到瑞卡德·西尔万的身影。我把窗户开得很大，探出身子，想捕捉到一缕微风。在海湾上空，月亮威严的光辉洒落下来，和着背后的疏落星辰，所有这一切都完美地倒映在静默的水中。我钻入被窝，凝视着窗外无与伦比的景色，直到困意袭来，再怎么努力也睁不开眼。

* * *

　　我醒来时浑身是汗，口渴得如同一个遭遇海难的水手。我没有办法确定此刻的时间，但是月亮已经旅行到很远很远的地方去了。黑暗中，我努力搜索，想倾听到西尔万的呼吸声，我用脚在地板上摸索他的踪迹，但发现房间里只有我一个人。我起身去找水桶，然后点亮一根蜡烛，这样下楼梯的时候就不会摔个倒栽葱。这一次，我在楼梯口听到一个声音，但无法辨别是人还是动物。我摸索着走到楼下，才看到西尔万颤抖着的背部。他正埋头痛哭，伤心得无法抑制哭泣。他转过身来，我看到泪水从他脸上滑过，在妆容上留下了条纹。假发上的毛发竖立着，漂亮衣服也沾上了泥土。我把蜡烛放到地板上，花了好久才让他开口对我说话，我搂着他，摇晃他的身体，直到他背部不再颤抖，他的抽泣声停了下来。"克里斯托弗，是我，"他轻声说，"我就是那只兔子。"

　　姐姐，他们诓骗了我们。卡斯滕·维卡尔、卡尔·布洛克，他们的同伙，还有那个德国人，他们都和我们中的其他人一样，也来自斯德哥尔摩。他们之所以骗我们是因为他们也和我们一样。在我们和这个世界要小聪明的时候，我们已经允许我们用自己的方式被影响，并且相信我们是唯一的那个能够耍把戏，不劳而获换取金钱的人。那几个玩纸牌的人，哪里是他们自己装出来的有钱人家的儿子啊？他们也像我们一样，生自贫民窟，就像长着锋利牙齿的狗鱼要吞咽下贪婪的鲈鱼一样，我们和我们的那么多达勒就是他们眼里多汁的肥肉。当西尔万以为这也是骗局的一部分时，他们让西尔万赌光了我们的钱，游戏结束时，他们在嘲笑声中分了西尔万的钱。西尔万反抗时，他们打了他一顿，然后把他弃置街头。

148

"克里斯托弗，" 西尔万把额头靠在我的肩膀上说道，"这次我们输了。当期票到期，他们就会把我们永远地扔进负债人监狱。直到我们老去，我们才能重获自由。那儿会有劳教所，我们余生都会被铰链锁在工厂的工作台，脖子上也将布满工头抽打过留下的伤痕。"

　　我仍然沉默着。但在我内心深处，我整个人都在尖叫。蜡烛熄灭时，我的想象却在黑暗中发光，我看到了我在赛克褚瑞做的梦，烟雾笼罩着我的许愿成真之地。

22

　　我们在楼梯上一直待到黎明。晨光洒落在我们身上，打破了绝望死寂般的咒语。我们赶忙回到房间。我们匆匆地收起纸张，那上面写了我们的债务，如果被人发现，我们就大祸临头了。很多有我们签名的本票都快要到期了。如果我们连部分的钱都还不上，想必我们的债主们会异常愤怒。他们会开始议论纷纷，以一传十，最终认定我们就是一伙骗子，想凑够了钱就携款潜逃。其中几个甚至会结伴去法庭，拿出票据，并要求当局协助讨回欠债。这将是个多重的案件呀，并且我们欠债的总额会被公之于众，想必警察会更加火急火燎地来搜捕我们。

　　"我们必须得离开，克里斯托弗，" 西尔万泪眼婆娑，低声说道，"我们要赶快，要在他们发现我们的住处之前赶紧逃走。"

　　"但是，我们能去往哪里呢？"

　　"我们必须要分开，然后去往不同的方向。街上的保安以及警局的人都会留意到我们光鲜的穿着。如果我们分头走，我们会有更大的机会逃走，而不会被抓住。"

　　"那，那之后呢？我们没办法一直逃亡在外啊。"

　　"我们要离开这个城市，克里斯托弗。你知道的，是吧？"

　　我心情沉重，想起了我为从卡尔斯克鲁纳来到这里所牺牲的一切，想起了磨破我鞋底的公路，想起了我在四轮马车上的行程，为了偿付车费，我委曲求全，干了我本不愿意干的活。而西尔万呢？他久居于此，城市生活是命运已然给予他的馈赠，他或许已经准备好了离开这儿。但是对我而言，这一趟潜逃意味着我毕生奋斗的梦想就要破碎了。西尔万没有见过乡村的穷困，没有见识过那里的人如何鼠目寸光，如何满腹牢骚。我跟他说了很多，但他不想听。"我会从斯康斯关卡离开，然后去费雷德里克撒尔德，上帝保佑，希望我能在夏天结束前赶到那儿。"

我们把仅有的几件行李收拾好，我把行李装在我来时的那只背包里，西尔万则把行李用衬衫一包，临时拼凑了一个包裹。在公鸡鸣啼、日头渐渐升起之前，我们已经走到小巷。我们俩都不知道该如何描述此刻的感觉。最后，我们拥抱彼此，饱含热泪，然后就分道扬镳了。西尔万打算往北走，想着能够从他表亲那儿筹得几个钱上路，而我则走向海边，想着去费尔克丝关口巷找服饰店老板。以前他在早晨一般不会露面，他假装没认出我，也没认出我穿的衣服。作为商人，他似乎有一种第六感，这种第六感能看出顾客走投无路的绝望窘境，他很快意识到我没有心情在他这里花时间与他周旋。我把我们买过的几件华服换成了更朴素的衣服：一件适合农场工人的粗布上衣，一件肘部打着补丁的棉质外套，一条裤子和一双能穿一辈子的鞋。我说想用一顶编织帽子换另一顶帽子，我问他愿意为此付多少差价时，他表现得十分惊讶。

"这些脏抹布还需要付差价？年轻人，想必你是在开玩笑吧。"最后，为了打发我，老板塞给我一把先令。我把帽子拉下来盖住耳朵，遮住头发，走到码头附近，四处张望。

我该去往何处？我没有办法在万桥之城的任何角落露脸了。要是不幸和哪个熟人狭路相逢，那么我的传奇人生就会毁于一旦。我甚至在美多兰附近徘徊了很久。南岛似乎是我眼下唯一可行的选择，在那样的人群之中，我这点苦痛又算得了什么。我沿着笔直的海岸线向船闸走去，我走过四个风车轮，风车轮将水流分流至街道和吊桥方向。

* * *

尽管我曾经想过，在南岛像一文不名的蝼蚁一样生活，比在这个城市的任何地方生活，都要令人感到沮丧悲伤，这不仅仅是因为南岛这个区域到处都是流浪汉和贫民，数量多到无法统计。随处可见的流浪汉和贫民令人感到沮丧悲伤，其他因素也令人感到失意迷惘。在酒吧和酒窖里，那儿的员工已经养成了一种敏锐的嗅觉，能够一下子就察觉出谁是付不起钱的顾客。他们马上就知道有人混进了温暖的酒吧想要搜刮些面包屑和残渣，并企图在角落里偷偷歇息片刻。在一些地方，我曾经被无情地驱逐出去。在另一些地方，如果我没能在门口掏出钱币给他们看，也会被拒之门外，禁止入内。这就意味每个旮旯角落满满都是人，而在草垛和谷仓附近，仆人们被派到那儿看守。我曾在丹托或者温特关卡的树下过夜。我从服装店老板那儿换来的钱币已经足够买些厨房的残羹剩饭以及馊面包，这样我可以在水里泡一泡，然后津津有味地吃起来。海里的水可不收费，当我需要找个凉快的地方休息时，我还可以在水里洗脸洗手。岸边的柳树迫不及待地俯身向海湾方向，探出枝杈，就在那些枝丫之间，我给自己找了一个睡觉的地方。

* * *

亲爱的姐姐，一天晚上，他们来找我了，那时我已经睡着了。像往常一样，我梦到了你，但是在梦中，你的脸颊变成了其他人的脸，他正低头盯着我，面带嘲笑。一只靴子重重地踩上我的肩膀，我无助地被按在了地上。一只灯笼照着我的脸，而我的帽子也被人从头上扯了下来。

"哟，这难道不是克里斯托弗·布利克斯吗？我得和你道声晚上好，因为从现在起，你安宁的日子就结束了。"我尝试从靴子下面挣扎出来，但徒劳无功。

"我从没听说过什么布利克斯。我的名字叫作大卫·扬松。我一定是在从后希林回来的路上迷路了，然后躺在这里消磨夜晚等待黎明。"

"哦，如果是这样的话。你父亲叫什么名字呢？"

"简·戴维森，是海德维格·埃莱奥诺拉教区的一名制造黄铜的熟练工人，我的母亲叫作艾尔莎·弗雷德丽卡，出生于古德蒙斯多特。"我说了一个我能想到的最远的教区，希望他们不会去查证就相信我的话。然而，我想错了。

"好吧，那你知道些什么。你父母的家在哪里呢？"

"经过博格山，就在磨坊边。"

"他们要是知道在这样一个危险的街区，有人护送你回家的话一定会很高兴的。"

一双手臂紧紧地抓住我，把我的双脚放在地上，我仍旧被控制着，无法溜进旁边的灌木丛。捉拿我的一共有三个人，其中一个男人口音较重，腿又短又粗，嘴里满是烟草，在灰尘中，他的面部特征难以辨清。他提着灯笼，走在前面，而他的两个同伴，则把我夹在中间，沉默不语。我看不清他们，因为每当我尝试看看他们的脸，都会有一个火辣辣的巴掌甩在我的脖子上。当我绊倒时，他俩中的其中一个就会用钳子一样的手指把我拎起来。他们一边走，嘴里一边发出嘶嘶的声音，他们的呼吸令我几欲干呕："快跟上，你这个娘娘腔，小心我拧断你的脖子。"我们在拉德尔湖边没走多远，我就意识到游戏已经结束了，如果我们还像现在这样一路走到博格山，到了那儿我还不承认我在那儿一个人都不认识，至少不认识什么父母，我可是要付出代价的。

"稍待片刻。我撒谎了。我就是你们要找的那个人。"

那个提着灯笼的男人转过头。

"过去一周，我们已经为了相同的目的，把几十个和你年龄相仿的流浪儿拽到城外，你是最后一个，这真是个好消息。"他打了个手势，然后我感到一阵剧痛，脸颊很快撞到了街边的一块鹅卵石上。在我跌倒时，我听见了笑声，如同一匹马在嘶鸣，我瞥见了一根血淋淋的棍棒，然后我的意识就飘忽起来，整个人晕死过去。

* * *

鼻下嗅盐的气味带来的猛烈震颤让我醒了过来。我正坐在一张椅子上，当我尝试保持平衡的时候，肩膀上那只一直撑着我使我保持直立的拳头松开了。我的头颤动着，我用手摸到后脑勺，那儿有一个伤口火辣辣地疼。随着我的视线渐渐清晰，这个房间也在眼前浮现了出来。石墙上挂着挂毯，木地板上铺着漂亮的地毯，整个房间没有一个窗户。椅子在房间的正中央，面前摆放了一张典雅的桌子，桌腿弯曲。桌子的另外一头，有一个绅士坐在扶手椅上。不安焦虑在滋长，我开始意识到我的椅子并不是直接放在毯子上的，而是放在铺在我脚底下的一块脏布上。那人注意到了我的目光，于是说道："你想知道这块布是干吗用的，这主要是防止我的土耳其地毯被各种污秽弄脏。克里斯托弗·布利克斯，我的很多客人都曾坐在你现在坐的这个地方，他们无法克制住自己。那些不流血的，我总有法子让他们以其他方式脱水。"

我惊恐万分，他嘲讽地笑了。

"布利克斯，你看着像是害怕了。不过也可以理解，但你的命运现在部分掌握在你自己的手中。你回答我的问题时，要牢牢记住这一点。你不要只看在你自己的分上，也要看在我地毯的分上。"他穿着昂贵的衣物，脸上的胡茬和头顶的头发一样的短，高高的额头上有 V 字形美人尖。他的眼睛是冰蓝色的。我猜他应该超过四十岁了。他的声音粗哑低沉。

"我的名字叫作杜利茨，你可知道我是谁？"

我摇了摇头。杜利茨伸手从桌子上拿了一个玻璃瓶，然后往玻璃杯子里给自己倒了一杯水——看颜色那一定是水。

"布利克斯，你胡言乱语了好一阵子了，听你的口音，你并不是斯德哥尔摩人。所以，你父母的家在哪里呢？"

"在卡尔斯克鲁纳。"

他点了点头。

"这样的话，我们至少还有一个共同点，那就是我们俩都远离我们的出生地。"他喝了一口水。我也十分口渴，但我只能干看着。

"我的童年是在波兰度过的，做些和玻璃相关的工作，布利克斯。"说到我的名字时，他的语气显得怪怪的，就好像我的名字有种不好的味道。"我把玻璃原料在火苗上烤，我制造出龙、狮子、国王怪兽和舞者，然后，让这些造型冷却，这样，我就制作出艺术品了。当我的家园被俄国的傀儡政权统治时，我来到这里想找个避难所，结果发现，在这儿，像我这样的人是被禁止做手艺活儿的。国王亲自颁布了这项法令，这样，无疑让他自己在本国的工匠者中受到更多爱戴。我真是不明白，那些为窗户切窗格的混蛋怎么会认为我到这里就侵犯了他们的领地呢？幸运的是，

155

我已经赚够了钱，正当我还在思考自己未来选择的时候，有天深夜，屋外响起了敲门声。我打开门，门口站了个年轻人，样子和你差不多。我请他进屋，给他面包和红酒，最终，他提出了他的问题。

'我需要借钱，'他说道。我大吃一惊。'我确实有些闲钱，但是您为什么来找我呢？''嗯，你是犹太人，是吧？'布利克斯，用你们的话来说，几百年来，犹太人就是为了利润而借贷的人。我一生之中从未欠过自己或是别人什么债，我和这个年轻人没有任何关系。我是个犹太人，所以任何人都可以来找我借钱，他们也无须因我给他们借钱，就感激我的，因为在他们眼里，借钱谋利是我本性的一部分。"杜利茨说着，从抽屉里拿出一根烟斗，装入烟草，靠近蜡烛点燃了。"我的客人，总是很快就债台高筑了，也不情愿还那些我出自同情而借出去的钱。我意识到，我已经找到了我的新职业了。"

他的脸色变得阴沉。"我并不是一个单纯通过利率做生意赚钱，善于算计的人，克里斯托弗·布利克斯。我也做其他商品的买卖。这个年轻人负债累累时，我就意识到我成了他的主人，只要我为他选择的命运，好过被丢进债务人必须去的阴冷潮湿的监狱，我就可以对他为所欲为。我曾经把玻璃铸成我喜欢的形状。今天，我会用同样的方式塑造你的人生。"

说着，他把熄灭的烟斗放置一旁，从另一个抽屉里拿出一本皮革对开本，在他面前打开，里面的内容慢慢显露出来，但他的视线一刻也没有从我这里挪开。

"布利克斯，你认出这些是什么了吗？"

这是那些期票，每一张上面都有我的签名，是我自己签的，其面值超过五十达勒。"我已经购买了你的债务，现在你属于我了，不管是你的身体还是你的灵魂，都属于我，克里斯托弗·布利克斯。"

我花了好一会儿才缓过神来，重新开口说话。"你想对我做什么？"我问道。他故作冷漠地回答我。

"你又能做些什么呢？你有哪些能力和技巧？确定这一点是我们第一次对话的目的。也就是，对我而言，你的价值是什么？"

我把一切都告诉给了他。我还能怎么做呢？我告诉他在卡尔斯克鲁纳的那些年发生的事情，我回忆了所有我学到的东西，所有我知道的事情，希望这些对他来说是足够的。杜利茨把一根闪亮的白羽毛蘸到墨水瓶里，然后写下了一些显然很值得注意的字。

"就这些吗？"当我没有更多的话要说时，他问道。"好吧。每天午夜钟声敲响的时候，我要你准时地出现在我家门口，直到我决定好如何最好地利用你为止。"想到我终于可以离开这个可怕的房间了，哪怕只是暂时离开一下，我感受到前所未有的解脱，然后就可以呼吸一下新鲜空气，洗一洗吓得我说不出话的恐慌，享受一下风吹在脸上的感觉。

"你的第一个念头想必会是从我这里逃脱，所以，我想强调的是，我会找到你的，然后……就让我们把这事先搁下，因为截至目前，你还一直是小心谨慎的，并没有慌乱，没把这块布弄脏。拉斯克！请送布利克斯出门。"

有人过来抓住我的颈背，我双脚悬空，被拽了起来。因为我的腿没法支撑我的身体，那个人只能坚持着这个动作，那人就这样一直拖着我，跟跟跄跄地走出了门。尽管如此，我还是回过头去，设法问了最后一个问题。"我的朋友，瑞卡德·西尔万，他怎么样了？"

杜利茨回复这个问题时，仍旧面不改色。

"我们在找到你之前就找到了他。这条布料上很多污渍都是他留下来的。尽管我很努力了，但是我们之间的对话仍旧了无生趣，最终我断定，他的价值并没有超过他的负债。我给了他二十天限期，来偿还他欠我的钱，期限到了之后，我将把他交给法庭处理，或许他会在劳改院里待个一二十年吧，他会在工厂里慢慢地死去。"

我出了杜利茨家的大门，身后，有人把我的背包扔了过来。我跪倒在地，旋即倒在了肮脏的地上，接着，我不住地向身旁的排水沟里呕吐，一直吐到胆汁发黄。

23

我亲爱的姐姐，每当我想起那一天，我就感到万分痛惜。在房子外面的街道，我把胃里的东西吐得一干二净，我抬起头，擦干净嘴，可以看到杜利茨的房子紧邻南方广场，他的爪牙还没走远，这里离他们把我打晕拖走的地方只有几步路。

这个恐怖的夜晚过后，我不知道我该做什么，然而，新的一天就要来临，黎明的曙光已乍现在斯德哥尔摩的天空。那时我并不知道杜利茨为我选择了怎样的命运，我只是漫无目的地沿着霍恩大街走，我走到了城郊，直到安斯加尔坟地挡在我面前。街道空无一人，偶尔会撞见几个喝得醉醺醺的人和午夜女郎，偷偷摸摸地沿着墙根走，他们刚刚在卡彭特花园经历了夜游冒险。不知不觉地，我走到了山脚下，悬崖峭壁高悬在斯金纳湾上，而我此时就站在悬崖前。我开始攀爬这座山，就好像我要极力摆脱所有人类的栖息地一样。站在悬崖的顶端，整个斯德哥尔摩都在我的脚底铺展开来。当我沿着城市的天际线，跨过圣灵岛，继续向北方走，直到我走到通往肯英斯岛的那座桥，看到塞拉夫医院外墙的那一瞬间，我心中才涌起一阵的极大的负疚感。这样的负疚感太沉重了，我瘫倒在岩石上，后来，我坐起来，双手抱膝，额头紧贴着膝盖。

过去几周，天气暖和，而如今，热量聚集起来的气压正在消散。乌云在群岛那儿涌现。我听到远处雷声轰鸣，轰隆作响，荡彻山野。

我从黑格斯特罗姆教授那儿偷来的东西仍藏在包里。我解开包裹，拿出我的战利品，把它举起来，迎着晨光观看。这是一个小小的透明玻璃瓶。一只蜥蜴悬浮在里面的液体当中，尾巴抵在瓶底。霍夫曼医师也曾拥有这样的东西，他小心地护卫着这些东西。瓶子里的，动物的内脏等物质得浸泡在酒精里，这样才不会分解腐烂。我师傅或许会小心翼翼地保护着他的瓶子，而现如今我也拥有一个属于自己的瓶子了。我之前从未见过这种蜥蜴。它的躯体厚重、黢黑又黏滑，宽嘴垂舌。在它的背上，布满了淡黄色的斑点，看起来错综复杂。它的黑色眼睛，滚圆沉静如同卵石，似乎从玻璃瓶里，带着挑衅，恶意地打量着我。

"你是个卑鄙的懦夫，克里斯托弗·布利克斯。即使你也不敢对我做些什么。"

我撕开密封在玻璃瓶口的蜡，解开用来固定瓶盖的线圈，拔出瓶塞。瓶里的气味我再熟悉不过了。那是酒精的药味，但也有其他气味掺杂其中，既刺鼻又香甜。我用手指钩出了那只蜥蜴，它很滑腻，我很难把它拽出来。触碰到它身上的死皮时，我颤抖了，那是绝对的光滑无鳞。我把它扔下悬崖，把瓶口对到嘴边，一饮而尽。

* * *

令人陶醉的激流荡漾在我周身血管。姐姐，说到喝酒，我可不是新手。自从我踏上首都的土地，几个月来我可是喝过不少酒的，但是，此时此刻，酒精对我的影响，前所未有。就好像是我

160

第一次睁开眼睛，凝视着另一个世界，这个世界一直藏匿在我们自己身后。海湾里映射的不是晨光，而是这个藏在我们身后的世界！整座城市深陷在一摊污血当中，血流成河，溢满在大街上。死尸在我眼前复活。这座城市的每一寸土地都曾用来处决人类，或作为填埋瘟疫死亡者的大坑，或作为处理战死士兵的沟渠。死者的那些手，有些干干净净，呈骨白色，另外一些就像浸水之后，被虫蚀或涝肿一样，在鹅卵石之间，如野草般丛生。他们在生者的脚下盲目地摸索。

在那个瞬间，暴风雨在我头顶上空袭下来。大雨降临斯德哥尔摩，重重地砸在屋檐、海湾和山脊上。雷声震耳欲聋。闪电用最快的速度划过夜空时，我看到在城市上空形成的雷暴积云，如同弓着背的巨型甲虫。这个巨型甲虫挥舞着冰蓝色火焰般的四肢，在房屋中间择路而行。或许它是在寻找穿过房子的路，就像1790年春天，在卡尔斯克鲁纳，我用手帕捂住鼻子，挨家挨户地查看瘟疫死亡情况的那种样子。那时，患热病的死者在他们的屋子里开始解冻，我循着恶臭味儿，来到他们睡觉的地方，肿胀的尸体就那样躺在床上。在那里，成百上千的耗子完全丧失了对人类的恐惧，嘶嘶嘶地叫着，享受着自己的这些珍馐美味。

说这是旭日朝阳燃烧城市上空的房顶，并不妥帖，称其为地狱之火才恰如其分。我看见伊曼纽尔·霍夫曼医师从火焰中踉跄而出，大炮洞穿他的躯体，他的肠子拖在身后，他的头颅斜挂脖颈。他在空中盲目地摸索着。"我的钳子呢，克里斯托弗？我的锯子又在哪儿呢？到我这儿来！我要把你抽至尿血，这样你就会永远地长记性了。"

* * *

　　我在沟渠里醒过来，我感觉又晕眩又灼热，我只能听见自己呼吸的声音，雨水打湿了我的脸颊。我呼唤着你的名字，一遍又一遍呼唤着你的名字。

24

我第三次回到杜利茨大门前时，有人引我进到院子里。前两个夜晚，门只开了一条小缝，门缝里露出一张脸，门后的光线很暗淡，我看不清这张脸的特征，那张脸向外看了短暂几分钟，然后摇了摇头，而后，门又关上。我只能自己寻找住宿的地方。我仍可以感受到酒精在我体内消解之后的副作用。那只蜥蜴想必在那瓶水里排泄出了一些东西，在我脑子里发挥了些作用。当我仰望群星闪耀的夜空，我感到一阵晕眩，就好像我不是往上看，而是往下看，我看到了无底深渊，而那儿的星星有着奇异又诡谲的图案。

我第三次回到了霍克街上那所房子时，我害怕的事情终于发生了。大门敞开着，大厅里的那个凶神恶煞的家伙让开道路，摆了摆手，示意我进去。很快，我发现我来到了另一房间，这房间和上次我进去的地下室一样，也没有窗户。这个房间里既没有椅子也没有地毯，这或多或少给了我一些安慰。杜利茨坐在一张桌子前，仿佛自从我们上次见面之后，他再也没有离开过一般。我进屋时，他从一堆账本中抬了抬眼。他的脸色阴沉下来，我仿佛瞥见他唇间长出了獠牙，前额上隆起了两只小角，他的每根手指都长出了利爪。我揉了揉眼睛，好让自己回到现实。

"布利克斯少爷，终于等到你了。"

"你要对我做些什么？"我用颤抖的声音询问道，我的心在

163

怦怦地跳，那响声落到我的耳朵里，如同铜鼓一般。杜利茨冷漠地看了我一眼。

"布利克斯，你已经被出售了。你的债务，连同你的人生，现在都已经转交到你的买家手里。"

"谁买走了？他们想拿我做些什么？"

"面包师会问他的顾客想拿卖出去的面包做些什么吗？屠夫会想要知道自己香肠的下场？它们被消耗掉了就是了。它们实现了它们的目的。买家买的商品，想怎么使用就怎么使用，他们有这个自由。你也一样，克里斯托弗·布利克斯。"杜利茨合上账本，"我们马上就要分离了，我必须得承认，我一点儿也不觉得悲伤。但是你在野外过夜这事儿，真的让买主挑三拣四的。我和你一样，都不知道你之后的命运会如何，但是，就当是帮了咱俩的忙，如果你重获自由，就不要出现在我的面前了。"

一个绅士从台阶上走下来，我不确定是否是黑格斯特罗姆教授的蜥蜴还在捉弄我，但是这人的出现让我汗毛直立。我不知道如何形容他更为合适。他既不高也不矮，既不年老也不年轻。他身上的衣服想必之前也曾光鲜靓丽过，但是衣服显然没有被主人认真打理。外套的袖口磨损了，一些绣花图案上的线条也散落了。曾经装饰在他背心上的几个珍珠母扣子也不见了。他没有戴假发，他的头发纤细稀疏。他并没有做出任何威胁性的动作，但我早已陷入一种无法言表的恐惧之中。

他身上有些不对劲，我的整个身心都有这种感觉。他身上有一种空虚感，一种缺失感，就好像他不是个人，而是一个早已死去的物件，这个物件仿佛由于自身的某些原因常被人忽视。或者，这是一种可怕的东西，它假以人形，但还没完全暴露出全部面目。他面无表情，就好像控制面部表情的肌肉和肌腱都已被割裂，使得他面部瘫痪。杜利茨向那人点头致意，然后用手指了指我。

那人把头转向我，就好像没看见我这个人似的。他视我为一缕空气，跟我周围的空气融为一体，又好似把我视作是一件家具或者是身后墙纸上的一个斑点。他开口说话，我辨不清声调，也辨不清声音中流露出的任何感情或是任何期待。他的声音中唯一可辨别的特征是口吃。就好像有某些声音不想从他的嘴唇里发出，而是停留在他的口腔里，迫使他停下来，以便选择一个更合适的词。

"全部金额都可以用银行券兑换，可以在任何你认为合适的地方兑换。"那人把 个信封递给杜利茨，杜利茨拆开了封条，并确认里面的东西。他想必十分满意，因为他点了点头，然后他将另一个包裹递给那人，里面肯定装了过去已到期的期票，而这些期票现在掌控着我的命运。那人把包裹塞进了外套的口袋。他一言不发，转身离开，示意我走在他前面上台阶。我从头顶摘下帽子，走在他面前。

"我的名字叫作约翰·克里斯托弗·布利克斯……"

他转向我，第一次直视着我，而这已经足够使我噤声。在我看来，那双苍白的眼睛长在他的脸上显得太大太宽，在里面我看不到一丝怜悯和同情，我能找到的只有我从未经历过的压抑的仇恨。这种恨意，如同那些活生生的旅行者胆敢去试探沙丘时，对于这种愚蠢至极的行为，沙漠景观所萌生的恨意一样，如永恒本身一样慑服于人，无坚不摧。我挪开视线，但还是能感受到他目光如炬，灼伤我的脸。他向我迈近了一步，近到我能感受到他的目光依然在灼烧着我的脸，近到我能感受到他的呼吸落在我前额上，我想后退，但却不敢。过了很久，他终于打破了沉默。

"有人在外面的小巷倾倒夜壶。我闻到了一股粪便味，用灯笼一照，才发现脚底下的卵石路浸在尿液中。你能不能好心地帮我把鞋子清理干净？"我犹豫了，我们之间陷入了沉默。身后的某一处，杜利茨和他的爪牙们正看着这幕场景，但这个男人对此置之不理。当我茫然的目光又绕回到他的脸上时，撞上了他那双依旧死气沉沉的眼睛。他一直在等。我笨拙地跪下，把衣袖向外搋了搋，用手紧紧抓住衣袖的袖口，把衣袖套在手上，当作抹布，准备给他擦鞋，但他摇了摇头。

"不，不是这样的。"

起初，我并不明白他的意思。每次我试图伸手去接近他的脚，把粪便刷掉，他都用相同的方式纠正我，带着相同冷漠的音调。我试遍了所有可能的方法。后来，我低下头，把脸凑到他脏分分的皮鞋上，伸出舌头，这时，他第一次没有表示反对。他一动也不动，也不挪动他的脚来配合我的工作。我默默地哭泣着，对我的啜泣和干呕，他也并没有流露出愉悦或是厌恶的情绪。就好像我已经不再存在了一般。我做完了所有的工作，颤颤巍巍地站起来。可他阻止了我。

"还不干净。"而后，我又把他的鞋子舔了一遍。舔完之后，他没说一句话，用手指了指大门。我摇摇晃晃地上了楼梯。

在巷子里，有一辆四匹马牵拉的四轮大马车。马车上有篷子，篷子是皮革做的，侧面有个帘子，可开合。马车夫从自己的位置爬了下来，然后走过去从一个麻袋里拿饲料喂马。这个现如今拥有我债务的男人示意我爬上马车。他对马车夫的态度也很粗暴。

"回。"

"径直回去？好的，先生，这可要走老长一段路啊。你不想找地方歇息一会儿吗？"

"不，径直回去。别在任何旅馆客栈停下。"

马车夫嘟囔了一句什么，我也没听清。我听见交换硬币时发出的叮当响，然后，那个男人就上了马车，坐在了我的对面。马车夫一拉缰绳，马鞭子一挥，马车就动了起来。马车下了山，驶向水边，跨过洛克关卡处的吊桥，然后沿着柯赛德码头继续向前。

慢慢地，这座城市被抛在了身后。斯金纳湾的小山还在睡梦里，但我认出了小山，此刻，在排水沟里，鲜血正汩汩流淌。在一个狩猎场上，一些彪形大汉追赶所有过路人。在一盏灯笼的灯光下，我瞥见了瑞卡德·西尔万。他正倚靠在巷子里的墙壁上，在那里，男人和男孩子来来往往，正在售卖自己。他没看见我。在他的眼睛里，我看不见那些曾经让他神采奕奕的东西，没有顽皮的光芒，没有喜悦的表情，没有富有感染力的热忱，也没有狡黠机灵的创造力。这些都已远去，留下的只有两个黑眼窝，就像两个黑暗的绝望之井。那是生命之火熄灭之人的眼神，尽管他的躯体仍蹒跚向前，脏肺仍在泵动。我的心几欲碎裂为二。

马车走了不到一个小时，我们就到了斯德布尔马斯特酒馆，那酒馆就在北方关卡近旁，马车夫在海关大楼那儿停了下来。海关大楼矗立在我们面前，大门是拱形的，很华丽，也很宽敞，马车能够通行无阻。一个看上去昏昏沉沉的办事官员在马车的一侧敲了敲，然后，把灯笼靠近，以便让光投进我们的车子里。

"晚上好，"他粗声粗气地说，"这么晚还赶路啊？"他想打一个呵欠，但强行忍住了。"麻烦出示一下你们的证件。"我身旁那个绅士从兜里掏出了一张纸。可是我呢？我亲爱的姐姐，我没有证件，因为我进这座城的时候就没带什么证件。进城以后，每次经过什么地方，有人问我要证件，我就撒谎绕过去，我也不敢在关卡附近出现。我没有出示证件，只是坐在那里，这个海关官员一定是把那个男人当成了我的监护人，因此他没有直接问我，而是向那个绅士问道："那这个年轻人的呢？"这个绅士空洞的眼睛第一次转了过来，直勾勾地盯住了海关官员的眼睛，他说话的声音死气沉沉，听起来像是一个人还没听明白人类语言的正确发音，就在擅自模仿发出的声音。

"告诉我你的名字以及你上司的名字。"

"先生，我的名字叫作约翰·奥洛夫·卡尔松，我的上司名字叫作安德斯·弗里。"

"正如你所见，约翰·奥洛夫，马车里只有我一人，这里并没有其他人。"

这个办事官员和他的眼神对视了一会儿，但很快移向了地面。我坐在那儿，脸色惨白，充满恐惧，他扫了我一眼，我能感受到一丝怜悯之情，足以让我血管里的血液冻结成冰。办事官员把护照递还给了这位绅士，什么也没说，然后，他转身离开，重重地拍了下马车，暗示车夫可以走了。我花了好长一会儿才意识到最让我不安的是：从我主人的说辞中，我并没有听见任何掩饰之辞，从他的角度看，他说的都是实话。对他来说，我什么都不是。但是他将对我做些什么呢？这全然超出我理解的范围。我脑海里满是可怕的想法，我脑海中浮现出以前从未有过的不祥之兆。即便是在卡尔斯克鲁纳的战争年代，都不曾如此，那时候，死亡和恐惧在海外蔓延，虽然那些恐惧披上了一层外衣，但也很好辨认。

夏夜里，摇摇晃晃的马车让我昏昏欲睡，尽管我强忍住自己昏睡的欲望，但还是不禁打起了瞌睡。很难说究竟过了多久。当车轮在道路上打滑时，我吓了一跳，惊醒了过来。亲爱的姐姐，你从未离开过我们的家乡，你也从未在夜幕降临时，远离柴火和灶膛里的灰烬。但是我有过，这儿一片黑暗，黑暗吞噬了一切，让这个世界变得面目全非。黑暗仿佛抹去了人的存在，使人的视力尽失。甚至星光都无法在地上映出任何形影，仅有的全是无形的谜团。当我们行驶着的时候，我隐约看见无数行云杉和松树的轮廓，这是一片广袤森林，却没有半点光线。

他一动也不动，坐在那儿，面无表情，凝视着我们正穿越着的黑暗，眼神空洞，仿佛眼前什么东西都不存在。

25

我们一定是沿着路上的车辙，走了一整夜，经过了无数个里程碑，因为我醒来的时候，天已微微亮，马车突然停下的时候，我差点从座椅上被甩了出去。黎明时分，天空一片昏暗。夏日的高温一夜之间似乎已经消散殆尽。那位先生在我对面，坐得端端正正，似乎一点儿也不疲惫。他打开马车的门，走了出去，一言不发。我跟了上去。

"这儿有牲口棚吗？我想给马喂点水，再找个干草垛睡一会儿。"车夫无精打采地问道。

"这儿没有东西给你，也没什么东西给你的马。"那先生一边回答，一边从口袋里掏出一枚硬币扔给他。车夫对此似乎非常满意，于是驾着马车掉了头，沿着来时的路往回走，一会儿便消失了。

然后我们进了一间铺满砾石的庭院。庭院的中间有一处喷泉，喷泉中又有一座雕像，是一个坐着的女人，身边环绕着水泽仙女和海豚。喷泉已不再喷水，水只是从洞口慢慢渗出，滋养着褐色的苔藓。那水看着好似石头在哭泣，泪水仿佛落入深不见底的池中。庭院的另一边，有一座大房子，房子的两侧各有一个尖顶。房子周围是一片沉郁的云杉林还有一块田地，地里的庄稼都已腐烂入土。这房子曾经富丽堂皇，而今却已破败不堪。

碎裂的灰泥从房子外墙上掉了下来，庭院石间，杂草丛生。

从外部根本看不出这房子里有生命迹象。旁边某处，有只狗在叫。恐惧和忧郁朝我袭来，我想这个地方肯定发生过灾祸，不然这里怎会如此荒芜。过去，这里的风景一定美不胜收，如今却今非昔比。看到周围的情景，我不禁脱口而出地问道：

"我们到哪儿了？这是什么地方？"

我意识到了我的口无遮拦，只好走到了一旁，不指望能得到答案，但令我吃惊的是，他居然回答了我的问题。他转向我，仿佛在等我的回应，眼神里满是忧郁。

"我的祖先曾经在这里生活，如今，没有鸟儿在这儿歌唱。"

我不理解他的意思，但也无意询问。

他挥手，示意让我跟着他走，但我们没去那座大房子，而是走到了田野边左侧的低矮房子旁。他取下门闩，让我进去。屋里很黑，我的眼睛一下子没能适应，但是我意识到了那里有某个东西，我感觉到它正在观察着我，它已等候多时并且不怀好意。空气里有股恶臭，一声低沉的咆哮声把我吓得往后退了一步。然后我终于看清了：那是一只体型巨大的狗，正在来回踱步。这只狗非常奇怪，它是我所见过最大的狗。我猜它的肩胛骨能够到我的胸部，它的重量也远远胜过我。透过皮毛还可以看到它那紧实的肌肉。我看到它的嘴里流下了口水，仿佛我就是它今天的晚餐。就在它的下颚咬住我喉咙的那一刻，它突然停在了半空中，木头和金属的碰撞声让我知道它被拴住了。我的眼睛已经适应了这里的光线，我看到这只狗粗壮的脖子上拴了根生锈的铁链，铁链的另一端则系在木梁上。我膝盖一弯，跪倒在地板上，它那刺鼻的气味让我窒息，我的眼睛因为受到气味刺激而流出了眼泪，然后，我不禁往后退缩，这狗每次呼吸都会流出口水，我的脸上也溅满了它的口水。

"这是马格努斯。" 他的声音从我背后传来。然后他一把把我的帽子抢走，我眼睁睁看着帽子被扔进了黑暗中，那狗猛地向帽子扑去。"你迟早会厌倦这里的生活，" 他继续说道，"如果你想偷偷溜走，那么我就会把马格努斯放出来。它可不会忘记你的味道，它能感觉得到你的恐惧，也能通过你的尿找到你。你要是独自跑出去，藏在树林里，那儿可没人保护你。它就会扑向你，将你碎尸万段，然后把残骸留给乌鸦饱食一顿。" 他从我旁边挤过去，走出了这间房子。我只好乖乖跟在他的身后。

* * *

亲爱的姐姐，房子内部和外部并无二致，都是一派荒凉。许多窗户上的玻璃都开裂了，而屋顶的瓦片也只剩些破碎瓦片。屋子散发着强烈的霉味，下雨的时候，雨水一定会从桁架倾注而下。墙纸因潮湿而歪斜扭曲，上面的图案也因此变形，已经面目全非了。木质地板高低不平，每走一步都吱吱作响，房间空荡荡的，没有光亮。扶手椅子和沙发上的布料已过度磨损，里面的填充物也露了出来。他站在大厅里，背对着我说："明天我们就要干活了。"然后他转身走了出去，穿过院子，我听到他的脚步声越来越远，这时，我发现自己只能听天由命了。

他并没有告诉我应该在哪里休息，我别无他法，只能自己找一个地方休息。

可以看出，房子的主人为了招待客人，将这座房子的门口设计得十分宽敞，十分气派。房子里面还有一个面积很大的房间，曾经专门用来举办舞会，但现在却空荡荡、黑黢黢的，只剩一堆椅子徒守着空屋。餐厅的长桌至少可以容纳二十人，而如今，桌面中间已经裂了个大口子，其余的地方都也出现裂缝。壁炉上方挂了一幅油画，但已严重污损。画里是一个男子，他正面朝前方，骄傲地站在肥沃的土地上。这男子手上戴着戒指，脖子上围着一条绸带，绸带下还挂着一枚勋章。亲爱的姐姐，我看不清他的脸，有人把他的脸从画布上撕掉了。现在，这人的脸部只剩下一个洞，洞的边缘已被磨损。过了很久，我才从油画下方的尘灰里找到了被撕掉的这一部分。

楼上是一间又一间的卧室，但是全都没人居住。我给自己挑了一间。但房间里的床垫受潮了，床架也破旧不堪，因此我决定睡在地板上，将背包当作枕头，背靠角落，尽量离房门远一点。

我又进一步探查这座房子，房子的尽头有几间卧室，面积更大，毫无疑问，这是房子主人的卧室。卧室的西侧还有一幅女士的画像，她身穿一件复古连衣裙，双臂举起，摆出了欢迎的姿势，似乎要邀请观赏者进入画中。她的脸也被撕掉了，但比起餐厅里的那幅画，损毁这幅画的人显然没有那么暴躁，因为这幅画是很"温柔"地被撕下的。没过多久，我就找了被撕掉的部分。在一张靠墙的大床上，有个用几个布卷制作的女性人偶，看起来就好像有个女人躺在被子里，而这女人的头部贴的正是那撕掉的脸。虽然女人的脸上露出了温暖的微笑，但是可以看出，她脸上似乎还透露着一些其他的情绪。我一时竟也分辨不出，这到底是这副画像的问题，还是画家的失误。诡异的人偶旁边还有半张床，床垫已经凹下去了，我猜那位先生应该是在这过夜的。他应该侧躺着，一只手搂着那个人偶。我的猜测在之后几天的夜晚里得到了证实，因为我可以听到他关门的声音。夜深人静的时候，他会对这个人偶说话，但是我始终听不清他究竟说了什么。有时候我还能听见其他的声音，但我分不清那究竟是欢声笑语还是低声抽噎。

这房子和人偶让人毛骨悚然，我赶快回到了自己的房间。然后我用椅子抵住了门，蹑手蹑脚地走到了靠墙的角落里，两腿弯曲，蜷缩在一起，在寒冷和焦虑之中躺下，最终，我瑟瑟发抖，迷迷糊糊地睡了过去。姐姐，夜里，这座大宅恐怖极了，大厅好像闹鬼，那些在此居住过的人仿佛变成鬼魂来闹事。我只睡了一小会，但是梦境却与记忆交织在一起，我仿佛睡着了，又好像很清醒，我听到走廊上有乱七八糟的脚步声，欲望和痛苦带来的尖叫声，寻求怜悯的祈祷声，咯咯的笑声，还有久已消逝的节日的回声。我看到了男男女女戴着奇奇怪怪的面具在房间里玩捉迷藏。屋子外面，阴冷低沉的风整夜呼啸着。午夜，突然开始下起了雨，于是屋内的空气变得潮湿阴冷，我听见雨水哗哗地冲刷着阁楼，阁楼就在我房间的上方。

26

　　我从梦中醒来时，感到有人正上上下下打量着我，那目光仿佛有千斤重。我睁开眼睛，发现我的主人就坐在床上。

　　"吉时已到。"他对我说。我赶忙揉了揉眼睛，立马站了起来。我跟着他走出房间，下了楼，穿过庭院，朝着那几间屋子走去。马格努斯早已在那里等着，它尖声狂吠，声音震耳欲聋，这算是给我们送上早安的问候。我很怕再一次和这个野兽相遇，但是我们还是走过了拴着它的小棚子，径直走向一间石头小屋。我的主人拿出一个很大的铁钥匙，打开门，然后把我领了进去。

　　穿过大厅，有一个很大的房间，房间里有一个壁炉，壁炉被烟熏得黢黑，但是火已经灭了，房间里还有一张桌子。桌子上躺着一个男人，看着年纪还没我大。他的手脚都被绳子绑着，身子又被捆在桌面上，这样他便无法移动。那人牙齿之间塞了一根棍子，那棍子被缠绕在他头上的皮带拴得紧紧的。再仔细看，还可以看到他嘴里还被塞了块布，这样他便无法出声。有一块布蒙在他的眼睛上。他还未苏醒。桌旁有几个散发着酒酸味的瓶子，还有几个漏斗瓶，我猜他一定被灌了很多酒，所以才昏迷不醒。那人五官端正，头发齐肩，和我一样。我还没来得及完全理解这惊心动魄的一幕，就听到肩膀后面传来阴郁的声音："我听说你当过外科医生的学徒，告诉我，为了拯救患者生命，你做过多少次截肢手术？"

"我只做过几次手术，经验并不多，但是我师父做手术的时候，我基本都在旁边学习。"我战战兢兢地回答道。

我的主人点了点头。

"克里斯托弗·布利克斯，从今天起，他就是你的病人了。我要你把他的四肢全部砍掉，让他看起来像是被霰弹炸伤或者被刺刀刺伤那样。除此之外，我要他双目失明、双耳失聪，我还要你把他的舌头割下来。你欠我的债，就通过做这些事来偿还吧。他的性命就攥在你手里了，如果你心生怜悯或照顾不周，让他死了，那么你的命运会比他更加悲惨。我会给你提供你所需要的东西。我说的这些话，你都听明白了吗？"

我顿时感到天旋地转，不敢相信听到了什么。这就好像是斯金纳湾的噩梦回来折磨我了。震惊之下，我忘记了恐惧，忘了他对我说的所有警告。

"不！无论如何，我都不会做这种事，哪怕是为了重获自由，我也不会做这种事！把我送回斯德哥尔摩，送回法庭和监狱！我宁可在监狱劳作二十年！"

他摇了摇头。

"你别无选择。如果你敢违抗我，我就会把你交给那只狗，它可会活生生地折磨你，从脚开始。"

"但是，他又做错了什么，您没有告诉我？人不应该遭受这样的无妄之灾！"

那人静静地站了一会儿，然后说："赶快做决定。"

我感到很难过，不禁抽泣起来，然后我听到他缓缓的呼吸声，只好用袖子将眼泪擦干。他无须等待我的回复，因为我们对最终结果都了然于心。他再次开口：

"他已被灌得酩酊大醉，酒劲会持续到晚上。日落西山的时候，我要你把他的舌头割下来。然后你可以自由排序，继续后面的任务。速度要快，但不要危及他的性命。桌子下面有一个海军外科医生常用的医药箱，里面的工具都已经打磨得非常锐利，你随时可以使用它们。如果你还需要别的什么东西，想起来的时候知会我一声就是了。"

我忍不住哭了起来，眼泪和鼻涕混合在一起，涕泗交流，就在这时，我想起了伊曼纽尔·霍夫曼医生经常对我的训诫，也想起了他起誓要教导我做的事情。做手术一定要驱散伤者伤口散发出的那股腐臭气味。"我需要杜松树枝来熏屋子，"我说道，"还要用云杉来铺地板，还需要醋。"

27

　　我说完这话，他走了出去，房间里只剩下我和那个被捆在桌子上的人。我深深地吸了口气，慢慢地平静下来，这时，我听到了那人的呼吸声。一想到我要对这个年纪还没有我大的年轻人痛下毒手，我就胆战心惊。于是，我冲出了石头屋子，可是我的主人却不见了踪影。我早就将真相告诉过他：我的确见过伊曼纽尔·霍夫曼医生用他那强健有力的双手将患者的皮肤切开，让骨头露出来，然后把手术钳固定在动脉周围。为了保持身体平衡，他把膝盖压在患者的肩上，然后来回拉动锯子，这样就完成了截肢手术，此时就可以将伤口包扎起来。但是，并不是所有人都能在这样的手术中存活下来，还有人的病情会在康复期出现恶化。伤口缝合的地方会腐烂，使得残肢发黑发臭，患者会时不时发热，最终走向死亡。霍夫曼医生从未让我亲自做过这样的手术。我的任务就只是把他够不到的工具递给他，对这样的分工，我们都十分满意。而如今，独自一人面对这种情况，我该怎么办呢？

　　我走到了拴着马格努斯的那个棚子。那里的墙壁破旧不堪，木桩干瘪收缩，木桩之间的间距越来越大，缝隙越来越多。我举起双手，朝内看去。很快，我就看到了它。有些动物感觉到自己被盯着的时候，会提高警觉。马格努斯就是这种动物，它慢慢站起身来。我觉得，它直勾勾地看着我，如饥似渴，然后它张开了下颌，重重地喘息，黄色獠牙间就快流下贪婪的口水。我仿佛看到我的结局：我躺在地上，它骑在我身上，先把我的脚啃了，然后一口一口撕咬我的小腿，再击碎我的膝盖骨。亲爱的姐姐，我又开始哭泣了，因为我意识到如果我没有勇气去肢解那个人，那么我就危在旦夕了，我需要的只能是不计任何代价去拯救自己的懦弱。这一切都发生得太快了。

后来，我走到了喷泉边，想起了黑格斯特罗姆教授给我的小册子。我急忙跑回房间，在背包里找到了这本册子，然后用最快的速度阅读起来。书里有一些手术的说明和图示，同时，这本书还介绍了截肢手术的方法，以及所需的工具。或许，黑格斯特罗姆教授的周全考虑会再次将我从水深火热里拯救出来。但问题是，我怎样才能把那个人的舌头割下来呢？我把书翻了个遍，也没找到相关内容。看来，我只能自己摸索了。对我来说，最大的挑战是止血。适度的流血可以保证人的体液保持平衡，但过度流血却会给身体带来负担。

由于黑格斯特罗姆教授的册子并不能完全解决我的问题，我决定采用霍夫曼医生教我的方法。霍夫曼医生说过瘴气可以起到作用，瘴气会从地下深处的纤维杂质中冒出来，能够侵入健康人的肺里，还会侵入伤患的伤口里。过去，霍夫曼医生总是派我去找那些最有用的材料，所以我知道该用什么东西。我跑到了食品储藏室，但是却没找到闻起来像醋的东西。我发现，储藏室的空架子外面有一扇门，门后有一座楼梯，楼梯通往一个地窖。我进到了地窖，找到了一根火把，让它照亮我的路。我把火把举过头顶，然后看到了一排排落满灰尘的瓶子。这是一个酒窖。虽然没能找到我想要的醋，但是霍夫曼医生曾教过我如何将酒发酵成醋。于是，我把能搬走的瓶子都搬了出来。

后来，我还在树林里找到了云杉枝和杜松枝。我根本不需要走很远，就能找到云杉枝和杜松枝。很快，我就回到了石头屋子。我把云杉枝绕着那个被绑缚的男人铺在地板上，然后点着了杜松枝。杜松枝渐渐闷烧起来，冒出浓浓的白色烟雾。一会儿，房间里就烟雾缭绕，这时，我才缓缓地扑灭火苗。

在桌下的小匣子里，我找到了我跟着霍夫曼医生学习时认识的所有工具。这些工具极为干净，看起来像从来没有用过一般。有钳子、锯子，还有刀。我拿着这些工具，在自己左手指甲上试了试刀刃，发现它们非常锋利。

亲爱的姐姐，现在，我要把被绑之人的舌头割下来。抵在那人牙齿中间的棍子上系着一条皮带，我把皮带解开，接着，又把塞在他嘴里的布球拿了出来，那布球浸满了口水。然后，我把绑在他眼睛上的布也解开。我在壁炉里生了团小火，然后把铁钳放了进去，让火焰舔舐。铁钳慢慢变红，随着温度的上升又逐渐变白。我把他的头歪向一边，这样血液就不会流进他的喉咙。我举起刀，双手颤抖着，精神几近绝望。我再一次打了退堂鼓，把刀放下，然后走出了屋子。我拿起了一瓶匈牙利红酒，由于没法取出瓶子的软木塞，只好砸碎了瓶颈，然后，我咣咣咣地把酒灌下肚去，顿时我感到喉咙灼痛，我的白色亚麻衬衣也被洒出来的酒弄脏了。

太阳落山，傍晚来临，但天还亮着。我双臂抱着膝盖，坐在椅子上，身子一会儿前倾，一会儿后仰，荡来荡去。这时，我听见在我身后的那个人发出说话声，那是他酒醉后意识混沌中嘟囔着说出的几个词。他在睡梦中呢喃着："我们亏欠……"

我无法按照指令，在病人昏迷的情况下，把他的舌头割下来。如果他清醒着，我更不可能有机会。我从椅子上跳了起来，酒精让我又精力倍增。发光的铁钳散发着强烈的气味，这气味比杜松枝的气味还要浓烈，充斥了整个房间。绝望中，我打开医药箱，开始搜索能用的工具。我虽愚笨，但是我也得设法自救。很快我就找到了可以派上用场的工具，那就是钳子和剪刀。我拿起工具，迅速抓住他的舌头，然后才发现剪刀不够长。我又跑回到医疗箱旁边，拿起了一把较小的锤子和一把平头的凿子。我以前曾见过霍夫曼医生给一些惨遭不幸的患者做过割舌手术，那个场面让我的肠胃翻江倒海，可如今，我也要给人动手术了。自离开卡尔斯克鲁纳以后，我又一次闻到烧焦皮肤的恶臭。我咒骂了几句，然后卷起袖子，把烧得滚烫的铁钳放入他那满是鲜血的嘴里。

我亲爱的姐姐，直到那个时候，他才疼得尖声大叫。但这还不是最糟的，最糟的是，他睁开了眼睛，直勾勾地盯着我。

那个眼神，会一直如影随形地跟着我，直到我走进坟墓。

28

亲爱的姐姐，现如今，时光已近夏末，我有大把时间可以写信给你。那人的伤口需要时间来愈合，我得关注他的恢复情况，这让我每天都有几个小时的闲暇时间。我负责照料他的一日三餐和日常起居，满足他所有的需求。有时，他焦躁不安、号啕大哭，每逢此时，我就会把酒递给他，但他并不喜欢，于是我只好用漏斗把酒给他灌下去。他那撕心裂肺的惨叫，使我耳不忍闻。只有受到酒精麻痹以后，他才能平静下来。

其实，我亦如此。我经常去酒窖拿酒，然后借酒消愁。我的主人并不在意我的所作所为。他看到我喝得烂醉如泥，在酒窖和房间之间蹒跚而行，而后瘫倒在走廊上，但他对此一言不发。醉酒并未给我带来欢愉，但比起清醒时候的绝望，我宁可久醉不醒。至少，这能够让浮现在我脑海中的画面变得模糊一些。刀锋在眼睛上来回折磨着你，然后你只能看到白茫茫的一片，什么都没有，你能感受到这样的恐怖吗？每当我闭上眼睛，脑海里浮现的总是这样的场景。

每从他身上切下来一个肢体，我就把它扔给马格努斯。它在角落凝视着我，仿佛在说："下一个猎物就是你。"

* * *

酒精使我难以分辨梦境与现实。我走动时，我感觉墙纸上的图案会摇晃起来，那里好像藏着许多无形的手，如果我走得太近，它们就会把我缚住。一天深夜，我去酒窖取酒，在烛光下看到了一只硕大的老鼠，在它面前有一堆爬虫，它们的尾巴绕在一起，好像系成一个圈，它们发出嘶嘶嘶刺耳的叫声。我是在做梦吗？那只硕大老鼠发出一声令我魂飞魄散的声音，然后沿着墙爬走了，最终消失在角落里。这可能是一个预兆。睡前，我总会多喝一些，因为这样既可以让我安心入睡，也可以让我晚点清醒过来。

* * *

一天晚上，我被身边的声音惊醒，睁眼一看，我才发现那是我的主人。他走进了我的房间，把我的东西翻了个底朝天，然后坐在床边读起了我写给你的信件，姐姐。这些尚未寄出的信是专门写给你的，不是写给他人的。这次我不是在做梦，因为我听见了他的笑声。

* * *

黑格斯特罗姆教授的小册子给了我极大的帮助。书里有图例，可以告诉读者如何从身体上割分四肢，从哪里下手，以及如何保留皮瓣，以便在肢解过后如何在残肢上安装假肢。首先，我从一间马厩里拿来一条皮质缰绳，剪成合适的大小，将其裁剪成止血带的形状。我把猪油涂抹在了皮革上，让它既柔软又结实，即使我用力拉扯皮革，它也不会断裂。

* * *

亲爱的姐姐，我得在广阔的田野上，自己动手，挖掘口粮，

183

而庆幸的是，我食欲不振，不想吃饭，这让我省了好多力气。我的主人靠吃什么存活的，我一无所知。或许他把食物储藏在某个只有他知道的地窖里吧。我日渐消瘦，身上的衬衫耷拉着，裤子也大了一圈，老是从胯骨上滑下来，我只好拿一块布条来把裤子系紧。餐厅里的画像使我难以忘怀，我的主人告诉过我这是他的父亲。他说，他恨他的父亲。在睡梦中，我看到一个衣着考究的男人在房间里摸索着走动，但他的脖子上却空空荡荡，没有头颅。他在寻找他的儿子，不知是想勒死儿子还是想和儿子拥抱。

昨天，我本来准备把那人的左臂割下来，留下右腿。而后，我得想出新的办法，好把他结实地绑在桌子上，因为这之后，他身上就没有什么地方能被皮带绑着了。我把刀磨得锋利，把锯子上的每个锯齿都检查了一遍。我把醋泼在地上和墙上，取来了新鲜的云杉枝，熏香了整间屋子。然后，我用皮缰绳做了一个套索，给套索一端插入了一片木楔，万一要是发生了什么事情，我便可以使用这个套索来缚绑。太阳照了进来，有些什么东西在他的手指尖闪烁。亲爱的姐姐，那是一枚戒指，戴在左手小拇指上。我想之前我一定瞥见过这戒指，但是现在才注意到它。我弯下腰，近距离观察这枚戒指。它是用金子做的，上面还镶着椭圆的装饰。我往手上吐了一口唾沫，把戒指从他手指上拧下来，他想用布满污垢的手抓住我，但我动作够快，没让他抓住。我看到戒指的中心有一枚深色的石头，上面精心刻着一个盾形徽章。我突然感觉昏头昏脑的，好像有什么击中了我。我让皮缰绳做的套索悬垂着，然后走出屋子，坐在前门的石阶上。

我能够听见乌鸦在远处的叫声，它就站在白桦树最高的那根树枝上。我盯着那枚戒指，在那儿坐了很久很久。这是贵族佩戴的表示自己家族血脉的徽章。即使我从未听说过他的名字，仅凭这徽章便可知晓他的身份。

当我的思绪快速转动的时候，我开始颤抖。我对那人万般折磨，犯下了滔天大罪，而命运却赐予我一次机会，可以给这个寂寂无名的人施予一点微小的善意。但是怎么做呢？我在屋外徘徊走动，酒精使我难以静下心来思考。突然，一个声音从我身后传来，吓得我七魂丢了三魄。

"那家伙的左臂怎么样了？今天你的衬衫还干干净净的，你在拖延什么？"

显然，不知什么时候，我的主人悄悄地走到了我身后。我感到脖子上的汗毛都竖起来了。我紧紧攥住那枚戒指，小心翼翼地回答道："先生，我没有拖延，我正要开始。"我知道，我说谎了。

他的表情没有透露出任何情绪，一如往常。他眼神冰冷，如同夜空下的冰斗湖。

"你手里紧紧攥着的是什么东西，勒得你指关节都泛白了。拿出来给我看看！"

我低下头，伸出手，张开手掌。他看到我两手空空。我知道，任何人如果对他有所隐瞒，他都能一眼看穿，所以，我早已把那枚戒指丢进了背后的草丛中了。

我静静地站在那儿，双手哆哆嗦嗦，他盯着我看了许久。

"我劝你别再浪费时间了，你一天比一天瘦弱，如果没做完我交代的事就死了，那可对你一点儿好处都没有。"

说完这些话，他便转身离开。我听见他的脚步声消失在庭院中，然后俯身找到了那枚戒指。他的这番话，让我萌生了一个大胆的想法。

我回到屋里，把我手放在那人的脸颊上。虽然他牙槽已空，牙齿全无，脸颊消瘦，但是他的脸依旧英俊。我以往从未以这样的方式触碰过他，而这似乎使他平静下来了。我用拇指和食指指尖夹着戒指，先放在他的嘴唇上，他抿了抿嘴，知道那是那枚戒指。接着，我把戒指放进他的嘴巴里，然后端来一杯水，让他把水喝了下去，他咕噜咕噜，一会儿就把水喝完了。而后，我把他的嘴巴掰开，向里面看，他的嘴巴里面什么也没有。他已经把戒指吞下去了。

我的主人显然是制订了详细的计划，来对付这个可怜人。这种故意伤害一定就是计划的一部分。但现在，他的肚子里装着铁证，这证据会揭示他的身份和血统。我当然知道，我很快就会把他的剩余肢体都切割下来，剥夺他的自理能力。我也清楚，或许会有人找到这枚戒指，追踪到这里，让我对这一切暴行负责。

我不清楚我的病人是否还能听见声音。尽管如此，我还是弯下腰，靠近他的一只耳朵，对他说："如果戒指排泄出来了，我会把它清洗干净，递还给你让你再次吞下。等到我们分道扬镳以后，如果你打算守住这枚戒指，你就必须靠自己了。至于你该怎么做，我就说不清了。"

我不知道他是否听懂了我说的话，他没有给出任何反应。而后，我切掉了他的左臂。我自己则跑到酒窖，喝了个昏天暗地。然而，我仍旧无法入睡。长期以来，我把煤渣和水混在一起，用笔尖蘸着给你写信，我亲爱的姐姐，我唯一的朋友。

* * *

亲爱的姐姐，你还记得吗？春夜，我跪在你的床边，我们彻夜谈论，探索外面的世界，然后，我们听见鸟儿的第一声鸣叫，看到清晨第一缕阳光透过窗户照了进来。我们想过，在这个生活艰苦的溪谷之外，会有一片宁静草原。那里没有烦恼、没有恐惧、

186

没有悲伤、没有冲突。我们盼着，有一天我们可以手牵手、无忧无惧地穿越夏日的花丛。如果走累了，我们就找一片树荫，坐在树荫下，感受着微风带来的凉意。我们啜饮甘甜的泉水，饱食苹果和野生的红草莓果子。在卡尔斯克鲁纳，疫病肆虐，冬季的每个清晨都有船只驶回码头，船只甲板上全都是蓝黑色的尸体，尸体会被抛在海边。而我们，我们会笑着离开卡尔斯克鲁纳，快活地生活在一起，仿佛世界上就只剩我们姐弟二人。

亲爱的姐姐，我不再奢求那片宁静的草原，也不渴望美味的野生红草莓果子。我永远失去了这些东西。人们说，纯真一旦失去，就无法找回。这个夏天毁了我的美梦。我目睹了这一切，亲手做了这一切，我怎么还能感到幸福快乐呢？

亲爱的姐姐，高烧把你从我身边夺走已经有四年了。你心脏停止跳动的那一刹那，我刚洗过的被单还盖在你的胸口，我发现你已不再呼吸了。除了为你挖掘坟墓，我不知道应该做些什么，我拿春天的鲜花编成花环放在地上，把两根树枝绑成十字架，高奉在你的安息之地。

以前，我总是祈祷，祈祷你会在那片树荫下等我，玫瑰花瓣落在你脸颊，你穿着母亲在你生前最后一次生日时送给你的白色亚麻裙。如今，我祈祷，你静静躺在那里，我们死后不要去极乐世界，这样你就不会知道我干的那些丧心病狂的事了。我也祈祷自己赶快死掉，躺在一个黑暗的地方，将这一些全都遗忘。

第三部分

飞蛾与火焰酒

·1793 年春·

感觉！生命！你们去了何方？
如今我坠落深渊，
时光的阴影逼迫我回观，
不堪的往事又重新复现。
我的命运尽头是黑暗，
云雾缭绕难分辨。
堕落想法全涌现，
全身经脉冷冰寒。
一切征兆都了然，
我已深葬凄凉棺。

——约翰·亨里克·凯尔格伦，1793

29

　　安娜·斯蒂娜知道，想要把火生得旺一些，就必须把握好角度和空间。无论你准备燃烧什么，都须悉心安排，给火焰留下足够空间来稳住阵脚。火是有生命的，它和其他所有东西一样，也需要呼吸。比起眼前的火，她要点燃卡特琳娜教区壁炉里的火，那难度可大得多。那里有许多木柴，全都悉心劈好，一旦点燃，木柴就会燃烧起来。牧师正在等待晚上七点整时的到来。卡特琳娜塔楼的守门人敲响七点整时的钟声时，圣沃尔普加的篝火将被点燃。

　　过去，安娜·斯蒂娜非常惧怕火。儿时，经常听人给她讲这样的故事，城市里的木屋被怪兽喷火，烧为灰烬，那些目睹过这一幕的人，都把这怪兽叫火。但是，安娜·斯蒂娜的孩提时代是在另一个环境中度过的，她不是在木屋里长大的，而是从小生活在斯德哥尔摩里的石头屋子里。斗转星移，时光流逝，人们越来越难把贪婪无情的熊熊大火和温暖有益的厨火光芒联系起来。所以，同样在今夜，虽然篝火在几个小时内突然变大，但人们用软管和水桶运来水，把火控制住了。

＊ ＊ ＊

　　夜晚，温暖燥热，但湖面吹来了一阵清风。这令人十分欣喜，因为这给恰尔德大草坪带来了来自拉德尔湖的逆风。原本，苍蝇成群结队地聚在这里，奇臭无比，有了这风，便足以吹走那股恶臭。春夏之交，傍晚的光线最为迷人。这时，漆黑的冬夜早已远去，夜晚出来漫游的人不必再张开双臂，就着昏暗灯笼的微光摸索着沿街找路。如果有人将贵重物品遗失在路旁的水沟里，他们也不用呆呆等在原地，祈祷天亮找回。所有的季节中，安娜·斯蒂娜最喜欢春天。因为，春天是充满希望的季节，在春天，一切希望皆有可能变成现实。

她并非独自喜乐，草地上到处都是人。卡特琳娜教区和玛丽亚教区的孩子、贫民和流浪汉正坐在草地上，他们身旁还坐着工厂的工人们，这些工人结束了一天的工作，还余下一些时间和力气。稍远一点的地方，坐着名流、工厂老板和从万桥之城来拜访他们的朋友，他们的身旁还有一群身着漂亮蕾丝绸缎的贵族老爷和他们的太太。坐在安娜·斯蒂娜旁边的是邻居家的男孩安德斯·佩特，他比安娜·斯蒂娜年长几岁，已经接受了一些出海航行的训练，准备子承父业。总有一天，他将走上码头，跳上甲板，那时，白色的帆船将带他穿越大海。安娜十分羡慕他，觉得自己的命运刚好与他相反，只能被一条无形的铁链牢牢地禁锢在这座城市里。

湖面的风越来越大。安娜把腿弯曲起来，双手抱住小脚，把下巴放在膝盖上。这时，她听见前方传来呼喊声。人们把火炬放在了篝火的基座下方，火焰贪婪地舔舐着树枝和小木条构成的篝火基座枝，不一会儿工夫，火苗迅速攀延到篝火基座的顶部。后来，人们才发现，那呼喊声并非从教堂塔楼传来，而是几个不安分的流浪儿的模仿之声，这时，在恰尔德大草坪上聚集的人群中爆发出一阵骚动。但木已成舟，无法改变。一名消防员心不在焉地沿着斜坡跑了上去，想要逮捕那几个流浪儿。那几个孩子见此情景，嬉皮笑脸地四散跑开。牧师只好耸了耸肩，随他们去了。欢乐气氛还在蔓延，人们尽情畅饮，好不快活。夜深了，那篝火仿佛昏暗的星星，人们除了能看见轮廓之外什么都辨认不出。但有一件事肯定错不了：警察抓捕了一个狂热分子，警察用警棍卡住了罪犯的喉咙，将其制服。但是罪犯并不服气，他扑腾挣扎着，一会儿想往这个方向跑，一会儿又想往那个方向跑。这一连串的动作，十分滑稽，惹得人们哈哈大笑。等到警察带着罪犯走远了，安娜·斯蒂娜才注意到安德斯·佩特已经把手放在了她的手上。

安娜早就知道这一天会到来的。她不傻，也过了天真的年龄段。儿时，安德斯·佩特一直是安娜的亲密伙伴。而如今，他二人都已长大，他对她的情感，早已超越了一般的友谊。安德斯性情温和、英俊潇洒，黑发蓝眸，安娜对他并无不满，但她始终没有做好准备。她的母亲玛雅一辈子靠的都是自立自强，与母亲相比，安娜的独立信念只多不少。所以安娜并不想和安德斯在一起。安娜想过，安德斯迟早会向自己表白，但她没想到他会在今晚表白。安娜一直在考虑，如何在不伤害到他们友谊的情况下拒绝安德斯，为此她时常辗转反侧，夜不能寐。但令她惊奇的是，她的反应过于迅速，迅速到她自己都无法控制。她把手从安德斯手里抽了出来，然后陷入了沉默，她不知道该说些什么。她很感激暗黑的夜色。暗黑的夜色把她脸上的红晕完全掩盖。安德斯·佩特打破了沉默的僵局。

"你知道我喜欢你吧，安娜，我一直深爱着你。"

她说不出话来。

"安娜，你马上就到适婚年龄了。你母亲她身体不好，如果她不幸离世，你身边就没人了。我们可以去找牧师，安娜，让他为我们宣读结婚启事……"

安德斯的声音渐渐变小，安娜仍旧不知道该说些什么。此刻，她很痛恨自己，因为安娜觉得她的沉默是在给安德斯的伤口撒盐。她好像是一块掉落在恰尔德大草坪石板小径上的大理石。这条石板小径在恰尔德大草坪中间弯弯曲曲穿行，通往大塞格尔。

* * *

安德斯的哭泣声唤醒了安娜。她决定，不再看他。但是她又想起一些往事，儿时，安德斯的父亲暴躁易怒，经常对安德斯拳打脚踢，她曾帮他包扎伤口，也曾帮他轻抚身上的淤青。对儿时的他们而言，卡特琳娜教区并不是他们要待上一辈子的破烂的棚户区，而是一个充满着冒险和乐趣的梦幻之地。虽然这只是安娜的想法，但是没有安德斯，一切于她毫无意义。那时，她把棚户的屋顶想象成船的甲板，想象这艘船会启航，开往中国和印度，而石头和木片则是可以让他们发财的瓷器和玉器。夏日，雨水从山腰沿着山间小路倾泻而下，灌进棚户，他们并肩作战，一起应对。安德斯提起一只漏水的水桶，一边笑着，一边使劲把灌进棚户的雨水舀出去，那时，安娜看到安德斯身上的热情。安娜富于幻想，这给他们的艰难时日带去了很多欢乐。很长一段时间里，安娜都认为这是安德斯如此喜欢自己的原因。

想到这些，安娜又一次快速做出了选择。她转过身来拥抱安德斯，用她的细弱胳膊搂住他颤抖的身体，然后她感觉到安德斯用手把他自己的脸捂住了。她像往常一样来回晃动，他回应着，双手紧紧抱着她，她抚弄他的头发，他将脸贴近她的脖子。这是一个宣泄式的拥抱，安娜觉得所有事都会过去的。突然，安德斯双手紧紧搂住她，他的嘴唇吻上她的嘴唇。她想推开他，但安德斯紧紧抱住她，于是两人一起滚到了草地上。他变换姿势，重重地压在了安娜身上，她想要反抗。

安娜心绪混乱，她想，安德斯一定是误会了，所以才这样做。而后，安娜感到十分害怕。安德斯·佩特明白安娜对他表示拒绝，他知道，安娜的谦卑和骄傲，不允许安娜接受自己，可他希望热吻能使安娜放下防备，接受自己。他也希望，安娜不会拒绝他，然后他就可以光明正大地去追求她。安娜·斯蒂娜尽力发出一些声音，但都被安德斯的狂热的吻堵住了，起初她想对他说话，之后她便开始呼救。现在她感到十分恐慌，安德斯的胸部和肩膀将她死死压在草地上，他还想用膝盖把她的大腿撬开。她知道，自己的贞操就要被夺走了，但她毫无反抗能力。

安娜心想：不，她绝不允许这事发生！然后，安娜朝安德斯的下唇狠狠咬去，很快，她就尝到了鲜血的味道，那血犹如液体金属一样腥咸。安德斯不得不放开安娜，安娜瞅准时机，重重地扇了安德斯一巴掌，而后又扇了两巴掌。原本，安德斯用双臂将安娜的死死按住，现在，那手臂突然流血了。安德斯从安娜身上滚了下来，瘫软地躺在草地上，安娜觉得一下子轻松了许多。

两个人都哭泣起来。安娜首先停止了哭泣，她伸出一只手，像朋友一样，再一次抚摸安德斯，好似在告诉安德斯她原谅了他刚才的所作所为。但是，安娜的手仿佛尖刀利剑，她一碰到安德斯，安德斯就用力推开她，而后，他站了起来，朝斜坡跑去。

那之后，安娜·斯蒂娜记得，在很短的时间里她想了很多的事情。她十分纠结，内心有个声音告诉她：她错了，鱼水之欢，十分自然，他们青梅竹马，两小无猜，二人关系有新进展也未尝不是一件好事。可是，安娜为什么就不能接受呢？儿时玩伴成为终身伴侣，这样的事情在卡特琳娜教区的贫民窟随处可见。在这里，孩子们都有互相熟识的玩伴。随着时间的流逝，男孩成长为男人，女孩蜕变成女人，然后他们结为夫妇。个中缘由，男人最为清楚，而女人则被迫看清。

过了一会儿，安娜·斯蒂娜才站了起来。湖边的篝火，闪着微弱的光，马上就要熄灭。这时，安娜才发现，有一个老人坐在她的附近，正咧着嘴对安娜笑，嘴里吐出了一缕烟圈。老人的牙齿全部掉光了，他歪戴着帽子，胡子也乱蓬蓬的，一只手插在裤子里，裤子脏兮兮的，上面还沾着呕吐物。他已经在那儿坐了很久。

"演出没看完，真是遗憾啊，但我相信你很快会找到更有上进心的对象，那时，如果你告诉我，我会非常高兴，并且愿意付一先令来观看的。"

老人拍了拍大腿，哈哈大笑了起来。安娜·斯蒂娜气得全身发抖，她抖了抖衣服，把衣服上的草叶抖了下去，然后顺着刚才安德斯·佩特走的那条路，折回卡特琳娜教区。

30

春天来了，天气暖和了起来，随着暖和气候而来的，则是热病。它迅速蔓延，对男女老少、富人穷人都一视同仁，但是受到最大打击的却是弱者。自从安娜·斯蒂娜记事起，她的母亲玛雅就在恰德尔大草坪这一带做洗衣工，玛雅和其他女人肩并肩地工作，将羊毛和亚麻衣物洗得干干净净。每年春天，她都会生病，年年如此。尽管她们紧闭窗户，把城市的有害气体关在了外面，但是热病似乎总能轻易进入厂房，感染工人，而玛雅·克纳普就是经常被感染的一员。得了这病的人最开始是咽喉疼痛、下巴肿胀。夜里，玛雅全身发热，她只好掀开毯子，大量出汗。到了早上，她躺在床上，时而全身冰冷，时而浑身滚烫。安娜和玛雅共用一条毯子，每当玛雅全身冰冷，她就会抱住安娜，如果玛雅浑身滚烫，她便会推开安娜。玛雅什么都不想吃，几乎喝不下一滴水。每吃一口，安娜都得哄着她。

有时候玛雅会胡言乱语。她滔滔不绝，好像无法控制自己。她有时候说着无人能解的话，有时候又口齿清晰，就好像她已经全然清醒。今夜，安娜正尝试让她张开嘴巴，喂进满满一勺清淡热汤，她谈论起了那场大火。她和当地许多老人一样，把那场大火称为"红色公鸡"。1759年，玛雅出生还没几年，那场大火几乎将玛丽亚教区摧毁殆尽。安娜已经不记得自己听过多少遍这个故事了，但是，今夜这个故事却显得十分特别。玛雅打了个冷战，将这个故事娓娓道来，细节清晰得好似她正在观看眼前的火一样。她讲述了她们如何来到了卡特琳娜教区。

* * *

玛雅·克纳普在玛丽亚教区出生。那是个夏日，原本温和的天气变得燥热无比，她一个人在院子里，正在用松果和松树枝搭建农庄，她拿鹅卵石当房子，用松针做篱笆。她的父母亲都出门去丹托那里的田里干活了。邻居的太太上了年纪，左腿也跛了，除了在打盹的间隙用眼睛看她几眼，其余什么也做不了，所以玛雅可以在椴树荫下玩上好几个小时。

快到下午四点钟的时候，玛利亚教区钟声开始敲响了，这钟声不太规则，但声音十分清晰，重复了好几遍。很快，卡特琳娜塔楼的钟声也传来了，片刻之后，其他三座塔楼也敲响了钟声。然后，格尤德底湾的另一侧，克拉拉湖、雅各布教区、赫德维格教区，还有高耸在布伦克山脊的钟楼，都传出了同样的钟声。很快，船厂传出了两声猛烈的枪声，仿佛在告诉人们火势十分凶险。城镇各处，高悬的旗帜告诉人们火势的蔓延方向，人们通过颜色就可以判断逃向哪个方向可以避开这场大火。

过了一会儿，一股刺鼻的味道飘了过来，刺痛了玛雅的眼睛。街道上出现了第一批逃亡的人群，他们已经把贵重物品背到身上或者装到了推车上。起初，住在教堂附近的人们还心存幻想，认为大火是可以被扑灭的。半小时后，没有人再抱有幻想了，所有的希望都破灭了。

人们从地窖、仓库、海港货栈仓皇出逃，全都朝着大海的方向冲去，人们身后是一股灰色浓烟，像波浪一样，尾随着他们。所有的人都明白，一旦情绪阴郁的教友们开始逃命，那么说明一切都完了。人们清醒过来，惊慌失措。教堂的钟声鸣响一个小时之后，风势愈来愈强，火势愈来愈大。暮色中，熊熊大火吞噬了整个玛丽亚教区。

一个男孩跑来，帮助邻居逃走。他并没怎么看玛雅，只是在快出门离开的时候，才良心发现，停了下来。

"丫头！火势已经从丹托和合恩关卡蔓延过来了，快往洛克关卡跑！"

但是，父母曾严厉教导过玛雅，不能独自一人出门。于是，玛雅决定在家里等待父母归来。可是火势不等人，空气中弥漫着黑烟，她被呛得猛烈咳嗽，双眼也被熏得不停地流泪，玛雅只好往外跑去。一到街上，她很快就迷路了。玛雅从未踏出过家门，而浓烟又笼罩着这里的标志性建筑，她看不到教堂的尖塔，也看不到风车。拥挤的人潮把她吓坏了。此时，她听到的都是穿着木屐的人们的沉重脚步声以及货车和手推车的车轱辘声。玛雅心想，如果盲目挤进人流，说不定会被人们踩死。于是，她决定在两堵墙中的缝隙里躲一躲。贴近地面的地方还有一丝空气可以呼吸，玛雅把脸颊紧紧地贴近地面，默默等待着。西边的浓雾里中传来了可怕的声音：农场里的牛和马被绑缚着遗弃在原地，它们只能呆呆站在那里，等着大火吞噬自己，它们为自己即将面临的死亡痛哭嚎叫。四个小时后，太阳下山了，逃命的人流慢慢停息，玛雅·克纳普才从藏身之地爬了出来。那时，她看到了天空中的火势。

玛雅第一次看到"红色公鸡"是在一条鹅卵石铺成的街上。这火比玛丽亚教堂的塔楼还要高，天空中，火花四溅，很快，火势便雷鸣怒吼地从海湾边缘攀爬至山顶的斜坡。这火吞噬了沿途的一切，摇摇欲坠的木屋里的干燥木柴也燃起了火焰。然后，巨大的火焰从四面八方将富人的石头房屋团团围住，熏黑了立柱和外墙装饰，粉碎了窗户，将屋内变成烤炉，焚化屋里的家具和挂毯。铜质的屋顶在火中烤了许久，已经从房屋屋顶的木椽上弹了出去，像折翼的红色蝙蝠一样在热风之中展翅。"红色公鸡"呼出的热气灼伤了玛雅的皮肤，她身上起了水泡。她的余生都携带着这样的印记。

玛雅看到街道的远处有一个只剩了一只脚的男人挂着拐杖挣扎着，他的脚跟着了火，而他的拐杖不幸卡在了两块石头中间，他用手想把拐杖拔出来，但怎么也拔不出来。然后，那个男人只好挣扎着爬着前行。后来，他的衣服和假发开始冒烟了，他高声尖叫，突然间，他的假发就燃烧了起来。男人的尖叫声持续了好长一段时间。就在那时，玛雅终于狂奔起来，一边哭喊，一边尖叫，努力逃脱这个地狱般的地方，她那熏黑的脸上夹带着泪痕。火花围绕在她周围，只要落下，就燃起新的火光。在玛雅看来，自己像是在穿越一片发着光的秋日森林，只不过漫天飞舞的不是树叶，而是火焰。

* * *

玛雅的母亲正绝望地在南广场等待着。带刀的警卫把这里牢牢围住，居民们被迫走向洛克关卡。玛雅再也没见过父亲。

第二天，大火仍在熊熊燃烧。起初，玛雅和她的母亲靠着教会的捐款维持生活。后来，丹托庄园的地主非常同情她们。因为，她们家什么都没留下来，她父亲的尸体也无法从死人堆里辨认出来。一夜之间，一代富豪陷入穷困潦倒的境地，余生注定要徘徊在城市的街道上，和衣衫褴褛的乞丐以及酒醉不醒的酒鬼混在一起，仿佛孤魂野鬼。三百座庄园和房屋已不复存在，大约有二十个街区已被夷为平地。

长大成人之后，玛雅·克纳普眼见那些庄园和街区又从废墟之中拔地而起，但如今，这些建筑是石质的，她童年时期常见到的木屋已经没有了。泥瓦匠富了，木匠们穷了。玛雅和她母亲被迫搬到卡特琳娜教区。在那里，破旧不堪的木质廉价出租屋仍然挺立着，房子的拐角和其他犄角旮旯都搭建了房子，这样，房东能够挣到更多的钱。她们从大火中逃生出来，却掉进新的死亡陷阱。玛雅在这里住下了，然后找了一个男人，怀上了孩子。就在玛雅肚子大起来的时候，这男人却消失了。

* * *

　　安娜·斯蒂娜把手放在母亲的额头上，玛雅·克纳普正在发烧，呼吸微弱。安娜想，一定是高烧让玛雅记起了"红色公鸡"笼罩的玛丽亚教区。安娜感到喉咙哽咽，她不想把母亲一人独自留下，但是她别无选择。即便没有结果，她也得奔跑着去寻求帮助。

　　安娜把披肩披在肩上，打开门，准备冲出去。这时，她惊奇地发现有人站在门外：那是伯曼，他是卡特琳娜教堂的教堂司事。他还年轻，有望某天成为接管教堂的牧师。他身上有浓烈的酒味，安娜想，他一定是在自己开门前已经喝了许多。但是，安娜没想到会有人来帮助她，也不好奇究竟是谁按响了门铃。她没有时间说感激的话。

　　"我母亲玛雅发高烧了。我去找医生，请您为她祈祷。"

* * *

　　一个小时后，安娜·斯蒂娜空手而归。医生约瑟夫·卡尔森晚上出门了，他妻子告诉安娜，这会儿约瑟夫可能已经喝得烂醉如泥，即便安娜·斯蒂娜能一路跑到皇家牧场找他，也起不到什么作用。

寂静降临在这户人家中。安娜·斯蒂娜回来的时候，一起同住一个院子的其他家庭也静默无声。伯曼双手合十地站在床边，为玛雅祈祷。床单盖住了玛雅的面庞，看到这些，安娜·斯蒂娜不明白是怎么回事。伯曼清了清嗓子，有点稚嫩的声音让人有些不舒服。

"安娜·斯蒂娜，你至亲至爱的母亲玛雅·克纳普已经离我们而去。愿上帝怜悯她的灵魂。"

他又喃喃地说了几句话，安娜已经听不清他说什么了。她只感到自己快站不稳了，就好像腹部挨了重拳一般，她喘不过气来。她无法接受上天对玛雅·克纳普的这种不公正。玛雅·克纳普是这样一个人，这个人独自抚养女儿这么长时间，这个人默默忍受同教区的居民嫌弃她有私生女而送给她的鄙视，这个人因为每日的体力活而累坏了身体。这个人承受了所有这一切，最终却孤独死去，没有得到丝毫安慰。这太过分了。安娜·斯蒂娜的全身在颤抖。伯曼竭力寻找合适的措辞，再次开口说话：

"我今晚来这里，不是为了你母亲玛雅的事情。我来这里是因为我要带来某个牧师的一条消息，安娜·斯蒂娜，你应该知道，我们都无法事先知道今晚会发生什么。我相信，你母亲玛雅的临终时刻，有神陪伴着她，这是天意。"

伯曼停了下来，摸了摸鼻梁，继续往下说：

"我们收到一封信，里面有对你不利的证词，所以特此召唤你去宗教法院，面对卖淫和意图引诱无辜者犯罪的指控。牧师会先和你谈一谈。"

31

"安娜·斯蒂娜，你是如何维持生计的呢？"

伊莱亚斯·吕山德牧师大概五十来岁，又矮又胖，身体的高度和宽度几乎差不多，他的胸部和腹部把黑色的牧师外套撑得紧绷绷的，领子都遮不住他的双下巴。他接待来访者的房间光线昏暗，房间墙壁上覆盖着的亚麻布好像几十年都未洗刷，已经变得乌黑。原本，这房间意欲营造出严肃和庄重的印象，现如今却一片凌乱。书本和分类账单堆放在墨水和烟斗旁边。吕山德牧师坐在桌后接待她，她则站在他前面。安娜·斯蒂娜以前见到这位牧师总是出现在讲道坛旁，从未离开过讲坛，讲坛上的他看上去既高大又莫名渺小。这次，近距离的接触，安娜闻到了他身上的汗味和烟味，从他发出的一呼一吸里还能闻出早晨吃的鲱鱼味道。同时，很明显，这次他要做的事情，不针对大众，而是直接针对她一人。吕山德牧师的声音和以前一样，那是一种强烈的语气，却带着一股威慑力。安娜回答问题的时候，说话声不由得颤抖。

"我提着篮子卖水果，可以从中挣点钱。"

吕山德牧师点了点头，好像这个答案证实了他已经知道的事情。他停顿了一会，然后继续开口，他一直盯着安娜·斯蒂娜，安娜不知道是否该回应他的视线。

"教堂司事伯曼告诉我说，你的母亲玛利亚·克纳普已经离开我们了。"

"玛雅，我母亲的名字叫作玛雅。"

安娜·斯蒂娜的声音又低又弱。吕山德牧师眼睛充血，狠狠地瞪了一眼奥洛夫·伯曼。奥洛夫·伯曼背着双手，站在角落里，佯装糊涂。安娜·斯蒂娜默默地注视着他们，挺直了背。

"曾经是叫作玛雅。"

吕山德牧师收起他的愤怒。

"生命来自上帝的赏赐，上帝有权收回生命，安娜·斯蒂娜。你应该得到安慰，你的母亲如今已经去往一个更好的地方了。"

吕山德牧师停顿了一下，他在想如何把对话由开导安娜转移到手头的事务上，却一时想不到合适的词儿。他昨晚喝得大醉，宿醉未消，早餐时喝的几杯饮料也没能缓解他的头痛。他有些懊恼，决定不绕弯子，直奔主题。

"你有没有考虑过，在母亲离开之后要如何维持生计？玛雅·克纳普未婚，人们也从未听过你父亲的消息，虽然你已经到了适婚年龄，但是身边也不见有个未婚夫。"安娜也问过自己一样的问题，也在怀疑那个未能令自己满意的答案，是否就能够让伊莱亚斯·吕山德牧师满意。玛雅死后，人们把她放在担架上，然后把她抬出她们的住所，安葬在教堂的贫民墓地。玛雅下葬还不到一天。安娜·斯蒂娜尽自己所能操办了母亲的葬礼。

"或许我可以付较低的房租来保留房间，或者，房东会给我换一间更小的房间。这样的话，我可以维持我的食宿。如果杂货店老板杨松愿意的话，我想我可以卖更多的东西，我也会花更长的时间来工作。"

吕山德牧师和伯曼交换了眼神，好像早就知道了什么。

"那么，安娜·斯蒂娜，你卖什么水果呢？"

她觉察出他语气中带着一种威胁。

"有鲜令水果的时候，我就卖柠檬，或者李子和莓果，夏末和秋天的时候，我卖苹果。"

吕山德牧师严厉地看着她。

"安娜·斯蒂娜，你知道，人们是怎么说你们这些提着篮子卖水果的年轻女士的吗？"

她知道。她回答问题的时候，尽量避免和他对视。

"她们中很多人为金钱出卖自己，篮子里几乎没有水果。"

安娜曾在街上和院子里碰到过这样的女孩子，看过那些和她一起工作的女孩从楼梯间出来，头发蓬乱，衣衫不整，篮子里的水果和早上刚出门的时候一样多。这些女孩子都梦想着能找到一个情郎。这些女孩们都听过这样的故事，故事的主人公总是朋友的朋友。曾经，她和她们一样，但如今，她戴着宝石项链在贵族中间翩翩起舞，她的头发卷得高耸又华贵，经过枝形吊灯的时候，吊灯都发出了叮当声。一些女孩更擅长在床上和楼梯间工作。有些人对她们的故事泰然处之，有些人深受其苦，很少有人能把她们的故事长久维持。后来，她们就消失了。人们不会透露她们去了哪儿。她们中的有些人扔下了篮子，不是去参加华丽的舞会或是社交活动，而是去了臭名昭著的烟花柳巷。在那儿，她们隐姓埋名，日日夜夜地躺在床上，任由客人们轮番坐骑。在城市的大街巷子里，这样的堕落女人被称为"午夜蝴蝶"，一到夜晚，她们就出没在大街小巷。

"安娜·斯蒂娜，你们家没有男人，但你和你母亲玛雅似乎也过着舒适的生活。你俩都罪孽深重。看来你一定靠着你篮子里的货物赚了不少钱。而现在，你站在我面前，说你的柠檬如何讨客人欢心？"

安娜·斯蒂娜感到自己的脸一下子红了。她脸上的绯红或许会被认为是她有罪的另一个证据。她不知道该说些什么。真相似乎在最开始的时候就被贴上谎言的标签。牧师吕山德倾身向前，用手指了指安娜，不等她回应就接着继续说下去。

"孩子，你最好保持沉默。有人已经亲眼见证了你罪恶的行径。卡特琳娜教区或许会因为贫穷而败落，但是如果你认为这里没有善良的民众维护正义，那么你就大错特错了。"

* * *

伊莱亚斯·吕山德牧师倒是希望平平静静地度过这个早上，他想一个人叼着烟斗坐在花园的椅子上。他知道审判的过程会和想象的一样令人感到疲惫。这个女孩怎么敢厚颜无耻地对他撒谎呢？他可是一个在卡特琳娜教区居住和工作了好多年的人，一个对这里的故事了解得一清二楚的人。

1759年的大火使玛丽亚教区陷入凄惨境界，人们建好了石头房子并赚得了新的租金，卡特琳娜教区不得不收留最不幸的人。面对上帝的考验，伊莱亚斯·吕山德牧师必须得拯救这些可怜的人，但是无论他付出了多少努力，都远远不够。在教堂宗教法院的会议上，来了许多其他教区的牧师，他们衣衫褴褛，他们来自克拉拉、玛利亚、雅各布、尼古拉和赫德维格·埃莱诺拉教区。这些教区都是品德教化最糟糕的地方。为了能打起精神应付这些事情，他特意提前小酌了几杯。但这些同僚牧师看着他，脸上露出的恶意显而易见，即使是白兰地也无法消除他在这些牧师面前所受到的屈辱，那就是：伊莱亚斯·吕山德只是个可怜的牧师。对于教区内发生的事情，他无力阻止。同僚牧师们对他在其位不谋其职表露出极大愤怒，这种愤怒突然间将他淹没。

"虽然你的行为显得很严肃，但是我还是不希望再在宗教法院上见到你。你还年轻，对很多事还一无所知，这或许是件好事。如果这件事能在教区里解决，那就再好不过了。但是，如果你没有忏悔，我们就不能放走你。因此，我有如下的建议：你就在这儿，在我和司事面前为你犯下的罪恶忏悔，向安德斯·佩特和他的家人祈祷他们的宽恕，同时，你必须承诺会改正自己的罪过。然后你要做的就是付清教堂的罚款。我们知道，你也没有太多的钱，我们也不想让你提着篮子再去卖更多的所谓的水果，所以我们会象征性地罚你一点钱。你听明白了吗？安娜·斯蒂娜？"

* * *

此时，安娜·斯蒂娜感到十分无力，这种感觉就和在玛雅临终卧榻前一样。她无法呼吸，也无法动弹。她能做的就是静静地坐着，可是，奥洛夫·伯曼却坐立不安，牧师吕山德的脸越来越红。

"你的舌头丢了吗？你难道不明白，为了减轻你的痛苦我费尽了多少心思吗？你要坦白你所做过的一切，并且为你卖淫的行径忏悔！"

或许是因为安娜·斯蒂娜拥有的东西太少了，所以她做了她该做的事情。在她看来，拥有更多所谓世俗财富的人，可以为真相给出更低的代价。但是在吕山德牧师的愤怒的目光面前，她感觉这就是她所拥有的一切，她惊讶地发现自己并不想失去它。这是她的，突然间，这就是她的一切。玛雅·克纳普死了，安娜·斯蒂娜做出了她唯一能做的决定，这是自她母亲过世之后，她第一次感觉到安慰。玛雅安静地躺在地下，虽然远离安娜·斯蒂娜，但已然感知到灾难。安娜嘴里发出微弱的声音：

"不。"

安娜·斯蒂娜闭上的眼睛，等待吕山德牧师的爆发。但是，

207

他却没有爆发。她再次睁开双眼，一切如常。吕山德牧师把身子挤进他的椅子，他的背太宽，垫子都没处放。伯曼正假装自己不存在。吕山德牧师的眼中有一种无法言表的仇恨，但更令人恐惧的是，他正努力控制这股怒气。他不再提高音量，而是很柔和地说话。

"别让我再看到你，安娜·斯蒂娜·克纳普。"

安娜一转身，就哭了起来。她向自己保证，这是她最后一次哭泣。然而事实并非如此。

32

"有两个男人在找你!"

安娜·斯蒂娜只知道这女孩叫乌拉。没人知道乌拉姓什么,
或许她自己也不知道。安娜·斯蒂娜过了一会儿才反应过来乌拉
嘴里咕哝了些什么。乌拉脑子不好使,所以听她讲话时,一不留
神就会漏听几个词。和安娜·斯蒂娜一样,乌拉也提着篮子四处
兜售,只不过她活动的区域在玛丽亚教区的南部。杂货商埃夫拉
伊姆·詹森自有一套方法,能让他手下的姑娘们各自沿着特定的
路线走,而且这些线路正好构成一片等级森严、严丝合缝的销售
领地。愿上帝保佑那些喜好顺手牵羊的姑娘,因为要是谁手脚不
干净被抓了现行,就会被赶到角落里,又是扯头发又是挠脸蛋,
挨上一通好打。

尽管姑娘们各走各的路线,沿街叫卖,但有时候也会在路线
交叉的地方相遇,就像现在这样。安娜·斯蒂娜先是从格尤德底
湾的一岸向西面的罗梅克大街走,再去南面的卡特琳娜大街。乌
拉则是绕着没人愿意去的拉德尔湖边走。她们就在普斯特玛斯山
的山顶相遇了,从山顶往下看,可以看到关卡和万桥之城的景色。
安娜·斯蒂娜篮子里的东西几乎快卖空了。要是运气不错的话,
赶在她回到詹森那儿之前,就能在山底下那段路上把剩下的卖完。
这样一来,没准儿詹森还有没卖出去的货物分给她。如果她动作
再快一点的话,就能在太阳下山前再卖一轮。

乌拉张着嘴，眯着眼睛，打量安娜·斯蒂娜。安娜·斯蒂娜对她了解不多。自春天以来，乌拉就一直提着篮子卖东西，几周户外的工作，她身上留下了户外工作的痕迹。太阳晒黑了乌拉的皮肤，尘土弄脏了她的脸，沉重而歪斜的担子压弯了她的背。乌拉总是卖不出多少水果，赚的钱也不多，连自己的路线也保不住。每天卖货时间结束的时候，所有水果清点完毕，没卖光的水果就必须得在坏掉之前降价销售，她总是因此挨骂。男人们占她便宜，安娜·斯蒂娜曾见到乌拉从棚仓里踉踉跄跄爬出来，衣服弄得脏兮兮，她头上那顶颜色鲜艳的小帽儿也戴得歪歪扭扭。安娜·斯蒂娜的思绪飘回到沃尔普吉斯之夜①，回到那片原野和安德斯·佩特那里，她一想到乌拉必须要承受的后果，就不寒而栗。乌拉至今并没有怀孕。唉，这不过是上帝对她的怜悯罢了。

　　在漫长的夜晚中，安娜·斯蒂娜有了时间去思考吕山德牧师说过的话，并试着想象故事中她所不知道的部分。她想，那个晚上，安德斯·佩特回家时一定很沮丧，因为他遭到一个姑娘的拒绝，而他的父母见儿子焦躁不安，一定也很担心自己的儿子。安娜·斯蒂娜对于纳撒尼尔·伦德斯特伦和卡拉拉·索菲亚很了解，这两个人接下来做什么事，她不用猜都知道。多年来，随着她与安德斯·佩特的友谊日渐深厚，安德斯·佩特的母亲对安娜·斯蒂娜的怀疑愈发加重。她可能担心自己的儿子受到诱惑，就这么和一个没有背景的街头女孩草草结合，她想的是，等到儿子晋升为大副之后，去追求那些有钱有地位的老爷们的女儿。就算安德斯·佩特告诉母亲事情的真相，她也能毫不费力地把安娜·斯蒂娜说成一个投机者，说安娜为了引诱自己的儿子，想要毁灭他，把办法

---

① 北欧盛大的夏日节日。

都用尽了。更别说她用诱导式的方法，向儿子询问，这样自然能得出她想要的答案。而在这过程中，安德斯·佩特少说也哭了一回，因为他只需对母亲的询问轻轻点点头，就能让母亲确信自己所有忧虑都是有理有据的。

乌拉打了个喷嚏，鼻涕顺着她光润的上唇流了下来。安娜·斯蒂娜从自己的思绪中惊醒过来。

“什么样的男人？”

乌拉用早已磨得破破烂烂的袖子擦了擦鼻涕。

“他们穿着奇怪的衣服，一个个子矮， 个是独眼龙。”

“他们想要找我干吗？”

“他们问我认不认识安娜·斯蒂娜。我就问是哪一个，是姓安德森的安娜还是姓克纳普的安娜的？他们说是姓克纳普的那个。就是那个提着篮子在玛丽亚教区叫卖的姑娘。”

“你什么时候遇上的他们？你说了什么？”

因为要一次回答两个问题，乌拉精神高度集中，整张脸都拧成了一团。

“早些时候，中午之前吧，因为塔楼里的钟还没有响。要是响了的话我会听得很清楚，因为那会儿我渴了，正要去教堂水井那边。”

“你怎么不去广场旁边的水井那儿喝水呢？要是龙女在教堂附近看到你，她一准儿又得揍你，这一点你可比谁都清楚。”

乌拉笑了笑，露出骄傲的表情，她噘起上唇，露出嘴里缺了三颗门牙的豁口。乌拉的三颗门牙是卡琳·埃森打掉的，大家都把卡琳·埃森叫龙女，因为城市里凡是带龙字的街区都属于她日常兜售货物的区域。上一次乌拉误入了龙女的区域，就被龙女拿石头砸掉了三颗牙。

"他们问我认不认识安娜·斯蒂娜·克纳普，还问我知不知道在哪儿能找到她。我就问那个高个子为什么是个独眼龙，还问那个矮个子为什么只有一条腿。然后矮个子警告我说让我管住自己的嘴，别再问东问西，还要我回答他们的问题。然后我就说，好吧，那我试试。不过，又要管住嘴，还得回答问题，这可不容易。然后高个子就揪住我的头发。"

乌拉掀起帽子的一角，好让安娜·斯蒂娜看见她耳朵后的红色伤疤。

"他使大劲揪我的头发，我疼极了，我丢下篮子，差点哭出来，但是后来我想到，安娜·斯蒂娜一直对我很好，而这两人一定是不想让她好过，所以我就告诉他俩，我确实认识一个叫安娜·斯蒂娜的姑娘，她块头很大，留着黑色的头发，驼着背，总提着篮子走过贝尔杂树林。"

这个描述与安娜·斯蒂娜的情况一点儿都不吻合。安娜·斯蒂娜有一头红棕色头发，背挺得笔直，常走的卖货路线是罗梅克街区的西区的道路。乌拉说的街区反倒是和卡琳·埃森的售卖货物的街区有些相像，她售卖货物的区域是神龙区。

* * *

俩人说完话，就告别分开了。暮色渐浓，安娜·斯蒂娜沿着鹅卵石路匆匆往下走。杂货店里，埃夫拉伊姆·詹森已经在打包整理当天的货物，并为明天的售卖做准备。安娜·斯蒂娜本想回到她的路线上，把剩下的货物卖完然后再提一篮子货物，但现在她改变了主意，杂货店老板则抱怨她剩下了这么多货没卖出去。

"我明白了，看来腿脚柔弱的克纳普小姐是已经想要回家了吧？是回去要补一补妆，再往脖子上喷点玫瑰香水吧？"

212

埃夫拉伊姆·詹森一边查阅账目，一边眼里露出贪婪的光芒，安娜·斯蒂娜对此真是再熟悉不过了。

"你篮子里的大黄（一种根茎可食用的植物）已经快蔫了，明天没法照原价卖出去了。这你应该很清楚。损失的钱，我得从你工资里扣除。"

安娜挣得了几枚硬币，但这几枚硬币比她想象的要少一些。普斯玛斯山上，植被的影子已经拉得细长。太阳缓缓落到山脊的另一侧，落日的余晖已然被染成黄红色。她四周张望，仔细观察了一番后，走出街道，但是无论是上方的斜坡上，还是下方的广场和关卡上，都没有看到符合乌拉描述的男人身影。安娜·斯蒂娜快步上山，往卡特琳娜教区走去，途中经过了墓园和鲁滕贝克制衣厂。更远处是一片凌乱交错的木屋，还有几条小巷窄道，至于这些巷子叫什么，想来也只有住在那儿的人才知道。其中有一间小屋就是安娜·斯蒂娜的家，只是她恐怕不能再在这小屋里继续住下去了。

他们看见安娜·斯蒂娜的同时，她也看到了他们。这两人正蹲守在一所房子的角落里，房子破旧不堪，随时可能倒塌。他们的制服是蓝色的，没有翻领，扣子扣到了脖子上，绑腿直缠到膝盖。个儿矮的那个手里拿着马刀，个儿高的那个则拿着短棍和绳子。个儿矮的那人正端着一柄陶土烟管在抽烟。他们就这么突然碰到了一起，抽烟的男人吃一惊，竟然折断了拿在指间的精致烟管。安娜·斯蒂娜听见男人咒骂了一声。她转身就跑，两个男人则一言不发，在她后面紧追不舍。安娜·斯蒂娜冲进两座建筑之间的通道。细长的通道越来越狭窄，好在最终她还是挤了出来，来到了一个小院子里。她看到一个跛脚的老人正坐在墙角，借着太阳的最后一缕光芒在削什么。安娜·斯蒂娜跑到院子的另外一边，然后翻过围栏。老人看见她，惊惶地叫了一声。和附近地方一样，院子后面街道的路面也没有铺设过，地面上只有一层厚厚的尘土。安娜·斯蒂娜随机选了个方向，转向右手边，以最快速度跑了起来。随后，背后传来一个声音高呼——"停下，小偷！"——这要么是那两个男人喊的，是想让路人帮忙抓住她，要么是刚才看见的那个老人喊的，这里的人们凭借经验判断，认定在卡特琳娜教区里奔跑的人，通常怀里都揣着刚偷来的赃物。

谷仓的一边，放置着些木匠尚未刨平的木板，木板隔出了一小块空间，安娜·斯蒂娜就趴在墙壁和木板隔出的缝隙间。她就在那儿一直等到天黑。当她再次往外窥探时，卡特琳娜教区的上空已然亮起点点繁星，谁也数不清这些繁星到底有多少颗。而且因为这儿的房东都不怎么愿意为街灯买单，所以显得星星更为明亮。她必须得离开这里，但是不能什么都不带就走。她还有几先令的积蓄，装在一个小袋子里，和母亲玛雅留给她的别针放在一起，还有一条她在她取名日获得的编织手链以及一把弹珠。屋里还能搜刮出一些食物，足够让她挨过几天。有这么几天时间，足够她想办法通过关卡，藏到万桥之城里去，或者逃到斯洛特豪斯桥外的小山上去。

* * *

她紧贴着墙壁行走，为了不走来时的原路，她绕着街区兜了一个大圈。安娜·斯蒂娜住的房子外面，有几扇后加上去的门，这是因为，为了招租更多住户，房子里的内墙越加越多，这样可以隔出更多房间，当然，每个房间都要有门。安娜·斯蒂娜沿着一条排水沟，躲进篱笆下的一个洞里。她在草丛里一动不动地躺了一会儿，警觉地聆听着周围的动静。什么都没有发生。

安娜房子的隔壁，住的是木匠的学徒阿尔姆和他温顺的妻子，两个房子共用一个外门，晚上，外门是关着的。安娜用棍子很轻易就把门闩给提起来。安娜·斯蒂娜走入黑暗的走廊，悄声踏过木地板，木头的吱嘎声淹没在阿尔姆的鼻鼾声中，然后她来到了自己和母亲玛雅的房间。她看都不用看就知道自己要找什么。在退出屋子时，她停了下来。厨房里放着她做饭用的铜锅，铜锅不怎么新，但却是攒了好几个月的钱才买下来的。她向炉灶的方向伸出手，还没碰到锅沿，剑尖就抵到了她的肩膀上。

"哦，安娜·斯蒂娜。我们都以为你今晚不打算回家了呢。是吧，提斯特？"

当她的眼睛慢慢适应了黑暗，她看清说话的是两人中个儿矮的那个。提斯特，就是那个高个子，小声咕哝了几句，然后矮个子耸了耸肩。

"这家伙早年间被俄国佬吓怕了，打那以后他就没好好说过两句话。至于我，我的名字叫作费舍尔，我的任务就是多说点儿话，连他那份一起说，好让大家都高兴。劳驾您坐到这张板凳上，让提斯特在这儿点根蜡烛。没准儿你那小包裹里还有些东西可以和我们分享分享。"

提斯特用打火石和铁钎打出火花，火花点着了蜡烛芯，火苗照亮了整个房间，这时，提斯特又咕哝了几声。他的一只眼窝深陷，像是脸上开了一个窟窿。而费舍尔则长得又矮又壮，几绺稀疏的头发搭在他光秃的头顶，他的嘴唇上直直裂开一道伤疤，唇上那一小撮黑乎乎的八字胡根本就遮挡不住他的伤疤。费舍尔面带邪恶，在安娜·斯蒂娜的包裹里来回翻找。他蹲在地板上，他把左腿放在地上，僵硬的膝盖向前伸直。

"净是些臭鱼烂菜。好吧，至少这儿还有点儿咖啡。提斯特，如果你把炉灶点着，我们至少还能弄些东西喝。"

壁炉架上放着一个咖啡研磨器，个头不大，表面也没什么光泽。费舍尔把它拿了起来，放到自己的膝盖上，然后打了个响指，引起安娜·斯蒂娜的注意。接着，他抓了一把咖啡豆在手里。

"让我来教教你，这个世界的本质是什么。我手里的这些小豆子就是安娜·斯蒂娜·克纳普和她的小朋友们，他们拔腿逃向远方。"

他又指了指研磨器。

"这里的这个东西就是提斯特和我，说得再大一点，就是我们所代表的权威或者世俗的权力。"

他把一些豆子倒进研磨器的刀轮间，摇动手柄，接着被刀刃碾过的咖啡豆便纷纷裂了开来。

"这就是你接下来经历的过程。一开始可能会让你不开心，但是，你看！"

费舍尔拉出研磨器底部的盒子，然后把研磨好的粉末展示给她看。他闻了闻，显得很陶醉。

"哈！咖啡！随时可以冲泡，好让上等人享用。结果好，一切都好。所有改正错误的方式都已经展示给你了，所以，安娜·斯蒂娜，你也会像这咖啡豆一样好起来。"

离咖啡煮好还有一会儿时间。安娜·斯蒂娜盯着地板。费舍尔俯身向前，语调带着戏谑，目光变得冷酷无情。

"你知道我们是谁，对吧？"

安娜·斯蒂娜对他们的身份一清二楚。除了乌拉，在玛丽亚教区和卡特琳娜教区，鲜少有人认不出蓝衣警察。他们大多数要么是跛脚的瘸子，要么是其他部位残疾，反正身上总有什么不对劲的地方，因此他们不适合在军队里服役，也不可能在城市警卫队里或其他部门工作。他们一天到晚都在追捕乞丐、小偷、流浪汉和妓女，他们追捕任何一个在城市治理者看来没有用的人。大多数蓝衣警察不会碰到什么危险，毕竟他们一有钱就去酒吧里花个干净。虽然监察遏制受贿行为是蓝衣警察的责任，但通常他们自己也会收受贿赂，或者为了好处有意忽略一些犯罪行为。人们都管城市警卫队称作"行尸走肉"，而这些蓝衣警察也被赋予了这样的外号。

"你们是猪猡！"

费舍尔干笑了两声。

"对，他们是这么叫的。小安娜·斯蒂娜，我可是曾经打倒过比你更弱小的可怜虫，他们手无寸铁，毫无反抗能力，但是就是因为他们竟敢妄用这样的词，我们才狠狠收拾他们。如果可能的话，请叫我守门人吧。我们的责任就是，奔波在这可憎的街区里，穿行在这些可恨的渣滓中，引领你们走向光彩和荣耀。伊莱亚斯·吕山德真是烦透了你们这些蹩脚的小妓女，你们像跳蚤一样污染了这个教区。牧师先生也已经受够了在宗教会议中被指责没有管好你们遭受到的羞辱。有了我们的帮助，吕山德再也不用担心。我们拿了捧佣，抓捕娼妓，这样，牧师先生就再也不必遭受苛责，再也不必遭受羞辱了。我们只需等到天亮，就可以沿山路，一路溜溜达达，走到格尤德底湾，在路上我们可以在法院大楼暂作停留，休息一下。这事儿等不了多久，你马上就知道了。"

许多问题压在安娜·斯蒂娜心里，她原本不敢问出来，因为她心里清楚这些问题的答案是什么，但是如今她再也忍不下去了。她发问的声音很小，几乎听不见。

"你想要我怎么样？你要把我带到哪里去？"

"我们想让你成为更好的人。噢，不是，我撒谎了。提斯特

217

和我是为了挣点小钱才来抓你，所以你的命运会是怎样，我根本不在乎。"

费舍尔说话时，提斯特发出了一些声音，那声音既像是喉咙里咯咯咯的声响，又像是呵呵的笑声。

"至于你要去的地方？你，安娜·斯蒂娜·克纳普，你会被绳子绑起来，带到劳改院，就像一只翅膀被折断的夜蝶。"

33

　　就如同费舍尔所说的那样，这一切都进行得非常迅速。外面的空气湿漉漉的，一根绳子系在了安娜·斯蒂娜的右手腕上，牵着她走下卡特琳娜山。路边几个挑粪土的人看到了她，发出几声讥笑，尽管他们或许曾经也遭受过相似的待遇。安娜·斯蒂娜一行人在南方法庭等待听证会的开庭，这场听证会开始还没几分钟就结束了，会上只宣读了寥寥几句证词，这证词就来自于吕山德牧师递交上去的书面报告，以及费舍尔本人的几句补充。不过，就是这样几句申斥，她的命运就被判定了。

　　安娜·斯蒂娜·克纳普被判犯有卖淫罪。她失去了自己唯一的监护人，也失去了来自监护人的援助，而且杂货商埃夫拉伊姆·詹森也表示再也不想和她有任何牵扯，这些事实更是证实她应当被移交劳改院。宣判的法官面色红润，脸庞有些浮肿，他一边轻描淡写地重复着判决书，一边用手捉藏在衬衫和胸口间的虱子。

　　"法庭希望克纳普在劳改院努力学习纺纱技术，为她将来能在制造行业就业打下基础，基于这点考量，判处有期徒刑一年六个月，刑满后她无疑会成为一名合格的纺纱工人。"

　　随后法槌敲响，法官不禁莞尔轻笑，像是对自己的机智感到满意。他盯着自己拇指和食指间被压扁的虱子，研究了一番，而后用袍子的下摆上擦了擦手。

* * *

还没等安娜·斯蒂娜表示抗议或者提出什么问题，她就被带离了法官的审判台。在她身后站着一整排警卫，尽管还在法庭中，他们已然迫不及待地想要炫耀一番自己晚上赚到的赏金。费舍尔和提斯特不说一句话，领着她走过一排排男男女女，其中有些人喝得酩酊大醉，站也站不稳，有些人因为在之前的打斗中受了伤，现在正给血淋淋的伤口上药包扎。法庭外面是俄罗斯广场。清晨的阳光照在费舍尔身上，他打了个呵欠，手叉在腰间，伸了伸僵硬的腿。

"要我一路走到斯卡劳改院，不如要我去死。我们搭个便车去那里吧。"

提斯特点了点头。费舍尔掏出烟斗，打了好几次火，可他那裂了口的烟管怎么也点不着。这时，一头牛不慌不忙地拉着一辆货车从码头走来，车上装满了木柴。他一看见这车，便停下了手中的活计，匆忙赶去和车夫搭话，经过一番短暂的交流，他朝提斯特招了招手。车夫在货车后面给他们挪出位置，其实，位置就木柴的上面。费舍尔抓住绑着安娜的绳子，将绳子的一段绑在货车护栏的横梁上。

"我们还要等一名乘客，提斯特马上去把她带过来。"

* * *

提斯特手中牵着绳子从法院门口走出来，绳子的另一头牵着的正是龙女卡琳·埃森。安娜·斯蒂娜认出了龙女，露出惊讶的表情，费舍尔看到这一幕点了点头。

"多亏了那个提篮子的蠢货，我们正好把她也抓了。抓埃森

220

小姐时，倒是没费多少劲儿，我们顺着含含糊糊的哼哼声，就找到了她。到那儿的时候，正逮着她和陶匠办事。"

离提斯特越来越近，这时安娜·斯蒂娜才看清龙女的样子，她以前从没有在这么近距离看到过龙女。龙女的衣裙上沾满了干巴巴的泥巴。她弯着腰，驼着背，活像是背上长出了一座驼峰似的。但就是这样一个身影，在往日，哪个提篮女孩看到她，都得躲着她走。比起上次安娜·斯蒂娜见到她时，龙女看上去似乎变得更憔悴了。龙女本就长得瘦高，而如今在寒冬的折磨下，她的身板变得愈发单薄，头发上也沾着些秽物，看起来脏兮兮的，而后脑勺上更是结着一块块的血痂。龙女穿得破破烂烂，光着一双脚板，脚上长满了疮。她肯定是一连在外面露宿了好几周。龙女冰冷的蓝眼睛睁得很大，瞪得溜圆。安娜·斯蒂娜曾见过这样的眼神，那是被驯服了的熊的眼神，它们被铁链紧紧拴住，在马戏团的舞台上跳着舞，而它们的主人则在一旁挥舞着皮鞭。这是一双饱含愤怒几欲爆发的眼，这是一双浸染无奈和绝望的眼。这眼里藏着愤怒的火种，随时准备燃起熊熊烈火；这眼里躲着精心构建的疯狂，为了抑制恐惧在心中发芽。

提斯特走在龙女身后，推了她一把，把她赶到车上。龙女偷偷瞥了一眼安娜·斯蒂娜，然后便转头望向树林。车夫用力往牛身上抽了两鞭子，牛车便沿着小山坡开始往上爬。这条路先是经过关押欠债人的监狱，然后转向海湾方向，最后再路过两处风车古迹。当道路再次变得蜿蜒曲折时，安娜·斯蒂娜第一次亲眼见到了那个地方——斯卡劳改院。斯卡劳改院就坐落在沃克豪斯桥的旁边，她以前听别人提起过这桥，说它叫叹息桥。

***

　　这座岛上土地贫瘠，大块大块的岩石裸露在地表，岩石上覆盖着薄薄一层土壤，上面长不出多少植被。桥的另一端是一栋栋房屋，在这些房子后面隐约能看到劳改院的轮廓。安娜·斯蒂娜在玛丽亚教区和卡特琳娜教区从没有见过这样的景象。最先看到的是劳改院教堂的塔楼，塔楼的屋顶上竖着一个十字架，插着一面三角旗，屋檐下则孤零零地吊着一只黑色的铃铛。老人们总说，有些地方有它自己的记忆和力量。安娜·斯蒂娜也相信这句话是真的。她曾经到过哈马比的刑场和从前埋死人的瘟疫坑附近，那些地方总让她感到一阵阵阴冷。还有刑场里的木马和颈手枷，这些刑具上仿佛还残留着恐惧的情绪。而在这座工房边，安娜·斯蒂娜确确实实感受到了些令她非常不安的东西，就好像连工房砖墙的每一个缝隙里都渗出一股恶意。当她从桥上走过时，那股恶意便紧紧抓在她皮肤上，使她窒息。劳改院的墙壁上有一股积怨已久的仇恨猛烈翻涌，席卷过安娜·斯蒂娜全身，这股恨意积聚在一起想必少说也有数十年了。这一定是个充满痛苦和折磨的地方。

　　突然左边传来了一串声音，安娜·斯蒂娜真没料想到，自己会在如此阴森的环境中听到这样一串声音。那是有人在唱歌。正值清晨，四周很安静，根据歌声，很明显能听出，唱歌的是个年轻小伙子。虽然低音没什么音色，但音调还算清晰。

　　"黑夜之神准备掳走他的猎物……"

　　歌声从路旁高大的庄园宅邸里飘了出来，这所宅邸的一扇窗户正敞开着。宅邸的外墙用硫酸处理过，呈现出黄色，这种墙外表的黄色在万桥之城里到处都能见到，只是这里的墙表黄色已经不那么清亮，大概因为这里靠水边太近吧。湿气和霜冻深深地钻进外墙上的灰泥里，使得墙面上的灰泥一块块地剥落下来。牛车走得近了，安娜·斯蒂娜看到主楼的墙壁也是这副模样。而歌声已跑到他们身后，渐渐暗淡，渐渐远去。

"步入深渊深处，那里有我要找的路……"

车夫停下了牛车。费舍尔和提斯特解开捆在龙女和安娜·斯蒂娜手上的绳子，将她俩从车后拉了下来。费舍尔迅速地瞥了瞥两边，见没人，便向车夫低声说话。

"那么，我的朋友，现在是给你付钱的时候了。姑娘们，请为这个善良的朋友撩起你们的裙子，慷慨一点，多付些小费。来吧，没什么好犹豫的。"

龙女稍犹豫了片刻，随后耸了耸肩膀，大声笑了起来，冲着赶车夫吐了吐舌头，接着她便按照费舍尔的吩咐，撩起自己的裙子。这让安娜·斯蒂娜想起了自己站在吕山德牧师面前时的那种感觉，那一时刻她感觉非常愤慨，因为她觉得，对别人而言只是看了一眼，但对她而言，则是自己被剥夺走了无比重要的东西。这次，她依然没有动弹，像是瘫痪了一样，她双手紧握，任指甲刺进掌心。这时，车夫用手指了指安娜·斯蒂娜，十分不满。

"还有那个呢？就这一个姑娘可不太够看，要是只有她一个的话，我根本不会答应大老远地跑到这儿来。"

费舍尔先是狠狠瞪了安娜·斯蒂娜一眼，然后给提斯特使了使眼色，提斯特便从腰带上解下短棒。这时，他们身后的门开了，一个身着黑色牧师袍的男人走了出来。他看到聚在牛车旁的几人，停了下来，疑惑地望向他们。牧师是个大高个，身形极瘦，长着一头白发。他的眼球向外凸起，瞳孔悬在白眼正中间，眼睑时不时地眨一眨，好像带着一种奇特的规律。他似乎感觉到了气氛有些不对劲，便向前走了几步，眨巴着眼睛，视线划过费舍尔和提斯特，眼里带着毫不掩饰的厌恶。

"哦？"

费舍尔摘下他的蓝色帽子，答话时，语气恭敬。

"鄙人费舍尔，此人提斯特，我们是守门人，编号分别是12号和25号。之所以来到这里，是为了将这两个新手纺纱工交付于比约克曼督察来看顾。"

牧师哼了一声，又向前走了几步，他的鼻尖就要贴到费舍尔的鼻尖上，只差一个手指的宽度。费舍尔身体向后倾倒，脚跟使劲儿蹬在地上，才勉强站稳。

"你是说，交给比约克曼督察照看？你说的不会是那个比约克曼督察吧？一天到晚往剧院舞台上跑，大吼大叫地唱些人们早都忘记的陈腐咏叹调，没准儿是在为国王吊唁，正是这位国王赐予了他如今的地位。也只有这样他才能忘却一切沉溺放纵于自己最爱的美食当中，只知道暴饮暴食，哦，当然，对他来说，这些都比不过美酒和手淫带给他的乐趣。你说的肯定不是这个比约克曼督察吧。"

费舍尔垂头丧气地站着，不知道该怎么办。他被牧师的话刺痛了。他试图迎上牧师的目光，但是眼睛里充满了泪水。

"你是哑巴了吗，费舍尔。请允许我给你指点一二，这样，下次再有人和你提起比约克曼督察时，你就能自己讲清楚，他到底是个什么人。是一个打鼾如打雷，不把玛丽亚教区的好人都吓成傻子，就绝不善罢甘休的人。"

牧师讲话的声音越来越大。他每发出一个辅音，嘴里就要喷出几滴唾沫星子。安娜·斯蒂娜意识到，让费舍尔双眼湿润的并不是牧师严厉的目光，而是从他嘴里喷吐出的口水。尽管隔着几米远，牧师身上的酒臭味儿还是钻进了安娜·斯蒂娜的鼻子里，牧师嘴里飞溅出来的口水裹挟着一股口臭向她袭来。

"不过，费舍尔，看你这肚子，没准你和他是一路货色。"

接着，牧师慢慢踱步，绕着费舍尔打转。他双手背在身后，神色严厉，活像一个来视察工作的教区长。

"喂，费舍尔，你在来这儿的路上，有没有见到一头发情的公牛？要说这些畜生该不该下地狱，这确实不归我管，再说了畜生到底有没有灵魂，能不能被拯救，这些问题啊，还是留给哲学家去思考吧。不过我倒是能和你保证，要是下不下地狱也靠投票来定，那我肯定会给你投一票，好叫你下地狱时，出溜得快一点。老实说，我看你最好是现在就往地狱那儿去，而且得赶快去。最好是前脚行李才运进地狱大门口，后脚你就跟着一块儿进去。"

费舍尔努力克制住自己，额头上已然渗出滴滴汗珠。他快步走到安娜·斯蒂娜身边，解开她胳膊上的束缚，这才有点儿如释重负的感觉。费舍尔把嘴凑到安娜·斯蒂娜耳旁，低声和她告别。

"安娜·斯蒂娜·克纳普，如果你还有机会出来，下次见面时，你最好向诸神祈祷，别让我发现你。"

费舍尔把安娜·斯蒂娜和龙女推进了大门，门后正有一个警卫正等在那里，他身上的蓝色制服和费舍尔的一模一样。而在他们身后，牧师的身影渐渐走远，他向桥边的房子那边走去，步履蹒跚，嘴里嘟嘟囔囔，好像还在责备费舍尔，费舍尔则扭过头啐了他一口。

"那就是尼安德尔牧师。以前听人说他疯了，现在我算是见识到了。"

门口的守卫是个老头，皮肤上露出一片片皮癣，既没有头发，也没有眉毛。听见费舍尔的话，他咯咯咯地笑着，笑声中透露着恶意。

"我很遗憾。要我说，任谁碰上尼安德尔闹情绪，都是个倒霉事。"

"他怎么了？"

"他这个人本来就没什么常识，而且他最近听说，我们最受欢迎的男低音兼劳改院督察比约克曼递交了辞呈，打算到萨沃克斯安度退休生活。"

"既然他对督察有意见，难道他不应该为这场离别而感到高兴吗。"

"哦，他们两个的关系比较复杂。牧师给每一个他所能想到的权威人士写抗议信，表达自己对比约克曼的不满，就连上任国王陛下古斯塔夫都没幸免，都收到了他写的抗议信。最后，因为他的抗议信语气太重，摄政王看了非常生气，牧师还被罚二十达勒。听说，他得知到国王被枪杀的消息后，非常高兴，特意开了一瓶香槟，举杯欢庆。我估计，尼安德尔心情这么差八成是因为，比约克曼要辞职离开这里，自己酝酿已久的复仇计划也跟着付之东流。"

"谁来接替比约克曼的工作？"

"谁知道呢，但可能要到秋季以后了吧，也没准还要更长时间。谁会愿意住到这种环境恶劣的岛上来？比约克曼愿意吗？当然，这二十年来，比约克曼长期玩忽职守，不过也可能正是这样，他才能保持精神正常，不至于发疯。整个冬天，我几乎没在劳改院见过他。尼安德尔则是早晚都要祈祷，不过每天都喝个酩酊大醉，祷告词都念不清，再别说来挽救自己的灵魂了。而且无论如何，除了那些被他当作把柄来攻击比约克曼的囚犯，尼安德尔对别的囚犯那是一点儿也不在乎。不管怎么说，实质上统治这儿的人还是佩特森，这你也知道，就算再来一个新的督察也没什么两样。"

"妈的，这是什么鬼地方。老实说，我这辈子没遇到什么事值得我感激的，但要能让我赶紧离开这个马蜂窝，那我可真是谢天谢地了。给，这两个纺纱新手就归你了，两个都是荡妇。祝你们好运，小姑娘们。"

费舍尔扶了扶帽檐，转过身去，一瘸一拐地走出大门。

34

　　门口的守门人脸上有一块烧伤疤，这人先喊来了一个年轻的同事，然后拉开门闩，把他们三个人都放进内院里，院子中间有一口水井，水井边上有一台抽水机。从内院抬头向上望去，是一小片方形的天空，这片天空看起来是那么的遥远，安娜·斯蒂娜不禁觉得自己一下子身处井底深处，才会觉得天空那么遥远。房子两边连着两栋配楼，配楼的每扇窗户上都装着铁栏杆，透过这些窗户，隐隐约约能看到一些俯身工作的身影。院子的另一头伫立着一座古老的建筑，样子很像安娜·斯蒂娜在索恩岛郊区见到的庄园宅邸，这些房子大多是一个多世纪前建的，都是些有钱人度假享乐的地方。这座宅邸大约是早就有的，后来才和周边其他建筑一起被圈起来，变成了劳改院的一部分。守门人在铺着砾石的地方停了下来，他们得在这里等待管理人的到来。

　　年轻守门人一点也不着急。也许龙女和安娜·斯蒂娜一样焦虑，但表面上不怎么看得出来。相反，她一直在唠唠叨叨，抱怨被安排来看守她们的守门人。她一会儿蹦蹦跳跳，一会儿又说要上厕所。守门人耸了耸肩。

　　"如果你还有一点理智的话，就最好不要大吵大闹。彼得·佩特森很快就过来了，你最好别惹他生气 。"

　　龙女怒气冲冲地瞪了守门人一眼，还趁他转身的时候，在他背后做了个鬼脸。一行人就这么等着。

这儿的管理人是个大块头，安娜·斯蒂娜就是伸开双臂，也没有他的肩膀宽。蓝色制服在他身上不怎么合身。他的外套敞开，没有扣扣子，安娜·斯蒂娜猜测，就算他想把扣子扣上，也是很艰难的事。他似乎很热，身上汗流浃背。他的脸又大又圆，一张大嘴从左耳朵咧到右耳朵；他的鼻子又宽又翘，看起来就像猪鼻子；他的眼睛深深地嵌进肿胀的面庞，四处乱瞟；他的头发很浓密，也有点长，甩在脖子后面，紧紧地扎成一个结；而他的皮肤上则满是陈年旧疤；他的嗓音更是相当低沉沙哑。

"欢迎来到我们简陋的鸡舍，我的小鸡们。我叫佩特森，我和我的同事海比奈特是这里的管理员。你们被送到这里来，是为了弥补过往的罪行。现在，告诉我你们的名字。"

年轻守门人分别指了指两人，报出了她们的名字。

"安娜·斯蒂娜·克纳普。卡琳·埃森。"

佩特森仔细打量两人。安娜斯蒂娜垂下眼，她知道对于这种男人，这个样子更能讨人喜欢。龙女则挑衅地瞪着他，来回摇摆身体，好缓解眼下迫切的需要。佩特森举起他那长得和烟熏火腿一个样的手指，指了指龙女。

"埃森小姐是怎么了？"

"她说她要小便。"

"是这样的吗，埃森小姐？你自然是习惯了跑来跑去，随心所欲，说要撒尿就要撒尿，自在得像山林中的野兽。"

龙女顿一顿，打算开口回答。讽刺的是，佩特森的声音听起来很温和，尽管如此，安娜·斯蒂娜还是听出了他话里挑衅的意味。安娜·斯蒂娜静静地祈祷，希望卡琳·埃森能理智点，不要回应佩特斯的挑衅。但卡琳·埃森并没有让安娜·斯蒂娜如意。她扬起下巴，一字一顿地做出回答。

"我怎么看不出来，我要尿尿和别人能有什么关系。"

佩特森扯了扯嘴角，露出一个笑容，这笑让安娜斯·蒂娜毛骨悚然。此时的佩特森看起来就像一只猫，在谷仓里吃得肚皮溜圆，爪子下还按着一只老鼠。他一步步逼近，舌尖慢慢舔过唇角。

"让我好好瞧瞧你。"

他伸出手，用大拇指和食指捏住卡琳·埃森的下巴，抬起她的脸，好让光线照在她的脸上。

"哦，我见过一些像埃森小姐这样的女孩。她们给城里的酒吧和妓院增添了不少光彩。你喜欢跳舞吗？"

安娜·斯蒂娜想告诉她不要上钩，不要回答佩特森的问题，这样他迟早会厌倦这场游戏。但是，安娜·斯蒂娜什么也做不了，只能眼看着龙女露出了自信的微笑。

"我确实能在舞池里跳上几圈。"

佩特森装出一副钦佩的样子，转身看了一眼他的同事。

"是这样的吗？我很了解我们劳改院的姑娘。埃森小姐，你是确实擅长跳舞吗，还是说其实你跳舞时就像一袋土豆一样，靠在舞伴身上，才跳了一两圈波洛奈兹舞，就累得受不了了？"

龙女哈哈哈地大笑，笑声中透露出几丝挑衅。

"你眼前站着的可是个能跳一整晚的舞者，就算其他人都已累得跌倒在地板上，我也仍然能翩翩起舞！"

佩特森点了点头。

"既然你这么说，我自然愿意相信你说的都是真的。但我知道，人们总是容易高估自己的能力。所以为了证明自己，你能为我在这里跳上一段吗？"

龙女有点儿犹豫。她想了一会儿，但也想不出什么其他的办法，只好当场跳几步。佩特森摇了摇头。

"不，不是在这儿跳。你得绕着水井跳，在我们斯卡劳改院，大家都这样跳。你也应该绕着这水井跳上一跳，好叫我们看看你跳得到底有多好？"

佩特森伸出手臂，一只腿向下弯曲，另一只腿向后撤，弯下身来行了个礼。龙女顺着佩特森的示意，来到了水井边，井边的水泵斜搭在一个石盆上，以防溢出的水洒到地上。一开始，龙女看起来一副心里没底的样子，但随后，她下定了决心，咧嘴一笑，挽起手臂，假装是搭在看不见的舞伴身上，脑子里响起了一首欢快三拍曲，她就和着这曲子跳起了来。她绕着水井跳了一圈又一圈。佩特森一边打着拍子，一边吹起了口哨。

"不错！看起来埃森小姐确实很会跳舞。也许埃森小姐还可以再跳一轮，叫我们再好好看看你的本事。"

龙女跳第二圈时还和第一圈还没什么区别。可当佩特森要她跳了一次又一次，她便不再觉得新奇。龙女开始感到厌倦，步伐也变得缓慢，手臂也不再高举，而是垂在身边。佩特森鼓起掌来，要她绕着井再跳上一圈，这时，她的脚步渐渐放慢，最终停了下来，双臂交叉抱在胸前。

"我已经跳够了。再跳也没什么乐子了，我还急着去厕所，要是没有厕所，灌木丛也能凑合。要是实在不行，随便找个拐角也可以。"

佩特森的双眼紧紧盯住卡琳·埃森，他冲站在安娜·斯蒂娜旁边的守门人打了个响指。这人便一声不吭地穿过院子，从一栋配楼的前门溜了出去。佩特森再次开口时，他的声音里已听不到一丝笑意。

"你可以过一会儿再尿尿。现在，你得跳舞。来吧，埃森小姐，再来一圈。要不了多久，洛夫就会回来，给我们带来一点惊喜。

在此之前，你还有时间再跳上一圈。运气好的话，没准儿还能跳两圈。"

她的动作不再像是跳舞，更像是在边走边跑，偶尔脚抬起来跳上两下。另一个守门人洛夫回来时，肩上扛着一个小袋子，佩特森向龙女走了几步。洛夫把麻袋递给佩特森，他用自己那树干般粗壮的胳膊拎起袋子，递给龙女。

"这里面装的是埃里克大人。现在，我就来给你们两个介绍介绍。"

他从麻袋里拿出一条长长的编织皮鞭，紧紧握在手里。它大约有两埃尔（约230厘米）那么长，鞭子的一头又细又尖。

"你以前，怕是从没见过鞭子长什么样吧。只要你能跟得上节奏，我们就用不上埃里克大人的帮助。现在，请再跳一圈，这次可得跳得高一点。请吧。"

* * *

在佩特森甩出第一鞭前，龙女强撑着绕着水井跳了三圈半。她跳得越来越慢，佩特森穿着靴子，跨开大步，追上了她。一时间，鞭笞声和着龙女的叫唤声回响在院子的墙壁间。细细的鞭子卷上龙女的脚踝，留下了一条鲜红的伤痕。尽管她咬着嘴唇，强忍住泪水，但从她痛苦的呼吸声中，不难听得出她几乎快要哭出来了。自然，佩特森也注意到了这一点。

"哦，但这还算不了什么，埃森小姐。埃里克大人的能耐远可不止这一点儿。继续跳，不要停，让我看看它是不是还得和你一起起舞。"

这时，院子四周的窗户上出现了一张张憔悴而苍白面孔。龙女又绕着水井跳了五圈，直到鞭子再度击中她，这次鞭子狠狠地抽在了她的小腿上，接着她的皮肤上就渗出一道血痕。之后，她又跳了七圈，这次龙女再也控制不住自己的膀胱了，尿水顺着她的裙子流下来，但她还得继续跳舞。尿液混合着咸咸的汗水淌过她的伤口，她感觉到一阵阵的刺痛，忍不住哭了起来，起初只是小声地啜泣，随后哭声越来越大。但很快，哭声和叫声就混在了一起，谁也听不出她是在哭喊，还是因为挨了打在叫唤。龙女一边哀号一边向佩特森求饶，说自己再也不敢了。然而，佩特森理都不理她。到了最后，她只是一个劲儿地尖声叫喊，嘴里不停地喊着妈妈。多年来，龙女混迹于玛丽亚教区的街道上，养成了一股韧劲，只可惜，如今这韧劲被鞭子一层层地从她身上剥了下来，就好似佩特森只是随手从安娜·斯蒂娜的篮子里拿出了一颗洋葱，一层一层地把它剥开。剥到最后，只剩下一个惊恐万状的孩子。又过了两个小时，其间，佩特森挥舞着鞭子，鞭笞如雨点一般噼里啪啦地落在龙女的大腿和后背上，此时龙女已经奄奄一息，只能缓缓地往前爬行。太阳直射大地的正午时分到了，塔楼中的摆钟轰鸣作响。纺纱工们踩着步子走出房间，前去进食。其中有些人对龙女指指点点，嘲笑她跳得难看。更多的人则是连看都不敢看她一眼。安娜·斯蒂娜就闭着眼睛站在那里，没人注意到她，她双腿颤抖，她必须要用尽全部力量，才能站稳。尽管如此，她却感觉到内心里生出了一种叛逆的情绪。安娜·斯蒂娜试图把自己包在一层壳里。她亲耳听到了一切，她听到了那个禽兽为了给自己找点乐子，残忍地折磨一个女孩的过程。尽管如此，法律依然站在这个禽兽这边，甚至没有一个人愿意动一动手指，表示对他的抗议。劳改院的佩特森，恰尔德大草坪的安德斯·佩特，教堂办公室里的吕山德牧师，法庭里的法官，还有带着短棍、绳子以及砍刀的费舍尔和提斯特，他们都一样，都是一丘之貉。看到

233

龙女在水井边画出一圈血迹后，安娜·斯蒂娜就发誓，无论别人怎么看她，她也不会再是那个软弱无力的女孩了。无论是在思想上，还是在实际上，她都必须脱离这个可憎的地方。趁她还没迷失自我，趁她还没被同化，变成那群麻木的活死人中的一员，她必须尽快离开。对卡琳·埃森来说，一切都为时已晚。安娜·斯蒂娜知道，龙女再也不是那条恶龙了。

佩特森喘着粗气，衬衫下的胸脯不停起伏，部分原因是他有点累了，但安娜·斯蒂娜惊恐地意识到，更多的原因是他感到很兴奋。他停了下来，擦了擦额头上的汗水，瞥见了安娜·斯蒂娜和她旁边的洛夫，洛夫已经在正午的暖阳中打起了盹儿。

"嘿，乔纳坦！这个姑娘你领走，给她找张床，再找个吃饭的位子，还有，给她找架纺车。你回来的时候给我捎瓶水来。一搞纪律就容易口渴，瞧她这个样子你可能不相信，叫我看，埃森这儿还能再跳一两轮华尔兹。"

35

安娜·斯蒂娜渐渐熟悉劳改院的生活方式。纺纱是她不得不完成的任务，她必须坐在纺车旁，日复一日地工作。而和她一起工作的其他女工，也是一样，天天坐在纺车旁踩着踏板，转动绳轮，一副憔悴疲惫的模样，就像那纺车，不知经历了多少磨损，看起来破旧极了，一动起来就吱呀作响。劳改院的女工每天凌晨四点就会被叫醒，聚在教堂里，牧师会在门口迎接她们的到来，并主持祷告。牧师经常喝得醉醺醺，扶在布道坛讲桌上的手也总是抖个不停。之后，她们就在平时工作的房间里解决早餐，早餐一般是一点儿啤酒和一点儿面包皮。她们白天在这屋里工作，晚上也在这间屋里休息，沿着房间四周的墙壁排列着一张张窄窄的床，这就是她们睡觉的地方。午餐是在十二点，晚餐则是在一天的工作结束后，晚上九点开始。每天吃的就是些硬邦邦的咸肉和变质的鲱鱼，配上水煮燕麦和芜菁。每餐的食物都放在破旧的木质托盘上，四个人共分一个盘里的食物，一个盘里那点吃的甚至不够让一个人吃饱。没过多久，安娜·斯蒂娜就发现了这么做的原因。每回开饭的时候都有一个守门人在场，通过他可以订购到额外的食物。他有一本大账簿，所有订单都记在这上面。每纺完一卷纱线，犯人就能得到一份微薄的薪水，这笔钱就是用来购买那些收费食物的，收费食物包括黄油、奶酪、牛奶、新鲜的肉类。所有人都靠微薄的薪水买收费食物，不然就会饿死。

衡量她们工作量的标准是"根"：所谓一"根"就是一整卷的成品纱线，长三千厄尔①。第一天，安娜·斯蒂娜花了整整一天的时间才纺了一千厄尔。她用左手纺起纱来，要比用右手来得容易些，而且她总是掌握不了绳轮转动的规律。她捻出的线要么太粗，要么太细，所以这线时不时就要断上一次。这线一断，她就得赶紧把断开的线头捻到一起。这层楼的主管一直在她们身边走来走去，监督她们工作。到了晚上，她就意识到自己学得太慢了。如果她纺不出更长更好的纱线，她就吃不饱，如果她吃不饱，她就没有精力纺线。她对饥饿并不陌生，她很清楚饥饿会减缓人思考和做事的速度。

* * *

和她一起用餐的另外三个人年龄各不相同。其中一个人年纪很大，满脸皱纹，老态龙钟，身体深深弓起，似乎身体要把纺车裹得严严实实，仿佛是全身心投入到这项工作中去，别的什么也干不了。她一边工作一边自言自语。她一只眼上覆着一层乳白色的薄膜，另一只眼则茫然地望向空中，双手自顾自地纺着纱。

其中另一个人，是个和母亲玛雅年龄相仿的女人，坐在稍远一点的地方。她人很瘦，有些神经质。每当守门人来回巡视时，她的眼睛就会紧紧盯住守门人手中的鞭子，呼吸也变得愈发困难而急促。当守门人走到她背后的时候，她就会耸起肩膀夹住脖子，以保护脖子不挨鞭子。有时她会无缘无故地抽动一下，幅度之大，甚至会扯断手里的毛线。

离安娜·斯蒂娜最近的那个女孩比她大不了几岁，女孩有着

---

① 长度单位，在古代通常用来丈量布匹，1 厄尔相当于 114 厘米。

乌黑的头发和同样乌黑的眼。她一直低着头工作，但眼睛却到处乱转。那双眼就藏在刘海下面，来回转动，什么也逃不过她的眼神。当安娜·斯蒂娜刚被带来这里，头一次开始纺纱那会儿，她就感觉到这双眼睛正盯着自己，但很快，这女孩的注意力就转移到其他地方去了。当守门人转过身去和过来值班的同事聊天时，安娜·斯蒂娜向那个女孩弯下腰去。

"教教我怎么纺纱。"

女孩脚下动作没停，继续踩动纺车的踏板，保持绳轮转动，将毛线绕到线轴上，瞥了安娜·斯蒂娜一眼。两个守门人结束了谈话，过来换班的守门人开始在房间里来回巡视。等他走远了，女孩低声回答安娜·斯蒂娜。

"我可以教你纺线，但你纺好第一卷线拿到的薪水，要交给我做酬劳。"

守门人转过身来。他一定是听到了讲话声，但又不确定是谁在讲话，于是便盯着房里的二十来个女工来回打量，最后他放弃了，不再去找声音的来源。过了好一会儿，安娜·斯蒂娜才敢做出回答。在这期间，她一直在思考该怎么还价。

"我可以把头一卷线的薪水给你，再加第二卷线薪水的一半，但在付款时间上，你得放宽期限。"

旁边的女孩看着她，眼神里充满了怀疑。安娜·斯蒂娜便迎上她的目光。

"如果我不尽快搞到额外的食物，不光是我要倒霉，你也从我身上得不到什么好处。"

女孩俯身伸出一只手，张开大拇指。安娜·斯蒂娜犹豫了一会儿，然后也伸出了大拇指，她们拉钩立下约定，安娜·斯蒂娜补充道：

"明晚之前你得教我纺出第一卷线，要是这卷线断了或打结了，我可就不付钱了。"

那女孩微微一笑，轻轻哼了一声。

"我同意了，但如果你还没学会就先饿死了，你的衣服和其他东西就都归我了。"

她轻轻转动纺车，好让安娜·斯蒂娜看得清楚。她放慢了踩踏板的速度，缓慢地做出每个动作。这么做确实有用。

那天晚上，在去做晚祷的路上，在祷告的时候，她们终于有机会在教堂的长椅上小声聊上两句。这时安娜·斯蒂娜才知道，这女孩的名字叫乔安娜。

"那你的刑期是多少？"她问道。

"一年半。"

乔安娜苦笑了两声，又沉默了一会儿，以确保她没有引起守门人的注意。

"你是新来的吧。在这里，计算惩罚的单位既不是年也不是天，而是根。一年半的刑期，就意味着一千根线。据说，如果我们勤奋劳动的话，一年可以纺七百根线。也就是一天两根，一共六千厄尔。即使是母羊，也就是我们旁边的独眼老妇，也做不到这一点，尽管她这一辈子都在学习如何纺得更快一点。"

安娜·斯蒂娜静静地坐在那里，心里盘算着。她捏着手中的毛线，试着展望自己不久的将来，在时间一天天流逝的过程中，她会纺得越来越好。她想象着自己的手脚灵活，工作娴熟，她又试着在脑海里描绘一千根线是多少。而当她真正意识到自己要做多少活时，现实给了她一记重拳。

"三年！没准还干不完。"

她曾经也计算过自己要干多久，而且她还记得当时的那种感觉。她耸耸肩。

"没准得要四五年。要是你在这儿得罪了人，他们就会从你这里下手，先是拿走你的线轴。这样你一个星期就只能纺出一卷线，然后你就不得不去偷别人的，不然你就要挨饿。而要是你偷东西被发现了，他们就会延长你的刑期。"

守门人手里握着长长的藤条，在过道里巡逻，看有没有人偷懒。在安娜·斯蒂娜她们周围，其他的囚犯试图趁着还没被守门人发现，抓住机会休息几分钟。两个姑娘就这么静静地坐在长椅上，尼安德尔牧师含糊不清地念着手中的《圣经》，直到乔安娜再次向安娜·斯蒂娜侧身，把嘴凑到她耳朵旁。

"你是怎么进来的？"

"卖淫。但我是无辜的。你呢？"

"我也一样，什么都没做。谁能想到两个无辜的人被安排到了一起。"

乔安娜又耸了耸肩，再次开口："这儿还有杀人犯和小偷。而我只不过陪男人睡了几次，就为了讨口饭吃。"

* * *

庭院的上方，星辰在苍白的夜空中徘徊。守门人先是将犯人从教堂押送到她们的房间，然后便带着提灯离开了，犯人们就这么被扔进黑暗中。房间里所有门都上了锁。春天的夜晚光线充足，可以透过窗户照进屋来，使栅栏在地板上投下一道道阴影。安娜·斯蒂娜躺在床上没有睡。床垫里的干草臭气熏天，到处都是虱子。老鼠沿着墙壁快速奔跑，寻找有面包屑的地方。女工们白天时刻都得控制自己的情绪，十分不容易，而到了晚上，她们便再也控制不住自己。其中许多人忍不住啜泣、呻吟，还有一些是在打鼾、抽鼻子、说梦话。安娜·斯蒂娜也感到自己眼里含着泪水刺刺刺地疼，但她没有忘记自己在心里许下的承诺，直勾勾地盯着天花板。过了一会儿，她眼前出现了各种形状不同颜色的幻影，在她眼前晃来晃去。乔安娜的床就在她旁边。乔安娜在黑暗中低语。

"你还醒着吗？"

过了好一会儿，乔安娜才得到答复。

"对。虽然白天干了很久的活，晚上还是睡不着觉。"

"和我们一起吃饭的另两个人都是什么来头？"

乔安娜在床上叹了口气。她可能在权衡是入睡好一点，还是想点别的事情分散一下自己的注意力更好一点。她过了好些时间才做出决定。

"其中一个是丽莎。她脑子不大正常，结过婚，但据说是她丈夫把她逼疯的。一天早晨，有人发现丽莎走在街上，身上一丝不挂。她本来应该被送往丹纳许湾的医院，但别人把她送到了这里。她本就已经很瘦了，而且纺得还不够快。有人拿她打赌，就赌她能不能活到最后一片叶子从外面草地上的栗树上落下去。还有人建议赌她能不能活过冬天的第一场雪，但没人愿意赌这个。"

"那，年纪大的那个人呢？"

"大家都叫她母羊，因为她长胡子，还因为她老把小块羊毛叼在嘴里，嚼个没完。她很少和别人说话，尽管她总是自言自语，还对着只有她能看见的人说话。她在这里待的时间最长。在这个地方还没建起两边的附楼和小教堂的时候，她就已经在这里了。你知道，他们会把犯人分到不同区域。这边都是些小偷和娼妇，另一边都是些犯了更大罪行的人。之前很多年里，母羊一直待在犯人中最坏的那一拨里，但她现在已经老了，不会伤害人了，守门人就把她搬到这边来。她会一直待在这儿，直到他们不得不把她抬出去。"

"那你知道她是犯了什么罪被关进来的吗？"

"有人说她把自己的几个孩子扔到了井里。"

＊　＊　＊

她们静静地躺了一会儿，什么也没说。

"乔安娜，我不能待在这儿。"

乔安娜没有回应。

"一定有什么办法。"

她又听到了之前的那种苦笑声。

"最近肯定是不行，以后也一样。去年，西南角的几个女人，想办法撬开了窗户上的一根铁栏杆。当时，有七个胆子大的，就从窗户跳了下去，顺着桥跑了。这事儿闹得很大，那是我唯一一次在劳改院里见到督察本人。他的声音很好听，但那会儿他光顾着大喊大叫了。他们检查了每扇窗户，把所有生了锈的铁栏杆都拆了下来，换上新的。他们清点了所有的钥匙，还给我们这儿派了更多的守门人。要是守门人看到谁不对劲，就会抽她鞭子。从那以后，就再也没人能逃出去了。"

安娜·斯蒂娜感到心中曾经怀抱的希望，就像是在风中摇曳的火焰，几乎要被吹灭。过了一会儿，乔安娜又轻声补充了一句。

"嗯，实际上，还真有一个逃出去的。她叫阿尔玛。阿尔玛·古斯塔夫斯多特。她原来和母羊是同一组，后来我顶了她的空。你知道的，就算有人逃出去了，要不了多久，她们就又会回到这里。只要守门人去她们以前待的街区转上两圈，就能抓到我们这些人，再然后只需在我们手臂上再绑一个新扣，就能把我们拖回到纺车边去，我们的这辈子都得坐在羊毛里度过。但是阿尔玛不一样。

"没人知道她是怎么逃出去的。"

海湾那边传来了一声潜鸟的哀嚎。玛雅·克纳普以前说过，这种潜鸟的哀嚎与溺水而亡的水手发出的声音一样，他们都从内心深处呼唤着他们对圣地的渴望。

36

　　两个星期过去了,偶然间,安娜·斯蒂娜才又见到龙女; 安娜·斯蒂娜本可以只让目光在一群犯人之间随意游移, 而不刻意去辨认出龙女。龙女那瘦长的身体, 如今蜷缩了起来, 腰也弯了下去。她的一条腿被掰弯, 扭出一个特定的角度, 为此龙女在走路时, 不得不曲着膝盖向外转, 不然两只脚就要打架。在她裙子下露出的皮肤上, 布满了还没长好的伤痕和疮疤, 皮肤上青一块黄一块紫一块, 身体也控制不住地颤抖。短短几天里, 龙女就被折磨得成了老太太的模样。当她和安娜·斯蒂娜的视线对接上时, 眼里丝毫没有认出安娜·斯蒂娜的迹象。如果龙女一直抖得停不下来, 那她肯定没办法纺线, 而安娜·斯蒂娜在自己的房间里, 早已见过纺不出线的女工会是什么下场。这些女工会纺得越来越慢, 到了最后, 她们就只是冷漠地坐着那, 根本不动羊毛, 除非看守人拿着鞭子, 威胁她们继续干活。她们纺得越来越少, 拿不到一点报酬, 更别说买什么额外的食物, 而且, 随着日子一天天过去, 人也变得形销骨立。最后, 她们就会倒下, 然后被抬到医务室, 暂作休息, 等待被埋进坟墓。

　　安娜·斯蒂娜把一些奶酪和面包卷进衣袖里, 然后当她在院子里遇到龙女时, 就趁守门人不注意, 设法把食物递给龙女。但龙女就像被什么击中了一样, 直往后退, 露出一副困惑、焦虑的神情。管理人彼得·佩特森似乎总是被龙女的反应逗乐, 因

243

为不过几周的时间里，当初那个傲慢的女孩竟变得如此温顺。他喜欢鬼鬼祟祟地靠近龙女，然后朝她扑过去大喊一声"哈"。看到这个，他的那些守门人密友纷纷哈哈大笑，但他们到底和佩特森不同。毕竟，虽然每天都有惩罚时间，谁都能以埃里克大人之名对犯人抽上两鞭，但是没有人能像佩特森那样精力充沛，乐在其中。

乔安娜悄悄告诉安娜·斯蒂娜，大家也开始拿卡琳·埃森打赌。卡琳·埃森甚至连免费提供的食物都吃不下，也从不为别人偷走她盘里的食物争辩。要是她能再扛两周，那真是个奇迹。而对安娜·斯蒂娜来说，这不过是再次证实了她的想法。卡琳·埃森越来越快地适应了这里的生活，只是她的适应，不过是被迫走上许多人的老路。一旦囚犯纺的线达到了审判中要求的数量，她们就会被释放，但很少有人能从真正意义上离开斯卡劳改院。尽管身体还在蹒跚前进，但囚犯内心中的一些重要的东西却已枯萎，囚犯的内心已经被改造，以适应劳改院外纺织厂的生活，而劳改院和纺织厂的生活，其实也没什么区别。也许，当龙女挨打的时候，安娜·斯蒂娜内心生出的保护壳，就是整个改造过程的第一阶段。这改造也许能叫她活命，但不应该让她为此付出如此沉痛的代价。

* * *

只有到了晚上，在黑暗的房间里，她才敢好好和乔安娜聊聊天，她们的低语隐藏在哭泣和呻吟中。她们两个都不肯称对方为朋友。乔安娜清楚知道这一点，而安娜·斯蒂娜也察觉到了这一点。朋友关系很容易成为一种弱点，成为保护壳上的缝隙，一不小心危险就会穿过缝隙，接近自己。在这个地方，建立紧密的羁绊只不过是为悲伤和背叛做准备。所以，她们两人都很满意这种相互尊重的关系。乔安娜意识到安娜·斯蒂娜会是另一个幸存者，而安娜·斯蒂娜也能在乔安娜这里，用更小的代价获得知识。只要能有个一起说话的人就很知足了，两人在彼此之间划出一道界限，不给对方交付过多的信任。

"再给我讲讲那个逃走的姑娘吧。"

"我知道的都已经告诉你了。如果你想知道更多，我可以问问周围的人，但这样做会有风险，可能会引起佩特森的注意，除非你付我半根线的报酬。"

乔安娜亲自演示了如何纺线，在乔安娜的帮助下，安娜·斯蒂娜现在比以前纺得快多了。虽然她还远没有像其他人那样达到指标，但她已经足够熟练，能攒下钱在星期天买到黄油和肉。尽管要加半根线这个要价很高，足以迫使她连续几个晚上饿着肚子上床睡觉，但她还是很快做出了决定。

"成交。"

* * *

安娜·斯蒂娜做的梦和从前不再相同。她躺在床上没有睡，听着乔安娜的呼吸声变得沉重而有规律，她仰着脸盯着天花板，纷繁思绪渐渐在她脑海成形。她看到了，母亲玛雅脸色苍白，倒在地上死去的场景。她看到了安德斯·佩特、吕山德、法官、守门人、管理人，他们站在高处嘲笑她。睡意渐浓，她隐约记得，自己梦见了那场大火，梦见童年时，玛雅·克纳普给自己讲述的那场灾难，这也是为了教导她，火灾的危险性，因为玛雅自己怎么都逃不出火灾的噩梦。火烧进了安娜·斯蒂娜的梦中，曾经给了她无尽的恐惧。而如今的梦和以前大同小异，只是角色颠倒了过来。梦中，她变成了那只红公鸡。她把现实中的一切都烧成了灰烬，劳改院、小教堂、廉租房、庄园和庭院全都烧成了灰烬。所有的一切都被她掩埋进燃烧的废墟中，她的心中感到一阵狂喜。她胃袋就像熊熊燃烧的火炉，将敌人吞噬。当她在黑夜中惊醒的时候，她的心中狂跳，充满了喜悦。劳改院的目的是教她纺织羊毛，并在她身上印上烙印，显示出这座城市为提高效率和生产力所做的努力。但最重要的是，这个地方教会了她仇恨的艺术。

* * *

乔安娜花了一个星期的时间，才打听到消息。安娜·斯蒂娜渐渐开始习惯，从床脚边传来低语的声音，却看不见是谁在讲话。她喜欢这种模式。这样，她能想象乔安娜的面孔，那是一张比现实中的乔安娜更好的脸，更健康，更圆润。

"有一些人还记得阿尔玛·古斯塔夫斯多特，但是许多当时在场的人都忘记了她。还有一些不在场的人假想自己在场，只是因为听到了关于阿尔玛的故事。她工作的区域和我们在一个楼，她也和母羊在一组用餐。她去年秋天到的这里，今年3月就消失了。她得了一种怪病，经常被送到医务室去洗澡，冬天，有人说她偷东西，那次她挨了一回鞭打。不过，她很幸运，打她的不是佩特森。"

"那她又是怎么逃走的呢？"

"有一件事大家的看法是一样的。那就是，阿尔玛消失前的那天晚上，就坐在教堂的长椅上，像其他人一样吃了晚饭，晚上守门人提着灯离开时，她还躺在床上。第二天早上，她的床就空了。守门人不知道是怎么回事儿。他们把房间翻了个底朝天，把床堆在房间中间，敲了敲墙壁，检查了窗户上的栏杆。那天晚些时候，大家都能在窗外看到他们，一大队人用手杖和剑敲打灌木丛去寻找阿尔玛·古斯塔夫斯多特。但那以后，谁都没再见到阿尔玛·古斯塔夫斯多特。"

安娜·斯蒂娜感到一阵失望。这个故事对她一点用都没有，也没有一点线索能帮她逃出去。

"就这些吗？"安娜·斯蒂娜再次听到乔安娜开口时，变了个腔调，声音带着一种满足感。

"觉得这些消息还不值半卷线的钱，是吧？冷静，还有更多的消息。我和离门最近的那个女孩谈过了。她说自己很清楚发生了什么事。她虽然年龄不大，但不幸的是，也不是特别聪明，她说自己在半夜被吵醒了几次，就在阿尔玛失踪的前那几天晚上。她听见，门口有人在敲打门锁，她以为那是个幽灵，要闯进房间里吃人。每天晚上，那个幽灵都来到这里，她被吓坏了，只好把头蒙到被子里，瑟瑟发抖。最后它敲开了锁，成功地打开了门。她感觉到了一股气流。据那个女孩说，那个幽灵偷偷溜进房间，在黑暗的掩护下，狼吞虎咽地吃掉了可怜的阿尔玛，然后藏在一辆手推车下面，回到了自己的巢穴。"

"你说有人指控阿尔玛偷东西。她偷了什么？"

"我听说，有一个锡勺一直没找到。她还偷了几瓶药，她声称是因为牙齿疼痛才从医务室拿走的。现在关于阿尔玛·古斯塔夫斯多特，别人知道的你都知道了，别人不知道的，比如饥饿的幽灵那部分，你也知道了。我知道这不算多，但不管怎么说，我想要拿到我的报酬。"

这消息里确实有些价值，安娜·斯蒂娜对此很有把握。女孩、勺子、医务室、牙痛，晚上在门口的咔嚓咔嚓声。她问了最后一个问题。

"你问过母羊了吗？"

"呵！好些年没有人跟母羊说过话了。她只和自己说话。"

* * *

第二天，吃了寡淡的早餐，安娜·斯蒂娜就把纺车一寸一寸地往回推，推到了母羊身边，母羊正用看得见的那只眼睛盯着前方，熟练地纺着线。安娜·斯蒂娜紧张地倾听，听母羊源源不断的喃喃自语，她的声音很小，连守门人都懒得让她闭嘴。这些声音夹杂在纺车的咔嚓声和嗡嗡声中，一不小心就会听漏，安娜·斯蒂娜必须弯下腰才能听清。喃喃声听起来像是没有旋律的吟唱，随着踏板的节奏不断重复。

"三英寻、三朵水花、三十年、三十年、一天三千厄尔的羊毛，所有的好东西都是三件。"

守门人离开了房间一会儿，安娜·斯蒂娜赶紧靠过去，尽可能地贴近母羊的耳朵小声询问。

"你是说你的孩子吗？三朵水花？"

母羊往后退仰了仰，打乱了步调。那只正常的眼睛转了转，落在安娜·斯蒂娜身上，像是第一次见到她一样。过了一会儿，她皱起眉头，继续纺线。她恢复了平常的工作速度，再次开始吟唱。

"三英寻、三朵水花、三十年、三十年、一天三千厄尔的羊毛，所有的好东西都是三件。"

"你在这里待了三十年了吗？"

母羊看起来有些分神，又瞥了安娜·斯蒂娜一眼。

"你还记阿尔玛·古斯塔夫斯多特吗？她去年秋天到今年春天都在这儿，就是和你一组吃饭的那个女孩。"

母羊似乎在权衡该做出什么选择，但最后她靠过来，那只正常的眼睛里闪烁着调皮的光芒。

"你知道，人们说我这么做是因为我恨他们，但事实恰恰相反。这是因为爱，是为了避免他们遭受今后将面对的一切苦难。每一天都比前一天更糟，为此我很高兴。每次太阳升起，都证明我做了一件正确的事。"

安娜·斯蒂娜不知道该怎么回答。她只是点头，母羊对她眨眼时，又纺起了线。

"三英寻、三朵水花、三十年、三十年、一天三千厄尔的羊毛，所有的好东西都是三件。"

安娜·斯蒂娜心里充满了绝望。母羊也是一条错误的线索，又是一个在劳改院里被碾成粉末的人，她已经疯了，现在她唯一的作用就是作为纺车的附属品继续存在。她冒着被守门人发现的风险，向母羊寻求线索，她发现这么做毫无意义。安娜·斯蒂娜决定等到晚上再作打算，于是她把纺车挪回了自己的位置。母羊晚饭后开始和她说话，她本来一点都不希望看到这种情况，不过这事儿还是发生了。这几乎是不知不觉中发生的，她讲话的节奏和纺线时的吟唱一样单调。她所说的似乎是她在劳改院里多年的记忆。

"她们认为纺毛线很难，但她们一无所知。她们认为食物不多，但她们什么都不了解。1772年，就是古斯塔夫国王即位的那一年，有人想扩建阿赫斯特德庄园，我们这些在这里工作的人就被拉去运建材，尽管这样，我们还是得自己支付食物和衣服的费用……原木和凿好的石块、轭上的砂浆和灰泥，人们像苍蝇一样死去，但老玛丽亚不一样。不，她很坚强，即使那时……在没有其他东西吃的时候，她就啃自己的手指，要不就抓一把沙砾来吃……她们把佩特森当成祸害，但他还没有像老本尼迪克特斯那样疯狂……

他和冯·托肯还有老约翰·威克，他们要把我们饿死，把我们活活累死，就好像我们在挖自己的坟墓一样……老玛丽亚比他们都活得长……督察本来要住到那里的，但最后却没有来。"

母羊回忆起往事，露出微笑。安娜·斯蒂娜低着头，看着母羊像爪子一样的手，她手上拿着纺锤和毛线来回移动，安娜·斯蒂娜看到母羊的手指上还留着被咬过的痕迹，吓得浑身发抖。

"那年春天，我们只拾掇好了地窖。那是一个美丽的夏天……有个从男劳改院来的男人，领着我进到灌木丛里，不过他是个好人……那年还没到头，他就饿死了，但我仍然记得他。整个夏天，我们都在继续建造这座建筑，那时整个城市都在敲锣打鼓和鸣响礼炮庆祝，当秋天来临时，时间不够我们干完所有的活，急得本尼迪克特斯大吼大叫，撕扯自己的头发……我又得把我之前运来的石头搬走。我们不得不在地下室的墙上挖洞，好让水排走，整个冬天，房子连个屋顶也没有……这还不够……到处是潮气，墙壁都湿透了，一阵阵冷风从洞里吹过，督察和牧师都不想搬进来……现在那里放了几袋萝卜，都烂了……"

安娜·斯蒂娜花了些时间，筛选自己听到的信息，并思考这些信息的价值。她一开始分辨这些信息，血液就涌向她的大脑，她必须把身子弯得更近一些，才能听清母羊的声音，不至于让母羊的声音被她自己的脉搏声盖过去。

"夫人，这些话，你告诉阿尔玛·古斯塔夫斯多特了吗？就是以前坐在我现在位置上的另一个女孩？"

母羊脸上露出惊讶的神情。

"三英寻、三朵水花、三十年、三十年、一天三千厄尔的羊毛，所有的好东西都是三件。他是个好人……"

这就是答案了。在某个地方，有一个地下室，其中有一个地下通道，是在 1772 年的冬天，房子没有屋顶的情况下建的，为的是排走雨水和雪水。阿尔玛·古斯塔夫斯多特知道这事儿。她所需要的只是想出一个办法，在黑暗的掩护下，逃到地窖里，搬动几袋萝卜，朝着自由的方向爬上几厄尔，然后就能永远消失。

37

那天晚上，安娜·斯蒂娜怎么都睡不着。安娜·斯蒂娜在脑海里一遍一遍地描绘着斯卡劳改院以前的景象。几个月之前，寒冬的魔爪向斯卡劳改院袭来，太阳还没从地平线上爬上来，把金色的光芒洒在格尤德底湾的冰面上，囚犯们就不得不在昏暗的环境中工作。时间感觉像是被拉长了，每次钟声响起的间隔越来越长，阿尔玛·古斯塔夫斯多特开始感到时光越来越难以打发。她也许会把纺车移得离母羊更近一些，听母羊咕哝来打发时间。在咕哝声中，她突然发现了一条通往自由的道路。

阿尔玛为了逃跑准备了多长时间？她秋天来的，春天就不见了。母羊也许在阿尔玛刚来的时候就给她讲了自己的故事，如果是这样的话，那阿尔玛一定很聪明，她等到了地面解冻才实施计划，因为若非如此，她会面临很大风险，墙上的洞有可能被冰封住，或者被雪堆盖住，冷风吹进墙洞中，把雪堆冻得像铁块一样坚硬。所以阿尔玛一直在等待一个时机。

安娜·斯蒂娜在脑中模拟着阿尔玛·古斯塔夫斯多特走向出口的路线，现在她也必须走上这条路。地窖的位置在哪里？她想，找到地窖应该是逃亡计划最容易的部分。地窖是老庄园扩建工程的一部分，这座庄园本是布鲁尔·阿赫斯特德的老房子，后来被卖掉，改建成了一座劳改院。后来建造的建筑一定是在整个庄园的后面。母羊提到了几袋萝卜，安娜·斯蒂娜看到的所有食物，都是从老房子的楼梯那里抬了下去。那里一定有个厨房，所有的食物就储存在那附近。安娜·斯蒂娜一时冲动，从床上起来，穿过寂静的纺车，慢慢地踮着脚走到窗前。她把脸贴在玻璃上，试图从房子里往外看，寻找阿赫斯特德的房子。她的视线被配楼遮蔽，什么都看不见，她甚至打算放弃自己的设想，这时，她注意到了从空中落下的月光在斯卡劳改院的地面上投下的影子，根据房屋在月下的影子，她能清晰地了解房屋的轮廓。她所在配楼的屋顶映在地面上呈现出一片黑黢黢的影子，这影子渐渐呈现出老房子的轮廓，然后影子继续向这边配楼的反方向延伸。就在那里！下面，她的自由在等待。她所要做的，就是想法子去到那里。

＊ ＊ ＊

日子一天天过去，安娜·斯蒂娜纺着线，一根接一根地纺，她不再数自己纺了几根线。相反，她变得更加关注守门人的日常工作，以及劳改院的习惯和日程安排。阿尔玛曾经的担忧和挑战，现如今成了安娜·斯蒂娜要解决的问题。首先，工房的门每天晚上都会被看守仔细地锁上。她花了几个晚上的时间思考，才把她已经知道的一切线索都联系起来。出去的办法就是锡质勺子，就是那把叫阿尔玛偷走，并因此挨了鞭打的锡质勺子，那把一直没被找到的锡质勺子。她很可能是把那个锡质勺子拗成了钥匙的形状，而每晚都来造访，敲打锁头的幽灵，其实都是她在尝试如何把锡质勺子制成钥匙的形状，直到有一天，她终于成功了。

守门人每夜上锁时，安娜·斯蒂娜都仔细地听着。门上的锁生锈了，钥匙链上的钥匙很沉，从它们发出的声音判断，这把锁应该好几年没上过油了。锡本身很软，她怀疑就用一个制质勺子到底能不能打开锁头，会不会被掰弯。也许阿尔玛知道让软金属变硬的方法，也许这就是她去医务室偷药，说是要治牙痛的原因。不过这些，对安娜·斯蒂娜来说，都已无关紧要。她见过的唯一的勺子是用木头做的，很脆易碎，她也没有什么锋利的工具能削动木勺，而且她既不怎么了解锡，也不怎么了解锁。尽管如此，她还是得想办法乘着夜色从那扇锁着的门出去。这还只是第一个障碍，四个障碍中的第一个。

沿途还会有其他上锁的门吗？如果安娜·斯蒂娜的猜想没错，阿尔玛一定是用了一把钥匙搞定的。通往阿赫斯特德宅的房门在楼梯的最上层，门经常半开着，这样守门人就不必穿过工房，可以更方便地回到他们居住的楼层。如果就连在晚上宅邸的前门都不上锁，那么只要设法走出院子，就可以穿过老房子进入地窖。阿尔玛一定就是这么干的。阿尔玛逃脱了这里，激怒了比约克曼，在那之后，守门人有没有重新审查过这些日常准则？如果他们重新检查过了，安娜·斯蒂娜却没看出检查过的迹象，如果重新检查过，那一定会加上一把锁，这样她就没办法逃出去。如何经过看守的房间而不被看守发现，而后进入地下室，这是她要面对的第二个挑战。

找到那个洞，也就是墙上的旧排水隧道，并穿过隧道，是第三个难点。在母羊的咕哝里，并没有提到它的确切位置。这个开口一定很小，二十年来，从没有守门人注意到它。即使一切能按她的计划顺畅进行，留给她的时间也只少不多，她必须在当晚剩下时间用完前找到出路。

第四个，也是最后一个挑战：她既不能回到卡特琳娜教区，也不能回到玛丽亚教区，在那些地方，大家都认识她，费舍尔和提斯特或他们的同事一定会去那里寻找她。乔安娜也这么说，安娜·斯蒂娜没有理由不相信她。那些设法逃走的人很快就会被带回来，而且还增加了他们要完成的工作任务。如果她真的逃到了墙外，她必须找到一个敌人无法企及的地方，在那里过上新生活。这要怎么办到，她心里也没底。

＊　＊　＊

星期天，因为一整天都要在教堂做礼拜，这一天是不工作的。这些天来，尼安德尔牧师把晚祷的工作交给了他的助手，因此，此时他看起来比平时更加显得蓬头垢面。他忘记了什么时候该唱诗篇，什么时候该背诵祷告，什么时候该布道，什么时候该祈求赦罪。他颤抖的双手毫无顾忌地拿起圣餐酒，大口大口地喝着。他朗读《圣经》时，声音很大，还结结巴巴的，他不停眨着眼睛，疲劳的双眼蓄满了泪水。他读了《马太福音》，读到耶稣回到耶路撒冷的故事。这些章节她们以前都听过。尼安德尔牧师一直挣扎着读到第二十一章，读到商人们被赶出寺庙那个情节。

"经上记着：我的殿要称为祷告的殿……你们竟把它弄成贼窝了。"

听到这些话，本特·尼安德尔停顿了一下，突然想了想。浓密的眉毛和皱巴巴的皮肤间嵌着的一双眼睛变得幽暗起来。

"我的殿。贼窝。"

他砰的一声合上圣经，吵醒了那些偷偷打盹的人。他的双眼愤怒地盯着一排排长椅，囚犯们惊恐地注视着他的目光。他接下来的布道，不是出自《圣经》，而是他边说边诌出来的。他越说越生气。他的声音越来越大，甚至咆哮了起来，这是为法利赛人和文士咆哮，为商人和罗马人咆哮，是为一切因义人和谦卑人的苦难得利的人咆哮。牧师露出褐色的牙齿，咧着嘴不作声地笑着，他从1700年前圣地的话题，转到如今他在斯卡劳改院看到的一切。

他试图将汉斯·比约克曼督察塑造成耶稣的反对者，他的说法变得越来越直白。撒旦的崇拜者可能有美丽的声音，但他们的舌头都是裂开口子的，他们在最好的舞台上精炼了欺骗和奉承的艺术。在场的人，即使是头脑最简单的囚犯，都清楚地意识到了他讲的是谁。这时，助理牧师意识到得赶快阻止尼安德尔，把他从自我陶醉中解救出来。助理牧师用力清清嗓子，结果绝望地发现，自己根本对抗不了牧师雷鸣般的声音，除了提前敲响钟声之外，他别无选择。钟声打断了尼安德尔，在一番挣扎后，他重新找回了自控能力。

和其他人一样，一开始听到牧师的长篇大论时，安娜·斯蒂娜也很惊讶。然后她意识到，也许他就是自己的救生索。这是一个苦涩的老人，他意识到自己被剥夺了复仇的机会，只好转向喝酒寻求安慰。她回忆起来到斯卡劳改院的第一天守门人说的话：汉斯·比约克曼在这里并不怎么称职，但他却在这里做管理者长达二十年，如今他督察的任期很快就要结束，不久他将启航去芬兰。在接下来的礼拜过程中，安娜·斯蒂娜简直坐立不安。为了达到目的，她得迅速行动，还得有些运气，因为礼拜一结束，守门人就要把纺纱工们往院子里赶，再看着她们回到房间。

礼拜结束了。大家从座位上站起来，慢慢地走到过道上。她双腿打着战，逆着人流，向祭坛走去，尼安德尔正把圣杯里最后一滴酒滴到嘴里。管理人彼得·佩特森正站在教堂的最前面，在教堂清空的时候视察现场。佩特森和她记忆中的形象一样高大，正挡住她的去路。接着佩特森看到了她，既惊讶又愤怒。她几乎没来得及思考，她摇晃了一下身子，做了个假动作，向左边走去，猫着腰穿过佩特森的手臂，向尼安德尔牧师喊道。

"要是说，我们的主有办法，在商人离开圣殿之前惩罚他们的罪恶呢？"

她就只能做到这么多了，因为很快佩特森就用手勒住了她的脖子。他几乎把她从地板上揪了起来，当佩特森举起另一只手准备给安娜·斯蒂娜一拳时，她闭上了眼睛。

"天啊，真是不害臊。快把那个女孩子放下来。"

尼安德尔牧师的声音恢复了布道时的力度，这声音足以阻止佩特森的动作。

"即使是管理人也得明白，不能在神的殿堂里施暴。你不敬畏主吗？"

佩特森没有回复，只是不屑地眯起眼睛。

"你最好把她放下来，彼得·佩特森。你可以在门口留一个人，守着她回到自己在劳改院所属的区域。这个女孩被宗教问题压得喘不过气来。作为她灵魂的守护者，我有义务开解她。"

佩特森哼了一声，一点一点地放松了他的握力，简直慢得夸张，为的是展示自己从手臂到指尖，都充满那种超强的、不正常的力量。

"当然，牧师。你知道，我永远不会伤害一个手无寸铁的女孩。"

他在教堂里走了几步，然后转身凝视安娜·斯蒂娜的眼睛。

"……当我还在神的殿堂的时候。"

* * *

本特·尼安德尔一直在等，直到佩特森的庞大的身躯从前门离开。

"快点说，我的姑娘。我正头痛。我的力气虽没有佩特森先生一半大，但如果你要说的话是在浪费我的时间，那我一定叫你带着三个耳光离开，一个耳光可不够。"

尼安德尔满头乱发直直立起，看上去像是好几个星期没洗过

257

澡了。他脸上的每一道皱纹里都匿藏着污垢，他成天摆着一副不满意的愁眉不展的样子，这叫他看上去比实际年龄更加衰老。尽管他身上溢发出一股浓烈的酒酸味，安娜·斯蒂娜却感觉到在这种酒酸味之下，有一种更强烈的东西。同时，安娜·斯蒂娜意识到，他的耐心在逐渐减退，自己必须冒着风险直奔主题。

"比约克曼督察很快就会离开这个地方，并且不会因为他的罪行，受到任何该有的惩罚。如果你想在剩下不多的时间里，协助我们的主给他降下惩罚的话，我有一个办法。"

"你一个初来这里的纺织工，跟督察和我的事情能有什么关系呢？出去吧。"

"去年越狱事件发生后，督察已经在接受审查，到目前为止，在他实施了新的安全措施以后，还没有人能跑出去。如果真有人逃掉了，这必然是对他的羞辱，甚至还能让他失去现在的职位和下一份工作。"

这一切都是她的推测，但她希望自己是对的。尼安德尔牧师看上去既狡猾又严厉。他示意门边的守门人站着别动，然后招了招手，让安娜·斯蒂娜跟着他走进圣器收藏室。他刚进门，就从外套里拿出一个锡质瓶子，贪婪地喝了一大口。当他再次开口时，艾草的刺鼻气味熏得安娜·斯蒂娜直流眼泪。

"你比这个年纪的孩子要聪明，但恐怕你高估了我的能力。我只是个牧师，没有办法说动守门人，更没有一把钥匙在我手里保管。就算我真有一把钥匙，到了晚上，大门口也会有人看管。你的这个主意我已经考虑过很多次了，我的孩子，要是我能做到，现在整栋楼的人都该被我送走了。就算，这些荡妇们要不了几天又被抓回到她们的纺车旁，那又有什么关系呢？但是比约克曼，一个连名字都被诅咒了的人，他也不傻，他也看穿了我的想法，在这个地方，他成功地将宗教事务和实际管理分离开来。为了你自己，我希望你想出的计划足够周全。"

"这儿确实有一条出路，另一条出路，我很确定它的存在。我只需要，你帮我打开通往西南配楼的门。"

"你在撒谎。这出路在哪？"

"去年春天有个女孩逃走了。我知道她是怎么逃出去的。地下室的墙上有个洞。上一次，比约克曼督察一定是在消息传出去之前，就把她的失踪这事儿压了下去。但这一次，如果你能提前准备好一份报告，他可就没法儿把这事儿压下去了。"

本特·尼安德尔牧师一边沉思，一边打量了安娜·斯蒂娜好一会儿。过了一阵子，他开始前后摇晃身体，自言自语，心不在焉地嚼着一缕胡须。

"再来一个逃犯。督察还要求董事会批下资金维持现状……好吧，好吧。一扇门，只要一把钥匙。"

他用拇指揉了揉眼睛，把胡子从嘴里吐出来。

"你知道，我以前也做过类似的事情。我曾劝诱像你这样的囚犯，给比约克曼找点不痛快，但计划失败了。我以她的名义发了一封投诉信，但董事会认出了我的笔迹。我也许应该从错误中吸取教训。"

他一边唱歌一边为自己举杯，然后又从酒瓶里啜了一口。

"或者，还可以反向思考。也许我唯一的错误是用了一把火枪，也许大炮更能起到作用。你的建议并非不可能。我必须做些调查。等我调查到更多信息后，我会在晚祷后派人来找你。还有一件事，向这边转。"

尼安德尔给了她一记耳光，算是补上了佩特森没来得及打的那巴掌。安娜·斯蒂娜并不怀疑，他没有佩特森那么大的力量，但她的脸颊还是被打得生疼，耳朵一阵耳鸣。

"这是因为你自身的罪孽，这样你就能明白永远不要欺骗我。而且，和你这场交易，简直就是叫我与妓女握手。再说，我不想让别人觉得，我和你这样的人，有什么不正当的交往。你那红润的面颊就能证明一切。"

他把安娜·斯蒂娜带了出来，交给正等着她的守门人，守门人一把抓住了她的胳膊。当她被带到院子里时，她听到尼安德尔心满意得地吹起了口哨。

38

　　在阿赫斯特德庄园的东北角，有两个相同的房间，彼得·佩特森住在较好的一间里，约翰·弗兰兹·海比内特住在隔壁，他们两个人做着同样的工作。尽管窗户面朝悬崖和海湾，但是今年酷暑早早到来，房间热得像烤箱一样。佩特森流汗不止，庞大的身躯令他感到酷热难耐。他脱下夹克和衬衫，躺在床上伸展筋骨。他凝视着天花板，那上面不仅刻有名字，还有光怪陆离的幻想图画，这些都是他的前辈们还有曾经在这里住过的蠢材的杰作，他们以此来消磨时间。天花板上雕刻有很多的名字，也雕刻有很多年份标记，这儿一个，那儿一个。随着时间的流逝，所有的雕刻都已经失去当初的光鲜，变得陈旧。很快，佩特森将迎来他居住在斯卡劳改院的第十二个年头，自打来到斯卡劳改院，他就一直住在这个房间。被军队开除后，佩特森在皇家酿酒厂获得一份工作，1781 年，他又来到了这里。从那时起，他与身穿蓝黄颜色制服的同事为伍，但是，佩特森在这里苦不堪言。即使监管服务工作不是城市守卫的正式组成部分，他也发现，每天身处在跛足和残废的守门人之间，他健全的身体显得十分格格不入。即使是海比内特，也因迫击炮失火留下后遗症，他的右手几乎无法合上。在这里，佩特森必须为自己健康的身体感到羞愧。佩特森被开除军籍是由于其他原因，看守人最喜欢闲言碎语，佩特森相信这些人已经听说或者猜到了他的故事。他们说，佩特森是惹了麻烦，所以被遣送回国。他魁梧、强壮、好斗，纵容他人，还喜好做残酷的事情，他一次又一次地利用自己的身体优势给别人带来痛苦，所以，很快，没有哪个士兵愿意接触他，因为怕他拿着十英尺长的杆子打他们。他们除掉佩特森是迟早的事，他们认为，佩特森对他们造成真正的伤害只是时间问题。对于这些恶意的造谣，彼得·佩特森已经习以为常。从来没有人去做伪证，却只是为了激怒他。他时常想起这些不公正的经历，直到现在，他想起这些不公正的经历，都十分气愤。在这荒凉的峭壁上看守劳改院，这就是他唯一的价值所在了。

当然，于佩特森而言，这些过往并非一无是处，恰恰相反，他似乎将过去的经历视如珍宝，从未忘怀。1783 年，那个时候，他还没有学会如何控制自己。他用劲鞭打了一个囚徒，这个囚徒名叫罗曼，这几乎让她丧命。那天清晨，佩特森值班，负责叫囚徒起床。他没有叫喊着催促囚徒起床，而是手握埃里克大人，直接抽打床上的囚徒。即便如此，囚徒罗曼还是不肯动，被打了十几下之后，她还躺在床上，佩特森似乎很生气。他一直不停地抽打罗曼，最后，他不再用纤细的鞭鞘抽打，而是用油腻粗大的鞭柄抽打。

罗曼再也没从床上爬起来。迫不得已，佩特森向医院报告了她的情况。此时，罗曼依旧躺着，身子无法动弹，嘴里不停地呻吟着。晚饭时分，一股血沫从她的嘴里喷涌而出，然后她就死去了。很多人准备为这件事情做证。尽管比约克曼不情愿，但是他还是不得不带佩特森去接受问话，佩特森坚称那顿鞭子不足以让罗曼送命，她一定是因为在夜间被某种肺病折磨而死。或者至多是，罗曼的运气太差了，这两种因素一起要了她的命。佩特森被罚关十四天禁闭，在此期间，他的食物只有面包和水。

他忘不了，在牢房里度过的漫长的两个星期，饿得前胸贴后背。在昏暗中，他遭到了鞭打，一鞭接一鞭，就像当初他抽打罗曼一样。终于，他再次看到希望的曙光，重返工作岗位，他知道这一切都是他自作自受、罪有应得的。他学会了小心行事，但工作仍然离不开鞭子。他内心的压力越来越大，只有用鞭子才能减轻，似乎鞭子具有无限的力量。他高大的身躯，手里拿着皮鞭，对一个瘦弱的囚犯来说，就像一座高塔。

像其他守门人一样，他曾经胁迫一个纺纱女工，一步步将她逼迫到大楼里的某个偏僻角落。毕竟，大多数纺纱女工来这里都有这样的目的，只要有人给她们一杯酒或者一块肉，很多女工情愿将自己献给任何人。但是即使做了这样的事，他仍然感到失望。之后，他提起裤子，把衬衫塞进去裤腰。然而，这个小荡妇却向他微笑着，好像做了这样的事的她反而对佩特森有了控制权。佩特森转身离开，不知道为什么，他感到焦虑不安。

佩特森对纺纱女工们心甘情愿向他献殷勤并不是特别感兴趣，相反，他更乐于强迫她们付出他想得到的东西。佩特森觉得，绕着水井跳舞完全是另一回事，看着她们跳舞时，他就进入了另一个世界。其他守门人的选择则与他不同。自从遇到那位叫埃森的女孩后，他就再也没有和其他任何人跳过舞了。埃森跳舞时十分健谈，而且俏皮可爱。佩特森最喜欢这样的人，她们拥有自信，相信自己仍然具有价值。鞭打没有灵魂的活死人和鞭打一坨尚未腐烂的肉没有什么区别。埃森是他生命中的一个插曲，深受他的喜爱。但是，她现在走路一瘸一拐，而且看样子受了很大的惊吓，仿佛丢了三魂七魄。每次见到她，佩特森的腹股沟都会产生阵阵悸动。

结束了繁重的工作，佩特森累得直喘粗气。他的身体得到了放松，但挫败感仍重重地压在心头，半点都没得到缓解。在为那个醉酒的牧师提供服务之后，他的压力再次增大，而且比以往任何时候都大。那个牧师的笑容令他十分不快，似乎眼角里都透着嘲讽。这个老酒鬼居然敢当着纺纱女工的面教训他。如果不能马上满足自己的欲望，他的胸部会爆炸。他知道如何去做。他已经做出了选择，他找到了那个女孩，这个无礼的女孩和一群丑陋的老太婆正在一起吃饭。他从她的眼睛里看到了自豪感，看到了反抗。他知道她在搞什么鬼。很快他就会邀请她跳舞。很快，但不要太早。因为他忍耐的时间越久，得到的回报就越大。

厢房里，男人们正在这里赌博。这些男人要么年纪太大，要么太年轻，所以不能在别的地方做工，因为那些地方的活计太累人。他们听说过彼得·佩特森，知道他性欲强烈，也知道他有一套解决性欲问题的办法。连着好几个星期，他都在痛打那个新来的女孩，很快就又到了去打她的时间了。但下一个挨打的人是谁？是那个急切地想要多拿一条鲱鱼尾巴而洒掉一碗粥的倒霉蛋儿？还是那个最懒的家伙，懒得整整一个星期才纺了一捆线？他们仔细地观察着他，留意他的目光扫视了哪个女孩一眼，并试图在这眼光中看出他的心思。他们根据观察佩特森的目光，猜测下一个挨打的女孩属于哪个厢房？在哪个小组吃饭？叫什么名字？他们以女孩的名字来打赌，并且舍得下赌注，因为毕竟猜名字这种赌博的赔比率很高。

* * *

是乔安娜告诉了安娜·斯蒂娜。

"你最有可能被他选中。如果他选了你，他们几乎不用下赌注。他们说，每次我们离开房间时，他们都看见佩特森朝你的方向盯

264

着看。和你一起来这里的那个人，上次和他一起跳舞了，现在他们都很确定，下一次他会和你跳舞。"

一想到围绕着水井边跳舞，安娜·斯蒂娜觉得惊恐万分，而且在鞭子的恐吓下，她会跳得哆哆嗦嗦，完全乱了步调。但这还吓不到安娜·斯蒂娜。真正让她害怕的是，要是和佩特森跳完舞后，她就再也逃不开他的魔掌。看守人现在已经技巧娴熟，虽然不会杀害他的猎物，却会让她们生不如死。尽管龙女的臀部受伤了，但她仍然拖着粗胖的腿走路，有些人打赌她将命不久矣，她置之不理。但她不再说话，心里满是阴影，满是畏惧，噩梦让她无法入睡，她很容易受到惊吓，任何人都能吓到她。即使她的伤疤和创伤应该痊愈，她的灵魂已经在内心深处找到了避难所，但却永远都不能完完全全地从那里走出来。安娜·斯蒂娜又能比她好到哪儿去呢？

晚上的祈祷已经结束了。她得等到第二天早上才能和尼安德尔谈话，才能快速进行他们的计划。她祈祷佩特森能控制住自己的欲望冲动，只要一天就好。房间里面一片漆黑，而且房门被锁住了，她睡不着。她从乔安娜的呼吸声中听出她也醒着。

"乔安娜，如果你能从这里逃出来，你会怎么做，才能躲避再次被抓住？"

乔安娜没有立即回答。

"你在做什么。你可能认为我没有注意到，其实我发现你想逃出去。别害怕，我不会告密的。"

"总会有办法的，如果有机会，我一定不会错过。你可以和我一起逃出去。"

乔安娜笑了。

"我的纺线任务快完成了，就剩不到一百捆了。我如果继续埋头干活，在夏季来临之前我就可以离开这里了。如果我按现在这个速度纺线，那我到时一定能把剩下的纺线任务全都完成。"

安娜·斯蒂娜无法反驳她的推理。要等乔安娜回答她的第一个问题还需要一段时间。

"来到这里的人，都没什么价值了，只能在此了却残生。跟你相处以来，我发现你是个好伙伴，所以我要告诉你一些事情。我有个比我年长的朋友。她父亲开了一家酒馆，据我所知，这家酒馆现在还在运营。这家酒馆的名字叫斯凯普格蕾丝，离莱德洛克不远。几年前，她的父母产生分歧，无法和解，虽然尼古拉教区的牧师曾经多次尽力调解，但是她妈妈最终还是带着她离开了。她会把我的朋友也当朋友的。她并不是这个郡的，所以她一定是回到父母身边去了。我失去了朋友，但她父亲会更伤心。妻子和女儿离他而去伤透了他的心。从那以后，他就像是变了一个人，尽管已经过去了很多年，但他仍旧伤心难受。他站在柜台后面，顾客点什么酒，他就会倒什么酒，但好像他只会单纯地在做这些动作。他的名字叫卡尔·图利普，人们叫他花匠，尽管他的大多数常客认为叫他枯萎的花更合适。我朋友叫洛维萨·乌里卡。她的父亲在她出生的那天非常骄傲，所以给她取了女王的名字。"

"真是个悲惨的故事。"

"听着，我不是想给你掖被子。保持安静，好好听我说。你和洛维萨一定是在同一年出生的。她的眼睛和你的一样，是绿色的，头发和你的一样，是红色。如果你能从这里逃出去，就远远地离开斯卡，如果你还待在索森岛，那你就永远别想过安稳的日子。相反，你应该去斯凯普格蕾丝酒馆找卡尔·图利普，告诉他你是他的女儿，洛维萨·乌里卡，乔安娜·乌尔夫是你儿时的朋友。这么多年过去了，你现在终于回到了你深爱的父亲身边。"

"难道他认不出自己的女儿吗？"

"当然认得出。他不傻。但他会相信你，因为这是他一生中最想听到的谎话。"

＊ ＊ ＊

令安娜·斯蒂娜欣慰的是，早上祈祷时，彼得·佩特森并没有待在平时待的地方。相反，站在那里的，是第一次把她带到这个院子里的那个守门人，那个人站在她旁边，而此刻佩特森正在抽打龙女。那个看守叫乔纳坦·洛夫，比大多数守门人都年轻，除了背部有点僵硬外，他似乎没有什么大毛病。这里的囚犯都觉得他温文尔雅，他既卖食物又卖酒，而且价格公道。安娜·斯蒂娜决定掌握主动权，祈祷结束后，她走到长椅前，站在乔纳坦·洛夫身旁，向他行屈膝礼，请求与牧师交谈。她几乎不相信，他居然微笑着走到一旁，允许她去找尼安德尔，而尼安德尔一边咕哝着，一边带着恼怒，挥手让她到圣器收藏室。

"你怎么了，你这个傻姑娘？难道你不明白，如果你一次又一次地来找我，人们难道不产生怀疑吗？我还没有钥匙可以给你。"

"今晚一定要逃出去，否则我永远都没有机会了。彼得·佩特森随时都会把我拖到水井边，让我跳舞。那样的话，以后我就再也逃不出去了。"

尼安德尔的呼吸变得很急迫，他盲目地摸索着，摸到了椅背，然后艰难地坐了下来。他嚼着胡子，搓着头皮，干枯的头皮屑乱飞。他开始自言自语，她意识到他虽然仍然醉着，但在祈祷之前，他绝不能睡在床上。

"这真他妈让人煎熬呀。我经历了如此多的折磨，难道就不能得到任何回报吗？主啊，你为什么这样试探我？她说今晚就要逃走，可是这太早了，太早了。但是比约克曼，那个贪婪的混蛋，那个贪吃的小人，很快就会被带走了，因为投诉信已经写好了……但也许还有其他方法，也一样有用……"

在咕哝了几分钟之后，牧师似乎做出了一个决定。他猛地一掌拍在桌子上。

"天哪，小姑娘，好好听着。你说不管付出什么代价，今晚都要逃出去。所以今晚你不能睡觉，你必须保持清醒，等待敲门声。有人会帮你打开门的。然后你就离开这里，之后发生的一切都与我无关，只要你离开的时间足够长，比约克曼就要为他的玩忽职守担负更多的责任。你听明白了吗？好了，去吧，愿耶稣基督、别西卜①、奥丁②众父与你同在。否则他们会来找我追问的。"

* * *

安娜·斯蒂娜由守门人洛夫领着，走进了院子。院子里正发生着一件事情。所有人排成一排，站在房间外面，等待吃饭，彼得·佩特森在他们中间来回走动，傲慢得像只公鸡，像太阳一样耀眼夺目。洛夫把安娜·斯蒂娜推到她吃饭的那个小组，她赶紧走到艾维、乔安娜和克雷兹·丽莎旁边。彼得·佩特森低沉洪亮的嗓音在房屋之间回荡。

"女士们先生们，今早发现了一起盗窃案。你们在这里乖乖站着的时候，为了找到赃物，我们把这里所有的床都翻了个底朝天。

---

① 别西卜（Beelzebub）：原本是腓尼基人的神巴力西卜（Baal-zebul），其意为"天上的主人"。但是在拉比（Rabbi，犹太教的宗教领袖）的文献中，别西卜则意为"苍蝇王"，被视为是引起疾病的恶魔。

② 古诺尔斯语：Óðinn；英语：Odin，名字意思通常被认为是"疯狂"或"狂暴"，是北欧神话中阿萨神族的众神之王，神话中他是女神弗丽嘉的丈夫，巴德尔与托尔的父亲，诡计之神洛基的结义兄弟。

无辜的人不必害怕。尽管搜查还在进行中，但你们可以安心地欣赏眼前的美景。"

安娜·斯蒂娜的内心彻底绝望了。一切都太晚了。佩特森已经选定了他的猎物，现在，剩下的节目就是跳舞了。不管他把多么小的东西偷偷藏在她的床垫里，哪怕她的床垫里还有血淋淋的虱子，这些人都会把赃物搜出来，就算她强烈地反对，坚决否认，也无济于事。佩特森会派人去找埃里克大人，然后按照所谓的相关规定进行处罚。她的眼泪几乎要流下来了。她使劲咬着下唇，这是她自己可以选择的痛苦。

几分钟后，他们找到了木质刀。一个守门人得意扬扬地将它高高举起，非常骄傲，然后把这把木质刀夹在大拇指和食指之间，径直向她走来。佩特森问他在哪张床上找到的。然后守门人抓着乔安娜的胳膊，把她拖到水井边，佩特森站在这里，咧着嘴，露出狰狞的笑。

* * *

现在是凌晨四点半。已经过去了大半天，却仍然可以听到乔安娜的尖叫声，鞭子一下又一下地落在她身上，她的叫声越来越微弱。安娜·斯蒂娜再也见不到她了。

39

安娜·斯蒂娜旁边的床是空的。正如他们之前对待龙女的方法一样，守门人一定是把满身伤痕的乔安娜抬到诊所，看有什么办法治疗一下。夜间，房间里飘出来的声音比平时更为骇人。每个角落都能听到呜咽声和零零碎碎的只言片语，囚犯们从痛苦的梦中醒来，大口大口地喘着粗气。院子里的尖叫声一直响到下午，人们听着声音，大多数睡得都不安生。安娜·斯蒂娜去做晚祷时，在水井边发现了一片血迹，那是乔安娜拖着身子在地上爬行时留下的。红色的血点子溅落到水井口周围，很快就变干，变成褐色的污迹，没有在这里待过的人一定猜不出来这是什么。安娜·斯蒂娜和乔安娜有着相同的命运，同病相怜，她感到恐惧、悲伤和哀痛。想到这些，她提醒自己，绝不允许产生任何懈怠。此时，她脑海里有一种声音在轻轻地安慰她，有人已经替她受过。但是很快，她又对这种想法感到羞耻。内心深处，安娜·斯蒂娜感觉她已经被卷入某个旋涡无法自拔，这让她感到恐慌，而且这种恐慌感越来越强烈。安娜·斯蒂娜需要利用一切她所拥有的力量逃走，但乔安娜的遭遇深深地打击了她，让她感到恐惧。今晚不行，上帝，今晚不行。但她知道已经没有选择的余地了。她在黑暗中等待着。

和之前约定好的情况一样，敲门声轻轻响起。起初安娜·斯蒂娜并不确定她听得是否真切，但当她从床上站起来，踮着脚尖轻轻走过地板时，她听到锁孔里有钥匙转动的声音。紧接着，门开了一条小缝。有人在门外等她，悄无声息地慢慢推开门，让她出来。是乔纳坦·洛夫，那个年轻的守门人。他把一个手指放在嘴边，用肩膀抵住门，同时握住门把手，这样在他再次关门时就不会使铰链发出声响。他锁上门，然后示意安娜·斯蒂娜跟着他。

他们匆忙地穿过院子，走上楼梯，朝着那座老房子走去。她听到了楼上的说话声和笑声。守门人在这里狂欢作乐，要到很晚才睡。她听到里面的人们在玩乐，在喝酒，在桌子上打牌，卡牌已经被磨得发旧，瓶子和玻璃杯叮当作响。洛夫把她推到门后藏起来，而他则从敞开的门缝中走了出来。他确认楼下空无一人之后，他们走到一个厨房，里面黑黢黢的，炉子里还有燃着的火星。于是，洛夫停下来，用这些火星点燃了一个小火把，手掌凹成杯状小心翼翼地护着小火把，然后，穿过了一个小餐厅和走廊。她觉得火光反而让她眼前发晕，所以她并没觉得火把能帮她看得更清楚。但是安娜·斯蒂娜可以看出，他们马上就到新建的厢房了，而这间房子的地基还是艾维帮忙打的。

天花板越来越低，她的手触摸到的墙壁纹理也越来越粗糙。从来没有人用刷子和墙纸装饰过这里的墙面。这里有一扇门，但并没有上锁，在这扇门的后面，有一个通向地下室的楼梯，踏上楼梯，楼梯发出吱吱的声响。钩子上挂着一盏提灯，里面有一小段蜡烛。洛夫先关上身后的门，然后点着蜡烛。走到楼梯底，他才开口，第一次和她说话。

"到了这里，应该没有人能听到我们的声音，但还是不要大声说话。你和你的朋友尼安德尔很幸运。佩特森用鞭子玩够一个人以后，就会这样对待其他看守，这已经是习以为常的事情了。因为这样做就不会有人去找比约克曼督察，向他控诉佩特森的恶行。现在这里已经没有多少人可以好好活着了。"

安娜·斯蒂娜静静地看着他，默不作声。他觉察到了她的疑惑。

"尼安德尔给了我几个达勒，让我打开你牢房的门，带你到这里来，还要我对此事保守秘密。他让我在这里等着，看着你去做你要做的事。拿着这盏提灯，看蜡烛的样子，你有至少一个小时的时间。"

她点了点头。在他给她提灯之前，他打开灯罩，用里面的蜡烛点燃一个装满烟草的黏土烟斗。他坐在一个台阶上，微笑着递过提灯。

"祝你好运。"

* * *

那盏昏暗的提灯渐渐照不到洛夫了，只能看到他的烟斗发出的光亮。他每抽一口烟，脸上都会泛出红光。在她看来，这似乎是一个悬在空中的戏剧脸谱，而不是一张活人的脸。

地窖很大，隔一段就有墙壁把这里的空间分成不同的仓库，有的仓库内部用木板隔开。她听到老鼠在墙上乱跑。老鼠的眼光一闪，但很快就在提灯灯光的映衬下黯淡下去。地窖里臭气刺鼻。整个地窖里都堆满了食物，其中一些显然已经被遗忘，只能任其在这里腐烂。一箱箱的苹果，一袋袋的萝卜，用了一半的桶装咸肉，最下面的咸肉已经腐烂，盐水已经流到了地面上。她猜想是这些肉散发出了最难闻的气味，这种气味是腐烂物的臭味，令人恶心。提灯灯光招来了苍蝇和飞蛾，它们蜂拥而至，在她的耳边嗡嗡作

272

响，飞到她的脸上，它们似乎十分满足，而且非常兴奋。

安娜·斯蒂娜渐渐熟悉了地窖的环境，她开始不慌不忙地沿着墙走，偶尔瞥一眼越来越短的蜡烛。她估计走出地窖花的时间比她预计得要长。这里的一切都那么混乱，东西都堆在一起，挤在不同的角落里。她不得不一次又一次地用脚在地板上摸索，找到可以落脚的空地。每次，她只能用脚摸索到石头打的地基。

最后，路上只剩下木隔板之间的狭小空隙了。这里的麻袋和垃圾堆得太高，她无法通过，所以只能把这些东西一件一件地搬开。她把提灯放在地上，然后开始搬东西。这活儿可真不轻松。布料本身就很重，发霉的木质包装箱增加了原本的重量。没过一会儿，地上的潮虫就爬上了她的胳膊和肩膀。火光每闪动一下，她都确信它会即将熄灭，自己只能面对黑暗了。熏臭的气味越来越重。但是慢慢地，她也有了一些进展。她在一堆被遗忘的东西中清理出一条路，一块石头出现在了她的面前。

* * *

突然，安娜·斯蒂娜再次听到了洛夫的说话声，声音离她很近，吓得她跳了起来。洛夫盘腿坐在离她身后几步的提灯旁。他的动作很轻，她什么也没听见，正忙着搬东西。

"怎么样了？提灯里的烛光可撑不了多久了。"

她凭感觉发现，墙和地板之间有一道缝隙。

"尼安德尔专门指示我，说如果你没有及时找到你要找的东西，就让我看着办。"

她匍匐在地上，用手向着缝隙摸索。缝隙比她预想的要小得多，只有两个手掌宽。

273

"牧师不想让我再带你原路返回，这太冒险了。如果有人出来撒尿，正好撞见了我们，那就惨了。"

她的手臂伸到缝隙里面，并尽可能地往外伸展，终于，她的手摸到了外面，外面是空旷的。"就在这里，这就是阿尔玛·古斯塔夫斯多特通往自由的道路。"

"如果你还没来得及找到你要找的东西，尼安德尔就让我用手扼住你的喉咙勒死你，然后把你扔在墙边那几袋萝卜下面。"

她转过头。洛夫正用大拇指和食指捻着自己的小胡子，在烛光的照耀下他冲着她微笑。在绝望和胜利的抉择间，她也冲着他微笑。

"在这儿！我找到了。这是一条雨水通道，是 1772 年秋天建的，通道就建在墙的下面。"

他把头偏向一边。

"我一直暗自思忖，希望你找不到你要找的东西。尼安德尔答应给我一笔钱，让我永远闭嘴，老实说，我还看中了其他好处。现在看来我只要其中一样就满足了。我想在黑暗中做这件事，你会原谅我的。因为你又瘦又脏，我不想看你。"

* * *

洛夫吹灭了牛油蜡烛。安娜·斯蒂娜已经没办法逃避他的魔掌了。他张开双臂抱住她，强迫她趴在地上，撕开她白色的裙子，从她身上夺走她永远不肯让安德斯·佩特夺走的东西。

* * *

完事之后，他把安娜·斯蒂娜扔在地窖的地板上。安娜·斯蒂娜仰面躺着，四肢伸开。她睁开眼睛，但这里漆黑一片，她感觉还不如闭着眼睛好。在黑暗中，她感觉自己仿佛站在空中，看到了躺在地上的自己，不知何故被照亮了，这是一副和别人一样的身体，也是那么瘦弱、赤裸、肮脏。她认不出来这是谁的身体。昆虫从她的身体上爬过，她却什么都感觉不到。血从她的身体里渗出来，流到大腿和后背下方，聚成血泊，虫子们都爬过来喝她的血。她没有哭。她已经麻木了。她的胸脯上下起伏，这让她意识到自己还活着，但她已经做出了选择。她已经没有必要再活下去了。就这么简单。她所要做的就是仔细倾听肺和脉搏的微弱运动，但它们将会永远停止跳动，肺和脉搏会遵从意念指挥的。

安娜·斯蒂娜知道，在这个令她深恶痛绝的地方，她是找不到活下去的力量的，她也不知道内心还隐藏着什么，但她知道，她不能，也不允许把自己的一切都终结在这里。她的内心仍然有希望的火种在燃烧。随后，她做出了抉择，开始手脚并用地向墙壁爬去。对她来说，现在痛苦已经不算什么了，好像痛苦已经远远离她而去。她先把胳膊伸向外面，然后脑袋钻进缝隙。缝隙的表面凹凸不平，擦伤了她的肩膀。她不得不转过身子，用背部着地，让身体钻过缝隙，她像毛毛虫一样，用脚后跟和肩胛骨触地，在地上蠕动。她的头只要稍微动一下，前额都会触碰到头顶的石头。她觉得整栋房子，如同一个无比巨大的物体，不会发出一丝声响，只是沉重地压在这个地基上。她一点一点地向前蠕动着，直到她发现自己的四周全是石头。

她感觉到前面有什么东西挡住了她的路，缝隙变窄了。天花板上的一块石头似乎滑了下来，挡住了通道。当初，这座房子的承建人以低价获得了竞标，在他们的监督下，由犯人来建造房子，所以建造的质量很差，地基早已下陷很深。一个奇怪的东西被压在石头下面，她的手触碰到了那个东西。它散发出阵阵恶臭，而且这个气味已经蔓延到整个地窖。

她能感觉到，这是一只脚。

是阿尔玛·古斯塔夫斯多特冷冰冰的脚。

阿尔玛根本没有逃离斯卡的劳改院，没能获得自由。她走了这么远，但没能走得更远。她被压在一块石头下面，她死了。她是渴死的，或者是饿死的，或者是被老鼠啃食而死掉的。

* * *

安娜·斯蒂娜不知道，自己在黑夜中清理通道时，时间已经过去了多少。在她看来，时间已经把她丢弃在一个她永远都不会忘记的噩梦中，这个噩梦就像一个令人战栗不已的深渊，里面充斥着各种情感、各种形态、各种声音和响动。面前的通道终于清理干净了，通道的一侧有一块石头悬在空中，于是安娜·斯蒂娜把头转向另一边，背对那块石头，像一条蛇一样在通道内蠕动，但那块石头很锋利，蹭伤了她的皮肤。她缓慢地向外爬行，但她很坚定。终于，她到了最要紧的一步。她深呼吸，把肺里的气体排空，在紧贴着逼仄的通道墙壁蠕动，她能感觉到，通道墙壁的砂石快把自己的肋骨挤碎了。狭窄的通道压得她喘不过来气，眼前直冒金星。她竭尽全力在这暗无天日的地下通道蠕动，在这黑暗世界里每爬动一下，她就多一分远离死亡的希望。她永远都不会知道，她怎么能有这么大的勇气来做这一切。也许是因为她比阿尔玛受过更多饥饿，身体更瘦弱。也许是鲜血从身体里渗出来，润滑了通道里的石头。也许是冥冥之中，她身后那个在地窖里死去的女孩，把自己的手放在她的脚下，推了她一把。

在墙的另一边，一阵暖风从海湾吹来。她从通道里向外探出头，首先看到的是黑暗天空中的点点亮光。隐约可见劳改院的墙壁，墙壁外的星空渐渐落到地平线。远处，海上传来隆隆的雷声。她感觉到滴落在她裸露皮肤上的第一滴雨，一道闪电一闪而过。在赛恩斯桥旁的一池水域里，她看到了自己的倒影。她知道她将和过去的自己永别了；她将永远不再是安娜·斯蒂娜·克纳普。

40

　　夏季接近尾声，安娜已经三个月没来月事了。第一个月的时候，她并没有留心。劳改院的许多女孩都不来月事了，可能是因为她们的身体过于瘦弱，所以必须保留住这最后一点能量，不让它流失。第二个月，月事也没有来，她同样没放在心上。她告诉自己，之前因为忍饥挨饿，自己骨瘦如柴。现在有了卡尔·图利普的照顾，她比以前胖了一些，但她的身体需要更多的时间来恢复。她现在叫洛维萨·乌里卡，和卡尔·图利普住在同一个屋檐下，帮他打理斯凯普格蕾丝酒馆。如果他知道她不是自己那个挥霍无度的女儿，他就会只允许她在这里有个住处，而不会对她小心看护，过度关爱，以弥补心中重新燃起的父爱。生活使他又恢复了活力。她第一次见到卡尔·图利普时，他已经是个面容苍白、精神乏力的老人，他驼着背躲在柜台后面，似乎想与世隔绝。那个卡尔·图利普如今已完全变样了。他又找回了以前快乐的日子。他跟顾客开玩笑，说俏皮话，笑声在整个酒馆回荡。他的情绪很有感染力。他把斯凯普格蕾丝酒馆脏兮兮的墙粉刷成白色，把地板刷洗得干干净净，把啤酒杯一遍遍地擦洗，整个酒馆都焕然一新。酒馆的客人越来越多。有的客人甚至是住在诺贝尔大厅广场附近的达官显贵。他们来这儿因为时间很晚或他们太渴了，所以对酒水也就没那么挑剔了。

　　第三个月，又该来月事了，但是月事还没来。安娜知道，她没那么好运了。她怀孕了，怀上了乔纳坦·洛夫的孩子，但这非她所愿。她刚到这里的时候，卡尔·图利普牵着她的手，带她上山，到圣尼古拉去和牧师交谈，再次把她的名字添加到记录本里，这样她又算是重新进入教区。她的肚子越来越大，这将给她的新名字和她的新父亲带来耻辱。

那些还记得小时候的洛维萨·乌里卡模样的人们，会戴着眼镜，仔仔细细地端详她，端详好几次后，会开玩笑说，几年的时间，洛维萨·乌里卡居然可以改变脸上颧骨的位置，鼻子像被重新塑形一样，这太奇怪了。这些人看到了花匠那无比喜悦的样子，虽然会对他们自己的猜测产生怀疑，但却会换套说辞，继续聊起这件事。他们会给她取个外号，叫"寻宝者"，说她是一个从事卖淫和欺骗行为的恶棍。说她是山穷水尽的时候，迫不得已才来这里。说她为了保证她和她肚子里的小杂种未来的生活，什么事她都敢做。他们会说，基督教和国教的两个牧师会穿着黑色的长袍，来找卡尔·图利普，严肃地和谈话，这时候，连花匠都得听他们说话。两个牧师会说，那女孩是个荡妇，你能确定她真的是你的女儿吗？这么多年来，洛维萨·乌里卡酒馆的老主顾们第一次关心他的健康状况，他们会说服他，把她这个名字叫安娜·斯蒂娜·克纳普的女孩子扔进阴沟里。到了那个时候，她就又要被送回斯卡那个鬼地方了。

她已经听到传闻，说已经找不到劳改院的本特·尼安德尔牧师了。他为了给汉斯·比约克曼督察定罪，向委员会提交了申诉状，委员会的老爷们本就没什么耐心管劳改院的事，这下就更惹恼了他们。而在劳改院地窖里发现的骨头，和他的叙述不太吻合。尽管那具遗骸已经完全腐烂了，但只能与失踪的囚犯克纳普联系在一起。本特·尼安德尔牧师留在劳改院只会招致猜忌，所以他就

279

离开那里了。有人说，曾看到他登上一艘开往英国的船，在船上，他颤颤巍巍地站着，咒骂着。比约克曼也离开了劳改院。他朝本特·尼安德尔相反的方向航行，横渡波罗的海。但是，佩特森依旧还在劳改院，埃里克大人也依旧留在那里。在海湾的另一边，他们在耐心地等着她，邀请她在劳改院的水井边跳最后一支舞。

＊ ＊ ＊

9月的一个晚上，她第一次见到他。到打烊的时间了，酒馆里却依旧高朋满座。大部分客人都是不难劝走的。遇到最难伺候的人，还得给他点儿好处，才能把他请出去。辛苦工作了一天，卡尔·图利普已经回家了。酒馆里，安娜还在忙碌。她环视这些竖起来当作桌子用的酒桶，她要最后查看一次。这时，她注意到还有一个客人没走，那是个男人，他蜷缩在房间角落的地板上，在壁炉旁取暖。他面色苍白，身形消瘦。他的年龄不好判断，他看起来又老又年轻，长着一头金黄色的长发，但脏得连颜色都看不出来，脸简直就像一张土块做的面具。这不是她第一次看到他。早上酒馆一开门，他就走了进来，像幽灵一样，一会儿走到这儿，一会走到那儿，现在已是深夜，他依然在酒馆。现在他根本不想离开这里。他微弱地呼吸着，发出嘶——嘶——的呼噜声。他闭着双眼，身体轻微起伏，一下一下，带着节奏，似乎睡得很舒服。安娜轻轻推了推他，但他没有反应，她不得不蹲下，单腿跪地，摇晃他瘦骨嶙峋的肩膀。他身上发出刺鼻的臭味。他的身体瘦得只剩下皮包骨头，没有一丁点的肌肉。

"醒醒。夜深了。你不能睡在这儿。"

她又摇晃他，开始时轻轻地摇晃，然后用力摇晃。他这才睁开眼。从他的眼神中，她看到了恐惧、困惑和痛苦，这种恐惧、困惑和痛苦自去年以来也一直折磨着她，纠缠着她，根本无法摆脱。她看到，他很年轻，但他的表情忧心忡忡、恐惧不安，这表情使他现在看起来比实际年龄更年轻。他收回目光，合上眼皮，再次陷入昏睡中。她不知道该拿他怎么办了。

安娜·斯蒂娜打开了酒馆临街的门。巷子里正刮着风，今晚的风刮得尤其猛烈，好像风中夹杂着无数小刀子。路灯散发出的微弱的光，仅仅能让人看到地上的鹅卵石。快到年终了，晚上可能会有霜冻。她关上门，插好木质门闩。壁炉里，火柴都烧成灰烬了，只有几个带着余火的木块还在灰烬下闪着光，安娜·斯蒂娜拿了些木头放进壁炉，把火烧旺。她往一个铜壶里倒了一些水，然后把铜壶和肥皂放在炉子上，过了一会儿，她用手指试了试水温，温度刚好，她把抹布浸到水里，然后用抹布洗干净他的脸。

脸上的污垢被慢慢擦去，脸洗净了，他真实的容貌显现出来。他看起来就是一个大男孩，肯定没有她年龄大。他正慢慢地恢复意识，虽然他喝醉了，难以控制自己的身体，但他还是尽力配合她脱掉了自己的衬衫。安娜把大男孩脱下来的衬衫泡到水里，然后给他梳洗一番。泡着衬衫的水变混变黑，她不得不又加了些水。她先给他喝了些水，然后磨了一些咖啡豆，煮了一壶咖啡。她一直都没有学会品尝咖啡的苦味，但也听到别人说，咖啡有助于保持清醒。她小声地对他说话，试图想通过提问题来唤醒他。慢慢地，他醒了过来，开始说话。

"我叫约翰·克里斯托弗·布利克斯。"

"我叫……"

她顿了顿，把"安娜·斯蒂娜"几个字咽了下去。

"洛维萨·乌里卡，我叫洛维萨·乌里卡·图利普。"

她不想告诉他自己的真实身份，而对他来说，他似乎同样不愿意向她倾诉。

"我父母住在卡尔斯克罗纳。战争期间我在那里当过外科医生的学徒。我来斯德哥尔摩是为了交上好运。但我却发现，这里没有好运气，只有……一些别的东西。"

他们安静地坐在一起。他的衬衫搭放在温暖的炉子上，慢慢烘干。她拿了一条毯子搭在他的肩上。安娜·斯蒂娜突然意外地感觉到他们之间有了亲密感，而且越来越强烈。所以，他一开始就说出自己的职业，而这也正是安娜·斯蒂娜首先想到要问的问题。

"他们说有些草药，可以帮助不愿怀孕的孕妇。就是妓女们用的那种。"

她无法掩饰自己的情绪。这不是对无法出生的孩子的悲痛，而是对孩子父亲的愤怒，以及她无法摆脱的恶心的感觉。说完，她便默不作声。等了很长时间，安娜才得到他的答复。最终，他点了点头。

"你能帮我找一些吗？"

他凝视着她的肚子。她把她的旧衣服改成了一件宽大的裙子，好把肚子藏在裙子的褶皱下，这样可以争取时间，不被别人发现。他眨了眨眼睛，好像这是他第一次见到她。安娜·斯蒂娜看到他的眼睛里有什么东西在闪闪发亮，不是无助，也不是绝望。虽然他的声音中掺杂着别的什么东西，但他给出了回复。

"会的，我会帮你的。你帮了我，我也会帮你的。"

41

从夏末开始，克里斯托弗·布利克斯就一直生活在阴霾中，只要沾到酒，他就会控制不住自己，把自己灌得烂醉。他要么在酒馆或饭馆里喝酒，要么是在巷子里跟跟跄跄、摇摇晃晃地走动。他醒来时，常发现自己在门口、栅栏旁，甚至是某个焦土角落里，地上则残留着他的呕吐物。醒来后，他发现自己完好无损，没有受伤，原来在昏暗的夜晚，连马车轮都不会碰他一碰，似乎全世界都在嘲弄他。每天早晨，他都带着惊恐，半睡半醒地回到自己潮湿的卧室，继续挨过新的一天，他要照顾那个日渐萎衰的男人，给他洗涮一番，然后拿起酒，继续往自己的喉咙里灌。他拿出一条止血带，剪了剪，把剩下的止血带扔到马格努斯的小棚子里。然后，他坐在角落里，哆哆嗦嗦地喝着酒，就又睡着了。此时，夜幕降临在这片荒芜的土地上，猫头鹰在森林里嚎叫。不管是现在还是将来，唯一能让他感到解脱的就只有白兰地酒。所以，他时时刻刻地寻找白兰地。他的身体日渐消瘦，但他的内心仍然年轻而坚强。就算遇到再多困难，他也不会被打倒，年轻而坚强的内心一直在支持着他，直到遇到那个女孩。她叫洛维萨·乌里卡，她向他求助。她需要帮助，而除了自己，没有人能帮助她。克里斯托弗·布利克斯明白，这是命运在向他伸出救赎之手，要把他从无边的苦海中拉出来，上帝向他抛出了救命稻草，让他的人生不再如行尸走肉一般，而是有了鲜活的色彩。

女孩让他在酒馆里待到了天亮。他的衬衫被洗净烘干，穿在身上之后，他感觉所有衣服都焕然一新。从今以后，他再也不需要把自己泡在白兰地的酒瓶里。他出了家门，穿过斯劳特豪斯大桥，经过鱼市，沿着小溪和沼泽向北，向城市的郊区走去。第一次，这是他回到斯德哥尔摩以来第一次，不为寻找白兰地，而是别的东西而奔波。他绕着凯茨街区的拉朗普收费站转了一圈，在里尔·詹斯森林的浓荫下寻找他想要的东西。森林里，空旷寂静，清冷苍凉，树干静静地矗立着，树叶红黄相间，如火焰般灿烂绚丽，但再过一些日子，这些美丽的树叶便会零落成泥。他来到这里寻找草药，伊曼纽尔·霍夫曼医生曾经带他来过这里。虽然已经是晚秋了，但他仍然在树桩和连根拔起的树木周围搜寻着。

* * *

第二天，他回到安娜·斯蒂娜身边，口袋里装着草药，这是他的承诺。这个叫洛维萨的女孩看到他以后很惊讶。他什么酒都不喝了，但却贪婪吃她递过来的面包，这种改变让她难以适应。他把这些草药捆成小捆，然后让她把草药挂起来，储存好，这样就可以保持住它们的药力。他又向她要了一个壶，一步一步地教她要怎样熬药，并且确保她已经学会了。

"将水煮到变色，用布把草药汁过滤出来，晾凉了以后再喝。每天晚上都要煮新的。"

"如果这些草药用完了，我应该去哪里找呢？"

"我会采集好，然后带给你。"

安娜·斯蒂娜抿了一小口药汤，她原本以为这个药会很难喝，至少会像咖啡一样苦，或者像白兰地一样辣。但克里斯托弗知道这个药的味道一点儿也不浓，他看到安娜·斯蒂娜脸上露出如释重负的表情。

"这药是怎么起效的呢？"

"草药会让你体内感觉干渴，然后未出生的孩子就会喝掉草药，慢慢地，你就会流产。我的老师就是这么教我的。但这个过程需要时间，你得有耐心。这种方法是最好的，也是最安全的。"

* * *

10月中旬，这个消息传到了他那里。《特别邮报》报道说，发现了一个死人，他知道这不可能是别人。从罗德湖捞出一具尸体，没有胳膊，没有双腿，没有眼睛，没有牙齿，也没有舌头。这是他干的。克里斯托弗刚一看到报道，他感到不寒而栗，但他很快就感到安慰，他的罪恶感终于减轻了。他为死者祈祷，也明白了自己不会再干以前那种勾当。他每天都去看望这个女孩，以确保她的健康。有件事情他早就准备好了，但是又等了一个星期，他才去处理。一天早晨，天气冷得要命，他在小溪里洗了脏衣服，在秋日下晒干，然后去尼古拉教堂和牧师交谈。他提前预约了牧师，他一直等到与牧师见面，然后才介绍自己并解释他此行的目的。

"我打算娶一个妻子。"

克里斯托弗留下了他和洛维萨·乌里卡·图利普的名字。牧师向他表示祝贺，并向他询问他家乡教区的情况。他回答说，布利克斯家族一直属于弗雷德里克教堂管辖，牧师承诺会尽快给那里报信，让他们也知道这个消息。

* * *

克里斯托弗还剩下最后一件事没有处理，这事不能再继续拖延了。他从山上下来，向酒馆走去。等到夜幕降临，就是他每天探访安娜·斯蒂娜的时间了。他到的时候，女孩正在煮药，他用手拍了拍她的手，示意她先停一下，然后拿出一片叶子放在她面前。

"这是迷迭香。霍夫曼老师告诉过我，这对肝脏有好处。"

他又拿出了一朵花。

"这是圣约翰草，它可以让水变红。"

他带来了很多草药，比如当归、香菜、欧芹，向女孩一一介绍着它们的药效。还有一样，他放到最后才说。

"这是甘菊。我选它是因为它的味道。这些草药不会伤害你的孩子。"

她不知道该说什么，但克里斯托弗看到她脸颊上泛起了红晕。

"孩子的月份太大了，已经不能拿掉了。你再也摆脱不了这个孩子了，他就要出生了。"

她尖叫起来，她说不出一句话，张开手打他，打他的脸，打他的胸口，打她能打到的任何地方。起初，他一动不动地站着，任凭她打。然后她哭着走近他，他张开双臂把她搂进怀里。她哭得没了力气，渐渐平静下来。他在她耳边低声说，教堂里已经贴有他们的结婚公告，大家已经知道他们要结婚的消息了，而且她也不应该丢弃自己的孩子。她不会在罪恶感中生下孩子，孩子不会以私生子的身份来到这个世界的。

* * *

安娜·斯蒂娜·克纳普的内心已经毫无知觉，也不知道要说什么。她怀着洛夫的孩子，但这不是爱的结晶，而是邪恶和暴力的产物。很长一段时间以来，恍惚中，她好像看到了孩子的脸，想象着他的样子，那段不堪回首的往事一直藏在安娜·斯蒂娜内心的最阴暗之处，而那个孩子却像一个邪恶的幽灵，在那里徘徊着，嘴角还带着嘲讽的笑意。尽管如此，随着时间的推移，她的感情也发生了变化，慢慢地，她犹豫了，她怕自己会动摇，所以才喝了克里斯托弗给她的药。她能感觉到，她肚子里的这个小生命，仍然很脆弱，就像飞蛾的翅膀轻轻掠过。这是她自己的孩子，而且还这么小，怎么会违背她的意愿，成为像他父亲一样的败类。此时此刻，命运已经为她做出了抉择。

她去见了卡尔·图利普，告诉他，自己要把孩子留下。听到她的决定，卡尔哭了，过了一会儿，她才意识到那是快乐的眼泪。他拥抱着她，把耳朵贴在她的肚子上，告诉她，他做了一个梦，梦到自己要有孙子了，迷迷糊糊中，他笑醒了。他没问孩子的父亲是谁，但这已经不重要了，不管怎么样，克里斯托弗·布利克斯都将是这孩子的父亲，这个瘦削的外科医生，最近他的健康状况有了很大的改善。他向她求婚了，等时间到了，他们就会结婚。图利普会心地笑着，在他那张满是皱纹的脸上，眼里再次闪现出光芒，这样的光芒上一次在他脸上闪现还是几十年前的事。

"你知道，我见过你们两个在一起。我也是往这方面想的。我的眼睛没问题，我又不是看不出你们俩之间发生了什么事。"

她的内心发生了变化。夜晚，安娜·斯蒂娜不再做相同的梦了。以前她总是做一个与红色公鸡有关的梦，在梦里，她如一团充满仇恨的火焰，怒吼着，毁灭了斯德哥尔摩，将其燃为一片废墟。如今，那团不理智的怒火已不复存在，她把复仇的希望寄托于腹中的孩子。她将把新的生命带临到这个被诅咒的时代，无论是女孩还是男孩，她都会把孩子抚养成人。她的孩子不会像其他人一样碌碌无为。他会长大，变得强大，努力让这个世界摆脱不公与邪恶。她的子子孙孙将世世代代延续她的志向，为她的志向奋斗。这就是她对这个可恶世界的报复。如果是个男孩，他将继承他的父亲和祖父的名字，卡尔·克里斯托弗。如果是一个女孩，就叫安娜·斯蒂娜，虽然"安娜·斯蒂娜"已经在这个世上消失，但却永远不会被遗忘。

42

　　10 月底，寒风席卷斯德哥尔摩。一天早晨，阳光照耀大地，格尤德底海湾已被冰霜覆盖了，冰面上反射出阵阵光芒。在冬季，斯德哥尔摩克的白天尤其短暂。太阳已经开始向地平线方向移动。克里斯托弗·布利克斯站在海边那座古老的塔楼旁。这座塔楼曾经上演历代国王的生命活剧，他们在这里继承王位，行使权力，有的则遭遇刺杀。

　　克里斯托弗·布利克斯想起了临近秋季的那几个星期，那个时候，他还没有遇到这个女孩，他从来没想过，能与她邂逅。与女孩邂逅正好是改变他命运的十字路口。在遇到女孩之前，他总是喝得醉醺醺，在这座万桥之城的街道游荡，寻找死神。而死神则仿佛是一个爽约的老朋友，迟迟不露面。每当他看到有人在斗殴时愤怒地拔出刀子，或是码头上一箱沉重的货物快要倒了的时候，他感觉自己终于可以去死了。但最终他还是躲开了。没有人会对他瘦弱的身躯下手，也没有人会特意制造意外来夺走他的生命，仿佛他的生命毫无价值，别人的生命更值钱。他想自己结束这一切，但却发现，自己没有足够的勇气去自杀。众所周知，自杀是一种罪恶。如果他梦寐以求的天堂是一片黑暗的虚空，在天堂他可以忘却一切往事，那么，如果他自杀的话，就等于下地狱，地狱不会让他忘记以前的痛苦，他要一次又一次地重温那些双手沾满鲜血、内心充满恐惧的夏日。他怎么能自杀呢？所以，他想方设法，寻找另一种谨慎的方法来代替自杀，以避免引起上帝的注意。他饿着自己，让自己骨瘦如柴，双手发冷，就算抬抬手指，也会哆嗦个不停，但最后，饥饿让他屈服了，他放弃了这个方法。他还想过用瓶子给自己挖个坟墓，但也失败了。

他请那个女孩帮他一个忙。他给了她一个包裹，包裹用蜡封得严严实实。包裹里面是他整个夏天所写的信，信是写给他那已经不在人世的姐姐。他现在知道这些信应该寄往何处了。他曾在书店里看到一份报纸，报纸报道了在储藏室里发现尸体的新闻事件。他终于明白了，他的受害者在他醉酒突然清醒的瞬间嘴里闪过的唯一字眼，他当时听到的是，"应得的吧"。但他刚说完，舌头就被割掉了。他现在更加确定那个人说的是，"因德贝托"。

克里斯托弗·布利克斯望着海湾。昨天，海湾里结冰了，现在，阳光正照在海湾的冰面上。他站在那里，好像有一条金光闪闪的路从他脚下延伸开来，这是上帝承诺给他的通往天堂的道路。就在那女孩向他求助的时候，一切都变得明朗起来。一命换一命。他拯救了安娜·斯蒂娜未出生孩子的灵魂，这样，他也拥有了处置自己灵魂的权利。

他脱下鞋子，赤脚站在冰冷的地面上，又把夹克、衬衫、裤子和紧身上衣脱掉，放到鞋子旁边。最后摘下了头上的帽子。

他的面容不再憔悴疲惫，而是充满了青春的气息。他那一头披肩的金色头发恢复了以前的色泽，凹陷的脸也变得饱满圆润。时光仿佛倒流，他看起来也就只有十七岁的样子。

他在那条金光闪闪的道路上迈出了第一步。他脚下的冰晶莹剔透，在水不是很深的地方，可以辨认出水底的石头。他一步一步地继续向前走去。他听到，在他身后，一些人聚集在岸边，大声叫喊，叫他往回走。但他与这些人已经不在同一个世界了，他已经一只脚迈进了另外一个世界。寒风中，他闭上眼睛，感受着照耀在他身上的每一寸阳光。他微笑着，向远方走去，每走一步，冰面都在吱吱作响。最终，冰面破裂了。

第四部分

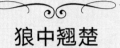

狼中翘楚

·1793年冬·

狂欢敲响了世界末日的丧钟，
上帝必将为审判发声。
坚定的朋友无须惧怕，
罪人必将禁囿黑暗之中。

——卡尔·迈克尔·贝尔曼，1793

43

迈克尔·卡德尔醒了，他不知道自己身处何处。他的脸颊上满是泪水，他舔了舔嘴角，尝到了咸涩的泪水。四周一片漆黑。在他身下，有东西刺痛了他。这是一个圆滑的轴。他摸着木质的表面，才意识到自己躺在扫帚柄上。他感觉头痛得很厉害，嘴里还有难闻的味道。慢慢地，他的眼睛习惯了周围的黑暗，靠双手摸索，他明白这是一道门。

他又躺了一会儿，希望能回忆起一些事情。满是泡沫的坦克，烟雾缭绕的酒吧，越来越浓的醉意，人们在愤怒的情绪中不断升高的音调，双方拳脚相加的打斗。卡德尔的感官恢复了机能，感觉到寒冷。一股冰冷的寒意从地板缝隙中冒出来，冻得他牙齿打战。11月的斯德哥尔摩已经非常寒冷，年年如此。在这个如地狱般的地方，他现在躺在这里的橱柜里，他以前曾多次把不好对付的客人关在这个橱柜里。塞西尔·温格已经死了。

卡德尔处在半睡半醒的状态，起初他无法分辨梦魇和现实，迷迷糊糊中，他的脑海里出现了一些记忆中的画面，他又一次感受到了失败带来的痛苦，这种痛苦是残忍的、无情的，这种痛苦跟他第一次听到失败的消息时体会到的痛苦一模一样。他喘不过来气，挣扎着，努力吸气。他的左臂突然感到一阵剧烈疼痛。他闭着眼睛，忍着疼，用那只健全的手摸抚着残肢上留下的伤疤，强撑着不发出痛苦的呻吟声。这时，空中划过一道闪电。

卡德尔翻了个身子，趴在地上。他还太不熟练使用左臂，这个左臂新装的假肢是橡木雕刻的，比以前的那个假肢要重一些。他还没有习惯左臂的重量，也没有多长时间练习使用左臂。尽管如此，左臂还是有用的。这只橡木假肢虽然活动不便，但它一旦击中目标，便会让对方一击毙命或晕头转向。新的绑带用起来很合适。卡德尔不打算再换新假肢了。他现在松开绑带，让残肢的血液流通。突然，他发现在橡木假手的指关节中间夹着两颗门牙。等到他的残肢恢复了知觉，便又戴上了橡木假手，用绑带固定好。然后，他砰砰砰地砸门。

"该死的，开门让我出去。"

* * *

过了一会儿，才有人搭理他。

"你现在冷静了吗，卡德尔？我不想再招来麻烦了，听到了吗？"

"越消磨我的耐心，我的脾气就越差。"

放在橱柜门前的重物被拖到一边。卡德尔抬起手臂挡住外面的光线，从橱柜里跟跟跄跄走出来。酒吧一片狼藉，乱七八糟，玻璃碎片和瓶子散落在地板上。卡德尔看到一个长凳，他就重重地躺倒在长凳上面。他双手托起脸，一抬头，他看到霍夫布罗大师画的壁画。墙上的壁画朝他咧嘴笑了笑。壁画中，一具尸体正拿着镰刀高兴地跳舞。

"吉达，给我来点烈性酒。我觉得我的头快要爆炸了。"

酒馆老板端着一杯啤酒，走了过来。

"听我说，卡德尔。如果你还像昨晚一样，就算你是客人来这儿消费，我也不能让你在这待着了。你吓跑了我的客人，那些我雇来替你维持秩序的人当场辞职，他们不愿意像你这样，继续干下去了。"

卡德尔喝了一大口酒，喘着粗气，缓了缓。他说：

"不要激动，汉斯。我昨天很晚才知道那些坏消息，那些消息让我难以接受。我期望的并不多。我既没有朋友也没有家人。"

卡德尔把钱包里的钱都倒在桌子上。一共三先令和一个德国法新。

"你可以把我造成的损失算到我的账上，我一拿到钱就给你结账。除此之外，你要是认为我们的交情已经到此为止，你就重新粉刷一下酒馆的墙壁，否则我已经在鬼门关转过好多次了。"

* * *

小巷之中已然是一片暮色。太阳正越过屋顶，就又要下山了。一片片雪花飘落在鹅卵石上，一层又一层，堆积在墙边。街灯还没有点亮，房子里也没有开灯，人们聚集在窗户旁，享受太阳下山前的最后一丝亮光。尽管天气很冷，但卡德尔的心脏像杵锤一样强壮有力地跳动着，他浑身大汗，汗水顺着他的身体直往下淌，这样可以缓解宿醉。一阵风从海湾上吹来，他不禁紧了紧外套。他朝着诺贝尔大厦方向走，然后右转，去了卡索山。如果运气好的话，他还会在因德贝托大厦找到艾萨克·莱因霍尔德·布洛姆。他走着走着，又想起昨晚没想起来的事情。

一个年轻的警察助理说过，这个男孩以前一定见过他，当时他陪伴在塞西尔·温格身旁，男孩来看塞西尔·温格，对他表示慰问。起先，卡德尔一点也想不起来这个事，但别的警察也证实了这件事。警察局的秘书已经亲自证实了这一消息，那就是因德贝托大厦的鬼魂已经销声匿迹了。寒冷的天气让塞西尔·温格的病情每况愈下，就在昨天，他咽了气。

卡德尔此时已经完全醉了。对于塞西尔·温格的逝世，他并不感到意外，但却不能平静地接受这个事实。卡德尔的内心深处仍然坚信，他们还没有完成卡尔·约翰的案件，只有调查清楚案件，才能让他摆脱黑暗的命运，在这之前，死亡不会将他和温格分开。他们争分夺秒，不惜任何代价帮助卡尔·约翰，虽然他只剩下一具冷冰冰的尸体静静地躺在储藏室里。这让塞西尔·温格死不瞑目。卡德尔记得他喝了很多酒，恍惚间，他觉得自己的身体飘在半空中，在这里，能远离喧嚣的俗世，能平静地坐看世间的悲欢离合。他就这样走着，身体摇摇摆摆，飘忽不定，直到有路人撞了他。

他想着这个世间的卑劣之事，愤怒不已。闻听塞西尔·温格的死讯，他的内心悲痛不已。这令他本就凌乱的内心，更加烦乱不堪。他和与他相撞的人互相说了几句尖刻的话，接着又打了几拳。最后他们一定制服了卡德尔，把他扔到扫帚间的碗橱里，他很快就睡着了。他梦到卡尔·约翰在玛丽亚教堂墓地里孤零零地躺着。死者的嘴唇丝毫未动，却发出阴森森的声音，指责他。

"你本来要给我伸张正义，但你失败了。约翰·克里斯托弗·布利克斯已经用他的生命来赎罪了，而你，将步他的后尘。"

* * *

卡德尔转过斯德哥尔摩大教堂的拐角，他立刻戴上了帽子。在那儿，一排排岛屿并肩而立，湖水流淌着汇入大海，沿着一排排的岛屿，雪花从汹涌的云层中飘下。因德贝托大厦静悄悄地伫立着。警察不能把钱浪费在蜡烛上，为了用阳光照明，他们不得不调整日常的工作安排。他碰巧遇到一个人，这个人正好从大门走出来。他告诉卡德尔布洛姆秘书还在大厦里面，他正在仔细审查自己的账目，然后，这个人又低声补充到，布洛姆秘书这个时间还呆在这里，只是为了节省家里的柴火。这个狡猾的老狐狸。

"他现在没有必要这么吝啬吧。"

卡德尔没有丝毫笑意，但能让他进因德贝托大厦，他就已经很高兴了。

布洛姆的办公室里堆满了书籍和账本。不出所料，房间里放着一个瓷砖炉子，散发出阵阵暖意，布洛姆只穿着衬衫坐在办公桌旁。卡德尔懒得敲门，直接推门进去了。

"昨晚已经有人告诉我了。"

布洛姆把一张他一直在研究的账单页放在一个文件夹里。

"我深表哀痛，卡德尔。对我们大家来说，这是一个巨大的损失。"

卡德尔在一张凳子上坐下，解开上衣的扣子。他刚才走得飞快，脑子也清醒过来。自他醒来以后，这是他第二次感受到这种熟悉的恐惧感。他对此并不意外，但却同样地痛苦。他感到喉咙变窄，呼吸困难，眼前出现一片乱舞的黑点。他闭上双眼，努力平复心绪。布洛姆什么都没说，就静静地等着他，卡德尔终于缓了过来，感觉自己又活过来了。

"这儿有什么喝的吗？"

布洛姆变了脸色，闪现出犹豫和慌乱。

"对于你的悲痛，我深表同情，但我也有自己的事情要处理。我睡觉的时候，任何人都不能打扰。"

"你确定？那就让我们拭目以待吧。"

卡德尔灵巧地抢走了布洛姆一直在看的文件夹。布洛姆试图把它拿回来，但速度不够快。

"布洛姆，这可真有趣。在我看来，这不像是警察干的事，更像是乞丐写给鲁特霍姆男爵的信，信中提到了德罗宁霍姆宫的一个职位。'阁下——'你这是什么意思？你在这个秘书职位上还没待满一年，就已经厌倦了吗？"

布洛姆坐在椅子上，沮丧地用手搓着脸。

"卡德尔，你这该死的家伙。那不是给你看的。好吧，你抢到了就看吧。事实上，诺林局长收到了通知，这个通知我们都等了很长时间了。这个通知对于我们来说当然有意义。鲁特霍姆想要一只哈巴狗，我们的约翰·古斯塔夫·诺林也如愿以偿，可以离开这里了。温格在报纸上展示的那些有淫秽图案的衣服的描述发挥了重要作用。这在很大程度上都得到了证明。"

"谁来代替诺林？"

"诺林因为触犯法律，将被发配到北方。他的继任者是马格努斯·乌尔霍姆，他将从德罗宁霍姆宫离职。我现在求的是他以前的职位。"

"我以前听过这个名字。这个乌尔霍姆曾经被指控挪用公款，被迫逃到挪威避难。现在他居然将被任命为警察局局长。"

"你要明白，这份工作的首要条件是对现政权不屈不挠的忠诚，同时还要带有一些奴性，会奉承。"

"我看了看你写给男爵的信，不得不说，对于有奴性和会奉承这两条要求，你是最符合条件的，布洛姆。"

布洛姆皱着眉，脸变得更红了。

"见鬼，卡德尔！我一年的薪水只有一百五十个达勒，这点钱什么都干不了。与塞西尔·温格和你这样的人在一起，对我没有什么好处，所以，如果你没有别的事了，请自便，我还有其他事情要处理。"

一提到微薄的薪水，卡德尔就没有再说什么了。他想起刚才在门外碰到的那个人和他说的话。卡德尔若有所思地斜视着布洛姆，布洛姆已经站起来，要开门送客了。

"如果你明白怎样才对你有好处的话，你就坐下来，不要再打那些鬼主意了。你这么做其实是得不偿失的。我需要考虑一下。"

卡德尔咒骂他脑子迟钝。他现在这个样子，说什么都没用。另外，卡德尔的直觉告诉他，布洛姆在隐瞒什么，而且他的直觉一向很准。尽管房间没有以前那么暖和，但布洛姆还是出了一身汗。他的眼睛扫视着房间各处，眼光一次又一次地落到靠近餐厅的桌子旁。卡德尔紧盯着他的目光。在一堆书的上面放着一捆纸，用绳子捆着。卡德尔走过去，拿起那捆纸。这是写给塞西尔·温格的信，"塞西尔·温格"这几个字的笔迹显得稚嫩，墨迹很浅，几乎是透明的。

"布洛姆，这信是写给塞西尔·温格的，为什么会在你这里？"

"今天早上来了一个女孩，把这捆信放在了门口。既然我是秘书，这自然就引起了我的注意。"

布洛姆望向房门，眼里带着期盼。卡德尔盯着他的眼睛，慢慢地摇摇头。他把椅子搬到门口，挡住了出口，坐在椅子上，把包裹放在膝上，松开捆绑的绳子，打开包裹信纸的染色布料，露出里面的信纸，这些信纸的尺寸大小不一，上面的字迹同样稚嫩，应该和刚才看到的"塞西尔·温格"出自同一人之手。他开始读这些写得歪歪扭扭的文字，慢慢地，他的心跳开始加速。他再次放下了信纸，对着艾萨克·布洛姆怒目而视。他心中的迷雾终于慢慢地消散了。

"你是怎么知道温格的死讯的？"

"我不太记得了。有人带来了口信。"

"你亲自和带口信的人交谈过？"

"不，我……"

"真奇怪。昨晚我和一位警官交谈过，他告诉我，是你把温格死亡的确切时间和细节告诉了警察局。还有一个问题，我在门口碰到了一个人，他暗示你最近发了财。我可以厚颜无耻地问一下，这笔钱是从哪里来的吗？难道你继承了最近去世的远房姨妈的遗产？"

"听着，卡德尔，你必须向我保证，你会保持冷静……"

卡德尔站起来，锁上门，把钥匙放在口袋里，而他和布洛姆开始围着桌子转圈，布洛姆是想离卡德尔远点，而卡德尔则恰恰相反。

"据我所知，这家机构对塞西尔·温格死亡的确切时间进行了全面调查。布洛姆兄弟，你就是这样发财的吗？"

"亲爱的迈克尔……你必须了解我的处境。"

"你收到这个包裹的时候，塞西尔·温格还活着，但你并没有打算把这个包裹寄给他。你已经决定让他去死，然后把他和你的谎言一起丢到坟墓里，这样你就可以收到别人的贿赂。如果你还想活着，现在最好仔细斟酌一下你的话。回答我，温格到底是死是活？"

卡德尔推翻了桌子，紧跑几步，抓住布洛姆的衣领，扬起他的木拳，准备砸向眼前这个人。布洛姆吓得声音提高了八度，喊道：

"理智点，卡德尔。我在咖啡馆遇到了一个叫罗塞利乌斯的缆索工，听到他抱怨说要失去一个这么好的租户。他最后一次抬温格时，温格躺在床上，大口大口地往便盆里吐血。医生已经放弃给他治疗了，转而去治疗那些有希望活下去的人，有人看见牧

302

师去给他做了祷告仪式。他已经活不下去了，是昨天死还是明天死有什么关系？对我来说，我得到的钱几乎是我一年的薪水！你难道不明白这些吗，卡德尔？"

＊＊＊

几分钟后，卡德尔走出了布洛姆的办公室。他站在路边，把木拳放到雪上蹭了蹭，擦掉了上面的血迹。一辆马车从他身边经过，他招了招左手，然后搭乘马车离去。

44

 无论是在码头，还是在布拉休斯角，他一下马车，只是站在漫天飞雪中，不曾同任何一辆他乘坐的马车挥手告别。卡德尔湿透的鞋底拍打在小桥的木板上，当他听到这个声音时，他才意识到自己在奔跑。他脚下的这种木板的作用，是为了让驶入凯兹湾的渔船顺利通过纽桥。他感觉到了一种强烈的紧迫感，仿佛他所承受的重担足以把临终的病人从病床上拽起来。夜幕降临时，刺骨的雪花倾泻而下，冰碴挠着他的脸。冰雪覆盖的海湾外面，卡德尔瞥见了暴风雪来临前就已荒芜的鱼市。他不知不觉中来到了阿特勒里场，奔跑让他肺里的空气燃烧。他听见歌声从赫德维格·埃莱诺拉教堂飘出，那里的合唱团正在演唱感恩曲。可他们唱得并不好。教堂里聚集了很多人，可能只是因为他们想在这里避一避暴风雪。他们努力跟上节奏，尽量还原歌声的意义。正如人们在绝望中也能找到希望。他沿着一条条街道走到了城市的尽头。在这里，他看到了高楼的墙壁也已变白，一簇簇的菩提树不堪大雪的重负，只能蜷缩在雪地里。

 门没有上锁。卡德尔上了楼梯，跑到了温格的房间。他的大腿因剧烈运动隐隐作痛。屋里只有一支蜡烛闪烁着微暗的火光。床的旁边坐着一个身着黑色衣服的牧师，他还是像往常那样坐着，让人分不清他是在祈祷还是已经睡着了。一个女仆正拧着洗脸盆里的湿布。卡德尔先前来过这里，所以这个女仆的脸他并不陌生。

女仆抬头看到他,脸上充满惊讶。塞西尔·温格躺在床上,一动不动。以前,卡德尔认为温格已经瘦得不能再瘦了,但现在他知道自己错了。温格瘦得只剩皮包骨了,这让卡德尔想起了斯文斯克松那些冻僵的尸体。不同之处只是温格的脸还没有被盖上尸布。温格一定还活着。德卡尔转身面对着女仆,他一喘上气就开口询问女仆。

"他还有意识吗? 有没有可能醒过来?"

"唉,温格先生一大早就不说话,也不动了。罗塞利乌斯先生在他身边守了一夜,也已经跟他告别了。"

卡德尔只是沉默着点了点头。床边碗里的米糊还是满满一碗。他又一次把目光转向牧师。

"起来。你坐的是我的位置。你和你手上的经书已经尽力了。我有另一本经书,接下来看看我的这本书是不是比你的更有用。"

卡德尔没有等牧师的答复。他的外套已经被雪水和汗水打湿透了,他费了一番功夫,才脱下了外套。女仆走到卡德尔身旁,帮他卸下了他的木头假肢。这时,一直犹豫的牧师才做出决定,他一言不发地从卡德尔和女仆身边走过,下楼离开了。卡德尔瘫坐在纺锤形靠背椅上,他听着温格浅浅的呼吸,然后转身问女仆。

"有咖啡或者啤酒吗? 有的话两样都拿来。我要在这儿待一会儿。"

女仆离开,留下卡德尔和温格单独相处。卡德尔仔细地观察着温格的脸。温格的双眼凹陷,颧骨在他松弛的脸上显得尤为突出。他的额头上只有薄薄的一层苍白的皮肤,卡德尔觉得自己仿佛看见了温格的头盖骨。温格长长的头发披散着,因发烧而汗湿的头发紧贴着他的太阳穴。他双眼眼睑已经露出眼白了。温格不时地咳嗽,他的嘴唇上和衣领上沾着他咳出的血。卡德尔看到这种情景,止不住哆嗦起来。

"老天在上，塞西尔·温格。我从没想到你是个这样的人。你那么年轻，这点咳嗽就让你放弃求生的欲望了吗？你想要博取我的同情心吗？我可以很明确地告诉你，你骗不了任何人。你看起来很健康。在我当兵的时候，有人说疼痛只是表明身体状况不佳。我相信这句话也适合你。你仅仅是得了肺病，这点小病它算得了什么！拿出你的勇气来！"

卡德尔把书摊放在膝盖上，边读边调整双腿的间距，以保持书能平稳。

"现在你听我说，温格。早在情况没这么糟糕的时候，你就应该料到这病可能要了你的命。现在我们还没有完蛋，你这样躺着不是长久之计。"

卡德尔打开克里斯托弗·布利克斯的回忆录，清清嗓子，然后开始大声朗读。

"亲爱的姐姐……"

在接下来的一个小时中，女佣进进出出好几次，她往屋里送了啤酒和水，后来又端来几片面包和一杯加了蜂蜜的牛奶。可卡德尔几乎没有注意到她。

* * *

清晨的阳光透过窗户照耀到卡德尔低垂的头上，阳光唤醒了他。他膝盖上的书不见了。一想到书可能丢失，他就感到恐慌。书一定是在他打盹的时候从他手里滑落的。这本书对他而言，是最珍贵的艺术品，他认为这本书要么是意外得到的，要么就是上天赐予他的。他低头在地上找，却什么也没找到。他抬起头，他看到温格枯瘦的手握着他的书。卡德尔揉了揉惺忪的睡眼，好让自己彻底清醒。他观察着沉睡的温格，就在这时，温格睁开了眼睛。

他们先是默默地盯着对方。然后卡德尔率先开口说话。

"所以您还活着。您总是能解答所有的问题。那么您告诉我，这本书里的文字是像童话中的咒语一样拯救了您的生命，还是我们昨晚目睹的这一切都只是巧合？"

温格只是耸了耸肩，开口说道：

"我的病时不时就会发作，可这次比以往任何一次都要严重。每个人都认为这次我死定了，包括我自己也这样认为。至于你读给我听的故事，我得给你一个答案。但我冒昧猜测，只要告诉那些生命垂危的人活着的盼头，他们总会受到启发。"

温格把视线转向窗户。当他再次开口说话的时候，似乎他的脸上笼罩着一团阴影。

"你告诉我在战争中你快要死了，那临死前你有看见他吗？我指的是真实存在的他。"

在卡德尔的记忆中，英格堡被摧毁了，约翰·耶尔姆的尸体被卷到了波罗的海深处。一想到这些，卡德尔眉头紧蹙，十分痛苦。

"是的，我当时看见他了。他在舰队的轮船龙骨下等待他的贡品。他的黑色翅膀张开着，那裸露的骷髅脸上挂着灿烂的笑容。"

"也许死神带着不同的面具降临到我们身上。我发现他是一个阴暗的深渊，一个大张着嘴的黑洞。我知道，当我落入死神的怀抱时，我会从时间中，从人们的记忆里消失，永远不会回来。以前，死神靠近我的时候，我还有时间思考我以前的生活。我知道，我在理智和情感之间选择了理智，并且一生都忠于它。我从事法律工作的时候，我努力确保每一个被告都拥有发言权。我在法庭上为之辩护的每一个人，我陪着走到被告席上的每一个人，都没有被他们的命运抛弃。即使在私人事务上，我也……"

他停顿了一下，又开始说：

"让·迈克尔，最近我开始怀疑我的信仰了。不是因为我的理性判断，而是因为那些我所承受的痛苦。在我生命的最后几天，我问自己，人类是否必须直面那条通往那个黑暗之处的道路。但是现在，那个黑暗深渊正等待着我。它曾承诺过我：无论我在人世间受过什么苦难，它都会给我慰藉。所以我看开了。我能够平静地面对一切苦难。我一生都坚持我认为是正义的东西。但是突然，我感觉自己抓到了一团微小的火焰，可这微弱的光却足以照彻黑暗。对我来说，这是一种安慰，我的恐惧消失了，我终于能够心平气和地迈出最后一步。就在那时，我听到了你的声音。我在深渊的入口处调头。当我醒来的时候，你睡得正鼾。我发现我有足够的力气去拿这本书。然后，我开始阅读克里斯托弗·布利克斯的回忆录。"

"那现在你活过来了，你还感觉到痛苦和疑惑吗？"

卡德尔在温格的眼里看到了悲伤，但同样也看到了坚强。温格紧咬着嘴唇，然后开始回答。

"是的。我还是会疑惑，也会感到痛苦，这两样东西似乎是跟定我了。但我觉得最好的补救办法就是将杀害卡尔·约翰的凶手绳之以法。让·迈克尔，扶我坐起来，如果还可以让我洗个热水澡，把我的高烧降下来，我会很感激你的。"

"你确定你的情况已经好到可以起床吗？毕竟几个小时之前，医生还认为你只能等死了。"

"我相信你之前说给我听的那些话，所以现在我已经没那么虚弱了。让我们利用剩下的时间来分析我们已知的信息。你还记得萨克斯夫人在凯瑟尔庄园对我们说的话吗？"

"我只希望我记得少一点，那样我就能开心一些了。"

"卡尔·约翰有一个习惯，他在无人看管的时候会吃自己的粪便。萨克斯夫人认为，这种行为表明他已经变成了疯子。可根据我们现在所知道的信息，我认为情况恰恰相反。为了保留他唯一拥有的东西，卡尔·约翰只有这一个办法。这个东西能让人得知他的真名，同样也可以告诉别人凶手是谁。布利克斯把指环给了卡尔·约翰，卡尔·约翰只能尽全力守护这个指环。他找到了指环，然后一次又一次地吞下它。他忍受痛苦所做的一切，都是要证明他并没有丧失理智。"

卡德尔感觉到胃里一阵恶心。为了不让自己吐出来，他咽了咽口水，还深呼吸了好几次。

"噢，天呐，这该死的一切！"

"我很难用语言来表达自己对这件事情的感觉。我们不能让卡尔·约翰白白遭受这一切痛苦。如果现在我们抓紧时间，也许可以说服掘墓人，让他尽量在太阳下山之前，用铁铲挖开冰冻的墓地，找到尸体。那么在夜色的掩护下，我们才能事半功倍。指环肯定还在那儿。指环上应该有一个盾形纹章，纹章的内壁一定刻着卡尔·约翰的真名。快，我们需要抓紧时间。"

45

掘墓人施瓦尔贝从半开的门缝中盯着访客看了好一会儿，才认清敲门人的脸。

"您是温格先生吧？您是卡伦先生？卡杜斯？还是卡利班？"

"我是卡德尔。"

施瓦尔贝挥了挥手，示意他们进门。屋里，壁炉中的火烧得正旺，桌子上有一本摊开的《圣经》。

"您必须原谅我，卡德尔先生。我通常会留意别人的长相，但您看起来好像和我上次见您时不一样了。我记得您的鼻子离左耳朵没这么远，您的一只眼睛看起来好像滑到了另一只那边。温格先生，您胃口不好吗？我听说最近很流行苍白肤色，但您现在背上全是雪，所以看起来，只有您的大衣和马裤的颜色是清晰的，好像是刚从衣橱里逃出来的一样。"

卡德尔一边跺着脚，清理靴子上的雪，一边咕哝道：

"施瓦尔贝，如果我们也能像你那样美人在怀、安然享乐的话，那这个世界上的艺术家都要乞讨为生了。"

施瓦尔贝咧着嘴笑着，露出他棕色的不整齐的牙齿。

"您回来是为了您那具难搞的尸体吗？就是那具已经伤口腐烂、没了四肢，名叫卡尔·约翰的尸体吗？实际上，我一直期待着您回来。"

"此话怎讲？"

"教区里有些人有超能力,他们说卡尔·约翰的灵魂不会安息。他像一条鼻涕虫一样,在墓碑间四处溜达,他周围有微弱的光在闪烁着,还有人在喃喃自语。这就是为什么我知道他生前还有一些未完成的事情,因此我一直在等待着你们的到来。"

温格和卡德尔你看看我,我看看你。看到温格的眼神里充满了怀疑,卡德尔感觉安心了些。卡德尔自己也不相信施瓦尔贝的话。温格拿出钱包,数了一些钱放在施瓦尔贝的桌子上。

"我们希望你能尽快把坟墓挖开。最重要的是,我们还需要检验尸体。所以,我们希望你能把房间借给我们。"

* * *

墓地外面,光秃秃的菩提树排成一排。这些树还是小树苗,一场大火把这里烧得精光,所以人们才种了这些树。狂风呼啸,拍打着树枝上的雪花,纷飞的雪花在空中翩翩起舞。施瓦尔贝踏着厚厚的积雪行走,温格和卡德尔跟在他的后面。他靠着只有他自己知道的标记,找到了通往墓地的路,然后用云杉枝清扫了坟墓表面的积雪。接着,他开始费力地往深处挖。他一会儿用锄头,一会儿用铲子,有时候还用到了撬棍。很快,他找到了自己的节奏。找到节奏以后,他哼着小曲,继续干着手上的活。看着他越挖越深,卡德尔既兴奋又关切。寒冷刺骨,他们呼出的热气很快凝结成了白色的雾。温格站在卡德尔旁边,靠在卡德尔的肩膀上,勉强支撑着自己的身体。为了让自己呼吸顺畅,他用一条手帕捂着自己的鼻子。

"你不用站在这里玩命。回暖和的屋子里去吧。一旦挖到卡尔·约翰的尸体,我就来叫你。"

温格摇了摇头。卡德尔很想在墓园里跑一跑,甩甩手臂使自己暖和起来。但温格正靠在他的背上，所以他不能乱动。卡德尔一直保持着一个姿势，他瑟瑟发抖，只能靠着自己的意志力来控制打战的牙齿。时间一点一点流逝，终于，迪特尔·施瓦尔贝挖到了很深的位置，温格和卡德尔只能看见他的上半身了。他一直挖着，头随着挖的动作不停地晃动。施瓦尔贝稀薄的头发上全是汗水，戴着的帽子让他很难受。终于，他长长地喘了口气，从地下掏出来了一个小小的包裹。

"你可以帮我把他抬到地面上吗？"

一碰到尸体，卡德尔忍不住咒骂。

"如果他还没完全冻僵的话，我会遭天打雷轰的。"

温格若有所思地点了点头，然后转身对施瓦尔贝说：

"我们需要把尸体解冻。"

卡德尔帮助施瓦尔贝从墓地里爬了出来。

"我估计到了这种情况，所以出门前我在炉子里多添了几根柴火。我去找个雪橇拉他回去，顺便再多捡些柴。然后我要去洛克小店吃点东西，喝点小酒。你们做完了你们要做的事情后，就把他用毯子包起来。"

施瓦尔贝对这一切并没有提出任何疑问。这让卡德尔感到困扰。可困扰的原因他自己也说不上来。

"我们这样做是因为……"

"停，我知道你想说什么，但是只要我没有亲耳听到，我还是可以当作自己弄错了。"

* * *

他们在火上加了很多柴，火焰把小屋的横梁熏得嘎吱作响。他们把这具包在裹尸布里的僵硬尸体放在靠近火炉的长凳上，然后等待着冰融化。塞西尔·温格在短短几个小时内竟然好转了很多，卡德尔对此感到惊讶。之前大多数时间，温格需要被卡德尔抱上马车。而且温格太虚弱了，卡德尔不仅要扶着他，还要背着他穿过罗斯利斯家冰天雪地的花园。但温格现在看起来已经不一样了。他的眼睛闪闪发光，皮肤也有了血色。他的头发现在整齐地披在脑后，整个人已经恢复了一些以前的活力。他已经不需要别人搀扶了。尸体慢慢解冻，温格坐立难安，在屋里来回踱步。渐渐地，他累得需要张着嘴才能喘得上气。

"尸体越来越臭了。你觉得尸体上的冰化了没有？"

"应该已经化了，我们开始吧。"

他们卷起袖子，用手指和一把刀子在卡尔·约翰柔软的口腔里寻找着指环。这一举动打搅了在卡尔·约翰的嘴里过冬的蠕虫，它们惊慌地扭动着肥胖的身躯。接着灯光照射到了一块金属上，那物体在卡尔·约翰红棕色的嘴里闪着光。

温格把指环拿到灯光底下仔细地观察。卡德尔强迫自己打起精神。他觉得这一刻太过沉重，几乎让他难以忍受。卡尔·约翰生前抱着希望，希望有人可以发现这个指环，他多少次找过这个指环，又多少次把它吞进肚里去？他甚至死后都还在期待着有人可以找到指环。卡德尔感觉自己和温格期盼的事就要实现了，仿佛空气中马上就会炸响春雷。他盯着温格，期待从温格的表情中读到胜利的曙光。温格在灯光下转动指环，指环上的图案渐渐显现出来。

温格一言不发，卡德尔很快就意识到结果可能不尽如人意。温格一边跟卡德尔说话，一边接着观察戒指，仿佛他在等待着戒指重铸成一个更有希望的形状。

"我懂得一点纹章知识。我没有见过很多大家族的纹章，所以我记不住那些纹章的样子，但我熟悉纹章篆刻的传统。这个盾形纹章不是贵族家庭的。纹章上的盾牌分为蓝色和红色，两边各有三颗六角星，上面还有一个冲锋状的图案，一个月桂花环和一头狰狞的狮子，盾牌顶部有一缕粉红色的羽毛。但盾牌上有太多过于华丽的细节，这让盾牌看起来荒谬至极，就像一个孩子幻象自己是一名获得荣誉的骑士，这个纹章是他的奖赏。通常这样的指环都是黄金制成的，但这个并不是。卡尔·约翰的胃液腐蚀了指环的表面，所以有的地方已经褪色了，整个指环看起来也不太干净。当然，纹章上那块宝石也只不过是一块彩色的玻璃。"

看清楚这一切后，温格终于放下指环，揉了揉疲劳的双眼。

"这不是我想要的结果，让·迈克尔。这个指环让我很困惑。"

卡德尔提着一口气，期待着，他的肩膀耸得高高的，都快要到了耳朵的位置。听到温格这样说，他的肩膀一下子垂了下来，就仿佛支撑着双肩的绳子突然断了。很快，温格继续说道：

"当有人被封为骑士时，皇家篆刻学院技艺精湛的篆刻家会为他篆刻专属纹章。篆刻家们会选择和受封者生活和工作有关的标志。就拿古斯塔夫国王的医生奥洛法夫·阿克雷尔来说，他的臂章展示了医学界的权威。纹章的图案是一条蛇盘绕在一根棍子上，棍子的顶端是一个皇冠。这样，他的精湛医术和国王对他的赏识都体现在了纹章上。但是，我手上的这个指环的设计却跟卡尔·约翰无关。"

"但是这个指环的纹章又在暗示我们什么呢？这又是一个解不开的谜吗？"

温格挪到离灯更近的位置，再一次仔细地观察指环纹章的设计。

"这个纹章让我想起了一些东西。不知道为什么，我感觉它很熟悉。"

　　卡德尔感觉越来越有一种挫败感，他需要发泄。他忍不住咒骂了一句，左手攥紧拳头，猛地捶在桌子上，力气大到桌子上留下了他的拳头印。拳头的回力反弹到他的断臂上，疼得他龇牙咧嘴，猛吸一口气。温格转身看着卡德尔，说道：

　　"让·迈克尔，你认为你现在还能理性思考吗？"

　　"在这样的夜晚，你问这个问题是什么意思？"

　　"你的回答会让我安心。在吃的方面，你有什么特别偏好吗？你最喜欢的菜是什么？"

　　如果卡德尔不是足够了解温格的话，他会觉得温格在嘲笑他。但是此时，温格看起来一点都不像在开玩笑。实际上温格也从未和别人开过玩笑。

　　"我喜欢卷心菜。"

　　"那么你经历过最糟糕的事情是什么？"

　　"在斯韦堡的兵营里有一种汤。每次舰队被冰雪封住，不能出海的时候，我们就可以喝到这种汤。每天猜测汤里的食材，是我那时候最好的消遣方式。但是有一次，我发现汤里面有一根胡须，尽管我希望这根胡须是猫身上的，但我还是很怀疑胡须的由来。"

　　"不过，如果让你在这道难吃的汤和你的粪便之间做选择的话，毫无疑问你会选择汤。让·迈克尔，我想说的是，如果卡尔·约翰不是怀揣着希望的话，他是不会连续几个星期都吃自己的粪便的。这一切需要相当大的勇气，因为，他知道这个指环可以证明他的身份。"

46

迈克尔·卡德尔在同一街区找到了一间新的出租房。他的新住所又窄又小，房间里除了张床就只剩下了墙壁。这让卡德尔感觉新住所和旧的没什么区别。一批又一批的房客在这张床上度过日日夜夜，床垫中央那块原本应该厚实的地方，已经被压得很薄。好在这个地方很暖和，而且租金不高。这对卡德尔来说就足够了。睡前，卡德尔会喝杯白兰地酒帮助自己入睡。早上起床吃早餐时，他还要喝上好几杯，这样才能缓解全身的酸痛。而全身的酸痛是因为他在薄得和木板没什么两样的床垫上躺了一夜。

尽管卡德尔很累，但他并没有准备上床睡觉。每当他闭上眼睛，施瓦尔贝木屋里发生的一切就会在脑海里再现。多年以来，噩梦一直困扰着卡德尔。夜晚来临，就算卡德尔没有收到温格约他出去的消息，他也并不会像正常人一样上床睡觉。对卡德尔来说，去酒吧才是正确的选择。他选择了好好活着，可噩梦却一次又一次让他想要结束自己的生命。卡德尔走过艾瑞茫格广场，却漫无目的，不知自己要去哪里。在伊斯特街上晃悠了一会后，他随便走进一条小巷，朝着码头走去。他来到一个酒吧门前，他看到酒吧门的上方有一个标语，上面写着"Terra Nova"。通俗点说，这个酒吧的名字是"新世界"。这个名字他曾有所闻。卡德尔心想，自己这会儿去新世界是最好的安排了。

今天是工作日，可即使是工作日晚上，酒吧的人也比他想象的多。人们似乎异常兴奋，卡德尔不得不问这到底怎么回事。一个光头警卫转过身看着卡德尔，对他的疑问感到难以置信，满脸写着疑问。

"你没听说吗？你怎么可能没听说？昨晚消息就传开了，现在所有人都在谈论这件事情。"

警卫的脸上闪过一丝阴郁。

"她死了！那些人砍了她的头。"

"见鬼，谁被砍了头？"

"王后！"

卡德尔不敢相信自己的耳朵。他想，警卫肯定是喝多了。

"你是说索菲亚·玛格达莱娜？古斯塔夫国王的遗孀？这是怎么回事？是因为宫廷大臣们终于忍受不了她的音乐晚会了？"

"不是索菲亚王后，是法国王后玛丽·安托瓦内特，你这个白痴。昨天，有消息从法国传来，他们把她推上绞刑架，把她的头砍了。而且那些人只是把她埋了，连墓碑都没有立。这群野蛮人！"

警卫抓住卡德尔的肩膀，凑近卡德尔，在卡德尔耳边小声说：

"但是在我国这种体制下，却有人认同这些暴民的做法。你是明白人，不用我多说了吧。"

警卫向地上吐了口痰，面露厌恶的情感。然后，他挤过拥挤的人群，向门口走去。

＊　＊　＊

后来，卡德尔狂灌了几杯酒，他清楚地意识到警卫的话是真的。丑闻很快在这个城市传开。每个人都听说了法国王后被推上绞刑架时的情形。不管卡德尔是否问他们，他们都热切地讲述着当时发生的一切。有人说，法国王后嘲笑群众，声称自己通奸的罪名和放纵的生活就算死一百次也值得。另一个人却说，她只是默默地掉眼泪。有三分之一的人说，她最后一句话是对刽子手说的，那句话是：很抱歉，我在上绞刑架的时候不小心踩了你的脚。卡德尔努力屏蔽其他人的讨论。他每喝一杯酒都感觉别人的声音变小了，但其他人也在喝酒，而且说话的声音越来越大。人们讨论革命的声音越来越大。有传闻说，为了避税，查尔斯公爵坚持要把自己从外国购买的昂贵艺术品通过走私的方式运过边境。批评他的人认为，天子犯法应当与庶民同罪。在这个城市里，无论是男人还是女人，都会很轻易地掩饰因法国王后过世的悲伤。

突然，卡德尔看到了指环，他认为这只是因为自己喝多了产生的幻觉。他摇摇头，揉揉眼睛，想确定是不是心中的期望让自己产生了幻觉。可当他再看，他看见的是真真切切的指环。一个穿着长裤和塔夫绸①背心的年轻人左手上戴着这个指环。指环是金色的，上面刻着一个黑色的椭圆形盾牌。卡德尔走向那个年轻人，想要看得更清楚。很多贵族都戴着类似的纹章指环，但这一个却

---

① 塔夫绸是英文 taffeta 的译音，指含有平纹的丝织物。塔夫绸又称塔夫绢，是一种以平纹组织织制的熟织高档丝织品。经纱采用复捻熟丝，纬丝采用并合单捻熟丝，以平纹组织为地，织品密度大，是绸类织品中最紧密的一个品种。塔夫绸的特点是绸面细洁光滑、平挺美观、光泽好，织品紧密、手感硬挺。

是独一无二的。卡德尔越靠近年轻人，他就越确定自己心中的想法是正确的。指环上的设计图案很小，卡德尔看不清细节。但设计图案的结构是一样的，好像年轻人手上的指环和卡尔·约翰的指环是一个模子刻出来的。

卡德尔感觉房间在旋转，烟草的烟雾刺痛了他的眼睛。卡德尔转过身审视着那个戴着指环的年轻人，他眨了眨眼，烟草的烟雾熏出的泪水从他的眼眶滑落。这个年轻人大约二十岁。年轻人的衣服看起来很贵，可却透着一股俗气。他脖子上系着一条亮白色的领结，身穿一件猩红色的外套，头发一看就是精心打理过的。卡德尔意识到自己赤裸裸的注视引起了这名男子的注意，他一边咒骂着自己，一边猛灌下几口酒。他默默咒骂着，坐回到长凳上，一边注意着年轻人的一举一动，一边努力保持清醒。他在等待。

* * *

过了一会儿，年轻人和同伴们准备离开。这些人的打扮很相似，穿戴像孔雀。他们行为举止极度优雅，甚至看起来有些夸张。他们的话里夹杂着英语和法语。这群人互相亲吻脸颊，向彼此告别。卡德尔逐渐清醒，他马上起身，先于这群人走进巷子里。为了不被他们发现，这群人出来时，卡德尔面对着墙，假装小便。卡德尔注意到戴指环的年轻人拄着一根拐杖。年轻人每走一步，拐杖都会杵到地上的鹅卵石。循着拐杖的声音，即使年轻人拐弯，卡德尔也可以很容易地跟着他。

卡德尔高估了自己的状态，他并没有完全从醉酒中清醒。尽管他很小心，但他还是踢到了一些冰块。这让那个年轻人有所察觉，他迅速地瞥了卡德尔一眼。在帕斯利山口处，年轻人突然开始狂奔。卡德尔咬牙切齿，尽力追赶，但很快就意识到自己跟不上年轻人。刚出斯凯里街时，卡德尔几乎听不到年轻人的脚步声了。他跟到摩前特街，却看不到年轻人的踪迹。卡德尔身体前倾，右手支撑在膝盖上，好让自己喘口气。不一会儿，卡德尔感觉呼吸顺畅了很多。他感觉嘴里全是铁的味道。这时，他突然想到，他还可以找到那个年轻人。卡德尔知道，这座城市被称为"万桥之城"，有各式各样的桥，他对这座城市的角角落落了如指掌。他知道，自己右边这条无名小巷的尽头是一个雪堤，雪堤靠着墙。雪堤是人们用积雪堆成的。人们铲完厚厚的积雪后，没有体力再把雪运到距离较远的欧德广场，所以就把雪堆在那里，形成了雪堤。如果那个年轻人跑进了这条小巷，那么卡德尔就不用再苦苦追他了。卡德尔四下打量，发现巷子里空无一人。他又再次环视，这·次，他满意地笑了。

"你的呼吸声很轻，但是，这天太冷了，相信我，就算我听不到你的呼吸声，我也可以靠你呼出的白雾发现你。如果你躲在冒烟的烟囱后面，我倒是不容易发现你。从雪堆后面出来吧，出来我们再谈。"

年轻人赶紧屏住呼吸，空气中的白雾消失了。但是，他很快意识到这样做并没有什么用。他走了出来，手上的指环在洁白的雪堤映衬的夜色中闪着光。卡德尔走近年轻人，想要堵住道路出口。他注意到年轻人手上拿着一把大约十八厘米的匕首。卡德尔又向年轻人走近了几步，那匕首此时正端端对着他。

"我知道你在追我，我也不知道我为什么要跑。老家伙，你太胖了，跑得真慢。"

卡德尔一直盯着年轻人手上的匕首。

"我想提醒你，你最好小心一点。"

年轻人一直握着匕首，匕首就在两个人中间，可对着卡德尔的是刀尖这头。卡德尔知道自己该做什么。他知道现在很危险，可此时此刻是他最好的机会。

"你想跳舞吗？"

卡德尔双臂环抱在胸前，猛地向前跳跃一步。卡德尔的身体块头比年轻人壮很多，他这一跳直接把年轻人撞飞了，年轻人的背重重地撞到了墙上。年轻人感觉耳边疾驰的风，就像从破裂的风箱中吹出的一样呼啸而过。卡德尔睁开眼，看到年轻人倒在地上，他知道自己的计划成功了。他撞击年轻人的这股力量很强大，刀柄抵着年轻人的肚子。现在，年轻人没有力气同卡德尔斗争了。卡德尔举起一直环抱在胸前的手臂。刀尖插入他的假肢木臂足足两指深。

"你想看一眼这刀多锋利吗？"

年轻人从墙上滑到地上，痛苦地蜷缩着身体。卡德尔用手在地上划拉几下，扫干净路边的雪，坐在年轻人旁边。年轻人疼得直哼哼，呻吟不止。卡德尔坐在旁边看着他。

"你可以含一点雪在嘴里，小子，这样你会好受一些。"

年轻人一脸痛苦地看了卡德尔一眼，抓了一点雪含在嘴里。

"是不是感觉好些了？"

年轻人点点头，表示同意。

"我也不知道为什么我就把胳膊抬起来了。我没打算伤害你。我只是想问你一件事情。你可以给我看看你手上的指环吗？我只是看看，不会偷走它的。"

年轻人舔了舔指节，把指环摘了下来。指环上盾形纹章的设计与卡尔·约翰的不同。但卡德尔也是对的，因为两个指环上的其他元素都是相同的。

"你可以告诉我你是怎么得到这个指环的吗？"

年轻人的声音沙哑，听起来有些紧张。疼痛让他喘不上气。

"这是我家族的盾形纹章。我父亲临终时把它给了我。"

"你就是在撒谎。如果你是贵族，我就是古斯塔夫·阿道夫国王本人，我刚刚从吕岑前线回来，身体好得很。现在你必须告诉我真相。"

年轻人瞪了卡德尔一眼，显得有些生气。

"我身边有很多很好说话的工匠。他们会做这种指环。只要你付了钱，他们就会给你做一个盾形纹章。"

"这样你和你那些朋友就能装得阔绰一些了吗？"

年轻人淡淡地笑了笑，眼睛盯着卡德尔的假肢木臂，他的匕首还插在假肢木臂上面。

"我想，像你这样穿着得体的绅士是很难理解我装扮自己的原因的。因为你从来就没有动过脑筋，想方设法把自己的生活状况变得更好。"

卡德尔忍不住笑了笑。

"怎么才能把自己的生活状况变得更好呢？戴这种假指环，就能实现吗？"

"不幸的是，最近，通货膨胀严重，大家没钱再好好伪装自己了。我晚上出来玩时，见过很多类似的指环。我们中间很多人都要付钱租这一身借来的行头。你对指环这么有好奇心，我就惊讶了，你怎么到现在才看到这种指环。"

"我最近才喜欢观察别人的指环。"

卡德尔向嘴里扔了一撮烟草，咀嚼着，然后，他把烟袋递给了年轻人。年轻人点头表示自己也想来点，他接过烟袋，抓了一撮烟草塞进嘴里。

"你叫什么名字？"

"卡斯滕·诺斯特伦。在这座城市里，大家叫我维卡尔。"

"你就是卡斯滕·维卡尔？"

不久前，卡德尔曾听说过这个名字。酒吧里最后那杯酒让卡德尔的思绪有些迟钝。他嚼着烟叶，嘴里都是烟草的味道。很快，嚼过的烟叶失去了烟草的味道，他把烟草渣吐在了雪地里。卡德尔打着响指，回忆起往事。

"没错！你和你的朋友都是骗子，你们从容易上当的猎物身上骗取钱财。你们把这些猎物叫'兔子'。你还记得克里斯托弗·布利克斯吗？你知道他现在在哪里吗？"

尽管天气很冷，可维卡尔紧张得出汗了。

"布利克斯已经死了。教堂里刚刚公布了他结婚的消息，可几天后他跳入格尤德底湾，淹死了。"

"是真的吗？"

"我们不是有意那样做的……我们只是想运动运动。"

所以克里斯托弗·布利克斯只活了十七年。卡德尔从没期望自己有朝一日可以见到布利克斯，但布利克斯已经死了的消息仍然让他伤心。布利克斯那么年轻，他见证了太多人离开这个世界，可最后他自己也绝望地结束了自己的生命。布利克斯可能是个懦夫，但卡德尔很好奇，如果自己面对类似的情形，会不会比布利克斯做得更好。

"你从他和他的朋友身上拿走了多少钱？一百个达勒？虽然我和他认识的时间不长，但我很喜欢布利克斯这个小伙子，现在我突然想到，刚刚我跟你讲的某句话可能欺骗了你。"

卡斯滕·维卡尔挑了挑眉，不再嚼嘴里的烟草。

"什么意思？"

"我想，我刚刚说了，我没打算伤害你。"

47

几天后的一个早上，卡德尔和温格在思茂尔交易所的酒馆里喝咖啡。卡德尔没有告诉温格前几天发生的事情，也没有提及卡斯滕·维卡尔这个人。尽管如此，这一天，温格依旧心情很好。这对卡德尔来说是很罕见的事情。

"让·迈克尔，我感觉我们转运了。我遇到了一个人。我和他交谈，向他询问了一些关于卡尔·约翰的事情。这是我们第一次得知关于卡尔·约翰的消息。这真是件幸运的事情。卡尔·约翰很年轻，是从别的地方到斯德哥尔摩来的。他的家庭并不富裕，可他却梦想着有一天可以过上好日子。卡尔·约翰找工匠打造了那个指环，这样，他可以伪装自己来自贵族家庭。"

卡德尔先前就预料到了温格所说的这些，他有很多时间消化这个消息，所以他没有在温格面前表现得兴奋异常，而是很平静。

"这的确是个好消息，但我真的看不出事情有什么变化。我们仍然不知道他的真名。在不知道他的真名的情况下，我们查不到任何信息。说不定打造指环的工匠会记得他？"

温格摇了摇头，说：

"打造这种指环的工匠太多了。做这种工作的人大多都是短工，而且他们没有得到行业行会的批准和认可。要想找到这些人也很困难。就算我们足够幸运，找到了这个工匠，我们也不知道为什么卡尔·约翰要篆刻一个刻有自己名字的指环，这和他刻哪

325

个名字是无关的。"

卡德尔知道温格所言属实，他只能无奈地摊开双手，然后说：

"所以，这一切还是跟我以前说的一样。目前，事情仍然没有什么变化。我们依然没有找到帮助卡尔·约翰的办法。"

"你说得对，但也不对。我第一次见到这个指环时，我就感觉，我很熟悉指环上面的一些设计图案。但是我却无法弄清楚那个图案是什么。现在，我可以很确定地说，指环上的盾形纹章并不属于瑞典的贵族家庭。那么现在，唯一的解释就是，卡尔·约翰的指环上的图案是他自己绘制的。"

"所以你的意思是……"

"我不知道结果。我需要更多的时间好好想想。"

* * *

卡德尔和温格从店里出来，走到广场。一阵阵寒风从小巷里往外刮，一片片雪花在风中飞舞。卡德尔伸展双臂，以便放松一下酸痛的背部，脚下却不小心踩在了一块冰上，光滑的冰块让他脚底一滑，打了个趔趄。卡德尔被风刮得东倒西歪，站立不稳。他的双手在空中激烈地挥舞，想要稳住自己，可结果他还是摔倒了。卡德尔从雪地里爬起来，嘴里蹦出脏话。

"温格，你知道的，格德桑酒馆就在这附近。这天太冷了，我感觉身体里的水分都被冻干了。我知道你没有喝酒的习惯，但一个醉汉的想法和一个清醒的人的想法不同。如果你的思维卡壳了，怎么想都想不通的话，我们去喝杯白兰地吧，酒会帮助你想清楚的。"

温格想要开口拒绝卡德尔。但他却突然改变主意。温格朝着卡德尔微微弯腰，伸手想要拉他起来。卡德尔假装握住温格的手，感谢温格伸出援手。但是卡德尔很清楚，只要他抓住温格的手时稍微用上一点劲儿，他的体重，就会把温格拽倒在地。温格的身材和卡德尔比起来就像个小孩子。

格德桑酒馆里，炉子里的火烧得正旺，屋里充斥着木材燃烧的噼啪声。桌子上放着一条黑面包，一块奶酪，还有两杯热巧克力。不一会儿，服务员又端来了一瓶红酒和两个小酒杯。他们举杯畅饮，卡德尔又点了些食物。一瓶红酒喝完后，他们又点了一瓶，还点了一盘蔬菜烩肉。盘子里盛着一只没什么肉的野兔和一些肉汤。他们喝了一杯又一杯，卡德尔很好奇塞西尔·温格喝多的样子。可他却发现，尽管温格苍白的脸上有了一点淡淡的红晕，可依旧是愁容满面，话也越来越少。但温格却先开口说话了，这让卡德尔感到诧异。

"我想问你一个问题，让·迈克尔。如果你爱一个人胜过爱你自己，那么你会尽全力保证那个人的幸福，这不是一件合乎常理的事情吗？"

听到温格这样问，卡德尔皱眉，禁不住哆嗦了一下。

"这种事情我不是很了解。"

"我不相信你，世界上没有人不会面对这个问题。"

卡德尔感觉自己的残臂一阵刺痛，他转头看着炉子里的火，答道："那种感觉永远不会带来好的结果。你爱的人总会因为某种原因离开你。你爱的人离开以后，你会感觉日子比以前糟糕。"

"你是对的，而且你的观点和我的观点不谋而合。我举个具体的例子来说明我的意思。假设一个男人发现自己快死了。他知道自己的妻子深爱着自己，自己的死对妻子来说意味着灾难。一想到自己死后妻子将独自生活，男人日夜不眠，深受折磨。他想象着一个孤独的寡妇，穿着丧服，赶走了所有的追求者。寡妇怀念着自己的丈夫，一点一点地消磨着自己的青春。尽管男人不能改变自己的命运，他依旧想知道自己是否能做些什么来阻止这一切的发生。你一直在听我说吗，让·迈克尔？"

卡德尔点了点头。温格拿起酒杯，一饮而尽，喝完后又倒了满满一杯。

"这个将死的男人比任何人都了解自己的妻子。他知道妻子喜欢什么样的男人。一天夜晚，将死的男人遇到了一个军队里的年轻卜士。这个下士身穿制服，蓄着八字胡，年轻帅气，前途光明。男人和这个下士交流，他发现，下士不仅身体素质很好，而且头脑聪明，心地善良，身上还有些年轻人的稚气。男人邀请下士到家中做客，很快，他俩就成了朋友。男人把下士介绍给自己的妻子。看着时日无多的丈夫，妻子整日愁容满面。可这股忧郁的气质竟让妻子多了几分别样的美。男人知道，这样的妻子并没有吓走这个下士。这对夫妇和下士来往越来越频繁，将死的男人开始找借口让妻子和下士独处。他花了很长时间，付出了很多精力。终于，妻子和下士之间的爱情逐渐生根发芽。男人想象着，在自己咽下最后一口气的那一天，这对恋人会擦干彼此的眼泪，然后结婚，一起创造他们的未来。"

温格闭上眼睛，仰头喝光了杯子里的酒。他仰头时，脑后束起的马尾辫甩到他的背上。

"他们还会有自己的孩子。"

喝酒喝得太急，温格呛得直咳嗽。卡德尔一脸惊恐地看着温格。

"你就是那个男人？你疯了吗？"

"是的，是我，让·迈克尔，我这样做一定有用的。"

"咱们是人，是活生生的人，不是算盘上的珠子，也不是账本里的数字。"

328

"我这样做一定有用的，让·迈克尔。如果我的咳嗽声能掩盖他们做爱的声音，如果我一直关着卧室的门，我会坚持我的初心，一直装作不知道。但是，计划和亲眼所见却是两码事。当天晚上，我离开家，搬到了罗泽柳斯那里。"

"那孩子出生了吗？是你的还是那个下士的？"

"我不知道。"

窗外，阳光明媚，小巷阴影斑驳，阳光照射在山坡上。卡德尔和温格面朝窗户坐着。他俩双臂张开，身体后仰，享受着窗外的阳光。女仆又在火上添了根柴，柴放进炉子时碰到了火里燃烧的木头，地上顿时火花四溅。卡德尔跳起来帮助女仆踩熄了火花。

"怎么搞的！小姑娘，你应该小心一些，一个小火花可能会使整间屋子都没了。"

温格只是呆坐着，丝毫未动。卡德尔担忧地看了温格一眼，然后坐下。

"快，再喝一杯，我要渴死了。屋里的地板差点烧起来，我也干得要烧起来了。"

* * *

他们一直喝着，时间一点点过去。格德桑酒馆内，客人越来越多，几乎挤满整间餐厅。客人们从寒冷中走进屋里，搓着冻僵的手和脸。他们彼此交谈，一片欢声笑语。在一个隔间里，有人在玩纸牌游戏，赢了的人兴高采烈，输的人骂骂咧咧。酒馆的老板叫奥洛夫·米拉，他年纪很大，身材消瘦，看起来和屋里枯朽的房梁没什么两样。时间越来越晚，午夜降临，卡德尔和温格一直在店里坐着。尽管他俩后来没点任何东西，老板也没撵他俩出去。

"现在什么时间了，让·迈克尔？"

温格已经醉得说不清话。卡德尔感觉地板像轮船的甲板一样晃个不停。他醉眼迷离，瞥了一眼墙壁，确信墙上是窗户而不是炮口，墙外是铺砌的小巷，而不是斯文斯克松德海湾的惊涛骇浪。

"好了，今天就喝到这儿吧。米拉！把我俩撵出酒馆之前，再给我俩倒两杯白兰地。"

卡德尔和温格举起酒杯。

"你还清醒吗？原地转个圈试试。"

"干杯！塞西尔·温格。我的想法可能不像我最初预想的那么有用。如果我平常就能提出好主意的话，那么我用我的屁股思考，就能解决所有问题。你怎么了？你怎么突然脸色这么苍白？你被什么东西噎住了吗？"

温格一脸茫然地凝视着天空，突然，他茅塞顿开，明白了一切。

"你等一下，先别说话……"

温格一直思索着，眼珠在眼眶里不停地打转。过了一会儿，温格回过神，盯着卡德尔红润的脸。

"'屁股'！"

"你在说什么？我听不懂。"

"就是'屁股'！我知道卡尔·约翰的真名了。跟我来！"

48

　　狂风肆虐，雪下得正紧，卡德尔和温格，在光滑的冰面路上奋力奔跑，随时都可能脚下打滑摔倒。他们喝了很多酒，身体很暖和，所以这会儿还感觉不到寒冷。家家户户都关上了自家的灯，因为人们认为，在这种风雪交加的夜晚，守门人也不会坚守自己的岗位，关注哪家没开灯。为了防止雪从领口落进衣服里，卡德尔用他那只健全的手把衣领拉起来。温格跑在卡德尔的前面。在纷飞的大雪中，卡德尔只能看见一个模糊的人影。靠着这个人影，卡德尔才能跟着温格的脚步。温格狂奔着，他的黑色蕾丝头巾被大风刮掉，落在了街道边结冰的粪便上。他们跑上卡索山，温格想要打开因德贝托大厦的前门，却发现门是锁着的。卡德尔使劲敲门，敲门声吵醒了一个警卫。警卫一边骂骂咧咧，一边打开门。警卫看到门外站的人是塞西尔·温格，立刻停止咒骂，向温格道歉。

　　"先生，我并不是咒您死，但是您都已经这样了，怎么还大晚上跑到这来，我真要说说布洛姆秘书的不是了。"

　　他们一起合力关上大门。温格颤抖地把戒指举到卡德尔面前，另一只手指着楼梯口那面墙。墙上挂的正是前警察局局长尼尔斯·亨里克·亚斯强·利金斯帕尔的盾形纹章。

　　"卡德尔，你看见了吗？墙上挂的是亚斯强的纹章，人们常按'亚斯强'的谐音把他称为'屁股'。"

　　卡德尔眯着眼睛看着墙，他先找到墙上的指环，然后看了看指环上华丽的设计图案。

"这两个指环有的地方的确很像，但你若说完全一模一样，我不敢苟同。"

"你说得对，这当然不是两个一模一样的指环。如果我的猜想是正确的，那么卡尔·约翰生前曾多次站在我们现在站的这个位置，观察指环的设计。卡尔·约翰指环上的盾形纹章和前警察局局长利金斯帕尔指环上的设计太像了。利金斯帕尔这个人的名字家喻户晓，人们都称他'屁股'。这一定不是巧合。事实就是，卡尔·约翰照着利金斯帕尔指环上的设计，自己绘制了他的纹章图案。"

"这又能说明什么呢？这个盾形纹章就挂在这，大家都可以看到。"

"你说得对，但也不对。警察局搬到因德贝托大厦之前，这个盾形纹章挂在雷恩花园的一个楼梯口。那个地方可不是每个人都能进去的。作为一个被带去审讯的罪犯，卡尔·约翰不可能假装自己是警察局局长，他也没有在警察局工作过。我认识这里的每个巡警、公证人、助理和社区干事，也知道他们的名字。这些人里面，没有人有卡尔·约翰那样的金发，卡尔·约翰也不可能是那些离奇失踪的人之一。但是，利金斯帕尔手下还有一个机构，那是他的情报队，情报队里有很多线人，他们的职责是监视那些可能会威胁到王权的人。"

"那情报队可真给他帮大忙了。"

"有人说，害怕什么就会来什么。古斯塔夫国王也没能逃脱这个魔咒。这个情报队里有很多线人，这些人在其他领域干不成事，所以他们加入了这个队伍。对像卡尔·约翰这样的人来说，在情报队里工作可是一个完美的工作。这些追求财富的年轻人只是间接与警察局局长接触，他们很崇拜警察局局长，愿意听命于自己的偶像。正如利金斯帕尔的别名暗含的意义，他不直接参与案子，也很少有人直接接收他的命令。但是，在利金斯帕尔被流放之前，这些线人经常出入雷恩花园，报告他们的工作。这引发了很多正式警员的愤怒。"

"你说了这么多，我还是不明白这跟卡尔·约翰的真名有什么关系。"

"今天星期几？"

卡德尔得想一会儿，所以没能答话。这个星期刚开始的时候，卡德尔得知讣告是假的，从那以后，卡德尔睡得很少，日子过得有些混沌。温格转头问警卫，警卫还没完全清醒，他一脸不情愿地摇摇头，仿佛才从迷迷糊糊醒过来，然后说：

"今天是星期六，这周的最后一天。"

"那现在几点了？"

"将近凌晨。"

"那我们没时间了，让·迈克尔。在交易所的酒馆里，他们在为诺林举办欢送会。如果我们幸运的话，那些人还在那儿。在这个被解雇的警察局局长去北方之前，我需要和他说几句话。"

* * *

他们登上山顶，到达欧德广场，交易所就在广场左边。这时候，天气阴沉，狂风呼啸，大雪纷飞。教堂的尖顶遮住了宫殿，让人看不清宫殿的整体轮廓。看到屋里依旧灯火通明，温格松了一口气。每一扇窗口都还亮着蜡烛，这表明欢送活动仍在进行。

宴会厅里，桌子靠墙摆放着，这样可以腾出地方让人们跳舞。那些人的脚后跟猛踏着地板，震得他们头顶上的吊灯不停地摇晃。

333

卡德尔在人群中看到许多熟悉的面孔，他至少认识两百个人。就连莫迪州长也参加了舞会，他的脸红得像刚煮好的小龙虾，散开的领结已经被他甩到了背上。人们手上端着盛满香槟的酒杯，在大厅里四处游走。卡德尔瞥了一眼贸易专员塞德希勒姆，塞德希勒姆站在两幅窗帘中间，背靠着墙，冲着天花板傻笑。

卡德尔对温格说："诺林人缘真好。"

温格点点头，表示赞同。

"可他身为警察局局长，却在其位不谋其职，所以被解雇了。你看见他了吗？"

卡德尔在大厅里搜寻着诺林的身影，然后回答温格：

"他在贵宾席。"

温格把诺林叫到角落里。诺林的鼻子和脸颊通红，原本精致的假发此时已凌乱不堪。他看了一眼温格，一时没反应过来，又看了一眼。

"塞西尔，我听说你已经断气了。参加宴会的人来自社会各界，现在连冥界的都来了吗？"

"你能看到我，是因为你自己刚刚跨到冥界这边了，约翰·古斯塔夫。你的尸体在舞池的地上，你喝得醉醺醺的，吃了一颗杏仁，这个杏仁卡在你的气管里，你就这样断了气。我是来给你指去冥河的路，然后再把你交给冥府渡神卡戎。"

诺林吓得把手里的杯子掉在了地上，地上弹起的玻璃碴划伤了他的脸。伤口立刻涌出鲜血，可诺林只是木讷地站着，过了好几秒钟都不知道说什么。突然，一个从楼上下来的女人不小心撞上了温格，这个女人头上戴着一个战舰模型发饰。看到温格被活人撞上，诺林哈哈大笑，然后对温格说：

"去你的，塞西尔·温格！你真的是因德贝托的鬼魂吧！你喝醉了。我从未见过你喝醉，也没听过你说玩笑话。你喝醉了就会开玩笑吗？但是刚才你一边打嗝一边讲笑话，有点影响整体效果。"

诺林摆出一副忍受所有不公正待遇的姿态，接着说道：

"现在，我马上就不是警察局局长了。北方可能特别寒冷，但是只要一想到我逃离了斯德哥尔摩这个充满阴谋的城市，我的心还是温暖的。"

"你知道乌尔霍姆政府什么时候掌权吗？"

听到温格问的问题，诺林一脸凝重。

"我不确定，可能一周之后吧。很抱歉，西塞尔，我没时间跟你说了，我们的聊天结束了。"

"请你再给我一些时间，约翰·古斯塔夫。我记得我在停尸房检查尸体，然后去了你的办公室找你，你桌子上有一些没打开的信，这些信都来自利金斯帕尔的线人，而且来自全国各地。可那个时候，利金斯帕尔在莫博瑞失踪已经快一年了。现在还能找到那些信吗？你已经清理了你的办公桌了吗？"

"我把那份工作交给艾萨克·布洛姆，让他全权负责了。"

"这个秋天，我和让·迈克尔一直都在忙着查一桩命案，现在，我很确信，那些信可以给我提供一些线索。约翰·古斯塔夫，今天晚上你可以给我看看那些信吗？"

"如果这些就是你来这儿的目的，我肯定力所能及帮你。把布洛姆叫过来。我这个得力秘书已经喝醉了。"

诺林看了卡德尔一眼，若有所思。然后接着说：

"但是不要让他自己下楼。前几天他下楼的时候摔了一跤。他的脸伤得很重，看起来有些吓人。"

* * *

艾萨克·莱因霍尔德·布洛姆正在和两位女士聊天，这两位女士穿着裙摆宽大的长裙，脸涂得像白色的墙壁。一看到卡德尔，布洛姆吓得手上的杯子都掉了。他低下头准备往桌子底下钻，卡德尔揪着他的衣领，一把拉住他。

"你不能再打我了！"布洛姆吼道。

卡德尔把布洛姆这个小矮子提起来，就算布洛姆双脚不用力，他看起来依旧站得笔直。温格拍拍他的肩，让他放松。布洛姆想要以酒壮胆，所以又喝了几口酒。他们只在宴会厅里找到了他的破外套。温格先往外走。通往广场的台阶上挤满了宴会厅里的宾客。这些人一直在屋里跳舞、喝酒，他们感觉有些燥热，所以在外面的台阶上透透气。外面的暴风雪还没有停止，整个广场看起来灰蒙蒙的，就连广场上的水井和水泵也看不清了。尽管天气如此恶劣，但是那些人依旧谈笑风生，欢声阵阵。一个光着肩膀的女人站在雪地里，她大张着嘴，想要接住纷飞的雪花。她的这一举动逗得仰慕她的绅士们哈哈大笑，纷纷为她鼓掌。温格往下走时，其中一个人站在温格前面，挡住了温格的道路。这个男人转身回屋，恰好正对着温格。男人转身看到温格的那一刹那，他就认出了温格。温格也认出眼前的人。温格往后退了一步，对那人说：

"吉利斯·托斯，好久不见。咱们上次见面还是大学的时候吧。这些年我也没有你的消息，上次我看到你的名字还是在给诺林的报告里。在那个报告里，你没直接叫我的名字，你称我为雅各宾派[①]。"

---

① 雅各宾派是法国大革命时期参加雅各宾俱乐部的激进派政治团体。主要领导人有罗伯斯庇尔、丹东、马拉、圣茹斯特等。在法国大革命中出现的众多革命团体中，雅各宾俱乐部是唯一的全国性组织，拥有数千地方组织。

由于酒精的作用，托斯脸色通红，但他的声音还是镇定不变。

"嘿！西塞尔·温格。我也不想听到你的消息，可最近你的名字传遍了大街小巷。"

托斯故意停下，脸上露出苦涩的笑容。

"但这种情况应该马上就结束了。"

"萨克斯夫人近来好吗？"

托斯耸了耸肩，答道：

"哎，她没以前那么自信了。她整日埋头工作，想要重拾信心。现在，我们已经把凯瑟尔庄园腾出来了，但在我们那个小圈子里，最不缺的就是资源，而且我们还有其他地方可以居住。你只不过是剥夺了我们的一种娱乐方式，我们不必为此烦恼。"

"吉利斯，你还是那种看客，对吗？你还是看着那些手无寸铁的人被欺负，什么也不做？还是你也开始欺负别人了？但我还记得你在乌普萨拉所干的事，所以你一定还是继续当你的看客。"

托斯走近温格，一只手搭在温格的肩膀上，他故意压低声音，说：

"塞西尔，我知道你时日不多了。你的肺病那么严重，你会一直咳嗽，咳到床单上都是血，咳到咽下最后一口气。但是死对你来说也算得上是一种安慰。如果你继续和死神作对的话，你只会活得生不如死。而且最终死神还是会降临到你头上。世界上有很多东西人们无力改变，强权就是其中之一。无论你敬爱的卢梭怎么强调人人平等，强者永远拥有更大的权力。"

温格推开托斯搭在他肩膀上的手，然后说：

"如果鲁特霍姆没能除掉诺林，那么时日不多的就是你了。"

听到温格这样说，托斯仰天大笑，然后说：

"鲁特霍姆？噢，塞西尔，我想起来他是怎么打败诺林的了，这件事就像发生在昨天一样。你的确很聪明，但也天真得可怕。"

337

托斯脸上露出冷漠的表情，把酒杯里最后一点酒倒在台阶上，然后，他转身回到同伴身边，他嘲弄的笑声回荡在温格耳边。

* * *

此时，温格和卡德尔已经出发了，艾萨克·布洛姆走在他俩中间。他们尽量选择背风的地方走。他们爬上卡索山，穿过塞勒巷，最后抵达因德贝托大厦。大厦门口没有警卫看守。温格清清嗓子，布洛姆明白温格的意思，开始在口袋里找钥匙。

"艾萨克，你在这儿工作多久了？是从 1787 年开始还是 1788 年开始的？"

布洛姆低头看着地面，迎着寒风开门。他回答温格：

"我是从 1786 年开始在这儿工作的。"

他们在门厅跺了跺脚，清理干净鞋上的雪。卡德尔摸了摸墙，发现屋里并不暖和，和屋外一样冷。布洛姆伸出手拍了拍卡德尔的肩膀，然后领着卡德尔和温格进入大楼。温格双手背在背后，跟着布洛姆进了大楼。

"你服侍了利金斯帕尔好些年。关于他培养的那些分布在五湖四海的线人，你记得什么事情吗？"

"时间一年一年过去，古斯塔夫国王的敌人越来越多，他也越来越焦虑。在哈加度过的那段日子是他这辈子最放松的时光。那里有冷杉树和岩石海岸，他还自己给这些景物取了意大利名字。在那个梦幻世界里，他怡然自得，远离城市里正在上演的阴谋诡计。城市里的贵族们听到他的名字，忍不住咒天骂地，宫廷大臣担心他突然冒出奇怪的想法。他还写了一本书，书的内容是记录一些令人毛骨悚然的故事，其中一个主人公后来还成了他的杀手。古斯塔夫国王执政第四年，利金斯帕尔开始组建警察局。但随着时间的推移，古斯塔夫国王发现自己需要更多的人手。这个任务就落到了利金斯帕尔头上，利金斯帕尔帮助国王寻找线人，他招募了一批人员窃听私密谈话，然后报告给国王。古斯塔夫国王执政最后那几年，法国的政局变化是他关注的焦点。古斯塔夫害怕革命会蔓延到瑞典。利金斯帕尔的这些线人就被派去寻找卖国贼了。"

听完布洛姆讲述的事情，温格点了点头，然后说：

"是的，我记得也是这样。去年12月，利金斯帕尔辞职，距离现在已经一年了。他被流放的消息传到那些线人那里需要一些时间。所以，今年春天到夏天他还是收到了很多线人的来信，我们现在正在寻找那些没有打开的信。"

布洛姆指了指角落，然后告诉温格：

"我把诺林办公桌上的东西都收起来了，没人想看这些东西，但也没人拿去扔掉。我把这些东西放到了堆放废弃文件的储藏室。在那屋里的角落里有一个橱柜，警察局搬到这里时，那个柜子已经很旧了，所以那个柜子就被用来堆放废旧文件了。利金斯帕尔的信件都在那个柜子里面。等一下，我去给你找根蜡烛。"

布洛姆手上的蜡烛点亮了整间屋子。屋里堆满了书、账簿、文件夹和文件。卡德想着布洛姆的话，打开了柜子。柜子里堆的东西太多了，他一打开柜门，柜子里的东西就滚落到了地上。

"这里一团糟呀！你把桌子腾出来，我把这些东西捡起来。现在我们做什么？"

温格绕着这堆文件转了转，随意挑出了几封没打开过的信。

"我们来把这些信分类。我们在玛利亚墓地讨论过卡尔·约翰伤痕累累的四肢，你还记得吗？我们现在再来回想一下他身上的那些伤口。你认为他的肢体第一次被砍是什么时候？"

"我估计是7月份那会儿。"

339

"那现在我们假定，从 7 月份开始，卡尔·约翰就不再写信到这儿来了。我们来把这些信按照寄信人和日期分类。如果是同一个寄信人 8 月份以后的来信，那这些信对我们来说没有用。我们需要注意的是那些在 6 月或 7 月不再收到的定期来信。"

* * *

一个多小时过去了，他们审查了几百封信。卡德尔和温格没有说话，只是把信整理成堆，看起来好像在玩一种难解的纸牌游戏。卡德尔一边咒骂，一边把没用的信放回橱柜里。目前，他们只是找到了几封有用的信。温格把不需要的信捆在一起，卡德尔尽量控制自己的急躁情绪。

"现在我们要做什么？"

"我们需要读挑出来的信，看看能不能从信里找到有用的信息。"

卡德尔不喜欢阅读。长排的字母让他心烦意乱。他吃力地读着，想要找到一点有用的信息。

"上帝啊。如果这些人去参加谁最无聊大赛的话，他们一定是参赛者中的佼佼者。这个甚至连单词拼写都是错的。"

"给我看看。"

"就是一堆废话。"

温格皱着眉头，专心看信。

"单词的确拼写错了，但我认为这些不是废话。这封信是用代码写成的，这个代码系统里有的字母代表的是其他字母。"

"你说这话是什么意思？"

"不要看信的内容，看看信是谁寄来的？"

"署名的人叫丹尼尔·德瓦尔。"

340

"什么时候寄来的呢？"

"最早的一封是一年前寄来的。最近的一封是6月份寄来的。"

温格举起双手，揉了揉太阳穴。

"我曾经学过破解代码的方法，但是咱最后在格德桑酒馆喝的那几杯酒让我头晕，我想不起破解的方法了。"

温格在屋里来回踱步，嘴里默念着，手在空中比画。过了一会儿，他停下来，回到桌子前。温格举起一封信，满意地笑了。

"让·迈克尔，你必须原谅我。我们把事情过于复杂化了。你不该让我喝那么多。"

温格高举着信，卡德尔俯身看信的底部。每封信的封口处都有印章的痕迹，卡德尔刚才在拆信的时候撕裂了印章痕迹。印章痕迹有盾形纹章，盾形纹章很小，上面还涂着蜡。纹章和卡尔·约翰指环上的纹章一模一样。看到这些纹章，卡德尔简直不知道怎么形容自己的心情。

"卡尔·约翰的真名叫丹尼尔·德瓦尔？"

"是的，毋庸置疑。"

"他在信上面留下地址了吗？"

"有的，最后一封信上写着寄信地址是一个叫伯德桑的庄园。你知道这个地方吗？"

"我从没听说过这个地方。"

"我也没听说过。我们去问问艾萨克·布洛姆，看看他知不知道什么有用的信息。"

布洛姆正趴在桌子上睡觉。他还在打鼾，看起来睡得正香。卡德尔使劲地戳了戳他的背，叫醒了他。

布洛姆被卡德尔吓了一跳，一睁眼就问温格："你们找到什么用的信息吗？"

温格点了点头，答道：

"这个信息也许有用。你知道一个叫作伯德桑的地方吗？"

布洛姆搓了搓脸让自己清醒，然后回答说：

"伯德桑是一座庄园，而且还是一座可以世袭继承的庄园。庄园坐落在萨迦河畔，离韦斯比的旧宫殿很近。庄园里住着巴尔克斯家族，这是一个伯爵家族。和那些传统贵族家庭的纹章一样，这个家族的纹章也很简单，都是在黑色的材料上刻白色的图案。就我所知，只有一少部分巴尔克斯家族的人还住在伯德桑。几十年前，古斯塔夫·阿道夫·巴尔克在国王的议会里任职。我记得他好像去了国外，然后就消失了。他可能有子嗣吧。那时候，巴尔克斯各方面成绩都很优异。但现在，他的传奇已经过去了。这就是我知道的全部，其他的我就不清楚了。"

布洛姆刚一说完，温格心中大致有了眉目，他迈开大步往门口走。

* * *

摩前特街的街道虽然不宽，但这会儿街上十分空旷。温格和卡德尔穿过街道，走下卡索山。空中还是飘着雪花，但暴风雪明显小了很多。新的一天即将来临。尽管冬季的黑暗还要持续几个小时，但太阳终将从地平线升起。温格把帽檐往下压，想要遮住眼前的雪，这样，他可以看清四周，也能更快找到马车。

卡德尔紧跟着温格，他害怕极了，卡尔·约翰的案子之前一直都没什么进展，可现在却突然有了很大的突破。

"我们这样急匆匆地离开合适吗？是不是要做些必要的准备呢？"

温格回头看着卡德尔，然后问："你有什么好的建议？"

卡德尔脚下踩到两块石子，打了个趔趄，差点滑倒，他忍不住蹦出粗话："我们要不要在靴子和衣袖里藏把刀？或者我们可以带把手枪或者步枪？要是我们进不去怎么办？要不要在马车后面装个迫击炮？我需要给海关看什么文件吗？"

在斯考奇德大楼边，一个车夫正在擦拭卸下来的马掌。温格一边朝车夫招手，一边示意卡德尔赶紧追上去。

"让·迈克尔，你不用担心护照，我带着诺林签过名的文件，海关不会问我们任何问题就会放我们过去。但是，我们的盟友本来就不多，现在他们都已经离开了。只剩下我们两个人了，让·迈克尔。我的力气太小了。如果最后我们需要武力抵抗对方，我可给你提供不了任何帮助。要想成功，我们必须排除艰难险阻。对我而言，时间是最重要的，一个是因为我的身体支撑不了太久，还有一个是要考虑到乌尔霍姆班子马上组阁成功。现在，乌尔霍姆班子和诺林班子正在交接，我们要在警察局班子交接结束之前完成卡尔·约翰的案子。听我说了这么多，你还要跟我一起冒险吗？我孑然一身，上了这辆马车并没有什么损失。让·迈克尔你现在可以转身离去，我不会怪你的。"

温格上了马车，示意车夫往斯拉特大桥方向走。卡德尔用手抹去脸上的雪花，打了个喷嚏，然后对温格说：

"在离开这个城市之前，如果我们可以花点时间，在马夫歇脚的店里吃点东西，我的心情会好一些，这样你能够收获一个快乐的旅途伙伴，咱们的旅程也会多些快乐。尽快赶路也可以，这样在车上你不用听我唠叨废话，因为我可能没心情跟你开玩笑。"

温格咬着手指，思考着卡德尔的提议。思考了一会儿后，他对卡德尔说：

"我同意你的提议。现在，我也头疼难忍，意乱心烦了。"

49

　　温格和卡德尔在卡斯特姆斯庄园找了一辆马车。马车行驶两周之后，马车的轮子换成了防滑的刀片状轮子。马车夫最后一次歇脚是在斯德布尔马斯特酒馆，这里已远离斯德哥尔摩了，从这个地方开始，就进入荒野地区。在这个小酒馆里，可以买到面包、肉食、烟草，还有酒。出城之后的路况不好，有的地方很陡，有的地方颠簸。前一周天气还是温和的，而现在天气却变得寒冷了。马车轮子上的刀片压过冻结成冰的路面，发出咯咯声。这样的天气，这样的路况，很少有人走这段路，所以这里的马匹很难找到买主。人们在路上设置了路标，大约两公里就会有一个，有的路标是木板，有的是铁牌，有的只是石头上面的标记。马车缓慢行驶着，把一个又一个路标抛在后面。每走大约二十公里，卡德尔和温格就会碰到没什么人的路边小店和休息站。在小店和休息驿站里，疲惫的马会被换成精力充沛的马。在换马的这段时间里，车夫会和仆人们聊一聊城里最新的八卦。

　　温格对这条路了如指掌。在乌普萨拉上学的那几年，他经常走这条路，他知道那些已经被车轱辘压平，马车方便行驶的路段。远处，太阳从东方升起，这片如死一般沉寂的土地被阳光照耀着，但几个小时过后，黑夜又会来临了。阳光照射在行人身上，在他们背后拉出修长的影子。这片古老的森林从不管人类的死活，只是静静地长在道路两旁。温格腿上放着一只怀表，他揭开怀表盖子，表上的发条滴答作响。他把表打开，接着又把表合上，就这样，他重复玩着怀表。时间一点点走过，夜幕降临，四周光线变得昏暗，温格看不清表上指针的位置，便把表收了起来。太阳刚刚落山，几颗星星挂在天空，温格和卡德尔拉紧身上的毛毯。他俩没有说话，都沉浸在各自的思绪中。车夫跟马说着话，车夫的声音打断了温格和卡德尔的思绪。天上的月亮只是弯弯的一轮。月光稀薄，大地还是笼罩在一片黑暗之中。

塞西尔·温格发现自己的思绪又回到了几个小时前，那时，他和卡德尔互吐衷肠，分享了自己的秘密。温格还记得，他撞见妻子和下士做爱。妻子看见他，怒不可遏。可温格自己并不生气，只是感觉很悲伤。看到悲伤的温格，妻子似乎更生气了。温格心想，自己是不是应该用暴力来宣泄自己的感受？是不是应该拿着鞭子把下士从床上赶下来，然后把他暴揍一顿呢？温格是个理智的人，他从没想过用暴力解决问题。温格很好奇，为什么有的人会用暴力来解决和爱人之间的问题。但温格知道，他自己不会这么做。温格听到孤独的狼嚎声从远处传来，他回忆起约瑟夫·撒切尔临终时的情形。约瑟夫·撒切尔声音颤抖，他对温格说："你是一匹狼。总有一天，你的牙齿会被染成红色，那时候，你就会知道我跟你说的一切都是正确的。"

* * *

马车行驶了一整夜，卡德尔和温格已经走了大约一百二十公里。他们来到了萨拉郊区，这个地方位于一个矿山脚下。车夫把温格和卡德尔带到了一个院子里，院子是四方形的，四面有围墙。这个院子位于一座房子和马厩之间。车夫拉了拉缰绳让马停下，然后，他转身对温格和卡德尔说：

"我们离目的地不远了，但是我认为我们需要找个地方好好睡一觉，我的马也需要进食补充体力。"

在暖和的客栈里，还有一些顾客在吃晚饭。客栈的老板是一个身材匀称的妇人，温格他们进店时，她趴在柜台上睡得正酣。温格询问她怎么去伯德桑庄园，这才吵醒了她。

"那地方没什么可去的，而且现在天已经黑了，就更别去了。好久没人问过那个地方了，大家都觉得去那里太麻烦了。"妇人回答温格说。

"是不是没有去那里的马车？我们可以骑马去，我们能在这里租到马匹吗？"

"在这样寒冷的夜晚，难道你们想向那些客人租马匹？那些客人我可不认识，出价不高我可不干。"

温格数了一些钱放在表面粗糙的桌子上，这些钱都够买几匹马了。看着温格给的钱，一脸皱纹的妇人嘴角上扬。她朝卡德尔和温格微微屈膝行礼，表示感谢。在温格和卡德尔看来，她这一屈膝礼简直可笑。

"显然，来这儿的人都很有钱，他们的钱比我想象的要多。"妇人收钱，说道。

* * *

温格和卡德尔租的这两匹马平时都是用来驮东西的，所以马行走的速度不是很快。他们要走的小路早已被雪覆盖，整个冬天都没有阳光照射到这条路上。卡德尔和温格从客栈出发前，客栈里的人给他们详细介绍了去伯德桑的路线，他们只需要照着规划的方向走。卡德尔和温格在月色下骑着马朝北走，他们左侧有一座小山。大约走了一个多小时后，他们看见雪地里有一排菩提树。

接着，卡德尔和温格一直往前，走到了树下。这里的路是铺砌好的平路。在路的尽头，有一些房屋，房屋四周漆黑，周围一片寂静。从一个院子的一侧可以隐约看见庄园，庄园前面有一个喷泉，上面覆盖着厚厚的冰。温格拉了拉手里的缰绳，马慢慢停了下来。

"这个地方看起来是不是很熟悉？"

迈克尔·卡德尔以前没骑过马，他在心里暗自庆幸马的速度不是很快。卡德尔双腿分开坐在马背上，他身体前倾，重心放低，准备下马。这时候他发现自己一只靴子卡在了马镫里。

"布利克斯曾在他的信里提到过这个地方，对吗？那个可怜虫描述得真像！但这里肯定很久没有人住了。这里这么寂静，而且荒无人烟，和墓地没什么区别。屋子的窗户至少有十几个都是破的，而且我们也没看到灯光，也听不到人的脚步声。"

"但是我们已经站在这儿了。我们一定要弄清楚事情的真相再回去。这个庄园很大，我们还有很多事情要做。"

庄园前门半开着。雪堆积在门两侧，融化后的雪水在门口汇成溪流。温格和卡德尔合力推开门，然后他俩进了屋。庄园的大厅很大，里面空无一人，很明显，庄园已经荒废很久了。温格站在大厅里，想要听一听周围有没有声音。

"你说对了，我也感觉这里没有人。我们从一楼开始吧，让·迈克尔。我走左边的走廊，你走右边的，然后我们往上走。每上一层楼之前，我们先在楼梯口回合。从烟囱的位置看，你马上就可以找到厨房，你进去找找，看看能不能找到灯笼或其他可以照明的东西。"

* * *

卡德尔走进右手边第一个房间，他猜测，这个房间应该是会客厅，是这家主人用来招待客人的。之前，屋顶漏雨，加上天气潮湿，屋里的墙壁已经发霉，木质的地板已经变形，有的地方还膨胀翘皮了。在昏暗的灯光下，屋里看起来灰蒙蒙一片。窗帘破了好几个大洞，家里的家具也被老鼠侵占，墙上挂的帆布画被风吹得歪歪斜斜。卡德尔走到房间中央，四周一片黑暗，什么都看不清。卡德尔沿着墙往前摸索，他摸到一排书，书应该是排成排摆放在书架上的。幸运的是，他还摸到了一个黄铜材质的小烛台，烛台冰凉，卡德尔感觉自己的手都被粘在烛台上了。烛台里的蜡已经结成冰了，似乎一碰就会碎掉。卡德尔想要用打火石点燃灯芯，他尝试了很多次后，终于点燃了烛台。卡德尔感觉时间定格了，在微弱的烛光下，他看见了屋里破旧的书架。慢慢地，烛火越燃越大，跳动的火苗不停地往上蹿。

卡德尔把蜡烛护在怀里，防止被风吹灭。他接着往里走。屋里寒气逼人，四周依旧如死一般沉寂。卡德尔感觉屋里的墙都被冻住了，他猜想，房顶肯定破得像筛子，不然屋里不会这么湿冷。卡德尔走到了堆放食物和一些杂物的地方，在这个地方的后面有一个楼梯口。楼梯往上是二楼，往下是一个酒窖。卡德尔站在楼梯口犹豫了一会儿，最后，他决定去酒窖看看。借着烛光，卡德尔看到了一些酒桶和酒架，酒架上摆放着很多酒。看到这些酒，卡德尔很开心。可很多酒都结成了冰。卡德尔接着往里走，他发现越往里走，气温越高，所以很多酒还没有结冰。卡德尔拿起一瓶酒，然后，他敲破瓶颈，打算尝尝这酒。可他有点害怕玻璃划伤自己，所以只是小心翼翼地尝了一口。这酒居然是匈牙利产的葡萄酒！卡德尔长叹一声，感到心里很满足。然后，他转身离开酒窖，回到了楼梯口。

突然卡德尔听到有声音从楼上传来，像是踩在翘了皮的木地板上的声音，还有家具被撞倒的声音。卡德尔这才意识到，自己拿着蜡烛跑到酒窖喝酒，忘了时间。温格肯定已经检查完了左手边的房间，在楼梯口等自己等得不耐烦了，这才到楼上去找人。卡德尔又啜了几口酒，然后上楼了。卡德尔知道这趟旅途可能一无所获，但看到楼梯间的小窗户透进月光，再加上有酒喝，他心里好受了一些。卡德尔伸手，想要触摸月光，他发现自己眼里容不下任何东西，只有这些照亮他前进道路的月光。

"不许动。"

这不是塞西尔·温格的声音。这个声音很单调，没什么起伏。卡德尔感觉这个声音很特别，也许是因为寒冷，说话人似乎很难把话说出来。

"把你手上的蜡烛吹灭，转过身来。"

卡德尔吹灭了蜡烛，转身面对着说话的人。没了烛光的照耀，四周一片黑暗，卡德尔看不清说话人是谁。那人的影子倒映在窗户上，窗户仿佛把整个世界劈成了两半，窗户里面是伸手不见五指的房间，窗外是白雪皑皑的大地。

"你可能看不见我手上拿的是什么，这是一把卡宾枪[①]，枪口正指着你的胸口呢。"

卡德尔眯着眼，想要看清眼前的人。这个人中等身材，他肩上披着一张被蛀虫咬过的狼皮。他的衣服和房子的设施一样，陈旧而破烂。这一切都表明，那些曾经辉煌的东西现在早已支离破碎。他的裤子已经磨损得很旧了，此时在月光下泛着亮光，裤子上的纽扣已经掉了，裤缝处也已经开线。那人脸色苍白，看上去比实

---

① 卡宾枪的名称来源于英文"Carbine"的译音。卡宾枪，即马枪、骑枪。它是枪管比普通步枪短，子弹初速略低，射程略近的较轻便的步枪。它一般采用与标准步枪相同的机构，只是截短了枪管，是一种枪管较短，质量较轻的步枪。

际年龄要老一些。

"我看见你手上的枪了。这种枪我以前在海军部队里见过。这是一种很酷炫的武器，但你手上的这把应该不是最新款的。"

"不要被这间破烂的屋子表象迷惑了，我没用这枪在这屋里行凶。从纳尔瓦到弗劳斯塔特，这把枪为我的祖先做了很多事。而且只要用它，就绝对不会失手。你来这儿是为了偷酒吧？你一个人吗？"

卡德尔感觉自己心跳得极快。但他很擅长撒谎，所以他毫不犹豫地说：

"是的，我来这是为了找些物资，这样我才能挨过这个寒冬。我很久之前就是一个人了。"

那人点了点头，说：

"如果我没弄错的话，你里面的衣服看起来像是守门人的制服。这里离城市那么远，穿着这种制服的人跑到这里做什么？"

"我已经失业了。我把挣的钱都拿去喝酒了，现在正在想办法活下去呢。我听说这里的房子空着，所以我也想到这儿来拿点东西。"

"现在你转身往回走。你不需要回头看我，我就在你后面，你够不着我的，我会一直拿枪对着你。离这里不远的地方有一片田野，田野边上有一个小木屋，现在，我们去那个木屋。"

卡德尔看了那人，思考了一会儿，然后说：

"你手上的枪并不是弹无虚发的。在海军部队里的时候，我听说这枪至少五发子弹里有一发会哑火。"

那人和卡德尔一样，只是站在原地，什么话也没说。过了一会儿，那人开口说话，声音依旧没什么起伏。

"那个木屋旁边有一个粪坑，那个粪坑有些年代了，原来住这里的人把人和动物的粪便都倒在了那个坑里。现在，那坑又大又深。尽管现在天气寒冷，但坑里的沼气池水依旧在沸腾，还冒着烟，散发着热气。那坑里的蠕虫比外面的菩提树还古老。我不知道哪一天会有人闯进这里，所以我把枪的子弹放在了粪坑里。每天我都带着枪去那儿换子弹。如果我用那里的子弹打死你，你体内会发高烧，可你的身体表层会被冻僵。你的伤口会发炎、腐烂，你会受到冰与火的双重折磨，经历地狱般的痛苦，最后，你才会迎来死亡。这把枪从来没有哑火过，但这次可能就哑火了。这是你的命，当然，风险也是由你来承担。"

卡德尔站着没动，他花了几秒钟思考自己生命的价值。接着，他只是耸了耸肩，然后转身下楼。

* * *

他们走过雪地。庄园外围有一些较矮的建筑，第一栋是一个粮仓。借着星光和月光，卡德尔和那人走到了粮仓门口。粮仓门上有一个大大的门闩。

"把门闩拉开，进去吧。"

仅靠一只手，卡德尔很难抓住门闩。他微微蹲下，用肩膀把木闩支起来，然后，他把木闩抽了出来。木闩刚一抽出，门就滑开了。卡德尔一进门就闻到一股恶臭，他连忙用衣袖捂住鼻子。

"天呐，真臭。"

"你叫什么名字？"

"我叫迈克尔·卡德尔。"

"好的，迈克尔·卡德尔，我想给你提个意见。请你仔细考虑一下再回答我。我想让你死得痛快一点，所以我得在这儿等另一个'客人'。你肯定有来无回了，因为我不想你带其他人来这儿。"

卡德尔走进木屋，他感觉木屋在晃动，好像有什么大的生物苏醒了，而且这个生物在往木屋的方向走。这个庞然大物努力想要靠近木屋，可它被一根链条拴着，它每动一步，链条就叮当响。终于，卡德尔看见了这个生物，它是一只特别大的狗。狗的眼睛像两个闪着光的煤球，嘴角还流着口水。

"它是马格努斯，迈克尔·卡德尔。它就是你的坟墓，因为它会吃了你的尸体。你块头太大了，我可不想把你拖到它面前，所以我把它带过来了。你站到墙边去，尽量离马格努斯近一点，但是不要让它碰到你。然后你跪下，我会朝着你的脖子开枪，这样你会往前倒，它就能够吃到你了。你会干干净净地死去，我们两个都不会沾上你的血，这是我能想到的最快的，同时也是最人道的做法了。如果你不肯依我，而要做最后的挣扎的话，我会朝你的肚子开枪。这里这么冷，你会很痛苦的。而且马格努斯块头很大，它可以为你挡风，木屋里不会很冷。所以，如果我不小心打偏了，你今晚，甚至明天可能都冻不死。"

卡德尔吓得头发都竖起来了，他不知道该怎么回答那人。卡德尔看见远处有一个闪着光的圆点，这个光点在狗背后的那片黑暗中跳动着，像是黑暗在深渊中穿梭。卡德尔感觉死亡越来越近，死神白骨般的手已经扼住了他命运的咽喉。他感觉很窒息，就像沉溺在斯文斯克松德周边的海水里。卡德尔双腿发抖，他把一只脚放在另一只脚的前面，然后慢慢跪在墙边。他感觉木质地板上的每一结疤都是死神的眼窝。

"请跪近一点。尽管马格努斯的毛已经很脏了，我披的皮草也很破旧，但这并不是弄脏它们的理由。"

卡德尔跪爬着，一点一点挪近。他爬到了离狗很近的地方，此刻的马格努斯正嗷嗷待哺，它的下巴上都是口水，恨不得一口把卡德尔吞下肚。卡德尔闻到了从狗嘴里散发出来的恶臭，那是变质腐肉的味道。过了一会儿，卡德尔听到门外有人来了。他扭头往外看，发现门口站的是塞西尔·温格。那个披着狼皮的人也感觉到有人来了，他也转身打量着门口的温格。突然，卡德尔感觉自己听到一声枪响，木屋瞬间被鲜血染红。

* * *

卡德尔感觉这声枪响一直在耳边回荡，接着，屋里安静了好长一段时间。枪口的烟雾飘到了屋里的房梁上，然后消散了。卡德尔知道，自己已经死了。他没感觉到痛，因为那个世界的人是感觉不到痛的。他一直都想去那个世界，只是在英格堡时，锚链铐住了他，让他活了下来。卡德尔感觉下半截腿泡在热热的暖流里，他心想，一定是自己的腰部中枪了。他摸了摸腰周围，可是却找不到伤口。突然，他闻到了一股味道，可这味道并不是血的味道。卡德尔意识到自己还活着，而且并没有受伤。接着，他听见塞西尔·温格说话的声音。

"您想开枪打死谁？不论是谁，都不可能是这只狗吧。"

"我带马格努斯的任务已经完成了。您是塞西尔·温格吧。我一直在这儿等您。我叫约翰内斯·巴尔克。我想帮丹尼尔·德瓦尔沉冤得雪。您是来带我去斯德哥尔摩的吧。那我们走吧。这里没什么值得我留恋的了。"

50

太阳升起，开始了一段短暂的旅程，它看起来比以往任何时候都要遥远，就像一团沿着地平线滚动的火球，只是这火球快要燃尽了。塞西尔·温格和约翰内斯·巴尔克坐在雪橇的后排上，微弱暗淡的阳光照耀着他们。迈克尔·卡德尔则坐在前排，挨着司机，听不到他们的谈话，他双臂环抱以保持体温。坐在雪橇上的温格神情忧伤，他将目光从朋友卡德尔的背上移到了巴尔克身上。借着黎明的曙光，温格第一次有机会好好看看这个坐在他对面皮垫子上的人。乍一看，他的年龄并不好确定，说他年纪小吧，他看上去比本身年纪要成熟，说他年纪大吧，他的容貌又明显不够成熟。温格想起了克里斯托弗·布利克斯的话，他发现自己的想法和克里斯托弗的观点一样。但是克里斯托弗·布利克斯明显不在这儿了。

接下来，温格吸了一口冷气，哽住了喉咙。突如其来的一阵咳嗽打断了他的思绪，他斜靠在雪橇的一侧，用手帕捂住嘴，朝着滑雪板吐出一口痰，痰里带着血丝。

"您身体怎么样，温格先生？"

约翰内斯的声音单调平淡，就好像他从未学会领悟语言的音乐性，只能采用一种音调说话。这种音调的缺失让温格想起了他早些年坐在教室里的日子，那时，老师教他和朋友们用他们还没掌握的语言大声朗读，而他们当时并不理解那些话的含义。有时，人的舌头似乎不能发出正确的声音，而是要迫使他停止原本要讲的话，选择另一个词。

"为什么要关心这个？"

约翰内斯·巴尔克抬头看着塞西尔·温格，这是他们第一次认真地对视。巴尔克的瞳孔又大又黑，所以他虹膜的颜色不明显。

"我为什么不能关心自己的同伴呢，温格先生？"

"因为你是个怪物，约翰内斯。"

巴尔克用沉默平息他们之间的风暴，没有移开视线。他点点头，温格觉得手臂和胸部都起了鸡皮疙瘩。

"这个世界造就了现在的我。您说说看，我们该如何看待这个世界？但是，我关心您的健康可不仅仅是出于同情，只是在适当的时候关心一下罢了。"

"你已经知道我是谁了？"

"报纸上第一次报道在拉德尔湖发现尸体的时候，我就在《特别邮报》上看到了您的名字，之后我便四处打听。我饶有兴趣地调查了您的律师生涯，您一直坚持自己的理想，总是审问被告，总是允许他们在法庭上发言，让每个人都能听到他们的声音。温格先生，我必须问问您，在发生了这么多事情，您对我了如指掌之后，您是否仍然认为，像我这样的怪物也应该享有同样的权利？"

"法律面前人人平等。不管你犯了什么罪，你都享有这项权利。"

"您能让我按照自己的节奏，先向您讲讲我的故事吗？我不会隐瞒任何事情。您尽管提出问题吧，我会尽我所能回答。温格先生，这样行吗？我不知道您还能给我多少时间。"

"我自己也不知道，但是我打赌，我们会查出真相。"

"如果可以，我先来一段开场白。"

约翰内斯·巴尔克闭上眼睛，深吸了一口气。他将空气呼出肺部的同时，两股热气从他的鼻子里喷出。他开始讲述。

"我们家族有个传统，就是用古斯塔夫二世国王的名字给长子命名。古斯塔夫二世·阿道夫国王发动的战争，为我们家族创造了财富，也为其他许多人民创造了财富。一百五十年前，我们竭尽全力，抓住机遇，紧紧抓住北方之狮军队最后的余威，把德国王位继承人的土地夷为废墟。我们家族用鲜血和荣耀守卫地盘，获封伯爵称号，我们的战利品是黄金，把保险箱撑得满满当当。我们在古老的土地上建造伯德桑庄园，我们砍伐森林，开垦土地。在我们家所有被命名古斯塔夫·阿道夫·巴尔克的人里，我的父亲是最后一个。"

"我从小就记得你父亲。在国王古斯塔夫掌握全权之前，他一直在议会中任职。你的父亲是个了不起的人物。"

约翰内斯·巴尔克再一次凝视着温格的眼睛，他的目光神秘莫测。

"据说，大人物都是由他们克服的挑战造就的。我的父亲曾经克服了很多挑战，这一点没人能否认。巴尔克家族中，从我们的祖先在战场赢得财富，再到我父亲这一代，中间沿袭了五代人。他们每个人都从保险柜里拿了钱，却连一个先令也没放回去。我父亲只是继承了债务。他开始意识到，没有资本，即使出身贵族也是没有多大用处的，于是他着手将巴尔克家族恢复到应有的地位。很长一段时间，他一直是个单身汉。我们家人长得都不怎么漂亮，但我父亲出生时，好像所有令我们难堪的五官特征都聚集在一起了。他眼睛鼓鼓的，鼻子好似马铃薯，显得他下巴很短，他瘦骨嶙峋，鬓角凹陷，头发稀疏。为了找到自己的新娘，他不得不四处探寻，最终得到了一桩权宜婚姻。在我出生之前，离伯德桑庄园不远处有大片大片的土地，属于维德家族。那时，维德家族正濒临消亡，族长卢卡斯·维德只有一个女儿，但他和妻子年龄太大，无法再生养一个继承人。维德家族没有其他的分支，然而，他们却有一笔完整无缺的财产，以至于后来我们巴尔克家族浪费的土地，都让邻居们耕种了。有一天晚上，我父亲骑马来到卢卡斯·维德的家，向他女儿求婚。那次会面可谓群情激愤啊。"

"为什么呢？"

"您听我说，温格先生，族长的女儿名叫玛利亚·维德，在这一带，人们称她为圣母玛利亚。她很单纯。三十多年前，她出生时是双脚先出来的，生得非常艰难。一位医生救了她的命，但她的智力却从此留下了缺陷。为了生存，她必须依靠别人喂食，而且她一步也没有离开过床。她整天盯着没人看见的东西看，任何在她那双呆滞的眼睛所及范围内发生的事情，她都永远不会让其他人知道。我父亲向她求婚的时候，卢卡斯·维德简直不敢相信自己的耳朵。他勃然大怒，想把这个不速之客赶出去。但是，古斯塔夫·阿道夫坚持自己的立场，为自己的求婚辩护。这场婚姻纯粹是一种形式，但他却能借此继承维德家族的土地，像维德家族的人那样管理土地，哪怕只是一代人拥有管理权，这些土地也足以保证未来能养活那些农民。这样，维德家的财产就不会被交还到国王手中，再卖给陌生人，就为了给宫廷的贵妇们购买珠宝和小饰品。古斯塔夫·阿道夫发誓，要像玛利亚的父母一样照顾玛利亚。那时维德夫妇的生命正走向尽头。过了一会儿，卢卡斯·维德无奈答应了我父亲的求婚，他们握握手，达成协议。圣母玛利亚由人搀扶着，一瘸一拐挪步走到教堂，和我父亲结了婚。

婚礼上，她一言未发。只有最亲近的家族成员参加了他们的婚礼。玛利亚的嫁妆十分丰厚，而且只要卢卡斯·维德一过世，父亲就能再得到一笔比嫁妆更丰厚的遗产。就这样，古斯塔夫·阿道夫·巴尔克挽救了他祖先的家园。他让人为我母亲画了一幅肖像画，画中的田园风光，以伯德桑庄园为背景，画中的人物不是她本来的样子，而是她应该有的样子。真是讽刺啊。"

约翰内斯停顿了一下。他说的话越多，就说得越顺畅，他不时流露出的口吃也就不那么明显了。

"您知道的，当时传出一桩丑闻，说是圣母玛利亚怀孕了，伯德桑庄园所有的被子叠加在一起，都无法遮住她圆鼓鼓的肚子。我父亲曾与卢卡斯·维德达成协议，设定他们结婚后永远不会圆房，但是，现在他们却不得不从萨拉请来助产士和医生，为圣母玛利亚接生。因此，我来到了世界上，也证明了古斯塔夫·阿道夫·巴尔克曾走进他半死不活的妻子的卧室，对一动不动的她实施了侵犯。据说卢卡斯·维德听到这个消息后就中风了。古斯塔夫·阿道夫到他岳父的床边探望，巧舌如簧地安慰他，说现在可以肯定他们的共同财产得到了保障，所发生的一切都应该视为好消息。维德自然不想就这样杀掉自己的外孙，他又活了几年，变得性格孤僻，郁郁寡欢。他们再也没有说过一句话。维德去世后，他的财产与我们的财产合并，归伯德桑家族所有。古斯塔夫·阿道夫梦寐以求的一切都变成了现实。多亏了他，我才出生了，才能茁壮成长。"

雪橇下方，金属板在冰面上摩擦，发出一阵冗长的飒飒声，就像巴尔克自己的声音一样单调沉闷。太阳的角度不断变化，光线闪烁不定，本来是淡黄色，慢慢变暗，最后变成了深红色。

"温格先生，想要养出怪物的人，在怪物小时候就善于教它仇恨。他可是我的父亲啊，却经常打我。作为一个大人物，他对周围的每个人，尤其是对自己的后代，都行使了他的权力。我长大后，渐渐学会了区分他打我的各种原因。大多时候他打我，是因为他自己对某个暂时的挫折发泄自己的不满。但有时候，他看起来心情好的时候也会打我，我意识到他一定是经历了什么，觉得这样才能让孩子乖乖听话。他一定有过童年的记忆，那时他也一定会泪流满面地坐在椅子上，在某种程度上，他肯定把自己后来的成功归功于这种教育方式。他常常要求我回答问题，以此来考验我，我怕回答错了，就开始吞吞吐吐，这令他更加恼火，也令我更加犹豫不决。如您所见，我一直努力说话不口吃，但是我从未摆脱过这个障碍。我是一个怪物，一个被怪物养大的怪物。我没有在这个世界上留下自己的孩子，也算是一种安慰吧。我们家世世代代都是些恶棍，最早的那个一定可以追溯到时间的起点，而我将是最后一个，即便这只是我墓志铭上的一个注脚，这一定算得上是我的福气。"

巴尔克稍微停顿了一下，自顾自地点点头。

"我父亲，他晚上喝得酩酊大醉的时候，还对我做了别的事情，当时屋子里一片寂静，似乎在等待一个孩子的哭声。"

温格看不出巴尔克的脸色有什么变化，或者只是路旁树木的影子在捉弄他，让他看不清巴尔克的脸。

"就像孩子们通常会做的那样，我向所有势单力孤的东西实施报复，它们无力保护自己。在池塘里嬉戏的青蛙，狗和鸡都成了我报复的对象。它们学会了害怕我生气，就像我学会了害怕我父亲生气一样。"

不久，太阳就要落山了。温格感到寒冷加剧。另一个冬夜即将来临。在斯德哥尔摩，寒冷的冬夜每时每刻都在靠近，它夺走了乞丐们的生命，迫使迪特尔·施瓦尔贝和他的同伴们在冰冻的土地上开路，却徒劳无功只好放弃，他们把死尸堆在一起，直到春天来临。

巴尔克拂去肩上的雪花，整理了一下堆在腿边的狼皮。

"还有一段路要走。我来讲讲故事的重点吧。"

51

    这个男孩孤零零地长大，他的孤独无以言喻。他身边经常有各种各样的人，但他却与众不同，他是巴尔克家族世世代代贵族中的最后一个，加上他的父亲经常在斯德哥尔摩，他便成了这里唯一一个贵族，高高在上。仆人宿舍里传来孩子们玩耍时爆发出笑声，当他跟随笑声找到他们时，他们总是瞬间就安静下来。孩子们都低着头不敢看他，而他们的父母则喃喃自语地找个借口，很快就把他们打发走了。尽管这帮孩子没有表现出什么，他还是感觉到了他们的敌意，渐渐地，他习惯了一个人待在空荡荡的房间里。

    家庭教师一个接一个来到家里，源源不断地给他授课，教给他他所需要知道的一切，而他对未来一无所知，他们的教导也从来不带任何感情。这些教师听从他父亲交代的指示，用体罚塑造人格，也像他的父亲一样殴打他。伯德桑庄园是一个阴郁黯淡的地方，很少有人能忍受着在这儿待一年多。一个人为了赚到足够的钱，他大可以去别的地方，没有必要待在这里成为恶魔。过了一段时间，小男孩把池塘里的青蛙都消灭了，其他的小动物们开始害怕他的脚步声。

    慢慢地，小男孩知道了自己母亲的事。伯德桑庄园虽然很大，但还不足以无限期地隐藏所有秘密。庄园里有一层楼是不允许他去的，还有一个房间也不允许他进去，仆人们端着一碗碗的粥走进那个房间，又端出一个个空碗。他们把她关在那里，仿佛从他父亲把她带到这个地方的第一天起，她就离开了人世。于是他开始调查这件事。橱柜里的钉子上挂着一串钥匙，上面的钥匙锈迹斑斑，早已被人遗忘，布满了蜘蛛网。他从仓库里找来油脂，晚上，他用油脂擦涂钥匙，生怕钥匙插入锁孔时发出一丁点儿声响，他一把接一把地试钥匙，经过好几次尝试，才找到了合适的那一把。

玛利亚一动不动地躺在床单中间，床上罩着一顶白色的遮篷。小男孩缓慢地在地板上挪步，这样，地板就不会吱吱作响。他走近她，第一次看到母亲的脸。这张脸看上去就像是他自己的脸，太像了。他伸出一只手放在毯子上，感受着她那一动不动的身体带来的温暖。他走进她的视线时，她的双眼空洞无神。他躺在她身边，蜷缩着靠近她，跟她在一起，他感到安慰舒心。此后，他每晚都来这里。

渐渐地，她有了变化。从最初她只是一动不动地躺着，好像他不在那儿似的，到后来她开始挪动了。他再看向她的眼睛时，她的眼里闪过一丝光，这是她的回应，好像能认出他来了。她想举起手抚摸他的脸。夜深了，她的手就举得越来越高，想触摸到他的脸。过不了多久，他的脸颊就会感受到母亲温柔的抚摸。每到黎明，他抚平毯子离开的时候，他都认为再次回来时，母亲仍旧会这样努力地抚摸他。

这样的日子持续了几个星期。最终，她成功摸到了小男孩的脸，但她的手像爪子一样扭动，长长的指甲抓伤了他的脸。男孩脸上的抓痕与父亲脸上的抓痕一模一样，这种抓痕在他母亲脸上一样明显。她喉咙里发出嘶嘶的声音。小男孩惊惶失措，非常害怕，他哭着从房间里跑了出来。伤口很深。他不得不想着编个谎，解释说这些伤口是他不小心弄出来的。

＊　＊　＊

他没有立马返回房间。直到夜里，他听到屋内的地板嘎吱作响，
察觉到一定是她从床上站了起来，好像他们的会面唤醒了她内心
深处的某种东西。起初，他从钥匙孔里向内窥视。他意识到只要
保持距离，她就不会注意到自己，于是他终于鼓起勇气再次转动
钥匙。他整夜都靠墙坐在地板上。天色一亮，他便离开了，大约
半个小时之后，她的仆人——一对陪伴她从小长大的老夫妇——领
她回到床上，帮她把被褥掖了回去。午夜再次降临时，她必须重
新站起来。

她花了将近一年的时间才能走稳，才能在黎明之前走到窗边。
一旦走到窗前，她就会举行同样的仪式，夜复一夜。她慢慢地朝
着撞在玻璃上的大蚊伸出手，那些大蚊试图逃出玻璃窗，获得一
种它们可望而不可即的自由，但只是徒劳罢了。她动作缓慢，又
不厌其烦，成了一个难对付的猎手。她把手握成杯状，一次抓一
只大蚊，用拇指和食指捏住每一个丁点大的身体。她把大蚊贴近
自己的脸。然后，她耐心地扯下它们的翅膀，又一条一条地拔掉
它们的腿，小心翼翼，以免伤害那在纤细躯干中仍然颤抖的生命。
男孩看到她的嘴唇在动，意识到她在一边残杀大蚊，一边对它们
窃窃私语。在听到她说出他父亲的名字之前，他必须要向她身边
靠近一些。这是他为母亲报仇的唯一方式。这孩子思前想后，感
到心乱如麻。第二天晚上，他没有去母亲的房间，而是让她自行
其是。

＊　＊　＊

那年冬末，一场热病夺去了他母亲的生命。残缺不全的大蚊

仍然成排地躺在窗台上。玛利亚·维德长眠地下数天之后，还有一只大蚊的躯体仍在微微颤动。男孩没有为她的离去而感到悲伤。

春天到了，冰雪消融，古斯塔夫·阿道夫·巴尔克在斯德哥尔摩街道行走时，他的脚底在鹅卵石上滑了一下，他摔倒在地，摔断了大腿骨。皇家御医亲自为他处理伤口，调整骨骼，但大家都知道，春天是许多疾病的高发季节。他腿上的伤口并不大，但是已经腐烂，开始渗出脓液。随着坏疽深入骨髓，这位父亲卧床不起，脚趾先是发红，然后慢慢变得苍白，最后成了黑青色。3月份，男孩第一次被人叫到城里，去看望他生命垂危的父亲。古斯塔夫·阿道夫·巴尔克病入膏肓，浑身动弹不得。他腿上的疼痛已经波及全身，这种疼痛太剧烈了，他根本无法驾驭马车，血管也渐渐发黑，腐烂的伤口由此蔓延到了他的骨盆和腹股沟。

男孩被人粗暴地带到了卧室，屋里摆放着一筐筐花，但花儿散发出的香味根本也掩盖不住腐肉的恶臭。有人搬来了一把椅子，这样他就可以在父亲身边守夜。有很长一段时间，他静静地坐在那堆毛毯和被子前，充满了畏惧。每一次听到父亲沉重的喘息，他都吓得颤抖。他父亲脸色苍白，满头大汗，目光焦虑而困惑。由于牧师还有其他职责，所以经常离开，房间里，他和父亲两人经常单独待在一起。过了很长时间，他才鼓起勇气站起来，抬起他父亲的手。他感觉不到这只手的力量，他抓着这只手摇晃，在毯子上挪过来，挪过去，而他的父亲只能发出微弱的呜咽声，什么也做不了。他掀开被子，露出古斯塔夫·阿道夫·巴尔克又大又红的脸，他吓坏了，用白嫩的小手捂住父亲的嘴，用手指捏紧他的鼻子。抑制一个人的呼吸竟是这般容易，他感到惊讶。父亲试图用他无助的牙齿咬住男孩的手，但无济于事。古斯塔夫·阿道夫·巴尔克的身体在被子下颤抖，他面色发青，眼睛看起来像是要从眼窝里蹦出来似的。男孩一遍又一遍地玩同样的把戏，但是他没有勇气一直捏着父亲的鼻子。相反，他总是放松紧握的手，让父亲在长长的吸气声中恢复呼吸。某天夜里，古斯塔夫·阿道夫·巴尔克孤独地死去。女仆错把男孩咯咯的笑声当成了抽泣，温柔地用手臂搂着他的小肩膀，拿手帕擦干了他喜悦的泪水。

＊ ＊ ＊

他的父亲被安葬在巴尔克家族郡教堂的一块石头下，这里离伯德桑庄园不远，他们的祖先也葬在那里。教堂里，唱诗班前方的墙壁上装饰着象征他们荣誉的武器。初夏的一天夜里，男孩一直醒着，直到整个房子都静悄悄的，他起身穿过院子，又经过路边的菩提树。虽然他卧室里的黑暗是恐怖之源，但这种黑暗却不同寻常，仿佛是一个可以安慰和保护他的朋友。

不一会儿，他就来到教堂，教堂前门没有锁，教堂里空无一人。他摸索着穿过石板地，用指尖在地上拼写出父亲的名字。他解开裤子的纽扣，蹲下拉大便，他一边拉大便，一边用扣子在地板上滑动。第二天早上，唱诗班的领唱将会发现一小堆粪便，旁边有苍蝇嗡嗡作响，人们会发现古斯塔夫·阿道夫·巴尔克名字的字母上涂抹着粪便。隔了一会儿，他一声不吭地清理了地板。在接下来的日子里，他每天都有一个信念，相信魔鬼已经穿过他们这块冷清的地区，一定是在前往大城市南部的路上，去处理更为紧急的事情。

男孩的胜利感很快就消失了。他睡不好觉，常常做噩梦，梦魇不断重复着父亲在卧室外的走廊上走近的脚步声。时过境迁，他慢慢意识到，有些事情是永远猜不到的，比挨打更糟糕的事情还有很多，孤独就是其中之一。

52

星期一下午，迈克尔·卡德尔用双手捂着一个白色的陶瓷杯，好使自己暖和。此刻，他又一次见到温格。上次他与温格道别是他离开北方广场时，那时他们从伯德桑庄园返回斯德哥尔摩。当时，他跳下雪橇，摇摇晃晃地从桥上走回家，他洗了个热水澡，本想好好睡一会儿，却并未睡好。

"看来，你从这人身上得到什么消息了吗？"

温格点了点头，表情严肃。

"得到一些消息。他现在正在睡觉。我不确定将在哪里进行审判。在此之前，我已经把他关押在卡斯滕霍夫的北方监狱，他的姓名暂时保密。我们仍然不知道乌尔霍姆何时会露面，我更希望在审问结束和审判开始之前，尽量保持低调。我和警卫很熟，可以用化名进入监狱探访。"

卡德尔和其他人一起返回到城里，在海关分手道别。卡德尔到城里已经好几个小时了，尽管如此，他还是感到寒风扑面，肌骨冰寒。

"我都不敢相信，我能死里逃生，没有被他开枪打死喂狗，但他为什么这么容易屈服呢？毕竟我们经历了这么多痛苦的磨难，他这样做反而让人感到很失望，毫无道理。"

"你问的这个问题，我也希望能得到答案，我还希望能得到其他问题的答案。"

"下一步怎么办？"

"我要去卡斯滕霍夫找巴尔克谈谈。明天同一时间，我在这里等你。"

＊ ＊ ＊

卡德尔独自一人喝完了咖啡，脸上露出痛苦的表情，这种表情让人看了感到讨厌。他曾听别人说过，当一个人需要保持清醒时，咖啡可以消除身体的疲劳，于是他决定喝咖啡，尽管他非常不喜欢咖啡的味道，但是他时常喝，说不定咖啡真的能消除自己的疲劳呢。这家咖啡馆，座无虚席，全是喜好咖啡的饮客。卡德尔从饮客中挤过，走出咖啡馆，来到广场上。斯德哥尔摩常常令迈克尔·卡德尔感到烦恼，但这一次，他却很庆幸再次见到这座城市。他脑海中回想起伯德桑庄园的小屋，死神的低语萦绕耳畔，他感到恐惧，这种恐惧他以前从未有过。这种恐惧浸透他的全身，他完全能够测量到恐惧的威力。这种恐惧与战争带给他的恐惧截然不同，战争总是不分青红皂白，毫无理由地向各个方向进攻，战争带给他恐惧是无序混乱的。最近，他的睡眠时间减少了，比以往任何时候都少。他这会儿感到很高兴，他身上带着的重物能分散他的注意力。这是一个钱袋，这个钱袋已经让卡斯滕·维卡尔卸下了罪责。他没有去数钱袋里的硬币，但从重量来看，这里的每一分钱都是从克里斯托弗·布利克斯那里骗来的。卡德尔很少持有这么一大笔钱，更让他难为情的是，他为这笔钱感到良心不安。每一笔财富，谁找到了，就归谁所有，他过去很少会对这种观念提出质疑，但这次不同。这些硬币是属于别人的。

新鲜空气不断进入他的喉咙和鼻子，虽然每次吸入他都感到刺痛，但这种刺痛提醒他自己还活着。他感到，自己肩负着使命，在雪地上每迈出一步，他与畜生马格努斯、约翰内斯·巴尔克的卡宾枪的距离就远一些，与恐怖的伯德桑庄园的距离就远一些，他的新目标也一步步实现。巴尔克的事现在交给温格去处理，所以他自己就转而去思考克里斯托弗·布利克斯的信件。艾萨克·布洛姆告诉他，一个年轻姑娘把这些信件留在了因德贝托大厦的门口，写着塞西尔·温格签收，卡斯滕·维卡尔也提到，布利克斯已经死了，但留下了一个年轻的寡妇。

卡德尔脱下了马裤，尿液浸透的地方变硬了，他换上了仅有的另一条裤子，那是他加入守门人队伍时领到的制服，他一直不喜欢穿这种制服。其他房客都没有热水可以分给他，他只好在院子里用雪擦洗身子。有几个小伙子看他孤单一人，势单力薄，趁机用雪球攻击他，他发怒了，大声怒骂，震得大楼上百叶窗的铰链嘎嘎作响。现在，因为用雪水擦洗身体，他的身体开始恢复温暖，情绪也随之恢复。他沿着西街走，右转上山，一直走到斯德哥尔摩大教堂。

这座巨大的建筑物里，并不比外面暖和多少。有人告诉他，说牧师因为感冒，待在家里，但在卡德尔的坚持下，一位牧师终于出现了，他看着都要冻僵了。卡德尔说服牧师，允许他查阅教堂的记录档案。的确，教堂的结婚记录档案中，有一条是关于约翰·克里斯托弗·布利克斯的，是他的结婚宣言，他的名字旁边还有一个十字架，表示他已经死了。当一枚硬币放在牧师颤抖的手中后，他就千方百计想起了有关那件非同寻常的事情的更多细节。

这对年轻夫妇订婚后不久，这个年轻人就在一次事故中去世了。那时新娘已经怀孕了。

牧师转了转眼珠，表情显得很镇定。结婚后不久，就生出孩

368

子，这自然能够显示年轻父母热情似火的爱情，这是一种规律，很少有例外。他和同事们同情这名年轻女子，坚称婚礼实际上是在布利克斯去世之前举行的。这样，未出生的孩子就不会被贴上私生子的标签，母亲也不会被嘲笑为妓女，而是会获得寡妇的身份。牧师一边说着，一边自顾自地点点头。他知道他们破坏了圣礼，但不明白上帝怎么会反对这样做呢。

"那寡妇叫什么名字？"

"洛维萨·乌里卡·布利克斯，本姓为图利普。她父亲经营一家名叫斯凯普格蕾丝的酒馆。"

"你可真是个消息灵通的牧师啊。"

牧师微笑着，又转了转眼珠。

"这个教区缺水，有时候圣餐过后，圣餐杯里连一滴水都不剩了，我们牧师还必须去别处领受圣餐。"

* * *

沿着这条路没走多远，他就到达了目的地。斯凯普格蕾丝酒馆是一个不起眼的地方，桌子由一排排倒置的桶拼凑而成。一个老人眼袋很大，眼眶里水汪汪的，正在用湿布擦杯子。他把杯子放在一边，走过来跟卡德尔打招呼。

"不好意思，我们还没开门，没有热的食物可吃。如果您想吃点什么，就只能吃冷盘肉片了。"

"没关系。我来这里不是为了吃东西。我是来找一个名叫洛维萨·乌里卡的人。您不会碰巧知道她在哪里吧？"

酒馆老板小心翼翼地上下打量着他。

"洛维萨是我女儿。"

"她在家吗？"

卡尔·图利普摇了摇头。

"很遗憾，她不在家。她是一个勤劳的年轻女子，年轻一代中往往没有像她这般勤劳的人。但我的生意占用了她很多时间，这让我很痛苦。她现在不是在井边，就是在市场上，如果您不想等太久的话，我建议您改天再来。"

卡德尔不知道该说什么，只好跺了跺脚，去除靴子上沾的雪。

"您有什么话要我转达给她吗？"

卡德尔犹像了一卜，掂量着装在夹克内兜的钱包。

"不用了，这件事不能由他人转告。我下次再来。"

"非常感谢，祝您下次好运。"

53

春光融融的日子一去不复返，炎炎夏日也悄悄地溜走了。现在，屋外已是白雪皑皑，那些每逢下雪就关节疼痛的人早就说过，今年冬天将是有史以来最糟糕的冬天。

安娜·斯蒂娜·克纳普对这种说法深信不疑。寒夜已经开始夺去一些人的生命，那些人或是喝得烂醉如泥，或是生活所迫，只能露宿街头。地面也结冰了，坚硬无比，要等到天气转暖才能埋葬那些死去的人们。僵硬的尸体被堆放在墓地的棚子里，棚子里不久就堆满了，越来越多的尸体被裹上裹尸布，存放在棚子外面。

白天，安娜·斯蒂娜用"洛维萨·乌里卡·图利普"这个名字，她在斯凯普格蕾丝酒馆的工作占用了她全部时间。她每天早早起床去工作，她学会了快速穿衣服，去酒馆外面迎接那些把桶倒空的工人，以便让他们用马车把桶里的东西运走。因为她注意到，有人趁花匠不注意，就偷懒，什么活也不干，却要求每周支付报酬。她要干的活很多，这只是其中之一。她到广场上水井边的水泵那里去挑水；她用雪擦洗盘子和大啤酒杯，她从码头边的木筏上搬木头，她每天早晚都要清扫地板，必要时还要擦洗地板。这些工作缓解了她内心深处的痛苦，每当她与卡尔·图利普那双蓝绿色的眼睛四目相对时，卡尔布满皱纹的眼睛总会浮现出笑容，每次他都会用一只手温柔地抚摸她日渐隆起的肚子。她知道，卡尔已经把她当成自己的女儿了，希望她也能把他当成自己的父亲。

371

在梦里，她不再梦到大红公鸡，也不再被其所困扰，但每次想到未来，她仍然不得安宁。她醒来时，尽管房间里通风良好，非常凉快，但她的汗水还是浸湿了毯子，肚子里的孩子似乎点燃了她内心的余烬，让她在寒冷中保持温暖。她的肚子一天比一天大。她睡不着的时候，就点燃一支蜡烛，端详自己照在对面小巷玻璃窗户上的影子。她想象着自己的脸变圆了，不仅是因为她现在吃到的食物更有营养，还因为她体内生机勃勃的小生命。她不再是劳改院里那个整天挨饿的女孩了，别人不会轻易认出她，但是，这种转变还不够。即使她现在继承了克里斯托弗·布利克斯的名字，但这一切还远远不够。

斯德哥尔摩实在是太小了，街上的行人总是熙熙攘攘，摩肩接踵。安娜·斯蒂娜离开斯凯普格蕾丝酒馆时，她在自己的红头发上系了一条头巾，从正面看，头巾垂在前额上。她住在洛克小店以北的地方，远离提斯特和费舍尔追捕罪人的地方，但这儿也有万桥之城的守门人，每次她看到那些人的蓝色外套和白色腰带，她的心就会怦怦直跳。

在她的梦里，同样的场景一遍又一遍地上演：她正忙着把东西放在斯凯普格蕾丝酒馆店堂后面的食品室里，当她跨过门槛往回走的时候，她看到了他的目光，她一直抱在怀里的东西掉在了地上，但她却没有听到声音。彼得·佩特森站在那里，靠着一个桶，脸上露出讽刺的微笑。他鞠了一躬，然后直呼她的真名。彼得一步步走近她，牵起她的手，她僵住了。

"小姐，我想，你还欠我一支舞。"

斯凯普格蕾丝酒馆的顾客，她自以为算是朋友的那群人，此时正对着他们指指点点，窃窃私语，而卡尔·图利普却突然哭了起来，因为他渐渐意识到安娜欺骗了自己。彼得·佩特森在安娜的手腕上系了一根绳子，好像这是一种爱的标志。然后，他把她带到街上的一辆马车前，他要带安娜回到她原本所属的地方，回到劳改院，回到斯卡，在那里有埃里克大人等着她，在那里她将被迫绕着庭院中的水井一圈又一圈地跳舞，这样才能抹去她的身份，只留下所谓人性的碎片。她将会失去肚子里的孩子。为了挽救自己的生命，安娜的身体排斥一切多余的东西，她会把那个尚未长好的小生命抛弃在水井边，那个未长好的小生命就会变成水井边碎石中的一粒红砂。安娜一想到自己不得不一次又一次地踩着水井边的那些红砂，一圈又一圈地跳舞，她就感到恐惧，精神崩溃。

* * *

安娜·斯蒂娜·克纳普回到斯凯普格蕾丝酒馆时，已经是下午了，她用花匠的钱买了一些杂货：两只刚被捕获的毛茸茸的兔子、一些冷冻鱼，还有面包。太阳已经落山，小巷里雪花纷飞，几个仍在外面活动的人在风中沿着墙匆匆前行，想找个屋顶躲在下面避雪。卡尔·图利普在炉子上热了一些加香葡萄酒，还为她准备了一个杯子。他拥抱她，用大手揉搓她的肩膀，让她暖和起来。

"今天有个人来找你。"

"他说来干什么了吗？"

"没有，他说他还会回来的。"

"他长什么样？"

"他是个大块头，长着一张奇丑无比的脸。你跟这人熟悉吗？"看着卡尔·图利普略带疑惑的目光，安娜·斯蒂娜摇了摇头。

"对了，他穿着制服。看上去像个守门人。"

"守门人"这个词就像一记耳光打在安娜·斯蒂娜脸上，她

373

必须转过身去，这样他就看不到血是怎么涌到她脸颊上的。

* * *

她并不安全，并且，她一无所有。她的新名字和她刚刚融入的新世界都受到制约，这种制约来源于他人的善意。守门人会回来的，他们知道她的这张脸属于安娜·斯蒂娜·克纳普，而不是洛维萨·乌里卡·布利克斯。生硬的现实有着顽强的精神，终究会推翻她的谎言，噩梦也一定会变成真实。起初她只想打掉的那个孩子，现在成了她内心的一座温柔之炉，如果守门人再找到她，那么还没等孩子吐出第一口气就死定了。夜幕降临时，她坐在自己的房间里，端详着照在窗户上的影子，暗暗咒骂自己苍白的面容。安娜·斯蒂娜整晚都双臂环抱，把手放在自己纤细的肩膀上，她坐在凳子上，一会身子向前倾，一会儿向后仰，凳子吱吱作响。她陷入沉思，思考怎样做才能尽快摆脱玛雅·克纳普给她的这张脸。

54

 塞西尔·温格把围巾紧紧地系在脖子上，以免雪花落在外套和脖子之间的棉衣领子上。他是从皇家铸币厂出发，离开万桥之城的。他先是穿过木材场旁边那座结了冰的木桥，接着迎风穿越圣灵之岛，绕过皇家养马场和佩尔·布拉赫庄园，又沿着斯拉特大桥行走，这里，他再一次迎风而行。在他的右边，湖水涌动翻滚正在修建的北桥尚未完工，湖中矗立着几根充当桥柱的石柱，每一根石柱外面都包裹了一层厚厚的冰。尚未完工的建筑材料就在那儿裸露着，这些材料将来是要架在石柱上，与石柱融为一体，这样才能建成一座拱形桥。

 下级法院大楼位于北方广场的一侧，一百多年前，有个酿酒商名叫卡斯滕霍夫，在此经营地窖酒吧，如今，大楼仍然以"卡斯滕霍夫"为名。温格登上门前的五级台阶，走到大楼入口，入口上方是用金碧辉煌的砂岩雕刻的皇家花押字图案。温格刚到门口就被值班警卫认出来了。他直接称呼值班警卫的名字，值班警卫则直接带他往监狱里走。他们穿过一条走廊。内院有一排封闭的牢房，每间牢房都有单一的小门和小窗，太阳光线透过狭窄的窗户照进牢房。房间里的设施很简单，一张不高的床，床下刚好能塞进夜壶，一个梳妆用的台子，一把凳子。

 约翰内斯·巴尔克坐在灯光昏暗的牢房里，目不转睛地盯着某处，思考着什么，温格的到来将他从沉思中唤醒。警卫拉上他们身后的门，然后离开了牢房，他的靴子踩在石板地上，发出咯吱咯吱的声音，声音渐行渐远，不一会儿就消失了。

温格向巴尔克点点头。

"早上好。你需要什么东西吗？食物、毯子或者烟草？"

"我什么都不需要。我从不抽烟。这里给的鱼和猪肉，也够我吃的了。我的感冒已经好了。"

看着巴尔克，温格脑海中浮现出一只蜘蛛，一动不动，耐心地待在自己的网里，不主动进攻，但面带嘲讽的微笑。巴尔克的胸前放着一个盘子，盘子里盛着麦片粥，里面还有别的东西，看上去像是煮熟了的梭子鱼。巴尔克揉了揉眼睛，温格坐在凳子上。

"你知道吗，温格，虽然我们看起来像是同一年出生的，但我比你小几岁。也许生活会在我们的脸上留下痕迹，刻画我们经历过的痛苦，也许是我的行为让我过早衰老。我们上次说到哪里了？对，第二幕中间。那时我正准备出国。"

床边的水罐里有水，上面已经结了一层冰。巴尔克用食指弹了弹水罐，把冰震碎，然后给自己倒了一杯水。他清清嗓子，喝了几口，又停了一会儿，好像想起了他讲故事断开的地方，然后就开始讲述。

* * *

随着时间的推移，小男孩渐渐长大成人，但因为单亲家庭的缘故，他注定在许多方面仍然是一个孩子。他还太年轻，伯德桑庄园一直由斯德哥尔摩的受托委员会控制，委员会集结了一群道貌岸然的绅士，他们曾协助古斯塔夫·阿道夫·巴尔克处理事务，而这个年轻人只能通过自己收到的信来熟悉工作事物，那些信的写作风格非常正式，内容更是难以理解。有一名代理人，受委员会指派，每年两次到伯德桑庄园督察庄园的管理工作，并确保这个年轻人按照他父亲的意愿继续接受教育。

在他十七岁生日那天，他收到了一份公报，里面有一则意想不到的消息：根据古斯塔夫·阿道夫·巴尔克临终遗嘱中的条款，他已经为巴尔克留出一笔资金，用于他在欧洲大陆的教育之旅。条款中概述了一条特定的路线，其中列有银行家的地址，银行人员在收到预先通知后，准备以实际货币支付旅行资金，以换取他在指示中提到的经公证的票据。巴尔克的旅程从海上开始，先从斯德哥尔摩到瑞威尔，再向南到达巴黎、佛罗伦萨，最后到罗马。这是他第二次离开伯德桑庄园，他看着那些昏暗的建筑物慢慢消失在菩提树的背后。

＊＊＊

他是从巴黎启程出发开始旅行的。他读过关于巴黎这座城市的书，小说故事中描绘了巴黎的场景，称得上是思想家和幻想家的精神家园。他一直渴望能亲眼看到这座城市，但真到了巴黎，他却发现艺术作品中的巴黎与现实中的巴黎并不一样。在这里，空气中飘浮着某种东西。在每一个咖啡馆，每一家餐厅，人们都在讨论人类的生存条件和人权。人们一致谴责奴隶制。许多人谈论的话题甚至更激进，他们将奴隶的屈服与君主统治下的人民的命运相比较。在这些美好的理念背后，他察觉到一种自己比任何人都熟悉的感受：恐惧。

凭着某种直觉，他仿佛已经感觉到这种恐惧感过后，杀戮欲会无情地包围他，离开巴黎的日子一天天临近时，他发现自己不想离开这座城市。一定有什么事情要发生，无论如何，他都想亲眼看到。刚到巴黎的最初几个月，只要他醒着，他就会每时每刻去街上散步，或驻足在广场上。他曾借助书本，在家庭教师的鞭打下学过法语，现在刚好派上用场了，他很快就能越来越清楚地听懂法语。只要发几封电报到家，他就能从法国的银行家那里获得贷款，并在拉丁区租到一间房子。

这一年可谓多事之秋，几无宁日。由于前一年的歉收，巴黎暴动四起。5月初，三级会议召开，这是近两百年来的第一次召开这种会议。国民大会宣告成立，巴黎人民攻占巴士底狱，到1789年夏天，在市议会和新成立的国民警卫队的帮助下，巴黎实现了自治。在法国的其他地方，农民摆脱了压迫的枷锁。封建领主被迫逃亡，或是放弃他们从祖先那里继承下来的古老的权力。巴尔克置身其中，被动而又热情地观察着周遭发生的一切。8月，国民大会发布了新的《人权与公民权宣言》，这一消息传遍了巴黎的各个广场和集会地点。他看到国王路易十六本人站在杜伊勒里宫的阳台上对人们讲话，国王虽已不再年轻，但仍气度不凡，正值壮年。国王热情高亢地谈论新宪法，这正是旧宪法让步于新宪法的象征。接下来的几个月里，巴黎这座城市在新秩序下似乎已经稳定下来。但他感觉到了这种新秩序是非常脆弱的，不堪一击的，他在等待时机。这一年剩下的几个月时间，他一直待在这里。第二年仍然待在这里。

约翰内斯·巴尔克知道，就像火焰需要燃料一样，仇恨需要恐惧，他感到恐惧在他周围蔓延。也许正是因为这个，他才觉得巴黎更像是自己的家，而伯德桑庄园就从未令他产生过这种感觉。在巴黎，约翰内斯并不感到特殊，他甚至还觉得自己高人一等，因为这里的每个人都感到恐惧；大多数人还像他一样，内心充满仇恨。自打他记事以来，他就怀有这样恐惧而仇恨的情感，而巴黎人民才刚刚开始了解这种情感。尽管以牺牲国王为代价，人们对人民力量的信念越来越坚定，但在革命者队伍中，焦虑情绪仍在蔓延。城墙内外，每一个角落都能看到敌人。激进派代表人物马拉写了一些尖酸刻薄的小册子，主张采取极端措施。

这个年轻人生平第一次感受到归属感，他融入了自己所理解的事物，而且身边的人都同他一样。他感觉到一个巨大的死神正在逼近，在等待时机，而大众还没有察觉。他满怀期待地等待着死神到来，急切地想知道它会以何种形式出现。

* * *

1791 年 12 月的一天，楼梯间传来的一阵骚动声惊醒了他。身穿国民警卫队制服的人踢开了他的房门，他们的制服是自行制作的，但是与新国旗的颜色一模一样。他被人告发了，告密者是谁呢？他从未察觉。周围有人支持雅各宾派吗？也许是他的银行家，或者是他的房东？作为一个外国贵族，他很容易受到怀疑。国民警卫队的人说他是间谍，把他带到距离住处很近的圣日耳曼普雷斯修道院，那里的人告诉他，他将会受到审讯。

他从来没有受过这样的审讯。他被关在军事监狱的地牢里，就在古老的本笃会修道院的地下深处。地牢里没有窗户，也没有任何灯光。一开始，他耐心等待着，尽可能做好辩护的准备。一名卫兵给他端来面包和水，有时还端来其他的食物，却从不露脸。他从门缝底下塞出去一个碗，但没有人回应他，任他自生自灭。也许革命者的等级制度已经发生了变化，所以逮捕他的命令早已被人遗忘。牢房里黑漆漆一片，他伸手不见五指。随着时间的推移，他变得不确定自己的眼睛是睁着还是闭着，不确定他的身体在哪里躺着，夜晚何时降临。他只能在黑暗中静静地坐着。

他意识到自己并不孤单。在牢房里，一些不可能存在的东西

379

都变得清晰可见。他相信死去的父亲会来看望他。他跌跌撞撞摸索着走向担架床睡觉时，母亲会一直耐心地等着他，慢慢爬到他身边，伸手去抓他的脸。为了避免被抓伤，他也尽力伸手去抓住母亲。时间就这样一点一滴地流逝，他没有办法估量时间。

* * *

一阵可怕的声音将他从睡梦中唤醒，他很快意识到这是人在愤怒时才会发出的声音。牢房的门砰的一声打开了，一束强光照进来，他不得不用手捂住眼睛。来人七手八脚地抓住他，将他抬了起来。他被抬到教堂前面的空地上，那里聚集了好几百人，有激进派革命家、革命暴徒，还有国民警卫队，关押在圣日耳曼监狱的囚犯都被拖到监狱外面的露天地上。

他看到一大群人拥挤在一起，场面混乱。到处都是人，有人将头探出人群，但只听砰的一声，那些脑袋便又缩回人群中。起初他被眼前的景象弄糊涂了，后来才意识到他们正在踩踏囚犯的头，企图把每一个囚犯都踩死。

越来越多的人涌入院子里，恐慌爆发了。把年轻人抬出来的那几个人不得不放开他，以避开其他人。他在众多踩人者疯狂的踩踏中匍匐前行，一直爬到栅栏边。他看到两块木板之间有一道窄缝，他意识到自己的身体已经非常消瘦了，可以通过那道窄缝逃脱。

就这样，他重获自由。在另一边，再也没有什么东西能把他和其他聚集在教堂周围的贫民区分开来了。他在塞纳河边把自己洗得干干净净，连他自己也认不出他在水中的倒影。过了一段时间，他听说有谣言散布开来，说被囚禁的外国人人数已经增长得太多了，甚至威胁公社本身，而愤怒的暴徒们更是胆大包天，决定自已动手解决问题。许多监狱都在上演此类场景，圣日耳曼普雷斯监狱只是其中之一。

在他入狱期间，他期待已久的死神来到了巴黎。在这座城市的街道上行走，他看到尸横遍野。当时是1792年9月，街道上，到处都飘落着秋叶。几天前，杜伊勒里宫遭遇猛攻，国王被迫逃离，但现在他和他的家人都被俘虏了。大街上，人们在唱"恰伊拉"（Caa Ira），这是一首他在革命第一年就很熟悉的曲子，但现在歌词不同了。过去，人们常为受压迫者歌唱正义，现在这首歌唱的却是把贵族吊挂在灯杆上。所有人都必须在帽子上佩戴革命的三色帽徽，因为这些颜色被认为是自由、博爱和平等的象征。离开巴黎的路上，他来到了他曾经熟悉的八边形广场，也就是路易十五广场，广场中央现在矗立着一个奇怪的东西，旁边就是以前"国王的父亲骑在马背上"雕像的底座。这是他第一次看到断头台。没有哪一个刽子手能完成革命所要求的全部砍头任务，所以有人发明了这样一种机器。他拍手大笑，干裂的嘴唇上满是裂痕。

他向北行进，赤脚前行。没有人打扰他。他的外表使人惊恐，身上也没有任何有价值的东西。在佛兰德斯，他找到了一些瑞典人，他说服这些人相信他的家庭背景，这样他就可以向他们借一些钱，并承诺以三倍的金额偿还他们。之后，他回到罗斯托克，在那里他可以为自己买一张到卡尔斯克鲁纳的船票。年底，他回到了离别多年的故土，但他看起来好像比实际年龄老得多。

* * *

巴尔克终于重见天日，但他的眼睛似乎看不见了，仿佛他的目光也沉浸在内心的回忆里，想要从过去的岁月中拖回一段丢失的影像。

"就在那时，我遇到了丹尼尔·德瓦尔。我想搭车去斯德哥尔摩，我想回到伯德桑庄园，那里才是我唯一的家。我在路边的小旅馆寻找马车夫时，他也刚好在那儿。他买到了跟我同一辆雪橇的座位，于是我们在旅途中开始交谈。你也知道，马儿在用力拉着雪橇向前奔跑时，人坐在雪橇上是多么难熬，多么不舒服。你们从拉德尔湖找到了一具遗骸，但没能给他伸张正义，对此我感到非常遗憾。温格先生，你这辈子从没见过这样的人。他浑身上下散发着光芒，仿佛从他的灵魂深处发出光来，把他变成一盏灯，照亮他人的世界。他有一双明亮的蓝眼睛，睁得大大的，微微倾斜着镶嵌在他那完美对称的脸上。他的眼里闪烁着光芒，既淘气又天真，既勇敢又羞怯，就像一个无忧无虑的孩子，父母也不会约束他。我们见面时，他留着一头金色的长发，头发上系着一条丝带，自然垂落在脖子旁边，但丝带没有系得那么紧，长发松散地披在肩膀上。他一笑，就会露出两排乳白色的牙齿，上排的牙齿非常整齐，下面一排有颗牙齿有点外突，好像造物主生怕他长得过于完美而故意让这颗牙齿有点外突。他身材苗条，身形匀称，穿着量身定做的漂亮衣服。他有一双能工巧匠般的手，手指纤细修长。就连他身上的气味也很吸引人，别人都是用香水来掩盖自己的体味，他的气味却能让人不禁联想到一片鲜花盛开的草地。

"时间过得真快，当时我倒希望能和他相处的时间更长一些。丹尼尔着实令人着迷，他思维敏捷，能说会道，又很好相处。他坐得离我很近，当我给他讲一些有趣的事情时，他突然大笑起来，情不自禁地把手放在我的膝盖上。"

他停顿了一下，又给自己倒了一杯水。

"温格先生，你要明白，我从来没有交过朋友。我的孤独远远不止于此。在我的记忆里，从来没有一个人纯粹出于好奇而注意过我，或者问过我问题。这就是为什么我没有为丹尼尔·德瓦尔的出现做好准备。我当时……很脆弱。"

他喝着杯中的冷水，一会儿，他把杯中的水喝完了。

"我们到达目的地以后，德瓦尔主动提出在接下来的几天里担任我在斯德哥尔摩的导游。这趟旅行把我累坏了，我需要休息。他对这个城市很熟悉，而我只是对这个城市有过匆匆一瞥，要不是他，我很快就会迷失在熙熙攘攘的人流旋涡中。我没有理由不接受他的提议。"

说着，他点了点头。

"温格先生，我来给你讲讲那个特别的夜晚。那天晚上有一个假面舞会，尽管国王就是在假面舞会上被谋杀的，而且谋杀事件还不到一年，但谋杀事件造成的不和谐因素似乎影响不了假面舞会上的这群人，他们反而对此感到高兴；他们不是那种会为国王古斯塔夫哀悼的人。他们都戴着面具，但他们的衣服显示出他们高贵的出身和财富。我和丹尼尔都不属于这个圈子，但丹尼尔想办法给我们两个每人弄了一个面具，再加上人们喝了那么多酒，之后就没有人注意到我们是陌生人。夜幕降临时，男人们又去了别的地方。我们被拉着往前走，就这样来到了一所与其他房子分隔开的房子，这所房子是靠水边的，只有运粮食的船只才会从房子外面经过。一个皮肤黝黑的仆人招呼我们，很快我们就发现自己身处华丽的房间里。

"温格先生，接下来发生的事情令人毛骨悚然。我一直在喝酒，当我第一次看到那些我之前没有注意的面具时，我惊讶地发现这些面具竟然是完全逼真的。在那里，有些人的脸过度变形，面部肿胀，有些人的头被扭曲成了奇怪的形状，还有一些人穿着奇装异服，穿这些衣服的人要么是瘸子，要么是身材过度畸形，丑陋奇异。但我很快意识到，这些可怜的家伙根本没有戴面具。这是他们的真实面目，他们属于这座房子，专供男士们娱乐消遣。过了一会儿，女人们也来了，她们赤身裸体，只披着一层薄纱，男人们见状，立马松开腰带，脱下衣服。没过多久，屋子里就乱成一团。残疾的瘸子为他们提供任何他们需要的服务。这一幕让我觉得恶心，我摘下面具，德瓦尔看出了我脸上的表情。他对我说'我以为……你父亲……'不过直到很久以后我才明白他的意思。我们走了。我没有任何理由再继续待下去，我必须离开。我请丹尼尔陪我一起去伯德桑庄园，因为我没有仆人，而且他的要求也不高。"

"后来怎么样了，约翰内斯？你发现他的信件了吗？"

"温格先生，我知道他写信了，但我并不觉得奇怪。我花了一段时间才弄清楚他在给谁写信，为什么要写信。他写给利金斯帕尔的信是用代码写的，这一点你肯定知道，但他先是用纯文字写，然后再将纯文字转化为代码。他打开卧室里的壁炉时，一定没有检查炉膛里是否还有余火。那天晚上挺冷的，我后来也去打开壁炉，我是想加些木柴，以便让炉火的热量持续到第二天早上。我看到炉膛中有一张皱巴巴的纸，那是他写的原件。我实在忍不住就看了起来。"

"那你得出了什么结论？"

"温格先生，丹尼尔·德瓦尔是个攀龙附凤的人。他只是想得到警察局局长利金斯帕尔的青睐，从而获得更多的利益。我猜想有人跟他说过我即将到达卡尔斯克鲁纳的消息，也许是我在佛兰德斯遇到的某个瑞典人告诉他的。作为线人，他的任务是监察港口，仔细观察任何来自法国的可疑人员，以防这些人在北方推行革命。他以为我是参加过叛乱的雅各宾派，现在正要回家去传达同样的信息。这就是他为什么要和我一起去伯德桑庄园。他希望我能向他吐露我推翻君主制的计划，希望自己能因揭露这一阴谋，而赢得荣誉。"

"你看完信之后做了什么？"

"我想起了我的母亲。她是如何把大蚊当成我父亲，然后从它们身上扯下四肢的？如果德瓦尔不算是一只误闯进我家的大蚊，那他又算是什么？难道他不应该有同样的命运吗？我花了很长时间思考，怎样才能完成这样一件事。我母亲把她的猎物放在窗台上，任它们自生自灭。我需要一个足够大的窗台，可以放丹尼尔·德瓦尔。然后我想起了凯瑟尔庄园，当时，我们发现自己置身于赤身裸体的半人半兽和奇形怪状的人物中间，直到现在我才意识到，那次我们造访凯瑟尔庄园是有预谋的。我记得德瓦尔说漏嘴的话，现在我终于明白了那些话的意思。他把我领到那里，是因为他认识我的父亲，他一定是我父亲家里的常客。德瓦尔猜想我也有和我父亲同样的癖好。在他的脑海中，他一定想象过尊敬的古斯塔夫·阿道夫·巴尔克先生带着他的长子来到斯德哥尔摩，向他介绍那些上流社会的绅士对于肉体的嗜好。我无法用言语形容这种想法有多恶心。因此，我觉得让他在凯瑟尔庄园度过余生，与像我父亲这样的人混在一起是很合适的。在他们的圈子里，丹尼尔·德瓦尔会受到欢迎，就像我乐于塑造他一样。"

他眯起眼睛，看着天花板上越来越暗的光线。

"温格先生，其他的我不必多说了。你现在不知道的只是一些细枝末节。为了按计划行事，我不得不自己去斯德哥尔摩，而且还要确保丹尼尔在我回来之前不会离开伯德桑庄园。我的第一站是那个受托委员会，那儿的人以为我早就死了。我要求一次性付清全款，但我保证再也不踏进他们的门槛。经过打听，我找到了犹太人杜利茨，我现在有钱请他帮忙了。通过他，我找到了外科医生的学徒克里斯托弗·布利克斯，为他偿还了债务，也救了他的命。我从法国回来时，只有马格努斯留在伯德桑庄园。它是一只凶猛的猎犬，因为我总是喂它，它能记住我身上的气味。它就老老实实拴在小棚子里，我没有让它失望。"

温格没有立即开口说话，气氛沉默了片刻。

"你知道吗，布利克斯写下了他所做的一切，他的描述帮助我们追踪到了你。克里斯托弗完成他的任务后，又发生了什么事？"

"布利克斯害怕自己露出什么马脚，准备用尽一切办法保全自己。在他完成我对他的所有要求之后，我让他跑进了树林。"

"约翰内斯，既然你现在准备坦白一切，为什么还要等到我们找到你？你为什么不直接来找我？"

"温格先生，我缺乏犯罪证据，我的供词无法被推翻，这一点对我来说非常重要。我在《特别邮报》上看到，你接手了拉德尔湖尸体的案子，我知道你一定会找到我，把我跟我的所作所为联系起来，这让我感到很安心。"

温格在提出他一直想问的问题之前，突然有一种不安的感觉，这使他犹豫不决。

"约翰内斯，你现在为什么要这样做？你的目的是什么？"

约翰内斯·巴尔克直视着温格的眼睛。他的瞳孔在昏暗的灯光下显得又大又黑，仿佛两口深邃无底的水井，里面只有一片空虚，却又好像波涛暗涌。

"温格先生，我现在已经看透了这个世界。人类不过是说谎的歹徒，是一群嗜血的贪婪之徒，只想在权力之争中把彼此撕成碎片。温格先生，你还记得吗，年初的时候，一个贵族军官如何举起手来对付一个商人，而城市守卫不得不把那些骚动的暴徒赶出城堡的大门？那时革命正进行得如火如荼，现在仍然如此。我，王国最显赫家族之一的最后一个后裔，王国议会议员的长子，将在下级法庭上站出来，详细地供认我对平民百姓丹尼尔·德瓦尔所做的一切。你本人会毫不犹豫地证明我有罪，人民将奋起复仇。在你将我置于断头台的利刃下之前，我将扭转革命局势。就在我们说话的同时，巴黎的街道上血流成河。断头台的刀刃每天要磨好几次，以应付它的工作量。我希望斯德哥尔摩也能如此，鲜血染红排水沟。让万桥之城尸横遍野，让墓地泛滥成灾，只留下乌鸦吧。"

说着，他暗自发笑。

"还有你，温格先生。在人人都贪得无厌的世界里，你是个例外。你是一个善良的人，只是生不逢时。在别人都只想着谋求自身利益的时候，你却坚持正义，捍卫公道。我在《特别邮报》上看到了你的名字，当我知道你是谁的时候，我就明白了一切。上帝把你带到了我旅程的终点。你总是允许被告说出自己的立场，这是出了名的。等着瞧吧，我也会说出自己的立场。以后必定要发生的事，你我二人都不能避免。"

55

星期二早上，塞西尔·温格睡了很长时间才醒来。他醒来时感觉房间里很冷，感到身上的毯子很重。他仍然昏昏欲睡，一开始他还想知道是谁给他盖了一条陌生的毯子，因为这条毯子是深栗色的，而他自己的毯子是白色的。他完全清醒过来时，他才意识到自己错了，身上盖的依旧是他自己的毯子，只是毯子被血染红了。有些血染的地方已经干了，变成了黑色，摸上去硬邦邦的。昨天夜里，他就开始咳嗽，一直咳个不停。他的下巴和喉咙处有一块红色的伤口，已经结痂了，他的脸色煞白，没有一丝血色。他到底病得有多严重？

当他把手举到面前时，他的手指白得像骨头一样。他的手指没有知觉，腿也没有知觉。他摇摇晃晃地从床上爬起来，拿出水罐。水罐里的水已结了一层薄冰，他摇晃水罐，把里面的冰震碎，然后把冰倒进了碗里。他直接端起水罐大口喝里面剩下的水，口渴的时候，他会因为缺水而感到恐惧。把所有东西都清理干净需要一些时间。他感到皮肤刺痛。一切准备就绪之后，他尽可能快地穿好衣服，走进厨房，他叫一个女仆的儿子给他找辆马车，把他送回万桥之城，他要去找迈克尔·卡德尔。

* * *

刚煮好的咖啡冒着热气，直冲到了斯茂尔交易所天花板的横梁上。现在是清晨。早起的鸟儿充满了好奇心，混杂在那些宿醉未醒、懊悔不已的人们中间，这些人在穿过迷宫般的小巷去上班之前，都会喝一杯提神的咖啡。尽管塞西尔·温格到这儿的时候，要比约定见面的时间晚了一会儿，但他发现自己竟是第一个到的。他毫无怨言地等待着，陷入了沉思。卡德尔那威风的身影挡在了门口，挡住光线，屋里昏暗下来，塞西尔·温格才回过神。卡德尔一边跺着脚，抖掉鞋上的雪，一边晃动着身体，看上去就像一只落汤鸡。

"不好意思，我刚才碰到了我们的好朋友布洛姆，他正在布莱克福瑞尔小巷里走来走去，从一幢楼走到另一幢楼。他步履蹒跚，语无伦次，我实在不忍心丢下他不管。我把他拖到了他在因德贝托大厦的办公室，在那里他可以安心睡一觉，而不会被冻死。"

"他在庆祝什么吗？"

"我认为情况恰恰相反。从他含糊不清的言辞中很难分辨出来，但我想他昨天收到了一封信，信上说乌尔霍姆正带着他的全部随从从西部赶来，准备担任新的警察局局长，而且还要搬进诺林以前办公的房间。估计乌尔霍姆明天就到了。布洛姆也许有怪癖，但在内心深处，他是个正派的人。他不想为一个骗子工作，所以才会喝醉。你呢？你发现了什么？"

"约翰内斯·巴尔克给我讲了一个故事，故事是关于一只怪物的诞生。让·迈克尔，我以前也见过怪物，不过，我们还没有完成任务。他的故事中有些细节说不通。再次见到他之前，我必须搞清楚这些可疑之处。"

看着站在自己面前的温格，迈克尔·卡德尔把手握成僵硬的拳头。温格遭受病痛的折磨，精神和身体已经遭受巨大打击。他比任何人都清楚，温格说的是实话。

"让·迈克尔，我有件事要请你帮忙。"

"你尽管说就行了。"

"乌尔霍姆来之前，我需要更多的时间。至少需要一天。"

卡德尔挠了挠额头，看上去很困惑。

"你害怕乌尔霍姆当上警察局局长后，会发生什么？"

"我猜他会选择最省事的办法，收回诺林给我的所有权力，宣布我的调查结束，一旦他知道巴尔克被关起来了，他一定会释放巴尔克。我们绝对不能让他这样做。他太危险了。"

"但就算是警察局局长，他的权力也不会大到无法无天吧？你为什么不立刻把巴尔克带到法庭上？乌尔霍姆不会轻易阻止这场审判的，他看起来可不像是暴君。"

温格回头看着卡德尔，眼神里充满敬意。

"在我把巴尔克的名字列入逮捕名册和下级法庭的记录簿之前，我要彻底了解他的动机。只有了解了他的动机，我才能决定怎样审判才能达到最佳效果。因此，让·迈克尔，我还需要一天时间。如果你能帮我这个忙，那么我们就还有希望。"

"希望？什么希望？"

"我不会对你隐瞒任何事情，但我现在一刻也耽搁不起了。我得请求你耐心等待。"

"那你觉得像我这样一个任性不羁的守门人，应该如何阻止即将上任的斯德哥尔摩警察局局长？"

"让·迈克尔，我不知道该怎么回答你，我也没办法帮你完成这项任务。我必须全身心投入到当前的工作上，我已经一无所有了。"

卡德尔挠了挠头，做了个鬼脸，然后就一言不发地坐着。他用手轻轻地拍着桌子，拍的是军队进行曲的节奏，但声音很小几乎听不到。过了整整一分钟，他才抬起头，再次与温格对视。

"如果这就是你需要的，我会帮你的。一天时间。"

他坐在长凳上，转过身，在空中挥舞着他笨拙的手臂。

"姑娘！把这些咖啡杯拿走，给我拿点白兰地来。迈克尔·卡德尔需要喝点酒才能思考，越快越好！"

温格离开了，他在风中蜷缩着身子，穿过小巷，朝着斯考奇德大楼走去。他用手帕捂住嘴，努力保持呼吸顺畅。慢慢地，他的四肢可以自由活动了，他捧起一把雪搓了搓脸，然后穿过广场。

56

在普利斯特大街的拐角处有一个乞丐，安娜·斯蒂娜在上山去老广场和旧城集市的路上见过他好几次。通常，他都坐在一张凳子上，凳子是他用两块木头绑在一起做成的，他故意露出残缺不全的膝盖，以此来博得人们的同情，借以维持生计。他的两只手也是畸形的，所以路过的行人要么停下来盯着他看，要么挪步到水沟边，都不敢离他太近。

他身上的伤痕不是火灾造成的，而是好像有什么东西把他的肉体变成了蜡状物，又把蜡状物刻成了奇怪的新形状，让他的身体以这种方式固定下来。他手指上的肌肉看起来好像已经老化脱落了，他的手上既没有指甲，也没有肉，只剩下皮包骨头。在他的手掌和手背上，有一些奇怪的疤痕，凹凸不平。他的皮肤也没有一丝血色，几乎和新生儿的一样苍白，近乎透明。

安娜·斯蒂娜今天专门来找这个乞丐，想向他打听些事。但是，那乞丐今天却没有坐在那里。安娜·斯蒂娜不得不等着他。寒风刺骨，难以忍受，她跺跺脚，试图驱赶体内的寒意。最后，他终于出现了，胳膊下面夹着一个小牌子，双手裹着布。她静静地等着，好让他有一些时间，搭好帐篷，坐下来。他轻轻地展开手上的布，于是他那双布满伤痕的手便暴露在飘落的雪花中，行人都看得一清二楚。这双手与她记忆中的一模一样，她感到呼吸加快。她慢慢走近他，拿出自己早餐省下的面包。他对这种慷慨大度感到困惑，眨着眼睛，有些不知所措。当他看到是谁给他面包的时候，他更是惊讶不已。

"愿上帝保佑你，我的孩子，但我做了什么，配得上你给我这样的礼物呢？"

"我想知道你的手怎么了。"

他微笑着，几乎完全放松下来。

"这个故事我已经讲过很多次了，现在好像又要再讲一遍。你去过克拉拉湖吗，姑娘？"

她点了点头。

"那你可能闻到过某种气味，既不是水中腐烂物的味道，也不是陆地上排泄物的味道。克拉拉湖那边有一家工厂，我曾在那里当学徒。工厂是生产肥皂的，既有穷人在圣诞节洗礼时用来擦洗的肥皂，也有贵族妇女早上梳洗时用的肥皂。制作工艺其实一样，不同之处在于肥皂气味的独特性。但在调入香粉之前，所有肥皂都有一股臭味，那是动物尸体散发出来的。动物尸体可以融化成脂肪，与其他成分混合后凝固，不到十秒钟，就会让肥皂成形，可以使用了。我曾经是一个勤奋上进的学徒，但是没有经验，当我准备把钾碱和石灰混合时，我太激动了，一不小心就倒得太多了。我把白色粉末撒在了双手上，同时又把手浸入水中清洗，就在这时我听到我的雇主大声发出警告，但一切都太晚了。我感觉好像把手放在了滚烫的油里。你知道吧，那种钾碱和石灰混合物遇水会燃烧，可以烧毁一切。于是，我就变成了你今天看到的样子。他们很同情我，从那以后就让我拿着扫帚干活，但我不像以前那么能干了，挣的钱也不够维持生计。"

安娜·斯蒂娜若有所思，慢慢理解了他说的话。

"你当时感觉如何？"

393

他笑了。

"小姑娘，这感觉就像是我即将去往地狱，而我已经在路上了。"

他看到她还不满意，便用更严肃的语气继续说道：

"我从来没有经历过比这更糟的事情。当时，我的雇主拿起一小块粗布，拂去我手上那团已经冒泡的灰烬，我感觉自己的皮肤好像被剥掉了。他叫人去买柠檬，因为他说柠檬汁可以减轻我的痛苦，也许他说得对，但我的手还是疼了好几天，我感觉就像我自己在用力挤压烧红的煤球一样。"

他讲着自己记忆中的往事。他再抬起头时，心情就像蒙了一片乌云。

"嗯，还有别的事吗？现在我都记起来了，一块面包可不够打发我。"

"你能再做一次那种灰吗？和烧伤你的那种灰一样的？我会付钱的。"

他们花了不到半个小时，就离开了万桥之城。也许是这里的地形给人造成一种错觉，在安娜·斯蒂娜看来，克拉拉湖岸边的房子似乎正在伸出水面，就好像房屋下面的沼泽地不再承载它们的重量。他们必须等到太阳落山，工厂停工了才能行动。工人们一个接一个地离开车间，或者三五成群地离开，在冰上滑来滑去。她可以听到那个双手畸形的男人低声数着数，以确保每个人都回家了。他焦虑地环顾四周，然后示意她跟着自己走。

他们绕着房子，走向陆地，又沿着海滩滑到克拉拉湖的冰面上。在湖边有一个房子，房子由几根木桩子支撑着，木桩子很高，木桩子下面，离地面有很大空间，人弯腰都能爬进去。乞丐一脚踏上木桩子上的木板，另一只脚却一次又一次地打滑，他轻声咒骂着，终于上到木板上。他走到房子的门旁边，找到一个洞，洞很小，他把一只手伸进去，他的前臂也伸了进去，他拉开里面的门闩。门开了，门下面是一堆垃圾，垃圾都结冰了。安娜·斯蒂娜猜想，每天早晨工人清扫地板时，都会打开这扇门，把垃圾倒入湖里。乞丐向安娜做了个手势，让她别出声。乞丐轻轻地推开门，抬起头，用另一只手捂住嘴，这样他呼出的气体就不会暴露他们。他站着等了很长一段时间后，才弯腰进入房间。安娜·斯蒂娜等他给自己示意之后，也跟了上去。

57

卡德尔晃了晃他那只健全的胳膊，好让血液流入他冻僵的指尖，然后他上下跳跃，用这种方式取暖。他已经在矮房子外面的院子里等了半个多小时了。女仆拒绝让一个陌生男人进门，更不用说像卡德尔这样的人了，她强迫他在外面等着，等屋里的女主人发话了才让他进去。他向女仆说，能否给他一些保暖的东西，好让他御寒，女仆响亮地哼了一声，然后砰地关上了门。他只能耐心地等待了。他实在等得不耐烦了，于是就一只脚踩在剁柴用的砧板上，然后站在上面保持平衡。踩在剁柴用的砧板上，他就能看到卡塔琳娜教区那些瓦片覆盖的屋顶，每次他抬头看向教区钟楼的时钟时，他都确信时钟的发条已经冻住了，指针不再走动。终于，门又开了，门缝里露出那个女仆阴沉的圆脸。

"如果你愿意，现在可以到大厅里来喝杯热啤酒。我家女主人很快就会来见你。"

卡德尔只要一想到温暖的东西，就会打消所有复仇的念头。他拂去肩上的雪，又小心翼翼地跺了跺脚，才走进房门。房间里有一股新鲜出炉的面包的味道。他把外套和围巾挂好后，立马感觉到火炉的热量开始融化他僵硬的衬衫，他感激地呼了口气。

女主人在厨房旁边的一间光线昏暗的房间里等候着。虽然她的丈夫已经去世很多年了，但是寡妇弗莱曼仍然穿着黑色的衣服，从帽子到裙摆，上下一身都是黑色。她一定快六十岁了。在卡德尔的印象中，这对夫妇没有孩子，这种家庭的不完整使得她对已故丈夫的哀悼成了她生活中固定的一部分。尽管房间不大，但寡妇坐在靠近火炉的地方，给人留下沉着敬畏的印象。她的背挺得笔直，面色冷峻，卡德尔在她脸上看不出一丝自怜的迹象，只有一种仪态万方的庄严，这种表情仿佛在告诉这个无情的世界，她已经准备好了，并且能够以牙还牙地面对这个世界。卡德尔发现，自己在炮兵部队时，面对指挥官都不曾低过一次头，在这里，他却不自觉地低下了头。他清了清嗓子。

"早上好。"

他感到弗莱曼夫人正从头到脚打量着他，她的目光甚至一刻也没有移开，好像她从卡德尔身上看穿了她需要知道的一切。过了一会儿，她才开口回答。

"他们告诉我你叫卡德尔，你是个守门人。我的生活很少出现惊喜，而你要和我讨论的事情超出了我的想象力，这就是你会在这里而没被赶出去的唯一原因。那么，你想知道什么？"

卡德尔感觉自己的耳朵先是冰冷，突然又热得通红，他感到有些不安，有些慌乱。他意识到自己刚才看错了这位老妇人坚定的目光。她是个盲人。随着他自己的眼睛逐渐适应屋里的黑暗，他看到她的眼睛的瞳仁上覆着一层乳白色的膜。他不由自主地颤抖，努力想着说什么才合适。

"我很抱歉鲁莽来打扰您，首先，我想对您丈夫的匆匆离去表示最诚挚的哀悼……"

她举起手示意，让他别再说下去。

"嘘，守门人。喜鹊只会喳喳叫，并不会像夜莺那样歌唱。卡塔琳娜教区的牧师阿恩·弗莱曼已经去世很多年了，愿他安息，尽管他的尸体仍然浸泡在白兰地里，但任何胆敢在棺材脚下挖洞的虫子，一定会当场死去。比起我们神圣的牧师，我更能感受到自己的悲伤。来吧，守门人，你最好别再拐弯抹角了，直奔主题吧。"

卡德尔点了点头，才想起她是看不见的。他试图从内心深处寻找勇气，却惊奇地发现勇气就在他心里。

"考虑到弗莱曼牧师的显赫地位，我觉得，您在这里生活也时刻小心谨慎。"

他看到，老妇人听了这话有些畏惧。他感到一种满足。他直奔主题。

"说说看，你也许认识乌尔霍姆这个人？马格努斯是他的名字。"

他感到房间里明显有什么东西发生了变化，就像从一块刚裂开的玻璃上吹进来一阵冷风。她回答的时候，所有冷嘲热讽的暗示都消失了。

"对，我记得马格努斯·乌尔霍姆。"

"有人跟我说，乌尔霍姆几年前带着教会的遗孀资金逃到了挪威。弗莱曼夫人，也许这其中包括您丈夫去世后留给你的钱。"

卡德尔想知道，一个本身就不慌不忙的人，能不能做到危急时仍神色自若？他注意到，如果有人能够做到这一点，那一定是弗莱曼夫人。

"没必要提醒我，乌尔霍姆是谁，或者他做了什么。我知道得太清楚了。"

"弗莱曼夫人，肯定还有其他人和你处境相同，他们也记得乌尔霍姆的名字。他们的子孙后代可能会因为乌尔霍姆的所作所为，而失去无忧无虑的童年。我想你一定认识他们，你认识所有这样的人。"

"我想，你说得对。"

"弗莱曼夫人，告诉我，这么多年来，您在世人面前都拥有虔诚的牧师妻子的良好形象，您还记得'以眼还眼，以牙还牙'这句话吗？"

弗莱曼夫人把嘴唇往后咧，露出一排尖牙。过了一会儿，卡德尔才意识到她在笑。

58

北方广场一片荒芜，被大雪覆盖，像铺了一层雪白地毯。广场中心矗立着一座古斯塔夫·阿道夫的雕像，尚未完工，冰封雪裹，等待着已经推迟两年的揭幕仪式。据说这将是国内第一座马术雕像。温格在雕像前面驻足，研究着它尚未成形的形态。雕像幽灵般的轮廓赫然耸现在广场上方，仿佛属于死神，在斯德哥尔摩即使约翰内斯·巴尔克也得屈服于死神。在温格的右手边是索菲亚·阿尔贝丁娜公主的宫殿，左手边是奥普拉歌剧院，两座建筑互为镜像，微弱的晨光照亮这一座，则将另一座留在阴影里。他逗留了好大一会儿，目光扫过这两座建筑，然后转身穿过监狱大门。温格找到了他想找的房门，并打开了它，在跨过门槛前，他不得不靠在门柱上站稳自己。这间牢房不是约翰内斯·巴尔克的。

这间牢房与其他牢房并排相连，与巴尔克的牢房并无二致。该牢房的门被打开时，牢房里的犯人把门关上了。温格走进了这间牢房。

"亲爱的上帝，你怎么了？你看起来像个幽灵，行走的骷髅。你吓到我了。是死神亲自来找我了吗？"

"你不要怕我，我不会害你的。我叫塞西尔·温格，警察局的。我这次是自己来找你的，实话跟你说吧，我并没有向警察局申请批准。"

"我以前见过你。你脸色苍白，从我门外经过。每次我都以为那是一个骷髅飘过。"

"我可以坐下吗？我的腿不像以前那么稳健了。"

那人爬上了房间另一角的小床，耸了耸肩。温格在凳子上坐下，这凳子和巴尔克床边的凳子简直一模一样。温格仔细地观察着这个死刑犯。这个人很普通，长着一张普通的脸，只是一天的胡子没刮，现在这个人的脸被胡子遮住了。这个人穿着一件单薄的亚麻衬衫，他待在牢房已有很长时间了，这件衣服已经变得脏兮兮，他还穿着一条皮裤，膝盖处并未扎绑。他把毯子和一件棕色夹克裹在身上。他一阵咳嗽，喘不过气来，温格则坐在板凳上等他开口说话。

"你是洛伦兹·约翰逊，是吗？"

"我对此毫不掩饰。"

"你的职业？"

"我过去是制桶匠。"

"明天马车会来把你送到哈马比的绞刑架上。"

那人叹了口气，不寒而栗。

"是的，就是这样。刽子手霍斯大师会砍掉我的头。我希望，他今晚足够清醒，磨利刀锋，黎明到来时，能做到一刀致命。"

"牧师来这儿了吗？"

"来了，牧师早就来了。牧师，这个魔鬼，穿着华装。再愚笨的人都能看得出来，在周五晚上他有更有趣的事情要做。他迫不及待地快速将我这个罪人的灵魂托付给来世，然后溜出了门。当他从我的窗下经过，朝若依奥花园去的时候，我听到他在哼唱。"

"你能告诉我你是怎么被关到这里的吗？"

"我应该如何说呢？这可不是常识性的事情。"

"如果你愿意的话，我想听你自己亲口说。"

约翰逊又一次耸耸肩。

"当然可以。我的故事很短，也很悲伤，时间过得真是太慢了。我杀了我的妻子，温格先生。这就是我为什么会在这儿。一年又一年，我们的婚姻愈来愈不幸福了。那晚我喝了几杯酒，然后我们又为同样的事情再次争吵，我们始终都被这件事情所困扰。然后我就失控了。"

"你有孩子吗？"

"孩子们一岁大以后，我就再也没见过他们了。"

温格点点头，沉思着。

"我认为，杀人犯犯下滔天大罪，必定事出有因。洛伦兹·约翰逊。你认为呢？"

"我不知道你在说什么。"

"我认为，在特定情况下犯罪的人，不一定在另一种情况下也犯罪。如果你的妻子是一个你从未见过的陌生人，你还会杀了她吗？"

"我为什么要这么做？如果她更理智些，嫁给一个更好的男人，她现在仍然会活着，我也会像鸟儿一样自由。"

"你后悔做了这件事情吗？"

约翰逊想了想。

"温格先生，她是个可恨的女人，总是跟我吵架，跟我闹仗。这些年来我对她爱恨交加。事实上，我后悔做了这件事，但后悔也没用。我会为我的所作所为付出代价，囚禁于狱中，被狱警霍斯的铁鞭狠狠抽打，这都是我罪有应得。如果我死了就能让她死而复活，我会很高兴地死去，但事情不是这样的。"

温格盯着洛伦兹·约翰逊看了很久。

"你擅长做桶，对吗，洛伦兹·约翰逊？"

"我是最好的箍桶匠。只要仅仅一年，或许不到一年，我就有资格成为这里的市民了。"

"如果你能在独身和死亡之间做出选择，你会选择哪一个？"

59

肥皂制造厂静悄悄的，一片寂静，黑暗中弥漫着一股臭味，这股臭味不像是腐烂物发出的，而是更加刺鼻，更让人厌烦。这个地方过去人头攒动，忙忙碌碌，但是前不久突然被废弃了。安娜·斯蒂娜在这里感受到了不安的气氛。她的眼睛逐渐地适应了黑暗，看到那个乞丐慢悠悠地从酒桶和水桶旁走过。木墙构造简单，好久都没有修补了，安娜·斯蒂娜身后的木墙缝隙中透射进来最后一抹落日余晖。她能听见那个乞丐在傍晚的阴影里走动，她时不时地看到他。她跟着他穿过几间房屋，来到一个储藏室，储藏室里堆满了酒瓶，他停了下来。他挑了一个，又挑了一个，把两个酒瓶放到沾满污渍的桌子上，又在桌上找到一个漏斗和一个小瓶子。他伸手取下那双挂在钩子上的粗糙皮手套，戴到手上，从两个瓶中倒出粉末。他封上瓶子，然后转过身来。

"你见过我的手，也听过我的故事。不用我提醒，你知道这粉末有多危险。处理这粉末要小心，要像让魔鬼撒旦甘愿入瓶那样，封住隐患。"

他把瓶子拿给她，但当她伸手去拿的时候，他又把瓶子收了回来。

"我的报酬呢？"

安娜·斯蒂娜伸手到裙子的衬里深处，拿出一个布包，这个布里包着她所有的钱，这些钱都是她在斯凯普格蕾丝酒馆打工，从顾客那里赚来的小费。她慢慢地展开左手掌上的小布包，这样他就能看到所有的钱。看到钱不多后，他叹了口气，并摇了摇头。

"这些太少了。你知道需要多少根原木才能烧出一磅这样的粉末吗？需要多少原木采伐工人，运输工人把原木运送到这儿？我们这里多少人把这些原木砍成碎块、填入火炉，才能烧成这些粉末？这笔小钱根本不能补偿这些工作。"

"我还有这个。"

安娜·斯蒂娜拿出一个瓶子，里面装满了顾客喝剩下的烈性白兰地。乞丐笑了。

"我不会拒绝好酒，但考虑到我能用你想要之物换得更多金钱，这样我可以买很多瓶这样的酒。"

他停下来陷入沉思。她看不清他的脸，猜不透他脑子里在想些什么。

"我想问一下，你要这东西干什么？"

她犹豫了一会儿。她早已厌倦了撒谎和伪装，她没有意识到告诉他真相的后果。

"我要改头换面，这样就不会有人认出我了。"

她能感觉到，老头被他吓了一跳。好大一会儿，他才开口说话。

"但是我的小姑娘，你为什么要这么做？"

"说来话长，这是我的事。你只需要知道这是一件生死攸关的事情就够了。"

她想，这不仅仅关乎我自己。他开始在地板上来回踱步。他呼吸加快，一边走，一边揉搓着他伤痕累累的双手。最后，他停了下来，再次转向她。

"你很漂亮，我的小姑娘。帮助你摧毁这样漂亮的脸蛋是违

405

背天理的。你的钱不够，买不了我的东西。让我最后欣赏一下你的美丽，然后我们就算扯平了。

"这里有成堆的麻布，虽然不多，但当我们过夜的床，还是绰绰有余的。"

安娜·斯蒂娜一下子僵住了。她的沉默使乞丐感到不舒服，乞丐双脚移动，让自己身体的重力调换了一下。她觉察出，乞丐有一些羞耻，但他的色欲更强烈，远超羞耻感。

"你知道，我不是那种人，但情况……"

"我不知道还有其他哪种人。"她伸出手来，"你能先把我的东西给我吗？然后我会给你我的东西。"

他耸耸肩，把瓶子递给她。她用手掂了掂瓶子，瓶子小小的重量却隐藏巨大残暴的力量。她取出软木塞，闻了闻，没有气味。她点点头，他们的协议达成了。乞丐开始把麻袋铺到地板上，准备他们过夜的床，而她则一动不动地站着。当他觉得床铺好时，他做出手势示意已准备就绪，并邀请她躺下。她摇了摇头。

"你先躺下，我在上面。"

他斜视着她，露出不怀好意的微笑，解开马裤，躺到铺有麻布的地板上。他一把拽下夹克，快速脱下套头衬衫。肮脏衣物遮盖下的身体暴露出来，瘦瘦干枯。他举起畸形的双手，准备拥抱她。她突然翻转瓶子，把药粉撒在他身上。他大吃一惊，但是惊讶很快变成愤怒，然后变成嘲笑。

"我不是告诉过你，这粉末必须遇上酒才能爆炸吗，你这个愚蠢的小婊子？你这样做，只能抬高代价。"

她拨出白兰地酒瓶的塞子，把酒倒在他身上，房间里立刻充满了肉体烫伤的味道。一股刺激的白烟从他身上冒出来，他的胸部、腹部和面部的皮肤都在冒泡，扭曲成怪异的形状。他大声尖叫，安娜判断不出他是否还能听到她的低语，但她还是说了出来。

"让你先尝尝地狱的滋味，你肯定是要下地狱的。"

她转身离开，按原路返回。

她摇了摇装有粉末的小瓶，看看剩下的粉末是否足够多。

60

　　斯凯普格蕾丝酒馆的后面是内院，内院无人居住，已被废弃。天正下着雪，洁白的雪花飘飘洒洒，静静地落到院子里，院子里被雪花覆盖，显得干干净净，一尘不染。然而，若是有人内急，想更快到达屋外厕所，则要从内院穿过，这样，内院干净的雪地就会很快被人们踩踏得脏乱不堪。安娜·斯蒂娜轻轻地走在院内，脚下发出"沙沙"声，她手持一个碗，收集地面上最上层的雪，然后，她把收集来的雪用炉火融化。当她把雪水倒在粉末上时，这种混合物在她的碗里沸腾了一会儿，顿时房间里充满了一种奇怪的气味，但随后就静了下来。如果没有产生某种反应现象，真的会很难理解这种雪花融化的液体是如何具有此种能量的。

　　厨房天花板上有块干火腿，安娜从上面切下一小条。她把肉扔进碗里，随后的反应并没有令安娜感到失望。顿时，只见这块肉开始像猫一样发出嘶嘶声，来自四面八方的无形爪牙攻击着、拉扯着肉条，并最终不露痕迹地把它吃掉。肉条冒着烟，起着泡，但当烟散去时，就好像什么都没发生过。肉条彻底不见踪影了。

　　安娜·斯蒂娜仍然犹豫不决。身体前倾，她从药水平静表面看到一个颠倒的世界，在这个世界里，另一个女孩正看着她，这个女孩长得简直和自己一模一样。安娜·斯蒂娜的呼吸扰乱了药水平静的表面，扭曲了映像。她闭上眼睛，深吸了一口气。

＊＊＊

　　冷风灌进迈克尔·卡德尔的喉咙和鼻子，但是他很高兴。外面虽然寒冷，但也比待在寡妇弗莱曼有霉味的房间更令他感觉舒心。他和寡妇弗莱曼的会面进行得比他期望的要好。现在一切都开始了。马格努斯·乌尔霍姆以及他返回斯德哥尔摩的消息，多年来似乎一直是寡妇弗莱曼热切盼望的，旧怨点燃的生命火花，已经激发了她嗜血的活力。卡德尔不想长时间面对弗莱曼太太失神的凝视，他没有理会女仆，也没有理会从冻结的雪地跑过来的男仆，他径直离开了走出寡妇弗莱曼的院子。卡德尔松了一口气。他总感觉弗莱曼太太在盯着他，他需要一些白兰地来摆脱这个寡妇。到达洛克小店前，卡德尔在广场停了一下。他在那里坐了一个小时左右，然后他决定去看看斯德哥尔摩是否有更好玩的东西。他在脑海中回顾自己去过的酒吧，记起了一些未完成的事情。他站起身，走到艾瑞茫格广场，然后向左转，朝着斯凯普格蕾丝酒馆走去。

　　卡德尔走向卡尔·图利普。卡尔·图利普一下子就认出了卡德尔。他举起手，做出抱歉的手势。卡德尔伸手在帽檐下抓了抓，露出了失望的表情。

　　"你是不是还要告诉我，洛维萨·乌里卡小姐还在其他地方？"

　　图利普点点头。

　　"是的，就是这样，我只能表达我的遗憾。我请你喝一杯吧，来减轻一下你的失望心情。"他变得有点不一样了，卡德尔眯起了眼睛。

　　"我看到顾客开始来了，如果那女孩在帮你打理工作，我就不明白她为什么会在别处？"

"她……洛维萨身体不太好，她回家时发了点热病，我不忍心把她从房间里拉出来。"

"哦，她现在在家吗？也许我会比你幸运，能把她从房间里拉出来。"

卡德尔迈步朝柜台后面的楼梯走去。

"你疯了吗，伙计？在你没有收到邀请的地方，你自己不能硬闯进去呀。而且我在这么远的地方就能闻到，你喝醉了。你快点离开这里吧，不然我叫警察来抓你，让你在牢房里清醒。"

卡德尔轻轻一推，就把他推到一边，就好像他手一挥舞，赶走一群蚊虫。

"别挡我的路，该死的老家伙。"

* * *

安娜·斯蒂娜听到楼梯上的脚步声，听到卡尔·图利普没能阻挡住来访者，她意识到自己的优柔寡断致使自己错失良机。现在，她已经失去了她一直争取和曾唾手可得的机会。她想尖叫，但嘴边却只能发出一声呜咽。她颤抖着，双手端起那只碗，躲藏在紧闭的门后，等着守门人跨过门槛时把碗里所有的东西都倾倒在他身上。

* * *

迈克尔·卡德尔有种不妙的感觉，他并不清楚自己究竟是如何获得这种感知能力的，这种能力一定是他在死亡阴影下的岁月里获得的。尽管还处在醉酒的迷糊中，他还是感觉到危险即将来临。看到角落里有个影子，他本能地将木臂挡在脸前，躲开危险。碗撞到木臂上，"啪"的一声被击成碎片。他听到衣服和木臂发出嘶嘶声，凭着敏锐的本能，他迅速地从身上抓住那木臂外的衣袖，从衣服接缝处撕下来。蒸汽熏得他眼睛刺痛，不停地流泪。他没有感到任何疼痛，因此他认为自己没有受伤。他站在那里眨着眼睛，对眼前发生的事情感到非常困惑。一个身材纤细的人低头从他伸出的右臂下溜过，冲下楼梯，向外奔跑。卡德尔一转身，见图利普想再次阻挡他，他用力推开图利普，紧追逃跑的那个人。

* * *

安娜·斯蒂娜不知道为什么自己会转向左边跑而不是右边跑。她跑进厨房，但她无法从那里的小窗户跳出去。这里只有另一个备用的紧急通道。她躺在房间的远处角落里，等着来人，卡德尔很快就到了跟前，并没有让她等太久。

* * *

卡德尔目光转过角落。从她的脸上，他看到了一个自己非常熟悉的表情。他记得在战争中看到过这种表情，那是人们满怀胜利的憧憬却瞬间失败后痛苦绝望的表情。有所希冀只会徒增痛苦，相反，他们心甘情愿地接受死亡。也许在生命的最后时刻，他们体验到了一丝满足，那种重新掌控自己命运的感觉。他们付出的所有代价就是生命。那女孩双手握着一把刀。他朝她大声喊叫，但她一点也听不进去。卡德尔看到，她将刀刃转向喉咙，闭上眼睛，用尽全力，将刀刃使劲刺进自己没有防护装备的皮肤。

61

"你今天来得太晚了，天都已经黑了。温格先生，你脸色怎么这么苍白。"

"我最近一直睡得不好。"

"我真心希望你能保重身体。你想叫狱警给你拿条毯子和咖啡吗？"

温格挥了挥手，表示拒绝。在约翰内斯·巴尔克的牢房里，温格坐在凳子上，温格身体非常虚弱，完成坐下这个动作，都费了很大的力气。

"自我们上次见面后，我完成了三件事，约翰内斯。第一件事就是确认你没有告诉我全部真相。"

巴尔克眯着眼睛，一言不发，在等温格把话说完。

"你说的有几处细节与我从别处打听到的不一样。正如你自己提到的，只在知道我的名字后，你才意识到你的坦白会产生什么影响。这一罪行已经是既成事实，德瓦尔遭肢解并已死去。这让我寻找另一个原因，为什么你要这样对待他。我的直觉告诉我，你肢解杀人的动机是私人恩怨，目的就是要折磨他，使他痛苦。这种仇恨的种子一定早就种下了，你对他还有其他情感。"

巴尔克回答时，发出嘶嘶的声音。

"这有什么关系？过去的事就让它过去。"

温格摇摇头。

"一直以来，我都坚守信念，要清晰地了解那些经我审查的罪案。上次见面后，我听到很多你的故事，我觉得现在我更了解你了，约翰内斯。我带着我的疑问，去探寻那破碎褪色的案情。碰巧的是，我最终找到一个车夫，他记得去年春天载过两个年轻人，这两个年轻人从卡尔斯克罗纳来到斯德哥尔摩。他说的与你说的有细微差别，但这些差别很重要。约翰内斯，你们共乘一辆车，但没有平分路费，你付了你们两个的车费。车夫告诉我，他听到了你们的谈话，他没有料到，两个刚结识的人很快变得这么亲密。到达斯德哥尔摩，你便下车了，他看到丹尼尔是如何握着你的手，即使你们告别的时候也紧紧拉住你的手。"

巴尔克选择了闭上眼睛，不愿面对温格的凝视。

"我认为你的成长经历造就了你，约翰内斯，就像整天做手工活的人双手会长老茧一样。你的童年使你整个人都长出了坚硬的外壳。我还认为丹尼尔·德瓦尔改变了这一切。短时间内你变了，变得不再是那个你口中生动描述的怪物，也正是你的改变决定了丹尼尔·德瓦尔的命运。"

约翰内斯·巴尔克一言不发。

"还有件事，约翰内斯，我想知道你是否意识到了，谈到丹尼尔·德瓦尔时，你不会结巴。"

巴尔克目光转向他。

"你想说什么？"

"是爱吗，约翰内斯？你爱他吗？"

"这让你很吃惊吗？如果一个怪物一直想要找到隐藏在自己内心深处的这种东西，尽管他已经度过了生命中的大多数时间，但他依旧心存旧念。你对此感到惊讶吗？"

"不，一点也不。"

"你曾爱过别人吗，温格先生？"

"是的，爱过。"

"或许这样你就可以理解了，对于一个从来都不曾得到过关爱的人来说，关爱是多么重要。我不是一个善良的人，不像你，在这个世界上从来没有人关爱过我，一丝一毫都没有，所以，在我的一生中，我没有理由给他人以仁慈，我能给他人的只能是他们早就给我的憎恨。直到有一天，我以为丹尼尔给了我关爱。"

他停顿了一下。

"丹尼尔很随和，非常和蔼可亲。一件再小不过的小事都能逗他笑。对我来说，他就像一个精灵，从一个更高等级的星球上降落地球，来祝福我们这些初级简单的人类。有时，当我们私下说话时，他会牵着我的手，把我的手温柔地握在他的两手之间，仿佛这是世界上最自然不过的事情；有时，他会把我的手放在胸前，这样我就能感觉到他的心跳。"

巴尔克的嘴巴扭曲起来，面露痛苦的表情。他转过身去，像是在暗处寻求安慰。

"春暖花开时，我们从斯德哥尔摩到伯德桑庄园旅行。我的房子破旧不堪。我曾经跟受托人签署协议，让他们保管我的房子。受托人没有浪费片刻时间，立马自行管理我继承的遗产。这时，我不再收到从法国来的通知消息。然而我们回家时，房子周围已是枝繁叶茂，花香沁人，仿佛大自然在用绿叶和鲜花编织花环，欢迎我们回家。食品储藏室里仍有一些东西供我们食用，灌木丛里则满是饱满多汁的浆果。丹尼尔·德瓦尔和我共同度过这段时光，我们一直都心情愉快，非常开心。"

"直到你发现了他的信。"

"是的。我发现原来这一切都是他的阴谋，他想赢得我的信任，实现他自己的利益。如果他证实了对我的任何怀疑，他就会立即把我出卖给利金斯帕尔。"

巴尔克深深地吸了一口气，他的脸上写着直面记忆的痛苦。他对痛苦的强大自控力不禁让温格打了一个寒战。巴尔克睁开眼睛，转过身去，背对温格。

"你是个聪明人，我真傻，以为我可以瞒住你。现在你知道了我的秘密。出于羞愧，我才将这件事埋在肚子里，不是因为爱而羞愧，而是羞愧于我是如此容易上当受骗。但无论如何，我的信念依旧不变，我受审判之时，也就是血洗斯德哥尔摩之日，这场血战将会使大屠杀在相较之下也黯然失色。我的信念不会有任何改变。"

"我提到了我们上次见面以来我完成了三件事。也许这第二件事可以改变什么。"

温格在夹克口袋里摸了摸，搜索出几页信纸。温格把它们展开，伸出手递给巴尔克。巴尔克没有立刻去接，而是任信纸悬在他们两人之间，脸上露出疑惑的表情。

"这是什么？"

"和那个车夫谈过之后，我返回了因德贝托大厦，再次来到那个房间，正是在那个房间我和我的朋友不久前发现了这些信，这些信将我们引向伯德桑庄园。丹尼尔·德瓦尔写了这些信，但这些信从未被打开过。我想知道信中内容。我用了很长时间来破解他的代码方法，终于成功了。"

"我早就知道他对雅各宾的阴谋存有疯狂的幻想。这封信有什么不同吗？"

"首要的是日期。你在伯德桑的灰烬里找到的那封信不是他的最后一封信。我昨天晚上读到的这封才是最后一封从伯德桑庄园寄出的信。"

约翰内斯·巴尔克的脸闪过一丝阴影，他的身体颤抖了一下，仿佛有人刚刚走过他的坟墓。

"信里没有阴谋论。丹尼尔·德瓦尔正在递交辞呈。他写道，你是清白的，已经解除了对你的所有嫌疑。他写道，他已经找到了爱，并且你们互相爱着对方。这是他写的信，这是代码方法和信的原稿。你自己读吧。"

巴尔克伸出白骨般的手，小心翼翼地接过温格手上的信，好像只要轻轻一碰就能将信纸粉碎成灰尘和灰烬。在黑暗的牢房里，约翰内斯·巴尔克颤抖地拿着信纸，流下眼泪，眼泪滴到信纸上，墨水写成的字变成了黑色的条纹。温格仿佛听到灵魂被撕成碎片的声音，但此刻他听到的只有啜泣。他转过身，没有再说什么，任由时间消逝。

"约翰内斯，只要你耐心查明真相，你本可以拥有幸福。你爱丹尼尔，他也爱你。但是，这样一个无辜的生命就以如此可怕的方式结束了。约翰内斯，你说你恨人们，但在你恨的那些人中，就有像丹尼尔一样的人，你想要毁灭他们，但他们都像丹尼尔·德瓦尔那样，应该享有幸福生活。这就引出了第三件事。我有个建议给你。"

62

安娜·斯蒂娜·克纳普睁开眼睛，惊讶地发现自己还活着，原来死亡也不过如此。安娜紧抱的双臂依然紧紧拢在胸前，双手紧紧握着刀子，颤抖着，逼向自己的喉咙。卡德尔虽然长得高大魁梧，但在此刻，他以超出身体极限的速度，快速伸出右手，抓住刀刃。他紧紧地攥住刀刃，手指关节因用力过猛而呈现白色，呼吸也变得急促，但是，他却仍然无法把刀从她手中夺下来。他紧咬牙关，在安娜身后发出声音。

"看在上帝的分上，你能放下刀吗？我不会伤害你的。我来找你谈谈克里斯托弗·布利克斯。"

安娜耗尽了力气，她双臂颤抖，松开了拿刀的手。卡德尔也松开了刀刃，刀掉落到地上。卡德尔攥紧自己的拳头，好让血能止住。

* * *

安娜清洗并包扎了卡德尔手上的伤口，卡德尔向她讲述了自己的故事。安娜也对卡德尔讲了自己的故事，卡德尔听后对安娜的遭遇很是心痛。

"哦，上帝，我的姑娘，我放弃了守门人的生活，我从没这么高兴过。"

卡德尔扭头朝旁边吐了口水。

"克里斯托弗·布利克斯呢？他在自杀前欺骗了你。你还在生他的气吗？"

安娜·斯蒂娜摇了摇头。

"起初，我被迫怀了这个孩子，布利克斯答应帮我打掉他，我想那也是他最想要的。我开始喝他给的煎剂，肚中胎儿没了动静。但现在我每天都能感觉到他。我无法既爱这个孩子又恨这个孩子的父亲。但现在我明白了。每当我思绪游离时，我的手会不自觉地落在肚子上，去抚摸胎动。布利克斯救了他的命，也救了我的命。现在我对他只有感激，但很遗憾布利克斯已经不在了。"

卡德尔点点头，心里回味着。

"你说的我几乎一无所知，但我很高兴，布利克斯能够在他悲剧的一生中有所成就。我从未见过他，但他写的东西影响了我，没有他，我和我的朋友将徒劳无功。我们也应该感谢他。"

"今天你为什么来这儿？你找我有什么事？他可能是我名义上的丈夫，但我对克里斯托弗·布利克斯所知甚少，我已经把我知道的全告诉你了。对我来说，他是个陌生人，他虽违背了我的意愿，却给了我巨大恩赐。"

"我带了一份迟到的结婚礼物。布利克斯在一场纸牌游戏中被骗了一大笔钱，他的倒霉日子也就来了。我碰巧和其中一个赌徒有过节，我给了这个赌徒适当的惩罚，我从中看到了讨回债务的可能。布利克斯想为你和你的孩子创造未来。我来这儿，就是想把这些属于你的钱币送给你。"

卡德尔从夹克口袋里掏出钱包，希望克里斯托弗·布利克斯无论此刻身在何处，是在天堂还是地狱，都能在此刻看到自己，知道自己和温格已经偿还了欠下的债务。他把钱包放到她面前的桌子上，钱包很重，这一放使得桌子都震动了。她双手颤抖，惊讶地屏住了呼吸，打开了钱包。卡德尔露出微笑。

"有一百多达勒。这些钱应该能给未出生的孩子一个最好的开始。这笔钱也将是你的安全保障。守门人可以来控告一个无助的女孩，但不能控告一个富有的寡妇。别穿得像个女仆一样，要跟以前不一样。这是你能给自己和孩子的最好防卫。"

血从被割伤的手上滴下来，迈克尔·卡德尔感到心中另一个伤口却在愈合，这个伤口久远而深重。当约翰·耶尔姆的溺水再次在梦中萦绕时，当感觉到英格堡的锚压住他一只胳膊而痛失手臂时，当恐怖爬上他的心头、无法呼吸时，他会想起此刻女孩的脸，这能够给他带来安慰。安娜·斯蒂娜·克纳普曾经对自己发誓，她再也不会哭了，但现在她的眼泪却从脸上淌下来。

"你还会再来吗？"

卡德尔咬了咬下唇，考虑着如何回答。

"那要看下次我进酒馆时你是否还会给我泼邪门的酒，还要看你父亲的白兰地要多少钱。但来之前我还有一两件事要做。"

63

　　那是一个下午，在汉堡酒窖，迈克尔·卡德尔在人群中瞥见塞西尔·温格正坐在窗边的一把椅子上，窗户上结满了霜冻。温格看起来消瘦极了，他面色苍白如雪，正拿起自己的手帕擦嘴巴。酒馆外，寒冷刺骨，但酒馆内却暖暖和和，火炉里的柴火正燃得噼啪作响。酒馆里坐满了人，使得屋内更加暖和。卡德尔用他的木手臂，在胸前挥舞，开出一条路，走向温格的桌子。卡德尔一屁股坐到温格对面，长长舒了一口气，如释重负，终于可以歇歇腿脚了。卡德尔注意到，温格早就把一个酒杯放到他面前的桌上了，他咧嘴一笑，挥手叫服务员给自己来些热潘趣酒。卡德尔兴致高昂。

　　"今天这儿人真多，但我想这应该是意料之中的事。他们刚刚在山上斩首了一个杀妻犯，人们来这儿喝一杯，好讨个吉利。我听见他们在门口说话。他们说，从来没人见马滕·霍斯像今天这样喝得醉醺醺的，而且他把砍头架上那个可怜的混蛋搞得一团糟，看来，他很难保住自己的职位了。我不明白，我们可以见面的地方多的是，你为什么就要在汉堡酒窖见面。你知道吗？我就是在这里抓住卡尔·约翰的，那天我坐在这儿等了整整一晚上。现在感觉那件事就如隔世般久远。"

　　卡德尔吹了吹热腾腾的酒，然后一口喝了下去，他显得兴致勃勃，因此他不得不在讲述时停顿一下。他笑得咧开了嘴，嘴巴张得很大，嘴里正咀嚼着的烟草都差点掉下来了。

420

"你也应该去看看那场面。当时，寡妇弗莱曼召集起大约二十个寡妇，她们都带着自己的成年子女和孙子孙女来了。我们即将上任的局长处理寡妇们的抚恤金，但他却把这些人逼到了崩溃的边缘。我们雇了一辆大车，载着她们，穿过冰面，来到黑森岛的奥肯希尔。布洛姆说，乌尔霍姆计划在通过海关之前，在那儿再住最后一晚上。你知道我参加过战争，但我发誓我从未见过比这更残忍的人们。我们在夜深人静时出发，这样我们就可以在人们起床之前到达。马格努斯·乌尔霍姆，我必须说，他长得像只癞蛤蟆。乌尔霍姆从前门走出来，准备离开，但她们已经把马赶跑了，还把马车的轮子也扒下来了。乌尔霍姆走过半个院子还没意识到有什么不对劲。我敢说，弗莱曼夫人肯定嗅到了粪坑的味道，而且意识到粪坑没有结冰。寡妇弗莱曼第一个走上前去，径直向乌尔霍姆的脸上打了一巴掌，扯下他的假发，你要知道，弗莱曼夫人失明了，她看不见。我得说，乌尔霍姆当时还穿戴得挺端庄，他穿着有貂皮衣领的大衣，大腿上还挂着手表。他设法冲出寡妇们的包围圈，但根本不可能。然后他掉进了粪坑里，从头到脚都沾满大粪，他急急忙忙躲到了旅馆门后。但他没有了其他逃生路线。这些女人和她们的孩子包围了房子，没有一个人可以进得来，出得去。围攻持续了很长时间，到了晚上，有人成功放出消息，并报告给了城市警卫队。所以我可以自豪地宣布，我的任务完成了。好吧，如果你能多活一天，你希望在这一天做什么？"

　　"是的，让·迈克尔，谢谢你所做的一切。你做得比我想象的还好。"

　　"你的话说完了吗？"

　　"是的。"

卡德尔倚向靠背，揉了揉眼睛，把睡意从眼睛里揉出去。

"一颗破碎的心就是我们要找的答案吗？"

"心碎是最古老的动机。约翰内斯第一次告诉我的是对的。他的父亲想把他培养成一个怪物，他也真的成了一个怪物。但是，爱可以疗愈仇恨，在丹尼尔·德瓦尔的陪伴下，他重获人性。就在他领悟到那种爱是个谎言时，那个怪物回来了，而且变得比以前更加邪恶。"

他们沉默地坐了一会儿。温格开口说道："现在你打算怎么办，让·迈克尔？"

"还有一些零零散散的线索要收集，这工作要让我忙到1794年了。我要找萨克斯夫人算笔旧账，当然，我得先找到她。我还想找其他人谈谈。如果哪一天晚上，那个可憎的杜利茨能被木头碰撞的声音吵醒，我不会感到惊讶。但是，有谁胆敢阻止对局长恶行的审判，他一定会受到复仇女神欧墨尼得斯的诅咒。这种精神一定会推动我继续干下去。"

他把再次满上的酒一饮而尽。

"前提是我不让自己被白兰地搞晕了头。我找到一家酒馆，我想我喜欢那家酒馆，而且在那家酒馆我的信誉很好。那家酒馆叫斯凯普格蕾丝酒馆。你呢？将如何对巴尔克进行审判？"

温格没有回答。卡德尔注意到温格的呼吸很虚弱，也很急促，双颊凹陷，眼睛陷进了头骨里，而且他的变化很大。卡德尔不禁为他感到担忧，同时也感到后背一股寒意，打了个寒战。

"你变了。我不是指你得病了，而是在你身上发生了什么事，你有点不对劲。"

温格的声音很小，卡德尔不得不身体前倾，听他说了什么。

"当我回首往事时，让·迈克尔，我看到了一条因果交织的绳索。年少时树立的理想激励我前行，即使在我生病时，我想减轻我妻子的痛苦，打算一了百了，我都没有放弃自己。为了缓轻自己的痛苦，我去找诺林，向他寻求工作。他帮了我一个忙，然后他提出让我也帮他一个忙，作为回报，我无法拒绝他。然后我们就相遇了，你和我因卡尔·约翰的死而碰到一起，然后，我们开始沿着线索，径直到达我们现在所在的地方。"

他止住咳嗽，卡德尔则把身子又向前倾过来。

"你做了什么？"

"人生就像两条去往相反方向的路，一条追求情感，另一条追求理性，而我追求后者。约翰内斯知道我的名字和名声，并认为我会一如既往地继续沿着理性的道路走下去，不带一丁点歧视。我敢肯定，如果我不打破我终生都在遵循的审案模式，他会不断努力，他一定会得逞的。"

卡德尔无奈地摇了摇头。

"告诉我，你做了什么。"

"我给约翰内斯看了丹尼尔·德瓦尔写的信，就是我们在利金斯帕尔的那捆信中发现的那封，信中德瓦尔辞去了职务，表达了他对约翰内斯的爱。约翰内斯杀了一个无辜的人，这个怪物后来良心发现，自己应该受到惩罚，而且认识到，毁灭掉我们整个种族的想法是毫无道理的。我给了他一个我力所能及的安排。在巴尔克隔壁的牢房里，有一个名叫洛伦兹·约翰逊的囚犯，他因杀害妻子而被判刑，今天早上他本该被拉出来，送上绞刑架。巴尔克的名字根本就没在逮捕记录里，你知道，当我们把他带到卡斯滕霍夫监狱的时候，我确定了这一点。昨天晚上，我提出给约翰内斯换一间牢房，那间牢房本应该是洛伦兹·约翰逊的，他接受了。我典当了我的怀表，用仅有的几枚硬币贿赂了看守，让他帮我，并发誓不会将这事说出去。刽子手的车来了，我们把约翰内斯·巴尔克押到车里，让他代替约翰逊去死。"

"但德瓦尔的信是用密码写的。你怎么破译它的内容呢？"

"我没能破解它。"

卡德尔倚向靠背，呼吸一下新鲜空气。温格接着说：

"我用你给我创造出的时间，炮制了一把钥匙，伪造了一封丹尼尔·德瓦尔的信，信中有要约翰内斯读的内容，这样他就能接受我的提议了。这不容易，让·迈克尔，而且为此我还花了很多钱，但我做到了。然后我要做的就是在信上标注一个较晚的日期。我不是一个很好的伪造者，但笔迹细节相较起内容来说，就太不显眼了，约翰内斯注意不到笔迹有什么不同。"

塞西尔·温格慢慢地把一杯酒推向桌对面，杯中斟满了白兰地。

"你面前的玻璃杯和约翰内斯今早在行刑前用的是同一个，每个死刑犯被押往城外时都会得到一杯断头酒。就在离我们现在坐的地方不到十步的地方，他一饮而尽。当时，我在这里，他在人群中看到了我，我们目光相遇，我发现他眼里只有感激之情。我用谎言，向他表明，这个世界并不是他所憎恨的地狱。他信任我，不知道事实上我刚刚证明了我们的堕落，我们俩都是邪恶的。我用我的信夺走了他的生命，让·迈克尔，确切地说，我用我的信让他的头和身体分了家。马车向斯康斯关卡行刑处驶去，他转头最后瞥了我一眼，然后我就看不见他了。诺斯特伦夫人用钉子把约翰逊的名字刻在玻璃杯上。现在玻璃杯上有行刑日期和约翰逊的名字，但真正的约翰逊正坐在一辆去往挪威的马车上，在那里，他将会继承他母亲娘家的姓氏，在酿酒厂做帮工。这个杯子标记的真正的主人其实是约翰内斯·巴尔克。现在我问你，让·迈克尔，你是否愿意最后一次为我的健康干杯？"

卡德尔静静地坐了一会儿，然后伸出裹着纱布的手，伸过桌子。他颤抖着拿起小酒杯，潦草地写下约翰内斯的名字。酒刺痛了他的喉咙，温格看着他，他发出嘶嘶的呼气声。

"你早些时候问我这个孩子是我的还是下士的，我还不知道，但我真心希望孩子是他的。"

温格站起来，紧紧地靠在椅背上，然后他开始向门口走去。他还没走到半路，卡德尔用尽全力，近乎崩溃地向他喊叫。

"你曾经告诉过我，你面对深渊，从双手捧着的火焰中找到安慰。现在会不会只有黑暗？"

塞西尔·温格对卡德尔报以微笑，他的微笑里充满悲伤，但没有一丝悔恨，露出胜利和失败交织的表情。夜幕降临，这是斯德哥尔摩今年最后一个夜晚。夜晚从守卫海边的炮台上升起，爬上宫墙，爬上教堂塔尖。夜晚越过海浪，来到码头和万桥之城的斯德哥尔摩城，穿过波尔赫姆水闸，一直到达更远的地方。城市的小巷里，出现了建筑物的影子。

时间一分一秒过去，塞西尔·温格咳嗽得更厉害了。他无法控制自己不咳嗽，并且也明白，即使强忍着，也还是控制不住咳嗽。他向迈克尔·卡德尔微笑，火光照到他的脸上，火光映衬之下，他的牙齿全都被咳出的血染成了红色。

图书在版编目（CIP）数据

1793 / (瑞典) 尼可拉斯·纳欧达格著 ; 石春让译
. -- 南京：江苏凤凰文艺出版社，2020.12
ISBN 978-7-5594-4372-4

Ⅰ.①1… Ⅱ.①尼… ②石… Ⅲ.①长篇小说 – 瑞典
– 现代 Ⅳ.①I532.45

中国版本图书馆CIP数据核字(2020)第002580号

著作权合同登记号：10-2020-543

Copyright © 2017 by Niklas Natt och Dag
Published by arrangement with Salomonsson Agency AB,
through The Grayhawk Agency Ltd.

1793

（瑞典）尼可拉斯·纳欧达格　著

石春让　译

责任编辑	李龙姣
图书策划	赵明明
装帧设计	吾然设计工作室
出版发行	江苏凤凰文艺出版社
	南京市中央路 165 号，邮编：210009
网　址	http://www.jswenyi.com
印　刷	北京盛通印刷股份有限公司
开　本	880 毫米 × 1230 毫米　1/32
印　张	13.5
字　数	300 千字
版　次	2020 年 12 月第 1 版
印　次	2020 年 12 月第 1 次印刷
书　号	ISBN 978-7-5594-4372-4
定　价	78.00 元

江苏凤凰文艺版图书凡印刷、装订错误，可向出版社调换，联系电话025-83280257